Becoming Elektra

1. Auflage 2019
© Ueberreuter Verlag GmbH, Berlin 2019
ISBN 978-3-7641-7094-3

Alle Rechte vorbehalten. Das Werk darf – auch teilweise –
nur mit Genehmigung des Verlages wiedergegeben werden.
Übereinstimmungen und Ähnlichkeiten mit lebenden Personen oder
Familien sind rein zufällig und nicht beabsichtigt.

Lektorat: Emily Huggins
Umschlaggestaltung: Alexander Kopainski
unter der Verwendung von Fotos von shutterstock.com: © Kate Ignatenko,
© Pavlenko Volodymyr, © RewazK, © tomertu, © Irina Bg, © SWEviL
Druck und Bindung: CPI books GmbH
Gedruckt auf Papier aus geprüfter nachhaltiger Forstwirtschaft.
www.ueberreuter.de

Christian Handel

BECOMING ELEKTRA

Sie bestimmen, wer du bist

ueberreuter

Stammbaum
der Familien Hamilton und Stone

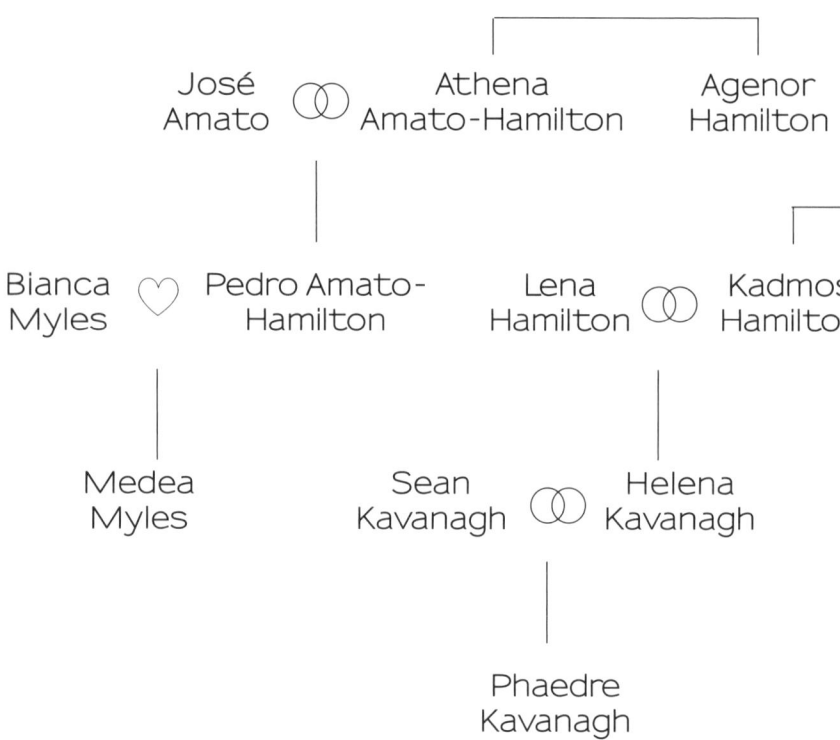

```
                              ┌─── nina ───┐
                                  nilton

      ┌──────────────────────────────┐
   doros  ⊗  Emilia          William  ⊗  Constance
   milton     Hamilton        Stone       Stone
      │                          │
      │                ┌─────────┴─────────┐
   Priamos ⊗ Sabine     Miranda  ⊗  Alexander
   Hamilton   Hamilton    Stone       Stone*
      │                          │
  ┌───┼────────┐            ┌────┴────┐
 ektra   Hektor   Nestor   Rosalind  Juliet
 amilton Hamilton Hamilton  Stone    Stone
```

*hat aufgrund der Berühmtheit seiner Frau deren Namen angenommen

Prolog

Samstag, 29. Mai 2083

Als Phillip mich auf der Tanzfläche herumwirbelt, komme ich mir einen Augenblick lang so vor wie in einem Märchen: Prinz und Prinzessin schließen sich nach einer Zeit harter Bewährungen endlich in die Arme. Mein Bräutigam schaut mir tief in die Augen und mein Kleid aus hellgrüner und cremefarbener Seide wogt um mich herum wie Meerschaum. Auf dem blank polierten Marmorboden tanzt unser Spiegelbild mit uns. Rund um uns herum, an die Wände des Saals, drängt sich eine beeindruckende Menschenmenge. Teils erdolchen uns unsere Gäste eifersüchtig mit Blicken, teils jubeln sie uns zu. Dieser Moment sollte sich anfühlen, als ob ein Traum in Erfüllung geht. Ich bin die Braut eines Prinzen, mit diesem Tanz feiern wir unsere Verlobung. Aber statt zu schweben, stolpere ich über meine eigenen Füße und gerate aus dem Takt. Mein Körper bebt vor Angst. Es gibt jemanden, der mich tot sehen will. Vielleicht ist es sogar mein Bräutigam selbst. Wer auch immer es ist, er setzt alles daran, dass ich diese Nacht nicht überlebe.

Denn das ist die Wirklichkeit: Ich bin nicht Cinderella. Und dies ist kein Märchen.

(Drei Wochen zuvor)

Kapitel 1

Samstag, 8. Mai 2083

Die klassischen Schulen mögen schon vor Jahren abgeschafft worden und individuellen Lerngruppen gewichen sein. Uns aber zwingt man weiterhin Tag für Tag in viel zu kleine Klassenräume. Man stopft unsere Köpfe mit Wissen voll, das wir vermutlich niemals brauchen werden. Mr. Langton wird nicht müde, uns einzureden, dass keiner weiß, was die Zukunft bringt, und eine gute Ausbildung niemals schadet. Ich glaube eher, dass man uns mit diesen Unterrichtseinheiten beschäftigt halten will. Warum sonst quält man uns mit dem biologischen Aufbau längst ausgestorbener Pflanzen? Warum sonst beschränken sie unseren Zugang zum Internet?

Wir sollen nicht auf dumme Gedanken kommen.

Aus Büchern weiß ich, dass früher Fächer wie Mathematik, Physik oder Chemie unterrichtet wurden. Was diese Gebiete angeht, ist unsere Ausbildung auffällig rudimentär. Unser Stundenplan fokussiert sich auf Hallensport, Freiluftsport, Literatur, Kunst, Geschichte, Biologie und ein paar Sprachen.

Wie die meisten anderen »Schüler« hier habe ich das Gelände des Instituts nie verlassen. Wenn ich Glück habe, muss ich das auch nie. Jedenfalls nicht bis zu meinem zwanzigsten Geburtstag, dem Zeitpunkt, an dem mich meine Eigentümer aus meiner Pflicht entlassen, weil dann die nächste Generation alt genug ist, unsere Plätze einzunehmen. Jedem, der früher gegangen ist, erging es schlecht.

Ich sehe nach rechts zu meiner Schwester Kelsey, die ihre Schulunterlagen schon fast komplett in ihren grauen Stoffbeutel gestopft hat. Ein Blick auf sie genügt, um zu wissen, dass ich recht habe.

»Was ist?«, fragt sie, als sie bemerkt, dass ich sie mustere. Eine Haarsträhne ist ihr in die Stirn gefallen.

Kelsey und ich glichen uns einst wie ein Ei dem anderen. Jetzt ist der Glanz aus ihren schwarzen Locken verschwunden, ihre Augen strahlen nicht mehr und sie wiegt sicher zehn Pfund weniger als ich.

»Nichts«, lüge ich, greife nach vorn und streiche ihr die Haarsträhne hinters Ohr. »Hast du Hunger?«

Sie schüttelt den Kopf. Kelsey hat nie Hunger. Nicht mehr seit damals.

»Lass uns in die Cafeteria gehen«, sage ich trotzdem. »Zu Aubrey und den anderen.«

Das bringt sie zum Lächeln und mir geht das Herz auf. Kelsey ist wunderschön, wenn sie lächelt.

Ich weiß, dass es seltsam klingt, wenn ich das sage. Es sollte bedeuten, dass ich auch mich wunderschön finde. Nichts ist weiter von der Wahrheit entfernt. Wenn ich in den Spiegel blicke, sehe ich nicht mich. Ich sehe auch nicht Kelsey. Ich sehe nur *sie*. Und ich hasse es.

Da ich keine Lust habe, mir den Appetit zu verderben, verdränge ich den Gedanken und packe meine Sachen ebenfalls zusammen.

Unsere Freunde warten sicher schon. Obwohl wir alle siebzehn Standardjahre alt sind, gehen wir nicht in die gleiche Klasse. Ich nehme an, ich darf bereits froh darüber sein, dass man Kelsey und mich nicht getrennt hat. Das ist nicht selbstverständlich.

Mr. Langton lächelt uns zu, als wir an ihm vorbeigehen. Während wir unsere Elastoscreens auf seinem Schreibtisch ablegen, frage ich mich, ob ich mich in ihm täusche. Vielleicht glaubt er ja tatsächlich an das, was er uns erzählt. Vielleicht will er wirklich unser Bestes und wünscht sich, dass uns mehr im Leben erwartet als der eintönige Alltag hier.

Nein, denke ich dann, als ich zurückblicke und sehe, wie er das Körbchen mit den Elastoscreens achtlos in den Wandschrank einschließt. Unsere Eingaben werden im Netzwerk ausgewertet, das weiß ich. Trotzdem wäre es schön gewesen, wenn sich Mr. Langton dafür interessiert hätte, wie wir uns geschlagen haben. Er hat jedoch nicht mal einen Blick auf unsere Arbeiten geworfen. Es ist ihm egal, wie wir in unseren Prüfungen abschneiden.

Wir sind ihm egal. Genauso wie dem Rest der Welt.

Ich lebe in einem Haus voller Spiegelbilder, zum Bersten gefüllt mit verzerrten Doppelungen einer Wirklichkeit, die nicht die meine ist. Kelsey, meine Freunde und ich – wir sind Menschen zweiter Klasse, nichts als perfekte Kopien von Leuten, die richtige Leben leben. Wir sind Klone. Während unsere Originale sich in einer Glitzerwelt aus roten Teppichen und mondänen Villen vergnügen, versteckt man uns hinter Mauern aus grauem Beton.

Vor vierundzwanzig Jahren hat die Regierung die Gesetze so verbogen, dass es jedem volljährigen Menschen erlaubt ist, Klone von sich und den leiblichen Kindern anfertigen zu lassen. Theoretisch jedenfalls. Kelsey und ich, wir gehören zu den ersten Züchtungen, die auf diese Weise entstanden sind. Zu den ersten Züchtungen, die zufriedenstellend produziert wurden, sollte ich wohl sagen.

Inzwischen leben fast hundert von uns im Institut. Und dieses ist nur eines von mehreren.

Natürlich sind wir trotzdem noch ein Luxusartikel. Nicht jeder verfügt über das notwendige Kleingeld, einen Klon herstellen zu lassen – oder zwei, oder drei. Wir sind Ersatzteillager für Organe, Extremitäten, Knochenmark und Hornhaut. Kein nervenaufreibendes Warten mehr darauf, dass die Organbank den passenden Spender findet. Ein Anruf genügt, und eine neue Niere wird auf dem Silbertablett geliefert – bzw. auf der metallenen Krankenhausliege, auf die man uns schnallt. Wir sind der Backup-Plan, wenn etwas schiefgeht; ein Allheilmittel, das dann zum Einsatz kommt, wenn die klassische Medizin versagt. Oder wenn ein viel zu junger, viel zu betrunkener Jugendlicher bei einem selbst verschuldeten Unfall sein Bein verliert.

Man kann uns ohne schlechtes Gewissen ausschlachten, denn wir wurden ja nur gezüchtet, nicht geboren. Wir sind keine freien Menschen, sondern Besitz. Man hat viel Geld in uns investiert – von dem wir selbst recht wenig sehen –, und deshalb glauben unsere Eigentümer, ein Recht darauf zu haben, uns zu benutzen, auszuweiden und wegzuwerfen, wenn nichts mehr übrig ist, was noch gebraucht werden kann. Ihr Geld mag uns das Leben geschenkt haben, aber ich hoffe, sie fahren allesamt zur Hölle.

Die Cafeteria lässt mich immer an Gänseblümchen denken. Ihre lindgrün gestrichenen Wände harmonieren mit dem Weiß der Tischplatten und dem Sonnengelb der Stühle. So soll vermutlich eine angenehme Atmosphäre entstehen.

Tut es auch, wenn ich ehrlich bin. Aber das liegt nicht am Farbkonzept, sondern daran, dass die Cafeteria dem am nächsten kommt, was wir aus Büchern und Filmen als »Restaurants« und »Cafés« kennen: ein Ort, an dem Menschen zusammenkommen, um miteinander zu plaudern, während sie essen.

Bis auf zwei Lehrerinnen und einen Lehrer, die den Bereich beaufsichtigen, in dem die Kleinen essen, überlässt man uns hier uns selbst. Die Cafeteria ist riesig. Vermutlich ist sie der größte Raum im Institut, sieht man mal von den Sporthallen ab. Alle essen hier.

Wir sind zur Mittagszeit später an der Reihe als die unteren Klassen. Uns überwacht auch kein Personal – jedenfalls nicht unmittelbar. Die Institutsleitung verlässt sich auf die Kameras, die in regelmäßigen Abständen installiert sind und jeden unserer Bissen filmen. Ich habe gelernt, sie auszublenden. Das Material wird, soweit ich weiß, ohnehin nur stichprobenartig gesichtet – und natürlich dann, wenn etwas passiert ist. Zum Beispiel, wenn die Lehrerschaft wissen will, wer für die Schlägerei verantwortlich war, an der sich im letzten Jahr mindestens zehn Schüler beteiligten. Aber so etwas kommt so gut wie nie vor. Wir sitzen alle im selben Boot, und das wissen wir.

Aubrey, Alex und Vanessa warten bereits an unserem Tisch. Manuel und Tobias sehe ich an den Essensautomaten.

Als wir die breiten Stufen hinuntergehen, die vom Eingang in den Sitzbereich führen, entdeckt uns Vanessa. Sie winkt uns so aufgeregt zu, als ob wir uns wochenlang nicht gesehen hätten. Dabei haben wir heute Morgen gemeinsam gefrühstückt und im Institut ist es ohnehin fast unmöglich, sich aus dem Weg zu gehen. Deshalb weiß ich, dass etwas im Busch ist. Alex legt ihr kurz die Hand auf die Schulter. Sie deutet nicht nach oben zu den Kameras, trotzdem beruhigt sich Vanessa sofort. Auch wenn sie zu den Menschen gehört, denen ihr Innenleben auf dem Gesicht geschrieben steht, ist sie nicht dumm. Ihre schräg stehenden Augen blitzen vor Intelligenz.

»Hallo, ihr zwei«, begrüßt uns Aubrey, als wir am Tisch ankommen. Kelsey beginnt zu grinsen und ich entspanne mich. Ein Blinder sieht auf eine Meile Entfernung, dass Kelsey auf Aubrey steht. Der Einzige, der das noch nicht bemerkt hat, ist Aubrey selbst. Ich wollte ihn schon öfter darauf ansprechen, habe aber Angst vor seiner Reaktion. Die Schwärmerei für Aubrey tut Kelsey gut. Manchmal scheint sie das Einzige zu sein, was sie noch aufrecht hält. Also werde ich den Teufel tun, das kaputt zu machen.

»Was gibt es?«, frage ich stattdessen.

Vanessa lehnt sich über den Tisch und flüstert begeistert: »Tobias hat ein Magazin mitgebracht.«

Unwillkürlich blicke ich auf den blauen Stoffbeutel, der auf dem Stuhl liegt, auf dem Tobias immer sitzt.

»Wie hat er das denn schon wieder geschafft?«

Alex wirft ihre blonde Haarmähne nach hinten. »Du kennst ihn doch.«

»Hat einen der Wächter bestochen«, murmelt Aubrey und widmet sich wieder seinem Essen: Fischstäbchen, Kartoffelbrei und eine grüne Masse, die hoffentlich Spinat ist, auch wenn sie nicht so aussieht. Nicht schlecht.

Ich lege meine Tasche auf meinen Stuhl. »Komm«, sage ich zu Kelsey. »Lass uns auch etwas holen.«

Es ist nicht so, dass mich das Magazin gar nicht kümmert. Aber ich bin nicht wie Vanessa, Alex oder Tobias, die darauf brennen zu erfahren, was draußen vor sich geht. Mich deprimiert es zu sehen, was man uns vorenthält.

Lustlos schlurft Kelsey hinter mir her zu den Automaten. Wie chromglänzende Türme stehen sie in einer Reihe an der Innenwand der Cafeteria. Es sind achtundzwanzig, ich habe sie gezählt. Der große Ansturm ist bereits vorüber. Wir müssen nicht warten, bis wir vor einem der leuchtenden Displays stehen und uns durch die Menüauswahl scrollen. Hühnchen mit Reis, Salat, die Fischstäbchen … Ich berühre das Bild eines Nudelgerichts und presse meine Handfläche auf den Scanner.

Der Automat piept und ich stöhne auf.

Dann erscheint in dunkelblauen Buchstaben eine Textnachricht auf dem Display.

Es tut mir leid. Nummer 11, Spaghetti Bolognese, steht Ihnen diese Woche leider nicht mehr zur Verfügung.

Genervt wähle ich ein anderes Menü.

Piep.

Es tut mir leid. Nummer 7, Fischstäbchen mit Kartoffelbrei und Spinat, steht Ihnen diese Woche leider nicht mehr zur Verfügung.

»Das soll wohl ein Witz sein.« Während ich die Augen schließe und im Geist durchgehe, was ich in den vergangenen Tagen alles gegessen habe, legt mir Kelsey beruhigend die Hand auf die Schulter.

»Der Spinat sah ohnehin seltsam aus.«

Ich seufze. »Ich hätte mir den Hamburger und die Pommes gestern verkneifen sollen.«

Das Institut legt Wert darauf, dass wir uns gesund ernähren. Was nicht heißt, dass Pizza und Pasta nicht ab und an okay wären. Aber eben nicht jeden Tag, und offensichtlich habe ich mein Kontingent an fettigen Speisen diese Woche bereits ausgereizt.

Kelsey schiebt mich zur Seite, legt eine Hand auf den Scanner und bedient mit der anderen den Touchscreen.

Diesmal piept der Automat nicht. Er summt. Dann öffnet sich das Entnahmefach. Eine große Portion Spaghetti steht darin.

»Bitteschön«, murmelt Kelsey, während sie sich das Tablett schnappt und es herauszieht. »Ich nehme Nummer 2.«

Ich unterdrücke ein dankbares Lächeln. Natürlich verfügt Kelsey selbst noch über genug Units, um Spaghetti bestellen zu können. Vermutlich könnte sie zum Abendessen noch mal Pasta bestellen, ohne dass der Automat protestierte.

Sie wartet neben mir, während ich Nummer 2 wähle. Diesmal macht die Maschine keine Zicken. Dafür muss ich mich beherrschen, nicht die Nase zu rümpfen, als ich den dampfenden farblosen Brei herausnehme, für den sich Kelsey entschieden hat.

Ich kann nicht verstehen, wie meine Schwester diese Pampe herunterbekommt. Der Brei ist nahrhaft, aber von einer schleimigen Konsistenz, bei der es mich schüttelt. Obwohl es ihn in fünf unterschiedlichen Geschmacksrichtungen gibt – Veggie 1, Veggie 2, Pork, Beef und Fish – schmeckt er nach nichts.

Wir tragen die Tabletts zurück zum Tisch. Tobias und Manuel haben inzwischen ihre Plätze eingenommen und stochern in ihrem Essen herum. Offenbar gibt es auch für Manuel nur Nährbrei. Anders als Kelsey hat er nicht viel dafür übrig.

»Rutsch mal einen Stuhl weiter«, bittet Kelsey Vanessa. Die hebt zwar die Augenbraue, tut uns aber den Gefallen. Wir stellen unsere Tabletts ab und gehen noch einmal los, um uns Wasser zu holen – so als hätten wir es vergessen. Als wir zurück zum Tisch kommen, setzt sich Kelsey vor den Nährbrei, ich vor die Spaghetti. Die Kamera, die unseren Tisch filmt, befindet sich hinter uns, sodass auf den Überwachungsbändern nicht sofort erkennbar ist, welche von uns welche ist.

»Ich wünschte, ich hätte auch einen Zwilling.« Manuel wirft einen sehnsüchtigen Blick auf meine Nudeln.

»Halt den Mund«, raune ich.

»Sie werden dir spätestens morgen Früh ohnehin auf die Schliche kommen«, prophezeit Alex.

»Stimmt.« Ich habe nicht vor, mir den Appetit verderben zu lassen. »Aber das ist morgen.«

Jeden Morgen nach dem Waschen müssen wir zum Vita-Scan. Ausnahmen gibt es keine. Der Vital-Scanner sieht aus wie eine alte Fahrstuhlkabine, die komplett mit Plastik verkleidet wurde. Sie misst unsere Temperatur, unseren Puls und untersucht Körper und Blut nach dem kleinsten Anzeichen von Krankheiten. Unsere Eigentümer sind interessiert an gesunden Klonen. Der Scanner wird feststellen, dass ich den Essensautomaten heute ausgetrickst habe. Hart bestrafen wird man mich deshalb nicht. Wahrscheinlich darf ich mich allerdings darauf einstellen, die nächste Woche ausschließlich Nährbrei zum Essen zu bekommen. Was soll's. Ich bin heute bereits den ganzen Tag über unruhig, ohne zu wissen, warum. Nicht alle Speisen, die uns über den Essensautomaten zur Verfügung gestellt werden, schmecken wirklich lecker. Die Spaghetti sind es wert.

Nach dem Essen tragen wir unsere Tabletts zu den Rollbändern, die das schmutzige Geschirr abtransportieren. Jetzt hätten wir die Gelegenheit, eine halbe Stunde auf dem Hof spazieren zu gehen, aber wir verlassen die Cafeteria nicht. Stattdessen gruppieren wir uns eng um unseren Tisch. Tobias holt das Magazin aus seinem Stoffbeutel. Es ist irgendein billiges Blatt mit Paparazzi-Fotos und hanebüchenen Schlagzeilen. *Marisol Rodriguez – Warum sie niemandem ihre Tränen zeigt* steht in großen Lettern unter dem Konterfei einer jungen Frau. Ich glaube, sie ist ein Popstar.

Als wir die Zeitschrift durchblättern und über den Artikel *In nur zehn Tagen zur Strandfigur* stolpern, giftet Alex: »Weil es genau so lange dauert, bis man einen Termin zum Fettabsaugen bekommt.«

»Ich bräuchte keine zehn Tage. Ich wäre jetzt schon fit für den Strand.« Vanessa lächelt verträumt.

Sandstrände kennen wir natürlich nur aus den Medien.

»Allerdings bräuchte ich einen Badeanzug. Mit denen aus dem Institut kann man sich ja nicht vor die Tür trauen.«

»Besser einen Bikini«, schlägt Tobias vor.

Ich verdrehe die Augen, aber Vanessa wirkt geschmeichelt. »Hallo: Narbe?«

Wie Kelsey hat man Vanessa bereits Organstoff entnommen. Anders als meinem Zwilling allerdings keine Niere, sondern einen Teil der Leber. Der Himmel weiß, warum ihr Original bereits mit sechzehn Jahren eine solche Spende benötigt hat. Aber transplantierte Leberstücke wachsen in der Regel nach und auch sonst hat Vanessa den Eingriff viel besser verkraftet als Kelsey. Sie hat keinerlei Schaden davongetragen, sieht man einmal von einer unschönen Narbe ab. Dem Arzt, der sie behandelt hat, war das offenbar egal. Wir sind schließlich keine Originale, bei deren Nachversorgung sorgsam darauf geachtet wird, dass keine äußerlichen Spuren zurückbleiben.

Tobias lässt nicht locker. »Ach, komm schon, die blöde Narbe. Die kann dich nicht entstellen.«

»Und du glaubst, du kannst das beurteilen?«

»Definitiv. Ich sage nur Schwimmunterricht.«

Alex hüstelt, aber Vanessa und Tobi befinden sich in ihrer eigenen Welt.

»Ich wusste gar nicht, dass du mich da so genau beobachtest.«

»Na ja, du …«

»Oh Mann, ihr zwei«, unterbricht Aubrey die Turteltauben. »Tut uns allen einen Gefallen und macht es endlich.«

Vanessa wird rot wie eine Tomate, was sie nur noch niedlicher macht. Tobi gibt sich entrüstet: »Aubrey!«

Der ignoriert ihn und konzentriert sich wieder auf die Zeitschrift. Ich muss ein Grinsen unterdrücken. Mir ist das Gleiche durch den Kopf gegangen, und ich bin mir ziemlich sicher, dass es den anderen ähnlich geht. Ebenso sicher, wie ich mir bin, dass Vanessa und Tobi nie miteinander schlafen werden. Dafür sind sie schon viel zu lange viel zu gut befreundet.

Sorgfältig darauf bedacht, dass unsere Oberkörper das Magazin vor der Kamera verdecken, blättern wir durch die Seiten.

»Ist das nicht Rosalind Stone?« Alex deutet auf die Seite, die Aubrey gerade aufgeschlagen hat.

Eine unglaublich schöne junge Frau mit roter Lockenmähne strahlt uns von einem Foto entgegen. Ein nicht minder attraktiver Asiate im schwarzen Anzug hat die Arme um sie gelegt und eng an sich gezogen.

»Wer ist das?«, fragt Vanessa neugierig. Sie ist selbst Asiatin, gehört aber zu den Schülern des Instituts, die keinen blassen Schimmer haben, wer ihr Original ist. Deshalb interessiert sie sich brennend für jeden Asiaten, den wir in einer Zeitschrift entdecken. Durch ein Magazin haben auch Kelsey und ich herausgefunden, wer wir sind. Unser Original heißt Elektra Hamilton. Sie ist die Tochter des Eigentümers des Instituts – des Mannes, der aus dem Klonen ein Geschäft gemacht hat. Als Mitglied einer der einflussreichsten Familien der Neuen Union tauchte Elektra schon im zarten Kindesalter an der Seite ihrer Familie auf Fotos in Zeitungen und Reportagen im Netz auf.

Als im Institut die Runde machte, von wem wir abstammen, waren einige Schüler sogar neidisch auf uns. Als wären wir etwas Besonderes. Als wären wir nicht ebenso Gebrauchsgegenstände wie sie. Und vielleicht – ich gebe es nicht gern zu – glaubte ich das eine Zeit lang auch selbst. Aber Kelsey hat ihre Niere verloren. Ich bin nicht stolz auf den genetischen Code, aus dem wir zusammengebaut wurden. Wenn überhaupt, schäme ich mich dafür.

Vielleicht kann Nicht-Wissen manchmal eine Gnade sein. Doch das versteht Vanessa nicht. Wir alle, die wir hier sind, besitzen keine Wurzeln. Vanessa glaubt, wenn sie herausfindet, welche Familie für ihre Existenz verantwortlich ist, würde sich das ändern. Sie glaubt, sie könne dann den Gedanken besser ertragen, einen Teil ihrer Leber gegeben zu haben. Weil ihre Spende so einen Sinn bekommt. Ich wünsche ihr, dass sie die Antwort auf ihre Frage nie erfährt. Dass sie nie endgültig begreift, was ihre Eigentümer getan haben und jederzeit wieder tun würden: sie wie Vieh zur Schlachtbank zu treiben.

»Shuichi Watanabe«, liest Aubrey vor.

Vanessa drängt ihn zur Seite. »*Stilvoll: Die Tochter von Schauspielerin Miranda Stone kam in einer Robe von Patsy K. mit Werft-*

erben Shuichi Watanabe zu den Eröffnungsfeierlichkeiten. Das ist Shuichi Watanabe? Ich dachte, der sei schwul.«

»*Ich* dachte, Rosalind Stone sei mit Phillip von Halmen zusammen?«, wirft Alex ein.

»Und ich dachte, dieser ganze Mist interessiert uns nicht.« Meine Schwester lehnt sich zurück und verschränkt die Arme.

»Kelsey hat recht«, stimmt ihr Manuel zu. »Blättert mal weiter. Da gibt's irgendwo einen Artikel über die Tennis-WM.«

Ich bezweifle, dass ein Artikel in diesem Revolverblatt ernsthaft ergiebige Informationen über die Tennis-WM liefert. Aber ich habe nichts dagegen, das Thema zu wechseln, denn ich weiß sehr genau, dass Rosalind Stone nicht mehr mit Phillip von Halmen zusammen ist. Ich wechsle einen Blick mit Kelsey.

Weil Vanessa noch nicht bereit ist, das Thema fallen zu lassen, sagt Aubrey: »Die beiden haben sich getrennt. Vor Kurzem erst.«

Aubrey war bei uns, als wir vor zwei Wochen im Netz über die Meldung gestolpert sind. Wir waren gerade in der Bibliothek und recherchierten an einem der öffentlichen Elastoscreens für eine Hausarbeit. Mit unseren privaten Leihgeräten können wir nicht ins Netz.

Jetzt schaut Aubrey entschuldigend in unsere Richtung. »Von Halmen ist frisch verlobt. Mit Elektra Hamilton.«

»Was?«

»Habt ihr das gewusst?« Diese Frage richtet sich an Kelsey und mich.

»Warum habt ihr uns nichts erzählt?«

»Lasst gut sein, Mädels«, sagt Manuel, obwohl die letzte Frage von Tobias stammt. Der boxt ihm gespielt empört in die Schultern. Aber die anderen geben Ruhe. Sie wissen, wie unangenehm es Kelsey und mir ist, über unser Original zu sprechen. Ich nicke Manuel dankbar zu, und wir konzentrieren uns wieder auf die Zeitschrift.

Bis uns Alex hektisch darauf aufmerksam macht, dass einer unserer Lehrer zu uns herüberkommt. Tobias gelingt es gerade noch, sie in seinen Stoffbeutel zu stopfen, ehe Mr. Nyström bei uns ist.

Ein ungutes Gefühl macht sich in meiner Magengegend breit, als er seinen Blick zunächst auf Kelsey, dann auf mich richtet.

»Isabel. Du möchtest bitte ins Büro der Direktorin kommen.«

Kapitel 2

In meinem Rücken spüre ich die Blicke der anderen, während ich die Cafeteria verlasse. Bevor ich aufgestanden bin, habe ich unter dem Tisch Kelseys Hand gedrückt und bemerkt, wie sich ein kalter Schweißfilm darauf bildete. Sie ist ebenso nervös wie ich. Wir denken beide an das, was passiert ist, als Direktorin Myles vor einem Jahr Kelsey in ihr Büro bestellt hat.

Mr. Nyström begleitet mich nicht. Er weiß, dass ich seinem Befehl ohne Widerspruch Folge leiste. Wir sind perfekt dressierte Tierchen. Es könnte um etwas ganz anderes gehen, denke ich, als ich durch die hell gestrichenen Flure laufe, die mir plötzlich drückend eng vorkommen. *Na klar, als ob es je um etwas anderes gehen würde.*

Obwohl ich mir Zeit lasse, stehe ich irgendwann unweigerlich doch vor der eierschalfarbenen Tür von Direktorin Myles' Büro.

Was könnte Elektra diesmal von uns brauchen? Eine von Kelseys Nieren hat sie schon. Mit einem Schaudern denke ich an Alissa und die beiden schwarzen Löcher in ihrem Gesicht, dort, wo einst ihre Augen saßen. Dann wische ich mir meine schweißnassen Handflächen an meiner Jeans trocken und klopfe an.

Direktorin Myles sitzt hinter ihrem riesigen Eichenholzschreibtisch und wirft mir einen aufmunternden Blick zu. Ich hingegen habe nur Augen für die beiden Personen, die auf gut gepolsterten Stühlen vor ihr Platz genommen haben und sich jetzt zu mir umdrehen. Es sind ein Mann und eine Frau, beide sehr elegant gekleidet. Die Finger der Frau spielen mit der Perlenkette um ihren Hals, die sicher mehr gekostet hat als meine Unterbringung hier für ein ganzes Jahr.

Ich habe sie noch nie in natura gesehen, aber ich weiß sofort, um wen es sich handelt, noch bevor Direktorin Myles sagt:

»Isabel, ich möchte dich mit Sabine und Priamos Hamilton bekannt machen.«

Sie tut so, als hätte sie mich zu einer verdammten Teestunde eingeladen. Mit klopfendem Herzen gehe ich auf die beiden zu, die von ihren Stühlen aufstehen. Er streckt mir mit einem freundlichen Lächeln die Hand entgegen. Sie allerdings sieht aus, als habe sie einen Geist gesehen. Das sind sie also, meine Eigentümer. Als ich Sabine Hamilton die Hand reichen will, pressen sich ihre korallenrot geschminkten Lippen zu einem Strich zusammen.

Ich unterdrücke ein Schnauben. Wenn sie glaubt, für sie sei diese Situation unangenehm, dann hat sie keine Ahnung davon, wie ich mich gerade fühle.

Ich weiß nicht, was ich unangenehmer finde. Ihre offensichtliche Abneigung mir gegenüber oder das seltsame Leuchten in Priamos Hamiltons Augen, während er mich mustert.

»Priamos, Sabine; das ist Isabel.«

»Das ist wohl kaum zu übersehen«, schnappt Mrs. Hamilton, während er sagt: »Klon Nr. 2066-VI-002.«

»003«, korrigiere ich ihn automatisch, obwohl ich es hasse, so angesprochen zu werden. 2066-VI-003 ist die offizielle Bezeichnung, die auf dem medizinischen Datenblatt steht, das bei meiner Züchtung angelegt wurde. Ich bin froh, dass die Betreuer im Institut zumindest den Anstand hatten, uns menschliche Namen zu geben. »Ich würde es allerdings bevorzugen, wenn Sie mich Isabel nennen.«

Er zuckt noch nicht einmal zusammen. Ich erwarte fast, dass Direktorin Myles mich rügt, aber das tut sie nicht. Stattdessen sagt sie: »*Isabel* ist eine unserer besten Schülerinnen.« Dabei betont sie meinen Namen.

Mr. Hamilton geht einen weiteren Schritt auf mich zu, bis er direkt vor mir steht. Dann besitzt er tatsächlich die Dreistheit, mein Kinn in die Hand zu nehmen und es hin und her zu drehen. Sein Griff ist fest, aber ich wehre mich nicht. Ich balle die Hände zu Fäusten und zwinge mich, an Kelsey zu denken. Kelsey, die mich braucht; die es vor allem nicht braucht, dass ich diejenigen verärgere, in deren Händen unser Schicksal liegt.

»Sie ist perfekt.« Es klingt, als spräche er von einem Apfel.

Aus den Augenwinkeln sehe ich, dass seine Frau ihm einen wütenden Blick zuwirft. »Das ist doch eine Farce!«

»Nicht hier, Sabine«, antwortet er gefährlich leise. Als er sich wieder mir zuwendet, lächelt er freundlich. Er lässt mein Kinn los und deutet auf die Ledercouch, die in einer Ecke steht.

»Nimm bitte Platz, Isabel. Wir möchten etwas mit dir besprechen.«

Wir werden dich leider aufschneiden müssen und dir die Hälfte deiner Organe entnehmen, weil unsere Tochter Elektra etwas unglaublich Verrücktes getan hat. Ich wünschte, mein Gedankenkarussell würde aufhören, ein Horrorszenario nach dem nächsten abzuspulen. Ich bin froh, mich setzen zu können, obwohl die Couch für meinen Geschmack viel zu weich ist. Aber mir zittern die Knie und ich habe wieder zu schwitzen begonnen.

»Medea, könnten wir etwas Wasser bekommen?«, fragt Priamos Hamilton Mrs. Myles, während er auf einem Sessel mir gegenüber Platz nimmt. Als er sie mit ihrem Vornamen anspricht, fällt mir ein, dass sie mit den Hamiltons verwandt ist. Eine Cousine zweiten Grades? Dritten?

Mrs. Myles schenkt uns Wasser aus einer hohen Karaffe ein. Ich traue mich nicht, nach dem Glas zu greifen, das sie vor mir auf einem Tisch abstellt. Stattdessen verschränke ich meine Finger ineinander und lege sie auf meinen Schoß. Ich will nicht, dass sie sehen, wie nervös ich bin. Obwohl das natürlich Unsinn ist. Es braucht nicht viel, meinen Gefühlszustand zu erraten.

»Isabel.« Mr. Hamilton spricht meinen Namen langsam aus. »Dir ist bekannt, dass unsere Tochter vor Kurzem einen Eheschließungsvertrag mit Phillip von Halmen geschlossen hat?«

Jetzt bin ich doch überrascht. Was soll dieses Thema?

»Ja«, antworte ich und denke daran, dass wir erst vor wenigen Augenblicken genau darüber in der Cafeteria gesprochen haben.

»Sehr schön.« Mr. Hamilton lächelt mir freundlich zu. Tatsächlich wirkt es beruhigend. Ein wenig. »Du kannst dir vorstellen, wie aufregend das für meine Familie ist.«

Ich nicke. Dass die Hamiltons und die Stones seit Jahren miteinander konkurrieren, ist kein Geheimnis. Noch nicht einmal das Institut ist so gut abgeschirmt, als dass wir davon nichts mitbekommen hätten. Ich werfe einen Blick hinüber zu Sabine. Vor ein paar Wochen war Phillip von Halmen noch mit Miranda Stones Tochter liiert, also mit der Tochter von Sabines Schwester. Jetzt hat er sich mit Elektra verlobt. Wie hat es sich wohl für Sabine angefühlt, die eigene Schwester zu übertrumpfen? Ich stelle mir vor, Kelsey und ich wären an ihrer Stelle. *Nein*, denke ich. Wenn ich Kelsey auf solche Weise geschlagen hätte, empfände ich das nicht als Sieg. Was Sabine Hamilton darüber denkt, weiß ich nicht. Sie presst immer noch die Lippen zusammen und mustert mich kalt. Einem direkten Augenkontakt weicht sie allerdings aus.

»Meinen herzlichen Glückwunsch«, sage ich, ohne mich von ihr abzuwenden. »Sie sind sicher überglücklich.«

»Gewiss«, erwidert Priamos Hamilton und zieht meine Aufmerksamkeit wieder auf sich. »Es gibt nur ein Problem. Elektra ist tot.«

Elektra? Tot?!

Einen Augenblick lang glaube ich, mich verhört zu haben. Das kann nicht sein. Wenn die einzige Tochter einer der reichsten Familien des Landes, die künftige Braut eines der begehrtesten Junggesellen der Neuen Union, gestorben wäre, hätten selbst wir das doch längst erfahren.

Meine Antwort fällt deshalb platt aus: »Was?«

Mrs. Myles legt mir beruhigend eine Hand auf mein Knie.

»Es ist erst gestern geschehen«, erklärt Mr. Hamilton. »Bisher konnten wir es geheim halten.«

»Was … Aber …« Ich weiß, dass ich stottere, kann jedoch nichts dagegen tun. Dann trifft mich die Erkenntnis wie ein Schlag. Ich bin frei. Wir sind frei! Unser Original ist tot. Kelsey und ich werden nicht mehr benötigt. Wir können gehen, das Institut verlassen, und endlich *leben*. Sicher, wir werden nur ein mageres Startgeld bekommen, aber endlich – endlich! – steht uns die Welt offen.

Ich spüre, wie sich ein Lachen seinen Weg aus meinem Bauch nach oben bahnt. Gerade noch kann ich es unterdrücken, indem ich nach dem Glas greife und große Schlucke trinke. Ich muss mich zwingen, die Nerven zu behalten. Die Hamiltons haben ihre Tochter verloren. Gestern erst. Sie sind bestimmt nicht gekommen, um mir eine frohe Botschaft zu verkünden. Warum hat Direktorin Myles nur mich gerufen, aber nicht Kelsey? Und warum trägt Sabine Hamilton kein Schwarz? Etwas stimmt hier nicht. Etwas stimmt hier ganz und gar nicht.

»Wir brauchen deine Hilfe, Isabel«, fährt Mr. Hamilton fort, immer noch ganz ruhig.

Ich schaue hilflos zwischen ihm, seiner Frau und Direktorin Myles hin und her. Als eine Pause entsteht, räuspert sie sich und schenkt mir ein schiefes Lächeln.

»Es ist eine Tragödie, Isabel.« So oft wie heute habe ich meinen Namen noch nie innerhalb von zehn Minuten zu hören bekommen. »Den Schmerz, den die Hamiltons erleiden, können wir uns nicht ausmalen.«

Erzähl mir nichts von Schmerzen, denke ich. Jetzt bin ich es, die die Lippen fest zusammenpresst.

Direktorin Myles fährt unbeeindruckt fort: »Und doch sind sie heute gekommen, um dir ein unglaubliches Angebot zu unterbreiten. Es ist eine riesige Chance. Mehr als das. Es ist die Chance deines Lebens! Alles kann sich für dich ändern.«

»Ich verstehe nicht.« Mein Kopf dreht sich.

»Wir möchten, dass du Elektras Platz einnimmst«, erklärt Mr. Hamilton. Ganz ruhig, als ob er sagen würde: Wir möchten, dass du in der nächsten Aufführung des Schultheaters die Julia spielst. »Unsere Familie hat jahrelang auf diese Verbindung hingearbeitet. So viel hängt davon ab. Wir können es nicht riskieren, dass uns der Hauptgewinn wie Sand wieder durch die Finger rinnt. Phillip von Halmens Vater wird mit an Sicherheit grenzender Wahrscheinlichkeit eines Tages Präsident der Neuen Union. Meine Tochter muss ihn heiraten. Und deshalb musst du Elektra werden.«

Ich schaue ihn schockiert an. Sabine Hamilton schnaubt schon wieder und Direktorin Myles legt nun die Hand auf *ihr* Knie.

Mr. Hamilton ignoriert beide und mustert nur mich. »Versteh mich nicht falsch. Du bist nicht Elektra. Du wirst niemals ihren Platz in unseren Herzen einnehmen können und ihr … Verlust hat uns tief getroffen. Aber jetzt ist keine Zeit für öffentliche Trauer. Du siehst aus wie sie. Du bist ihr Klon, ihr Spiegelbild. Unversehrt und lebendig – und im gleichen Alter. Das ist eine einmalige Chance, und wenn du mitspielst, kannst du dabei sogar noch mehr gewinnen als wir: ein Leben in Luxus, schöne Kleider und Schmuck, Prestige, Anerkennung, die Hand eines attraktiven jungen Mannes, ja, sogar einen Adelstitel.«

»Heute Aschenputtel, morgen Prinzessin!« Sabine Hamiltons Stimme schneidet wie Glas.

Ihr Mann ergreift meine Hand. »Dir wird die Welt zu Füßen liegen.«

Mein Herz setzt für Sekunden aus, und beginnt dann schneller zu schlagen. »Wenn ich sie werde.«

»Wenn du sie wirst, ja.« Sein Griff um meine Finger wird fest. »Glaubst du, du kannst das, Isabel? Elektra werden? Von jetzt auf gleich dein altes Leben hinter dir lassen und nie mehr zurückblicken?«

»Ich … Was ist mit Kelsey?«

»Kelsey?«

»Der andere Klon«, sagt Direktorin Myles ruhig.

Priamos Hamilton schaut mich bedauernd an. »Dieser Plan wird nur funktionieren, wenn du alles hinter dir lässt, Isabel. Auch Kelsey.«

»Was?!«

»Hör mir zu«, mischt sich Direktorin Myles ein.

Sie weiß, wie nah Kelsey und ich uns stehen. Sicher ahnt sie, was gerade in mir vorgeht. Dieser ganze Vorschlag ist absurd, und zwar aus mehr als einem Grund.

»Du musst jetzt stark für euch beide sein. Das ist eine wunderbare Gelegenheit. Denk doch nur nach, was du alles tun könntest.«

Sie betont die Worte auf eine seltsame Art. Als ob es um mehr ginge als um Seidenkleider und Perlenketten.

»Auch für Kelsey«, fährt sie fort. »Die Hamiltons sind bereit, sich deine Kooperation etwas kosten zu lassen.«

Ich blicke hinüber zu Sabine, die das Gesicht verzieht, als hätte sie in eine Zitrone gebissen. Klar, die Vorstellung, mit einem Klon unter einem Dach zu leben und ihn als die eigene Tochter auszugeben, muss für eine arrogante Zicke wie sie ziemlich unerfreulich sein.

»Kelsey wird es an nichts fehlen«, versichert Mr. Hamilton mir. »Wir sind bereit, sie früher aus dem Institut zu entlassen als geplant. Mit einer stattlichen Leibrente noch dazu.«

»Kann sie mitkommen?«

Seine Miene wird hart. »Nein.« Er räuspert sich. »Bedauerlicherweise nicht. *Elektra* und sie – es gibt keinen Grund, weshalb ihr Kontakt haben solltet. Mir ist zu Ohren gekommen, dass Kelsey einige gesundheitliche Probleme hat. Ich verspreche dir, dass wir uns darum kümmern. Sie wird die beste medizinische Versorgung bekommen, die es gibt. Und sie erhält ihre Freiheit nicht erst mit Vollendung ihres zwanzigsten Standardjahres, sondern in dem Augenblick, in dem du mit Phillip von Halmen vor den Traualtar trittst.«

Am liebsten würde ich ihm mein Wasser ins Gesicht schütten. Gesundheitliche Probleme?! Er weiß genau, warum sie nicht mehr dieselbe ist wie früher. Jetzt begreife ich auch, warum ich es bin, der die Hamiltons dieses vollkommen absurde Angebot machen, und nicht sie. Die kränkliche Kelsey könnte niemals überzeugend zu Elektra werden. Die Frage ist, ob ich es kann. Bisher haben er und Direktorin Myles mir eindrucksvoll geschildert, was ich durch meine Zusage alles gewinne. Niemand spricht darüber, was ich verliere.

»Was ist«, frage ich vorsichtig, »wenn ich das nicht will? Wenn ich Nein sage?«

»Dann«, sagt Sabine Hamilton kalt, »haben wir keine Verwendung mehr für euch.«

Kapitel 3

Irgendetwas an der Art, wie Sabine Hamilton diese Worte ausspricht, macht mir Angst. Keine Verwendung mehr? Sicher meint sie das nicht so, wie es klingt? Unser Original ist tot, Kelsey und ich werden nicht mehr gebraucht. Es kann den Hamiltons egal sein, was wir aus unseren Leben machen.

»Du bist unsere einzige Chance, Isabel«, sagt Mr. Hamilton. »Und es war das letzte Mal, dass ich dich bei diesem Namen nenne.«

Meine Gedanken rasen. Zeit. Ich brauche Zeit.

»Wie schnell muss ich mich entscheiden?«, frage ich deshalb.

»Das wird nicht funktionieren.« Genervt steht Sabine Hamilton auf. Sie dreht mir den Rücken zu und geht hinüber zum Fenster, wo sie auf den Hof hinunterstarrt. Sie zeigt mir im wahrsten Sinne des Wortes die kalte Schulter.

»Unglücklicherweise sofort«, beantwortet ihr Mann meine Frage. »Entweder du hast es in dir, eine Hamilton zu werden, oder nicht. Wir haben leider nicht die Möglichkeit, dir Bedenkzeit einzuräumen. Du musst dich jetzt entscheiden.«

Als ich zögere, lenkt er ein.

»Es muss ja keine Entscheidung für immer sein. Probier es aus. Gib dein Bestes. Komm mit uns, lerne das Leben kennen, das du führen könntest. Die Verlobung soll erst Ende des Monats stattfinden. Wenn du in einer Woche feststellst, dass das nicht das ist, was du willst, kannst du immer noch einen Rückzieher machen.« Er lächelt mich aufmunternd an. »Ich zweifle aber daran, dass das passieren wird.«

Ich fange an, an meinem Daumennagel zu kauen, aber Direktorin Myles greift nach vorne und zieht an meiner Hand. »Diesen unschönen Tick musst du dir schnellstmöglich abgewöhnen.«

Schon klar, Elektra Hamilton hat vermutlich nie an ihren Nägeln gekaut.

Das ist alles verrückt. Es fühlt sich an, als würden die unterschiedlichsten Gedanken in meinem Kopf einschlagen wie ein Meteoritenschauer. Ich weiß einfach nicht, was ich tun soll. Kelsey kommt mir in den Sinn. Filmpremieren. Schöne Kleider. Manuel, der mich sanft in seine Arme zieht und über mein Haar streichelt. Das Leben in einem großen Haus. Bei einer richtigen Familie. Mr. Langton, der keinen einzigen Blick auf meinen Elastoscreen wirft.

Dann, ganz plötzlich, wird es mir bewusst: Elektra Hamilton ist tot. Und damit ist das Leben, wie ich es kenne, ohnehin vorbei, so oder so.

Warum also nicht nach den Sternen greifen? Warum nicht das Unmögliche versuchen? Warum nicht eine andere werden, damit alles anders werden kann?

»Also gut«, höre ich mich sagen. Meine Stimme klingt fremd in den eigenen Ohren.

Sabine Hamilton schließt die Augen. Ich bin mir nicht sicher, ob sie sich über meine Antwort freut oder ärgert. Aber Direktorin Myles strahlt und Mr. Hamilton lächelt so siegesgewiss, als hätte er von Anfang an gewusst, wie ich mich entscheide.

»Ich habe noch nicht zugestimmt.« Ich gebe mir Mühe, selbstbewusst zu wirken. Auch wenn ich mich an meinen nächsten Worten beinahe verschlucke. »Ich bin Ihnen … dankbar für die Chance, die Sie mir anbieten. Und ich verstehe, dass

Sie schnell eine Antwort brauchen. Aber eine Entscheidung von einer solchen Tragweite … Geben Sie mir den Nachmittag, um alles in Ruhe zu durchdenken. Heute Abend kann ich Ihnen eine Antwort geben.«

»Isabel …«, beginnt Direktorin Myles, aber Mr. Hamilton unterbricht sie: »Eine Stunde. Und du darfst mit niemandem darüber sprechen.«

»Einverstanden.«

Ich strecke ihm meine Hand entgegen und er schüttelt sie.

»Ich meine es ernst. Kein Wort zu irgendjemandem. Noch nicht einmal zu Kylie.«

Ich mache mir nicht die Mühe, ihn zu verbessern. Mr. Hamilton mag sich freundlich und zuvorkommend geben, aber das liegt daran, dass er etwas braucht, das nur ich ihm geben kann. Und vielleicht Kelsey. Von der er noch nicht einmal den Namen behalten kann. Für ihn sind wir nur Nummern; Produkte seiner langjährigen Forschungsarbeiten.

Die Stunde Bedenkzeit gewähren sie mir. Aber dass ich wirklich den Mund halte, darauf vertrauen sie nicht. Den Hamiltons wäre es zweifelsohne am liebsten, sie könnten mich die ganze Zeit beobachten. Aber wenn die beiden ihre Argusaugen auf mich richten, kann ich nicht nachdenken. Also schließt mich Direktorin Myles ein. Und weil sie das Risiko nicht eingehen will, das in meinem Zimmer zu machen, wo einer der anderen auftauchen und unangenehme Fragen wegen der geschlossenen Tür stellen könnte, bringt sie mich in den Keller. Ein ziemlich trostloser Ort, um über seine Zukunft nachzudenken. In den verschlungenen Gängen aus rauem Stein und dem Gewirr von Röhren riecht es muffig, es ist feucht und dunkel, und auch wenn ich inzwischen viel zu alt dafür bin, um noch an Monster zu glauben, steckt mir Aubreys Gruselgeschichte vom Ungeheuer aus den tropfenden Leitungen in den Knochen.

Doch Direktorin Myles hätte keinen besseren Ort wählen können. Nachdem ich ein paar Minuten lang alibimäßig versucht habe, mich auf einem ausrangierten Stuhl am unteren Ende der Treppe zu konzentrieren, stehe ich auf. Niemand hat mir befohlen, mich nicht von der Stelle zu bewegen.

Also gehe ich in den Raum der schlafenden Prinzen.

Die Hälfte der Lampen hier unten ist entweder kaputt oder spendet nur flackerndes Licht. Als ich mich unter feuchten Kupferrohren hindurchducke, denke ich, dass Monster nicht in Kellern und Abwassersystemen hausen, sondern in Villen.

Den Raum mit den schlafenden Prinzen habe ich bereits vor Jahren entdeckt, als Kelsey, Aubrey, ich und ein paar andere an einem Sommerabend Verstecken spielten. Ich hatte es für eine glänzende Idee gehalten, mich in die Kellerräume zu verziehen, die wir sonst nie freiwillig betraten. Auf der Suche nach dem wirklich perfekten Versteck – eines, das gut verborgen war, aber nicht zu feucht oder gruselig –, bemerkte ich, dass sich außer mir noch jemand im hinteren Teil des Kellers aufhielt: einer der Männer der Sicherheitsfirma, die Tag und Nacht das Gelände des Instituts überwachen.

Neugierig heftete ich mich an seine Fersen. Er war nicht sonderlich gut in seinem Job, denn er bemerkte weder, dass ich ihm folgte, noch, dass ich ihn dabei beobachtete, wie er die einfallsloseste Zahlenkombination, die mir je untergekommen ist, in ein Kontrollkästchen an der Wand einhämmerte: 123456789. Seither kenne ich das vermutlich größte Geheimnis des Hamilton-Instituts.

Bis heute hat sich in diesem versteckten Kellerraum nichts geändert. Noch immer scheint er in magisch-grünem Licht zu glühen. Er ist länglich, die Decke hängt nicht sonderlich hoch. Ich kann darin gerade so stehen, ohne mir den Kopf zu stoßen.

Das Glühen geht von sieben Glassärgen aus, die nebeneinander aufgereiht die komplette hintere Hälfte des Raums einnehmen. Weniger als ein Meter Platz ist zwischen ihnen; ihre Fußenden zeigen zur Tür. Sie sind mit einer Flüssigkeit gefüllt, die von innen heraus zu leuchten scheint. Und in dieser Flüssigkeit schwimmen die nackten Körper der verwunschenen Prinzen.

Natürlich sind die Särge nicht wirklich aus Glas und die Körper gehören auch keinen verzauberten Märchenfiguren. Ich vermute, die röhrenartigen Behälter sind aus einer Art durchsichtigem Plastik und die sieben Jungen, die darin schwimmen, Klone wie ich. Warum sie bewusstlos sind, habe ich bis heute nicht herausgefunden. Ob mit ihnen irgendetwas nicht in Ordnung ist? Sie gleichen sich wie ein Haar dem anderen. Sie scheinen perfekt und wirken unglaublich friedlich.

Vielleicht sind es Klone, bei deren Züchtung etwas schiefging. Aber warum hat man sie dann nicht entsorgt?

Über die Jahre hinweg habe ich sie heranwachsen sehen. Männliche Schneewittchen, nicht tot, aber auch nicht am Leben, in einem ewigen Dämmerzustand künstlich versorgt durch Maschinen. Ab und an muss sie jemand aus den Särgen holen und ihnen die Nägel und die Haare schneiden, denn die sind immer perfekt gestutzt und akkurat in Form gehalten. Sie sind in einem Alter, in denen ihnen längst mehr als leichter Bartflaum wachsen sollte, aber die Haut an ihren Kinnen ist makellos. Bis heute habe ich nie jemanden gesehen, der sich um sie kümmert. Manchmal hocke ich, den Rücken an die Wand gestützt, zwischen ihnen, starre ihre reglosen Körper an und stelle mir vor, sie würden bei Mondaufgang erwachen, aus ihren Särgen steigen und die Nächte durchtanzen. Wie männliche Vampirversionen der Prinzessinnen aus dem Märchenbuch, in dem Kelsey und ich so gern gelesen haben, als wir noch klein waren. Bevor wir begriffen, dass es nicht für alle ein Happy End gibt.

Trotzdem komme ich immer wieder hierher. Niemand stört mich hier unten, wenn ich nachdenken muss. So wie jetzt. Ich lasse die Fingerkuppen über das glatte Material der Särge gleiten. Es fühlt sich warm an, als würde die Flüssigkeit darin geheizt. Ich betrachte die sanften, geschwungenen Brauen eines der Prinzen und plötzlich weiß ich, dass ich das Angebot der Hamiltons nicht ablehnen kann. Nicht, weil ich mich nicht traue, und nicht, weil ich Angst vor den Konsequenzen habe, sondern aus dem Grund, dass ich nicht so sein will wie sie: untätig in einem Glassarg gefangen, abgeschnitten von der Außenwelt und unfähig, eigene Entscheidungen zu treffen.

Spielt es wirklich eine Rolle, wenn ich dafür nicht mehr *ich* sein kann? Wer bin ich schlussendlich schon? Ein Klon, den niemand mehr braucht.

Wenn ich den Platz von Elektra Hamilton einnehme, muss ich nicht zwangsläufig auch zu ihr werden. Sicher, ich muss meine Rolle spielen. Aber Menschen verändern sich. Wenn ich vorsichtig vorgehe, kann ich Elektra Hamilton neu erfinden. Ich kann mich neu erfinden. Ich kann vielleicht nicht die Welt verändern, aber mein Leben. Kelseys Leben.

Das ist der Moment, in dem ich mich entscheide. Ich hole tief Luft und werfe einen letzten Blick auf die schlafenden Prinzen. Die Stunde ist noch nicht vorbei, aber ich drehe mich um, schließe den Saal hinter mir und setze mich wieder auf den Stuhl. Sobald sie mich holen, bin ich bereit, den Hamiltons und Direktorin Myles meine Entscheidung mitzuteilen. Klon 2066-VI-03 wird heute noch sterben.

Als ich mit Direktorin Myles in unser Zimmer komme, sitzt Kelsey mit untergeschlagenen Beinen auf ihrem Bett. Sie sieht mich erwartungsvoll an. Unangenehm berührt erkenne ich, dass ihre Augen durch die Angst, die sich darin spiegelt, lebendiger wirken als irgendwann sonst in der letzten Zeit.

Direktorin Myles schließt die Tür und verschränkt die Hände ineinander. »Isabel wird gleich abgeholt. Ihr habt nur ein paar Minuten Zeit.«

Nach meiner Rückkehr aus dem Keller und meiner Zusage an die Hamiltons hat sie nach Kelsey geschickt. Ich bin ihr dankbar dafür, dass sie mir die Gelegenheit gibt, mich von meiner Schwester zu verabschieden. Aber jetzt, wo ich vor ihr stehe, weiß ich nicht, was ich zu ihr sagen soll. Sie haben mir eingeschärft, ja nichts zu verraten. Also setze ich mich neben sie aufs Bett. Sie greift nach meiner Hand. »Was wollen sie?«

Am liebsten würde ich mit allem herausplatzen. Dass Elektra tot ist, dass Priamos Hamilton mir ein bizarres Angebot gemacht hat – und von meiner irrwitzigen Hoffnung, unser Leben dadurch verbessern zu können. Ich habe keine Geheimnisse vor Kelsey. Wir erzählen uns alles. Oder wir haben das getan, ehe man Kelsey operiert hat und sie so still geworden ist. Sie wird glauben, dass man mich zu einer Operation abgeholt hat, bei der ich gestorben bin. Wie Bethany. Wie Max. Wie ein halbes Dutzend unserer ehemaligen Mitschüler. Sie wird nicht wissen, dass ich lebe und sie sich keine Sorgen zu machen braucht. Dass ich sie eines Tages – eines hoffentlich nicht allzu fernen Tages – nachholen werde.

»Isabel«, drängt sie.

Direktorin Myles räuspert sich.

»Geht es wieder um eine Niere?«

»Nein«, antworte ich zögernd. Es gefällt mir nicht, meine Schwester zu belügen. Sie gegen eine falsche Familie einzutauschen.

Aber die Hamiltons suchen ja nicht nach einer Tochter. Sie suchen nach einer Schauspielerin, um ihren politischen Einfluss zu festigen. Nur deshalb habe ich einen Wert für sie. Erstaunt stelle ich fest, dass mir der Gedanke eine gewisse Befriedigung beschert. Solange ich meine Rolle perfekt spiele, bin ich sicher. Also fange ich besser gleich an zu üben.

»Ich weiß es nicht.« Mein Herz klopft schnell und ich fühle mich wie eine Verräterin. Aber es ist besser so. »Es geht um Elektra, ja. Aber sie haben mir nicht gesagt, was sie diesmal braucht.«

Kelsey schlingt die Arme um mich und wir klammern uns aneinander. Tief sauge ich den Zitrusduft ihrer Haare ein. Sie hat sie heute Morgen gewaschen. Ich will den Duft in mir aufnehmen. Ich will mich immer an ihn erinnern können. Wir waren unser Leben lang zu zweit. Wie soll ich das, was kommt, allein schaffen?

»Elektra hatte einen Unfall«, fahre ich fort, ehe die Wellen der Panik über mir zusammenschlagen können. Und dann erzähle ich Kelsey, dass ich nicht genau weiß, was passiert ist und wie schwer unser Original verletzt ist. Aber dass sie Hilfe braucht und ich noch heute Abend in eine Klink gebracht werde. Dass ich nicht weiß, wie schlimm es um sie – und damit auch um mich – steht, aber dass sie, Kelsey, sich keine Sorgen machen soll. Dass ich in ein paar Tagen zurück bin, wenn alles gut geht. Spätestens nächste Woche.

Direktorin Myles steht die ganze Zeit in der Zimmerecke und hält den Kopf gesenkt. Was in ihr vorgeht? Ich habe keine Ahnung. Sie verhält sich wie ein Schatten, als wäre sie gar nicht richtig da. Sie gibt sich unberührt von all unserer Angst und Verzweiflung. Sie reagiert noch nicht einmal, als Kelsey wütend aufbegehrt.

»Das ist nicht fair. Sie wollen alles von uns. Und wir bekommen nichts. Noch nicht einmal eine Warnung.«

Es ist an mir, sie zu beruhigen.

»Alles wird gut.« Während ich ihr einen Kuss auf die Stirn drücke, rede ich mir das selbst ein. »Es wird schneller alles wieder vorbei sein, als wir jetzt glauben.«

»Du warst noch nicht dort.« Ich höre ungeweinte Tränen in ihrer Stimme. Mein Herzschlag setzt aus. Sie hat nie über ihre Zeit im Krankenhaus gesprochen.

»Kelsey ...«

»Lass *mich* gehen.«

Ich versteife mich.

»Lass mich an deiner Stelle gehen«, wiederholt sie. »Sollen sie doch mich nehmen.«

»Du weißt, dass das nicht geht.«

Und dann klammern wir uns aneinander wie Ertrinkende. Es ist wieder wie vor einem Jahr. Die gleiche Wut. Die gleiche Panik. Nur, dass die Rollen diesmal getauscht sind. Kelsey ist die Schwester, die zurückbleiben muss.

»Wann geht es los?« Ihre Stimme klingt brüchig.

Ich sehe hinüber zu Direktorin Myles. Sie muss meinen Blick spüren, denn nun schaut sie doch auf.

»In zehn Minuten«, antwortet sie.

»Was? Isabel hat noch nicht mal gepackt.«

»Im Krankenhaus bekommt sie ein Nachthemd.«

Ich blicke an mir herunter. Auf meine hellgraue Hose und das fliederfarbene Shirt. Mit mehr als den Kleidern am Leib brauche ich das Institut nicht zu verlassen. Elektra hat keinen Bedarf an meinen abgetragenen Klamotten oder meiner Unterwäsche.

Kelsey steht auf und geht hinüber zu dem kleinen Regal, das über unseren Schreibtischen hängt. Unsere Holzschnitzarbeiten stehen darauf, die wir in der fünften Klasse angefertigt haben. Kelsey hatte sich an einer Arche versucht, aber das klappte nicht so ganz. Noch während des Schnitzens entschied sie sich um und wollte ein U-Boot daraus machen. Zum Schluss wurde es ein Blauwal. Meine stellt – wenn auch nicht sonderlich gut – einen Turm dar: ein hoch in die Lüfte ragendes Gebilde, das sich nach oben hin immer mehr verjüngt, ehe es sich an seiner

Spitze wie eine Knospe öffnet. Der Elfenbeinturm. Kurz zuvor hatte ich *Die unendliche Geschichte* gelesen und fühlte mich selbst ein bisschen wie die Kindliche Kaiserin. Eingesperrt in einem Gefängnis. Unfähig, mich selbst zu retten, während um mich herum die Welt untergeht. Bethany war wenige Wochen zuvor gestorben und die meisten aus meinem Jahrgang begriffen plötzlich, was es wirklich bedeutet, ein Klon zu sein.

Zuerst glaube ich, Kelsey will nach einer der Holzfiguren greifen, aber dann sehe ich, dass sie sich ein Buch schnappt. *Anne auf Green Gables* von Lucy Maud Montgomery.

»Nimm wenigstens das mit.« Sie wirft das Buch neben mich auf ihr Bett.

Ich schüttle den Kopf. »Lieber nicht. Wenn es verloren geht …«

Tatsächlich will ich es nicht mit zu den Hamiltons nehmen. Es ist zu wertvoll für mich. Es handelt sich zwar nur um eine halb zerfledderte Taschenbuchausgabe; ich habe sie sicher bereits ein Dutzend Mal gelesen. Aber es ist mein Lieblingsbuch. Irgendwann erkannte ich, dass ich lieber Anne sein wollte als die Kindliche Kaiserin, und das gab mir Kraft.

»Es wird schon nicht verloren gehen«, widerspricht Kelsey. »Im Krankenhaus hast du Zeit zum Lesen. Was willst du sonst die ganze Zeit machen? Glaubst du, sie legen dich in ein Zimmer mit einem Elastoscreen?« Sie lacht bitter.

Ich nehme das Buch in die Hand und blättere durch die Seiten. Wir besitzen nicht viele Bücher. Die meisten, die ich gelesen habe, stammen aus der Bibliothek. Aber *Anne* habe ich vor vielen Jahren vom Institut geschenkt bekommen. Jeder Schüler bekommt zu Weihnachten und zu Beginn der Sommerferien ein kleines Geschenk. Eigentlich wollte ich es nicht mögen, weil es von ihnen stammt. Aber das ist albern, weil ich auch ihr Essen esse, ihre Kleider trage und in ihren Betten schlafe. Und mit Büchern ist das so eine Sache. Ich weiß, dass sie genau darauf achten, welche Romane wir lesen dürfen und welche nicht. Also habe ich mit der gebotenen Vorsicht mit dem Lesen begonnen. Annes Geschichte hat mich gegen meinen Willen verzaubert.

Sie handelt von einem unangepassten, rothaarigen Waisenmädchen. Im Kanada des 19. Jahrhunderts wird es von einem alten Geschwisterpaar adoptiert und wächst auf einer Farm auf. Mit ihrer Wildheit und ihren fantastischen Ideen wirbelt sie das Leben ihrer neuen Zieheltern ziemlich auf. *Der Sturm im Wasserglas*, heißt ein Kapitel. Was mich erwartet, ist ein Orkan. Vielleicht wäre es schön, etwas Vertrautes an meiner Seite zu haben. Etwas, das mir Kraft gibt.

»Du hast recht.« Um Kelsey zu beruhigen und meine Scharade aufrechtzuerhalten, packe ich neben dem Buch noch schnell ein paar Kleider in den Turnbeutel, in dem ich sonst meine Sportklamotten aufbewahre.

Dann muss ich aufbrechen. Direktorin Myles duldet keinen Aufschub mehr. Bevor ich gehe, drücke ich Kelsey einmal ganz fest. Ich traue mich fast nicht, noch etwas zu ihr zu sagen, aus Angst, dass meine Stimme bricht.

»Bis in ein paar Tagen.«

Sie lächelt schwach. »Bis bald.«

Dann hänge ich mir den Turnbeutel um und gehe zur Tür.

»Isabel!«

Ich drehe mich um. Kelsey steht mitten im Zimmer und reibt sich mit der Hand nervös den Unterarm, so fest, dass ich Angst habe, sie wird sich gleich die Haut abrubbeln. Aber ich sage nichts dazu. Kelsey muss sich jetzt selbst beschützen.

»Ja?«, frage ich.

»Ich bin froh, dass ich dir heute die Spaghetti aus dem Automaten gelassen habe.«

Wir schauen uns lange in die Augen. Es ist uns egal, dass Direktorin Myles uns hören kann.

»Ich auch.«

»Da sind wir wieder.« Direktorin Myles klingt betont fröhlich, als wir in ihrem Büro ankommen.

Mr. Hamilton mustert den Beutel um meine Schulter. »Was ist das?«

»Nur ein paar Sachen«, murmle ich.

Eine Weile lang sagt niemand etwas, dann nickt er, kommt zu mir herüber und nimmt mir den Turnbeutel ab.

»Das brauchst du nicht.« Er klingt freundlich, aber ich spüre, dass er in diesem Punkt nicht mit sich diskutieren lässt. Achtlos lässt er den Stoffbeutel auf den Boden neben der Couch fallen. Ich denke an *Anne* und das versetzt mir einen Stich.

Es ist nur ein dummes Buch, schelte ich mich. *Halb zerfallen*. Sobald ich bei den Hamiltons angekommen bin, kann ich mir das E-Book auf einen Elastoscreen ziehen. Wenn ich sein Spiel mitspiele, kauft mir Mr. Hamilton sicher auch eine neue Printausgabe.

Aber das ist nicht das Gleiche. Wem mache ich etwas vor? Ich kann mich nicht dazu bringen, vom Beutel wegzuschauen.

Direktorin Myles tritt in mein Blickfeld und hebt ihn auf. »Ich gebe ihn Kelsey in ein paar Tagen. Versprochen.«

Dann kommt sie zu mir herüber und tut etwas, das mich überrascht. Sie nimmt mich kurz in die Arme und drückt mich. Zuerst versteife ich mich. Ich weiß nicht, wie viele Jahre es her ist, dass mich tatsächlich eine der Lehrkräfte umarmt hat. Dann werde ich lockerer und lasse mich auf die Umarmung ein. Ich bin überrascht, dass ich es schön finde, dass sie mich umarmt.

»Viel Glück«, sagt sie leise.

Ich sehe Direktorin Myles und die anderen Erwachsenen im Institut als meine Gefängniswärter an. Sie sind die Hüter und unternehmen dennoch nichts, um uns zu beschützen. Das tut Direktorin Myles natürlich auch jetzt nicht. Sie lässt zu, dass mich Fremde in einen Handel pressen, in dem es für mich um Leben oder Tod geht. Ich sollte sie dafür verachten. Aber vielleicht hat sie für mich getan, was sie eben konnte. Als sie *Viel Glück* zu mir sagte, habe ich echte Wärme in ihrer Stimme gehört. Ich muss darauf vertrauen, dass sie auf Kelsey achtgibt. Sie ist die einzige Person hier, die weiß, was mit mir geschehen wird.

Plötzlich denke ich an Alex und Vanessa, Manuel, Tobi und Aubrey. Sie werden auf Kelsey aufpassen. Ich habe das Institut noch nicht verlassen und vermisse sie alle bereits.

»Medea«, sagt Sabine Hamilton schließlich. »Es ist Zeit.«

Und so gehen wir. Ich folge Mr. und Mrs. Hamilton aus dem Büro. Während ich mein altes Leben hinter mir lasse, frage ich mich, ob die beiden darauf bestehen werden, dass ich sie in Gesellschaft anderer *Mom* und *Dad* nenne, oder wie immer Elektra ihre Eltern auch angesprochen hat. Die Vorstellung verursacht mir Übelkeit.

Du spielst nur eine Rolle, rede ich mir ein, während ich zum letzten Mal die vertrauten Gänge entlanglaufe. Die Unterrichtseinheiten sind noch nicht zu Ende. Niemand begegnet uns. *Aber wenn du Tag und Nacht eine Rolle spielst, was bleibt dann noch von der Person, die du eigentlich bist?*

Kapitel 4

Direkt vor dem Hauptgebäude steht ein Automobil. Es sieht edel aus. Der schwarze Lack glänzt in der Sonne, die verchromten Stoßstangen reflektieren das Licht. Außer auf Fotoaufnahmen und Vidfiles habe ich noch keines gesehen.

»Ist das echt?«, murmle ich, als Mr. Hamilton darauf zusteuert. Seine Frau verdreht die Augen und wendet sich von mir ab, als wäre ich die Mühe einer Antwort nicht wert.

Das ärgert mich, obwohl ich weiß, dass meine Frage dumm war. Wenn sich jemand ein Automobil leisten kann, dann die Hamiltons. Automobile sind seit über zwanzig Jahren verboten. Na ja, nicht verboten, aber man benötigt eine Sondergenehmigung, um noch benzinbetriebene Fahrzeuge führen zu dürfen. Kaum jemand macht das mehr. Sie vernichten Rohstoffe, verpesten die Umwelt und das öffentliche Verkehrsnetz und die Verbreitung der Magnetaxen ist so gut, dass keiner mehr auf ein Automobil angewiesen ist. Nicht, dass ich aus eigener Erfahrung sprechen würde. Ich kenne die magnetisch betriebenen Beförderungsmittel nur aus dem Netz und dem Unterricht. Außerhalb des Instituts benutzt sie jeder. Selbst die, die keine Lust darauf haben, sich mit zahlreichen anderen Fahrgästen in eine enge Kabine zu quetschen. Sie leisten sich eben eine der kleinen, dekadent ausgestatteten Einzelkabinen.

Je länger ich darüber nachdenke, desto weniger überrascht bin ich, dass Priamos Hamilton ein fahrtüchtiges Automobil besitzt. Es ist ein kostspieliges Statussymbol. Allein die Gebühr für die Genehmigung, es zu fahren, muss ihn ein kleines Vermögen kosten. Damit zeigt er der Welt: Seht her, hier bin ich. Das ist genau die Einstellung von jemandem, der nicht mit der Wimper zuckt, schon Stunden nach dem Tod seiner Tochter eine Doppelgängerin anzuheuern, nur damit er in seinem Pokerspiel um politische Macht nicht den Kürzeren zieht. Denn dass es bei der Verbindung zwischen den Hamiltons und den von Halmens um mehr geht als darum, ob sich nun Miranda Stones oder Sabines Tochter einen begehrten Junggesellen angelt, ist mir klar – schwesterliche Rivalität hin oder her.

Wie ein Gentleman der alten Schule hält uns Priamos die Fahrzeugtür auf und wartet, dass Sabine und ich einsteigen. »Mach es dir bequem«, sagt er, »und genieße die Fahrt.« Danach schließt er die Tür und geht zur Fahrerseite. Kein Chauffeur wartet auf uns. Priamos fährt selbst. Auch das sollte mich nicht wundern.

Beim Anblick der Inneneinrichtung des Automobils verschlägt es mir fast den Atem. Die Sitze sind mit weichem Leder bezogen, die Armaturen glänzen. Im hinteren Teil des Wagens, in dem Sabine und ich Platz nehmen, gibt es zwei Sitzbänke, die gegenüberliegend angeordnet sind. Ein Holztischchen steht dazwischen.

Sabine stellt seufzend ihre Handtasche neben sich ab und drückt auf die Tischplatte. Die Stelle, die sie berührt, sieht für mich nicht anders aus als jede andere. Aber kaum hat sie ihren Finger aufs Holz gelegt, gleitet die Platte auseinander. Ein kleiner Hohlraum kommt zum Vorschein, in dem dunkelgrüne Flaschen stehen.

Sie greift hinein und nimmt sich eine. Während Priamos das Automobil startet und ich mich verunsichert in meinen Sitz presse, öffnet sie die Flasche, führt sie an die Lippen und trinkt.

Ich beobachte sie dabei, aber als sie die Flasche absetzt, drehe ich meinen Kopf schnell zur Seite und schaue aus dem Fenster. Neben uns rollt die Gartenlandschaft des Instituts vorbei. Von außen sind die Scheiben verspiegelt. Von innen kann ich jedoch problemlos hinausblicken, auch wenn sich eine Art brauner Schleier über meine Sicht gelegt hat.

»Hier, nimm.«

Sabine hält mir eine der grünen Flaschen entgegen. Sie lächelt nicht.

Zögernd greife ich danach und mache mich daran, den Verschluss abzuziehen. Ich sage noch immer nicht Danke. Die Hamiltons haben das nicht verdient.

In der Flasche ist Wasser. Gekühltes Wasser. Wohltuend frisch rinnt es meine Kehle hinab und ich merke erst jetzt, wie trocken mein Mund geworden ist und wie durstig ich bin. Ich höre nicht auf zu trinken, bis die Flasche halb leer ist.

Verlegen drehe ich sie zwischen meinen Händen.

Sabine hat mich die ganze Zeit über beobachtet, aber sie sagt nichts. Ich kann beim besten Willen nicht einschätzen, was in ihr vorgeht. Sobald wir uns gesetzt haben, hat sie aus ihrer zweifellos ein Vermögen kostenden Handtasche eine Sonnenbrille herausgeholt und sich aufgesetzt. Ich kann vielleicht ihre eisblauen Augen nicht sehen, aber Sabine hat bisher mehr als deutlich gemacht, dass sie mich nicht mag. Nichtsdestotrotz ist sie offensichtlich bereit, diese persönlichen Gefühle beiseitezuschieben, um an ihr Ziel zu kommen. Auch Mr. Hamilton sagt nichts.

»Wie geht es jetzt weiter?«, frage ich, als mir das Schweigen zu unangenehm wird.

»Zeig ihr das Haus«, sagt Mr. Hamilton von vorne.

Sabine nickt, obwohl sie ja mit dem Rücken zu ihrem Mann sitzt und der sich auf das Fahren konzentrieren muss und es deshalb gar nicht sehen kann. Ich frage mich, wie schwierig es ist, eines dieser alten, benzingetriebenen Automobile zu fahren. Ohne Magnetschwebebahn, auf die man das Fahrzeug eingleisen kann, damit es von allein fährt.

Früher kam es zu vielen Unfällen. Auch das ist ein Grund, warum Automobile vor ein paar Jahrzehnten praktisch über Nacht vom Markt genommen wurden. Bis zu diesem Zeitpunkt quollen die Straßen mit ihnen geradezu über.

Wir biegen in ein Waldgebiet ein. Als uns die Bäume verschlucken, wird mir plötzlich bewusst, wo ich bin. Dass ich das Institut tatsächlich hinter mir gelassen habe. Dass ich zum ersten Mal draußen bin.

Ich habe mir diesen Moment oft ausgemalt. Manchmal war ich dann auf die Trage eines Krankentransports geschnallt. Meist aber schlenderte ich Hand in Hand mit Kelsey durch eine blühende Landschaft. In keiner meiner Fantasien saß ich in einem echten Automobil, den Hamiltons gegenüber. In meinen Vorstellungen fühlte ich mich ängstlich, zornig oder sogar glücklich. Jetzt fühle ich mich einfach nur allein.

Sabine Hamilton stellt ihre Wasserflasche wieder in den Hohlraum. Die Tischplatte gleitet zurück und die Luft darüber beginnt zu knistern, als sei sie elektrisch aufgeladen. Meine Nackenhaare stellen sich auf. Zwischen uns erscheint das durchsichtige 3D-Hologramm eines großen Hauses. Zuerst glaube ich, dass das Hologramm milchweiß ist statt dem üblichen blau, grün oder rot wie im Unterricht. Aber dann erkenne ich, dass es die Farben des Gebäudes, das es projiziert, originalgetreu einfängt.

Das Haus ist mindestens drei Stockwerke groß. Es besitzt einen ausladenden Eingangsbereich, der von einem Rundbalkon überdacht wird. Das fällt mir als Erstes auf. Der Balkon wird von schlanken Steinsäulen gestützt. Der Anblick erinnert mich an die berühmten Südstaatenvillen aus alten Hollywood-Filmen.

»Das ist dein zukünftiges Zuhause.« Sabine greift direkt in das Hologramm. Mit ein paar Handbewegungen vergrößert sie den Ausschnitt des Eingangsbereiches. Neben der Haustür aus dunklem Holz wächst eine einzelne Efeuranke an der Wand nach oben. Mit einem Fingerschnippen stößt Sabine die Tür auf und das Hologramm verändert sich. Es kommt mir vor, als säße ich in einer Achterbahn und würde in einen Tunnel hineinfahren. Rasant tauchen wir in das Innere des Hauses ein.

»Empfang«, kommentiert Sabine.

Ich habe kaum Gelegenheit, den Anblick auf mich wirken zu lassen, als das Hologramm sich vor mir dreht und wir nach rechts in eine Zimmerflucht eintauchen.

»Esszimmer. Wohnzimmer.«

Dann, als sich das flackernde Gebilde vor mir wieder verändert: »Arbeitszimmer – das wirst du nicht ungefragt betreten. Erster Stock. Die Galerie, die sich Hektor und Elektra teilen.« Sabine stockt.

Auch ich zucke unangenehm berührt zusammen. Es ist eine Sache, mein Original in die Hölle zu wünschen, aber eine ganz andere, ihr Leben zu übernehmen. Als sei ich ein Parasit, der in einen fremden Körper schlüpft. Nein. *Sie* sind es, die uns unser Leben stehlen.

Sabine Hamilton hat sich von ihrem kleinen Schock erholt. »Du weißt, wer Hektor ist?«

Ich nicke.

Hektor Hamilton ist Elektras Bruder. Wenn er einen Klon besitzt, ist der nicht in unserem Institut untergebracht. Hektor erscheint oft in den Feeds und den Magazinen, die Tobi hereinschleust, und ist ein ziemlicher Weird. Er ist ein Jahr jünger als Elektra und, wenn man den Berichten im Netz Glauben schenkt, ein fast ebenso großes Party Animal. Er liebt es, aufzufallen. Auf den Fotos, die wir zu Gesicht bekommen haben, stehen seine platinblonden Haare wild in alle Richtungen, er trägt schwarzen Kajal, eine Menge Silberschmuck und dunkle, glänzende Kleidung. Meist streckt er den Paparazzis wild grinsend die Zunge heraus. Auf einem Foto hat er ihnen sogar seinen blanken Hintern präsentiert. Und mit diesem Weird werde ich jetzt Tür an Tür leben? Na, wunderbar.

Sabine kümmert das natürlich nicht. Sie macht einfach weiter. Bilder von immer neuen Zimmern flackern vor mir auf. »Gästezimmer. Badezimmer. Fitnessraum – Elektra hat ihn so gut wie nie benutzt.«

Die Räume sind stilistisch sehr unterschiedlich. Hier und da stehen wertvolle Kunstgegenstände, die mich an Skulpturen aus Museen erinnern. Andere Räume, ausgestattet mit der neuesten Technik, wirken ultramodern. Was sie alle gemeinsam haben, sind die edlen Möbelstücke.

»Der zweite Stock ist für dich tabu. Dort befinden sich unser Schlafzimmer und das Kinderzimmer.«

»Das Kinderzimmer?«

»Von Nestor.«

Ich wusste nicht, dass die Hamiltons außer Elektra und Hektor noch weitere Kinder haben. Ich habe nie ein Bild von ihm gesehen. »Wie alt ist er?«

»Vier.« Bilde ich es mir nur ein oder wird Sabines Stimme weicher? Ich bin überrascht. Von einer Frau, die kein Problem damit hat, eine Fremde als ihre Tochter auszugeben, obwohl diese noch keine vierundzwanzig Stunden tot ist, hätte ich keine Muttergefühle erwartet.

Dann begreife ich, dass Sabine Hamilton sehr wohl Probleme mit der Situation hat. Ihre unterkühlte Art, ihre gemeinen Bemerkungen im Büro von Direktorin Myles … Ich hebe den Blick vom Hologramm und nehme sie genauer in Augenschein. Das scheint ihr nicht zu gefallen.

»Können wir weitermachen? Es ist wichtig, dass du dir so viel wie möglich einprägst.«

Ich nicke nur und konzentriere mich wieder auf das Hologramm.

Zimmer folgt auf Zimmer, Flur auf Flur. Ich habe gesehen, wie groß das Haus ist, aber mit diesen Dimensionen habe ich nicht gerechnet. Bald brummt mir der Schädel.

Aber als wir endlich zum Ende gekommen sind, ist der Albtraum noch nicht vorbei. Sabine bedient wieder das unsichtbare Tastenfeld auf dem Tisch. Die Villa verschwindet und eine neue Projektion flammt auf.

Diesmal ist es kein 3D-Hologramm, sondern eine zweidimensionale Bilddatei. Sie zeigt das Gesicht eines älteren Herren, das graue Haar bereits schütter, die Stirn faltig. Aber sein Blick wirkt selbst auf dem Foto stechend. *Kadmos Hamilton*, steht unter dem Bild. Sabine berührt die in der Luft schwebenden Buchstaben, das Gesicht verschwindet und eine Textdatei erscheint.

»Kadmos ist Priamos' Onkel. Hier steht das Wichtigste über ihn, das du wissen musst.«

Mehr als *CEO von Hamilton Corp.* und ein Geburtsdatum in den 2010ern – er muss um die 70 sein – kann ich nicht lesen, ehe Sabine auch die Textdatei wieder wegwischt und ein neues Bild aufpoppt.

Priamos Hamilton.

Das ist nur der Anfang. Zahlreiche holografische Fotos folgen. Sabine erklärt mir, wie wichtig es ist, dass ich mir die Gesichter schnellstmöglich merke und die Informationen aus den Textdateien auswendig lerne.

Als Mr. Hamilton von vorne ruft: »Wir sind gleich in der Stadt«, bin ich ganz erschöpft. »Seid ihr durchgekommen?«

»Nein«, antwortet Sabine, und wie sie es sagt, klingt es so, als sei das Ganze mein Fehler. Sie kramt in ihrer Handtasche und fördert einen winzigen Elastoscreen zutage. Er ist nicht größer als meine Handfläche. »Hier.«

Ich greife danach und drehe ihn staunend in der Hand.

»Du kommst damit nicht ins Netz, aber alle Holos, die ich dir gezeigt habe, sind darauf gespeichert. Zusätzlich mit ein paar weiteren Infodateien. Mach dich heute Nacht damit vertraut. Er ist auf deinen Fingerprint synchronisiert. Weißt du, wie du ihn bedienst?«

»Ja.«

Ich drücke auf die entsprechende Stelle an der rechten unteren Seite der Kunststoffscheibe und sehe das übliche Menü aufflackern. Der Elastoscreen ist wesentlich kleiner als die, die ich kenne, aber er scheint ansonsten genauso zu funktionieren.

»Wir erwarten von dir, dass du deine Aufgabe ernst nimmst.«

»Mach ihr nicht solche Angst, Sabine.«

Ich blicke nach vorne und sehe, dass Mr. Hamilton mich im Rückspiegel beobachtet.

»Es ist wichtig, dass du die Zeit heute und morgen zum Lernen nutzt. Den einen oder anderen Fauxpas können wir sicher mit der Gehirnerschütterung erklären, die ›du‹ dir zugezogen hast. Aber es wäre schön, wenn dir kein allzu großer Schnitzer unterläuft, sobald du morgen die Hausangestellten triffst. Außer der engsten Familie weiß niemand, dass du nicht Elektra bist.«

»Morgen?«, frage ich überrascht. »Lerne ich sie nicht heute noch kennen?«

Ich ärgere mich. Jetzt kommt mir die Eile, mit der sie mich aus dem Institut geholt, und das Hardcore-Tempo, mit dem Sabine Hamilton mich durch die verschiedenen Holos getrieben hat, noch unnötiger vor.

»Nein.« Etwas an Sabines Tonfall klingt seltsam. Es ist das erste Mal, dass ich sie lächeln sehe – und das macht mir Angst. »Wir fahren nicht nach Hause«, sagt sie, als sie sich meiner Aufmerksamkeit sicher ist. »An dir müssen erst noch einige … Anpassungen vorgenommen werden.«

Kapitel 5

»Was für Anpassungen?«, würge ich hervor, nachdem mich der Schock einige Sekunden lang hat erstarren lassen. Meine Haut fängt an zu kribbeln und ich spüre, wie ich zu schwitzen beginne.

Sabine Hamilton lässt sich Zeit mit ihrer Antwort. »Deine Haare sind zu lang.«

Schon will ich aufatmen, aber sie fährt fort: »Und wie du sehr gut weißt, besaß meine Tochter eine Spenderniere.«

Natürlich weiß ich das. Die Spenderin wacht jeden Morgen im Bett mir gegenüber auf. Wenn das Wetter umschwenkt, presst sie die Lippen zusammen und reibt sich die Seite. Kelsey hat nur eine organische Niere, damit Elektra zwei haben kann.

Zwei gesunde Nieren – die sie, das wird mir plötzlich bewusst, nicht mehr braucht. Auf einmal kommt mir eine total irre Idee. Ich habe keine Ahnung, ob das medizinisch überhaupt umsetzbar ist, aber ich kann meine Worte nicht zurück halten.

»Jetzt, wo Ihre Tochter tot ist, kann meine Schwester dann ihre Niere zurückhaben?«

Das Auto schlingert kurz und ich spüre einen brennenden Schmerz auf meiner Wange. Mrs. Hamilton hat mich geschlagen.

Ich keuche auf und berühre mit den Fingern die schmerzende Stelle.

»Das war taktlos.« Sie hat ihre Sonnenbrille abgenommen, sich nach vorne gebeugt und funkelt mich an. »Sag so etwas niemals wieder. Verstanden?«

Vielleicht wartet sie darauf, dass ich als Erste den Blick abwende, aber diesen Gefallen tue ich ihr nicht. Zu meinem Ärger spüre ich, dass mir Tränen in die Augen steigen. Ich habe mein Leben in einem Institut verbracht, in dem ich und ein Haufen anderer Kinder als menschliche Notfallreserven gefangen gehalten werden. Ich werde von ihr erpresst, in eine Identität zu schlüpfen, die mir verhasst ist. Ich befinde mich auf dem Weg in ein Labor, damit man »Anpassungen« an mir vornimmt. Und *sie* nennt *mich* taktlos?

»Und was, wenn das mein Preis ist? Eine Niere für Kelsey für meine Kooperation.«

»Dann würde ich dich daran erinnern, dass gesunde, organische Nieren trotz des Klonprogramms noch immer heiß begehrt auf dem Markt sind. Und dass es nicht an dir ist zu entscheiden, ob dieser … andere Klon eine neue Niere erhält. Sondern an uns, ob er seine zweite, verbliebene Niere gewinnbringend spendet.«

»Sabine!« Mr. Hamilton klingt wütend. »Mach ihr keine Angst.«

»Das dürfen Sie nicht!« Ich habe meine Hände so fest zu Fäusten geballt, dass sich meine Fingernägel in das weiche Fleisch meiner Handflächen bohren.

Mrs. Hamilton verzichtet auf eine Antwort und lehnt sich zufrieden im Sitz zurück.

»Mach dir keine Gedanken«, verlangt Priamos Hamilton. »Du bist in den besten Händen.«

Das bezweifle ich.

»Meine Frau hat nur … einen Scherz gemacht. Du musst Elektra zum Verwechseln ähnlich sehen. Deshalb ist es leider notwendig, dir eine Kopfwunde zu simulieren. Um mehr geht es nicht. Ich verspreche, es wird kaum wehtun. Ich kenne Dr. Schreiber bereits seit zehn Jahren. Er ist ein Genie auf seinem Gebiet.«

»Was für eine Kopfwunde?« Plötzlich wird mir bewusst, dass mir weder die Hamiltons, noch Direktorin Myles verraten haben, wie Elektra gestorben ist.

»Es war ein Reitunfall«, sagt Sabine Hamilton leise. »Ihr Pferd hat sie abgeworfen.«

Eine Weile lang spricht niemand. Ich ringe mit mir, aber dann sage ich doch, was mir durch den Kopf geht: »Es tut mir leid.«

»Tut es das?«, fragt Sabine. Ich senke den Blick und gehe nicht darauf ein. Ich wüsste nicht, was ich ihr antworten soll. Ich habe Elektra und ihre Familie so oft zum Teufel gewünscht. Es wäre Heuchelei, etwas anderes zu behaupten.

»Mach dir keine Gedanken. Wie Priamos bereits sagte: Dr. Schreiber ist ein hervorragender Chirurg. Er wird dir nicht mehr Schaden zufügen als nötig.«

Mein Herz klopft wild und mir ist so schlecht, dass ich mir wünsche, die Pasta heute Mittag nicht gegessen zu haben. Aber ich versuche, mir meine Angst nicht anmerken zu lassen, und starre deshalb aus dem Wagenfenster. Die Landschaft draußen fliegt an mir vorbei, ohne dass ich sie richtig wahrnehme. Der Baumbestand wurde inzwischen von dicht stehenden Gebäuden abgelöst. Sie sind mindestens ein Dutzend Stockwerke hoch und bestehen ganz aus Glas. Die Sonne bricht sich blendend in den Scheiben, trotzdem blitzt es hier und da grün hinter ihnen auf. Bisher habe ich sie nur in Infovids im Unterricht gesehen: Skyfarms. Hochhäuser, die nicht zum Wohnen oder Arbeiten gedacht sind, sondern in denen Nahrungsmittel gezüchtet werden. Von hier kommen die ganzen Rohstoffe, aus denen man unser Essen zubereitet: Getreide, Gemüse, pflanzlicher Fleischersatz. Soweit ich weiß, besitzt auch die Hamiltonfamilie einige davon.

Dann lassen wir auch die Skyfarms hinter uns und tauchen in die Stadt ein. Statt Gewächsfarmen stehen hier Wohnblöcke, später mischen sich Shoppingdomes und Geschäftshäuser darunter. Je tiefer wir in die Stadt eindringen, desto höher werden die Gebäude.

Mr. Hamilton fährt jetzt deutlich langsamer. Muss er auch. Überall sind Menschen. Es sind so viele. Und auch sie blicken zu uns herüber. Ich fühle mich unangenehm unter die Lupe genommen, obwohl sie nicht mich anstarren, sondern das Automobil. Es ist auch in der Stadt, wo es scheinbar alles zu jeder Zeit gibt, eine Seltenheit.

Alle paar Meter passieren wir Magnetlinien. Eine Zeit lang folgen wir einem Magnetaxi. Es sind zwar nur mehrere Handbreit, die es über dem Boden schwebt, aber der Anblick hat dennoch etwas Faszinierendes. Ob es sich ein bisschen anfühlt wie fliegen?

So viele neue Eindrücke, und ich habe das Institut noch nicht einmal vor einer Stunde verlassen. Ich klappe den Mund zu. Auch wenn mich niemand sieht außer Mr. und Mrs. Hamilton, will ich nicht wie eine Idiotin wirken.

Irgendwann biegen wir in einen der Business Districts ab. Die Menschenmassen werden weniger, auch wenn sie nicht verebben. In den Erdgeschossen der Gebäude gibt es nun keine Geschäfte und an den Straßenrändern keine Stände mehr und die Wolkenkratzer zu beiden Seiten scheinen immer enger zusammenzurücken. Kühl und abweisend gleichen sie den Menschen, die sie gebaut haben und die in ihnen arbeiten. Menschen, die das Klonprojekt gestartet haben – wie die Hamiltons.

Priamos Hamilton nimmt eine Abzweigung und fährt durch ein offen stehendes Tor direkt in eines der Hochhäuser. Er lenkt den Wagen in einen metallenen Kasten. Dann schließt sich hinter uns eine Klappe und ich habe das Gefühl, in einem Container festzusitzen. Das gefällt mir nicht. Aber Mrs. Hamilton mir gegenüber bleibt ganz ruhig und mir gefällt ohnehin nichts an diesem Tag. Also bleibe ich still und frage nicht nach, was gerade passiert – noch nicht einmal, als mir schwindelig wird, weil ich das Gefühl habe, das Auto würde sich in die Luft erheben. Nach ein paar Sekunden begreife ich, dass der Metallcontainer wohl ein Aufzug ist. Ob wir nach oben oder unten fahren, weiß ich allerdings nicht.

Wir landen in einer Art Labor. Als sich die Aufzugtüren öffnen, flutet künstliches Licht den Raum. Wir steigen aus und ich blicke überall auf weiße Wände. Mir stellen sich sofort die Nackenhaare auf.

Ein Mann in weißem Arztkittel kommt mir entgegen. Das muss dann wohl Dr. Schreiber sein. Er reicht mir lächelnd die Hand, aber seine Augen bleiben emotionslos. Sein Griff ist weich, kaum spürbar und ich unterdrücke ein erleichtertes Seufzen, als er meine Hand wieder loslässt.

»Das ist sie also«, sagt er zu Mr. Hamilton. »Sehr schön.«

»Gibt es etwas Neues?«, fragt dieser.

Dr. Schreiber schüttelt den Kopf.

Einen Moment stehen wir alle ratlos da, dann bricht Sabine Hamilton das Schweigen. »Ihr braucht mich nicht mehr? Dann warte ich im Wagen.«

Dr. Schreiber nickt und Priamos beugt sich zu Sabine, küsst sie flüchtig auf die Wange und verspricht ihr, sich zu beeilen.

»Vergesst nicht, ihr die Haare zu schneiden.« Ehe sie sich umdreht, wendet sie sich noch einmal mir zu: »Du hast den Elastoscreen. Ich erwarte von dir, dass du dir so viel einprägst wie möglich.«

Eine Antwort wartet sie nicht ab. Sie stöckelt auf ihren hochhackigen Schuhen zurück zum Automobil.

Priamos Hamilton legt mir die Hand auf die Schulter. »Na komm«, sagt er ruhig. »Ich bringe dich in dein Zimmer.«

Im Krankenhaus, in dem Kelsey untergebracht war, hat es von Pflegepersonal und Besuchern gewimmelt, jedenfalls hat sie mir das so erzählt. Ich erinnere mich, dass sie sich darüber beklagte, wie sehr ihr die Schwatzhaftigkeit ihrer Bettnachbarin auf die Nerven ging. Hier – wo immer wir auch gerade sind – begegnen wir niemandem. Ich höre nur das Summen elektronischer Geräte und ein gelegentliches Piepen. Ein stechender Geruch brennt mir in der Nase. Während ich Priamos Hamilton und Dr. Schreiber hinterherlaufe, kommt es mir vor, als seien wir im ganzen Gebäude menschenseelenallein. Aber das ist doch sicher Unsinn, oder?

Die beiden bringen mich in ein kleines Zimmer, an dessen hinterer Wand ein schmales Krankenhausbett steht. Sorgfältig darauf zusammengefaltet liegt ein weißes Nachthemd. Außer einem Beistelltisch am Bett und einem Stuhl befindet sich nichts sonst im Zimmer.

»Da sind wir«, bemerkt Dr. Schreiber unnötigerweise.

»Das ist kein normales Krankenhaus«, erwidere ich.

Priamos Hamilton lächelt. »Nein.« Ich glaube schon, dabei will er es belassen, aber dann fügt er hinzu: »Wir befinden uns in meiner Firma, genauer gesagt in einem der Labore.«

»Aha.«

»Wir können es uns nicht erlauben, unnötiges Aufsehen zu erregen.«

Ich ziehe eine Augenbraue hoch und blicke zum Arzt.

»Keine Angst«, sagt Priamos Hamilton. »Dr. Schreiber ist eingeweiht. Auf ihn ist hundertprozentig Verlass.«

»Ich muss noch ein paar Sachen vorbereiten«, sagt dieser. »Das dauert noch eine Weile. Nimm die und mach es dir ein wenig bequem.«

Er hat ein silbernes Etui aus seiner Kitteltasche geangelt, es geöffnet und hält es mir hin. Daumennagelgroße hellgelbe Plättchen liegen darin.

»Ein Narkotikum«, erklärt er. »Keine Angst. Es wird dir nicht schaden.«

Ich weiß nicht, ob ich ihm ins Gesicht lachen oder ihn anschreien soll, aber ich habe meine Entscheidung längst getroffen. Also greife ich mir eines der Plättchen. Sie sind durchsichtig wie hauchdünnes Papier.

»Leg es einfach auf die Zunge.« Mr. Hamiltons warme Stimme wirkt beruhigend auf mich und ich tue, was er sagt.

Er nickt zufrieden. Dann verlassen die beiden Männer das Zimmer. An der Tür dreht sich Priamos noch einmal zu mir um und lächelt mich an. »Alles wird gut.«

Ich wünschte, ich könnte ihm glauben.

Ich lege den Elastoscreen auf den Beistelltisch, ziehe das Nachthemd an und lege mich ins Bett. Vermutlich sollte ich die Wartezeit dazu nutzen, mir Gesichter und Namen einzuprägen, aber ich kann mich nicht dazu aufraffen. Alles, woran ich denken kann, ist, dass ich allein bin. Wirklich allein. Ich blicke auf meine weiße Bettwäsche, den hellen Fußboden und die kahlen Wände und verliere mich in einer Welt, aus der alle Farbe verschwunden ist.

Ich entsinne mich nicht daran, eingeschlafen zu sein, aber das Nächste, das ich bemerke, ist ein dumpfer Schmerz an meiner Schläfe.

Mit einem Stöhnen blinzele ich mir den Schlaf aus den Augen. Kaltes Neonlicht sticht mir in die Augen und mir fällt wieder ein, wo ich bin. Warum ich hier bin.

»Scheiße.«

»Hast du Durst?«

Priamos Hamilton sitzt auf dem Stuhl neben meinem Bett und hält mir eine Wasserflasche entgegen. Er hat wirklich neben mir gewartet, bis ich aufwache? Damit ich nicht allein bin?

Ich richte mich vorsichtig auf, erwarte, dass der dumpfe Schmerz sich in einen stechenden verwandelt, aber das bleibt aus. Meine Zunge fühlt sich pelzig an und der Geschmack in meinem Mund gibt mir das Gefühl, etwas sei darin gestorben.

Mit einem unverständlichen Krächzen greife ich nach der Flasche, schraube den Verschluss auf, und trinke gierig.

»Wurde ich bereits operiert?«

»Ja.«

»Wann?«, frage ich verwundert. »Es tut kaum weh.«

»Vor ein paar Stunden. Es hat alles wunderbar geklappt.«

Ich betaste meine Schläfe dort, wo der Schmerz bereits verebbt. Noch nicht mal ein klinisches Pflaster oder ein Verband ist dort angebracht. »Das ist unmöglich.«

Mr. Hamilton greift in seine Aktentasche und holt einen hauchdünnen Elastoscreen heraus. Als er ihn auseinandergerollt hat, ist er mindestens fünf Handbreit groß. Er aktiviert ihn mittels Fingerprint, tippt auf der Oberfläche etwas ein und dreht die Vorderseite mir zu. Sie hat sich in einen Spiegel verwandelt.

Meine Haare sind verwuschelt und nur noch schulterlang. Sie müssen sie geschnitten haben, während ich bewusstlos war. Und ich sehe blass aus. Ansonsten kann ich nichts Ungewöhnliches feststellen. Ich nehme den Elastoscreen in beide Hände und halte ihn nah an mein Gesicht. Aber erst, als Mr. Hamilton nach vorne greift und mir eine Haarlocke aus der Stirn streicht, entdecke ich einen zornig roten Fleck auf meiner Schläfe.

Ungläubig betaste ich die Wunde. Die Haut fühlt sich ganz normal an. Ich zucke nicht zusammen, als ich mit meinen Fingern erst darüberstreichle, dann darauf herumdrücke. Eigentlich müsste ich furchtbare Kopfschmerzen haben.

»Wie habt ihr das gemacht?«

»Dr. Schreiber ist gut, nicht wahr?«

Ich gebe den Elastoscreen wieder an Mr. Hamilton ab. »Ich weiß nicht, was ich darauf antworten soll.«

Er rollt ihn zusammen und steckt ihn zurück in die Aktentasche. »Die Kopfwunde wird dir in den nächsten Tagen helfen.«

Als ich nicht antworte, fährt er fort: »Wir werden sagen, du hattest eine Gehirnerschütterung. Und dass du dich an die Zeit kurz vor deinem Unfall nicht erinnern kannst. Zur Not kannst du es sogar darauf schieben, wenn du irgendjemanden verwechselst oder nicht erkennst.«

»Was ist eigentlich genau passiert?«

Mr. Hamilton seufzt. »Elektra ist … Elektra war eine sehr gute Reiterin. Das heißt nicht, dass sie nicht schon früher vom Pferd gefallen ist. Es gab einen Sommer vor ein paar Jahren, da hatte sie ständig blaue Flecken.«

Er lächelt beim Erzählen und ich fühle mich unangenehm berührt.

»Aber diesmal fiel sie unglücklich. Da war ein Stein …« Er verstummt kurz. »Wir haben gemerkt, dass etwas nicht in Ordnung ist, weil Konstantin ohne sie zurückgekommen ist.«

»Konstantin?«

»Ihr Pferd. Als wir sie fanden, war es bereits zu spät.«

Ich nicke und blicke in sein von Schmerz gezeichnetes Gesicht. Wenn ich nur wüsste, was ich denken soll? Dieser Mann ist skrupellos. Seine Tochter hat zeitlebens keinen Gedanken daran verschwendet, dass Kelsey und ich wie Gebrauchsgegenstände auf Standby in einem Institut weggeschlossen sind. Keine Ahnung, was sie davon gehalten hat, aber sie hat, ohne mit der Wimper zu zucken, Kelseys Niere angenommen, als sie eine brauchte. Ihr Tod hat alles verändert. Zum Besseren oder Schlechteren weiß ich noch nicht. Aber da sitzt mir ein Mann gegenüber, den dieser Tod berührt hat. Wieso kann er Schmerz über den Verlust von Elektra empfinden, während Kelsey und ich ihm so egal sind? Wir sind genetische Kopien seiner »Tochter«. Zu was macht uns das? Ich besitze sein Erbgut, auch wenn ich nicht auf natürliche Weise auf die Welt gebracht wurde. Zählt das gar nichts?

Einen verrückten Moment lang wünschte ich, ich könnte für ihn Mitleid empfinden. Aber ich kann es nicht. Und dann wird mir bewusst, dass ich das auch nicht will. Ich liege hier nicht in einem Krankenhausbett, weil er sich um mich sorgt und darum kümmert, dass es mir besser geht. Ich liege hier, weil er genau das mit mir tut, was er schon immer getan hat: mich benutzen.

Ich beiße die Zähne zusammen und hoffe gleichzeitig, dass mir meine Gefühle nicht ins Gesicht geschrieben stehen. Kurz entschlossen greife ich nach dem kleinen Elastoscreen, den seine Frau mir gegeben hat und der immer noch neben mir auf dem Beistelltisch liegt.

»Ich sollte üben.« Ich schalte ihn an und scrolle mich durch das Menü.

»Tu das«, sagt Mr. Hamilton. Er klingt wieder ganz gefasst. Das Schaben von Stuhlbeinen auf dem Boden verrät mir, dass er aufsteht. »Morgen bringe ich dich nach Hause.«

Er meint nicht das Institut, sondern sein Haus. Ich schaue nicht mal auf, als er den Raum verlässt.

Kapitel 6

Die nächste Stunde verbringe ich damit, mich durch die zahllosen Dateien zu klicken, die auf dem Elastoscreen gespeichert sind. Es gibt ja sonst nichts zu tun. Ich konzentriere mich auf das Personenregister.

Es beinhaltet mehr als sechs Dutzend Namen. Zu jedem ist ein separates File angelegt. Wie auf einem Personalbogen gibt es links oben einen Faceshot, den man mit einem Fingerstreich vergrößern oder durch zwei, drei Klicks als 3D-Holo aufrufen kann. Bei den meisten mache ich mir nicht mal die Mühe.

Fawcett Harker, Phaedre Kavanagh, Tabitha Malone, Niama Goel; Freundinnen.

Pedro Hamilton-Amato, Miranda Stone; Verwandtschaft.

Margot Dupond, Torrence Miller; Angestellte.

Und so weiter und so fort.

Darüber hinaus gibt es Familienaufnahmen auf dem Elastoscreen. Was sich Sabine wohl dabei gedacht hat? Ich werfe nur einen kurzen Blick darauf. Die Bilder wirken steif. Die Hamiltons blicken entweder ernst oder mit künstlichem Lächeln in die Kamera. Elektra steht meist neben ihrem Bruder. Neben Hektor meine ich. Ihr kleiner Bruder schmiegt sich in die Arme seiner Mutter. Er ist der Einzige, der auf den Fotos natürlich wirkt.

Weil ich bereits wieder vergessen habe, wie er heißt, scrolle ich mich durch das Personenregister, aber Sabine hat von ihm keine Akte abgelegt.

Genervt verdrehe ich die Augen und konzentriere mich auf Elektra. Auf den Fotos in den Magazinen, die ich von ihr kenne, lacht sie entweder völlig ausgelassen oder gibt sich stolz und selbstbewusst. Hier kommt sie mir gelangweilt, zurückgenommen, ruhig vor. Ich kann es nicht genau benennen. Sie wirkt anders. Wenn ich sie so sehe, habe ich nicht das Gefühl, einen Blick auf mein Original zu werfen, sondern auf einen dritten Klon, der mir bisher unbekannt war.

Sonntag, 9. Mai 2083

In der Nacht schlafe ich unruhig. Immer wieder schrecke ich aus einem leichten Dämmerschlaf auf. Deshalb fühle ich mich auch total gerädert, als Dr. Schreiber am nächsten Morgen in den Raum kommt. Zumindest glaube ich, dass es bereits Morgen ist. In diesem fensterlosen Krankenzimmer verliert man jedes Zeitgefühl.

In den Händen trägt er ein Tablett, auf dem eine Haube liegt. *Frühstück*, vermute ich.

»Wie geht es dir?«

Erwartet er jetzt wirklich von mir, dass ich *Gut* sage?

»Geht so.«

»Hast du Schmerzen?«

»Keine körperlichen.«

Er stutzt einen Moment, dann nickt er. »Dann ist ja alles in Ordnung.«

Gelassen stellt er das Tablett auf dem Beistelltisch ab und dreht diesen so, dass ich den abgedeckten Teller zu mir heranziehen und bequem vom Bett aus essen kann. Als er die Haube hochhebt, kann ich ein frustriertes Stöhnen nicht unterdrücken?

»Nährbrei.« *Ernsthaft?*

»Deinen medizinischen Daten zufolge ist der jetzt am gesündesten für dich.«

»Ich war doch gar nicht zum VitaScan.«

Er deutet auf das beige Pflaster, das in meiner Armbeuge klebt, und ich nicke. Schon bei seiner Entdeckung habe ich vermutet, dass es medizinische Daten sammelt und wireless überträgt.

Also versuche ich es anders. »Ich hatte gestern noch nicht einmal Abendessen.«

Dr. Schreiber wirkt ungerührt. »Dann ist der Brei genau das Richtige für dich. Er wird dir Kraft geben und dich nicht belasten. Außerdem ist er mit Honig gesüßt. Er sollte ganz akzeptabel schmecken.«

Ich werfe ihm einen vernichtenden Blick zu und greife widerwillig nach dem Löffel neben dem Teller. Es ärgert mich, dass ich so großen Hunger habe, dass ich mich anstandslos darauf stürze.

»Nicht so schnell.« Dr. Schreiber legt seine Hand auf meinen Unterarm und ich zucke zusammen. »Ich habe da noch etwas für dich.« Er deutet auf die obere Ecke des Tabletts, in der ein kleines Kästchen aus dunkelblauem Metall liegt.

»Was ist das?«

»Mach es auf.«

Ich ziehe es zu mir heran und öffne den Deckel. Zuerst sehe ich nichts als durchsichtige Flüssigkeit. Dann bemerke ich, dass zwei kleine, runde Scheiben darin schwimmen. Sie schimmern in einem leichten Hellgrün, sodass man sie gerade so erkennen kann.

»ILs?«

Ich bin überrascht.

Dr. Schreiber nickt. »Die richtig guten.«

Im Institut gibt es keine IntelliLenses, obwohl ich vermute, dass einige unserer Lehrer welche tragen.

»Weißt du, wie man sie einsetzt?«

Ich schüttele den Kopf und er erklärt es mir. ILs sehen aus wie einfache Kontaktlinsen, können aber viel mehr. Jede Woche kommen neue Apps auf den Markt, die man darauf speichern kann: Apps, durch deren Hilfe man im Dunkeln besser sehen kann. Zoom- und Messengerfunktionen, Routenfinder, Browser fürs Internet und natürlich Gaming- und DatingApps. Man steuert sie mittels Spracherkennung; einige einfache Befehle lassen sich auch durch rhythmische Schläge mit den Augenlidern ausführen.

»Im Prinzip funktionieren sie genau wie ein Elastoscreen«, erklärt Dr. Schreiber. »Nur dass sie keine echten Hologramme entstehen lassen, sondern deinen Sehnerv beeinflussen und die Bilder in deinem Kopf simulieren.«

Obwohl es auch ein paar billige, abgespeckte Versionen gibt, meist massiv werbeanzeigengestützt, sind ILs sauteuer.

»Diese hier musst du über Nacht aus den Augen nehmen.« Dr. Schreiber klingt bedauernd. »Wenn du dich gut anstellst, ist Mr. Hamilton vielleicht bereit, dir später Permanent-Linsen einsetzen zu lassen.«

Ich habe von Leuten gelesen, die sich ILs direkt ins Auge haben operieren lassen. Diesen Einfall finde ich nicht praktisch, sondern ehrlich gesagt eher schauderhaft.

»Hatte Elektra Permanentlinsen?«

»Natürlich nicht. Sonst wäre sie mit großer Wahrscheinlichkeit noch am Leben.«

»Wie meinen Sie das?«

»Man hätte sie schneller gefunden, natürlich.« Er zögert einen Moment, dann sagt er: »Selbst günstige ILs verfügen über ein Ortungssystem. Das hilft nicht nur dir dabei, dich in einer fremden Umgebung zurechtzufinden. Wenn man das entsprechende Programm besitzt, kann man darüber hinaus auch jederzeit feststellen, wo du dich befindest.«

Damit die Hamiltons in jeder einzelnen Sekunde wissen, wo genau ich mich aufhalte? Klingt wunderbar.

»Und Elektra trug am Tag ihres Unfalls noch nicht einmal normale ILs? Warum nicht, wenn diese Linsen so toll sind?«

Dr. Schreiber zuckt mit den Schultern. »Wie gesagt. Wenn sie es getan hätte, wäre sie vermutlich noch am Leben.«

Ich gebe es auf, mit ihm zu diskutieren, und setze die ILs ein. Es fühlt sich ungewohnt an. Ich spüre die weichen Schalen kaum, aber allein der Gedanke, mir mit Absicht einen Fremdkörper ins Auge gesetzt zu haben, lässt mich schaudern.

Wie Dr. Schreiber es mir erklärt, blinzele ich dreimal schnell hintereinander. Das Menüfeld der ILs erblüht in leuchtend grüner Schrift vor mir. Mein erster Impuls ist es, die Hände auszustrecken und mit ihnen die Holo-Buchstaben in der Luft nachzufahren, aber das ist Unsinn. Die Schrift kann nur ich lesen. Niemand weiß, was ich gerade sehe, welche Befehle ich den Linsen gebe.

Andererseits wird sich fast jeder denken können, was ich treibe, denn die meisten Befehle werden mit Sprachsteuerung ausgelöst.

»Ordnerverzeichnis«, sage ich.

Die Schrift vor mir verändert sich.

Nun sehe ich einen Datenbaum mit verschiedenen Unterordnern. *Hamilton House* steht dort, *Apps* und daneben *Personenregister*.

»Die Apps sind noch deaktiviert«, teilt mir Dr. Schreiber mit, als könne er meine Gedanken lesen. »Mr. oder Mrs. Hamilton können sie dir freischalten.«

Wenn sie das wollen, füge ich in Gedanken hinzu.

Mittels Bewegung meiner Augäpfel und zwei schnellen Blinzlern versuche ich, das Personenregister zu öffnen. Gar nicht so einfach. Es braucht drei Anläufe, bis es mir gelingt. Als ich ein Verzeichnis mit sämtlichen Hausangestellten entdecke, möchte ich wütend aufschreien. Den Dateinamen zufolge sind es dieselben Files wie auf dem Elastoscreen.

»Und warum zum Teufel sollte ich dann wie eine Idiotin die ganze Zeit sämtliche Namen auswendig lernen?«, entfährt es mir.

Dr. Schreiber lächelt nachsichtig. »Weil du kaum erst das Datenverzeichnis deiner ILs durchsuchen kannst, wenn du jemandem begegnest.«

»Wenn diese Apps so intelligent sind, warum haben sie dann keine Gesichtserkennung?«

»Haben sie. Aber wie gesagt, du wirst sie nicht permanent tragen.«

Die nächste Stunde verbringe ich damit, mir von Dr. Schreiber ausführlich die Funktionsweise meiner neuen IntelliLenses erklären zu lassen. Er ist nicht gerade ein geduldiger Lehrer und ich hätte gern auf seine Anwesenheit verzichtet. Aber eine solche Chance bekomme ich nicht wieder und mein Verlangen, genau über die Linsen Bescheid zu wissen, ist größer als meine Abneigung gegen ihn. Na ja, vielleicht ist es nicht größer. Dr. Schreiber ist wirklich ein arroganter Mistkerl. Aber ich beiße die Zähne zusammen. Wenn alles gut geht, muss ich ihn nach heute ohnehin nie wieder sehen.

Als mich Priamos Hamilton ein paar Stunden später abholt, weiß ich nicht, ob ich froh darüber sein soll, dass ich das Labor verlasse. Wieder fahren wir mit dem Automobil, diesmal sitze ich vorne auf dem Beifahrersitz. Wir sind allein. Ich bin so nervös und kann mich kaum auf das Gespräch konzentrieren, das mir Priamos aufdrängt. Er sagt Dinge wie *Dein Zimmer wird dir gefallen. Es hat ein eigenes Badezimmer* und *Du darfst nicht vergessen, mich ab sofort* Dad *zu nennen, wenn wir nicht allein sind.*

Dad. In Büchern habe ich davon gelesen, was es bedeutet, einen Vater zu haben, aber ich habe keine Ahnung davon, wie sich das anfühlt. Ich weiß, es gibt gute Väter und schlechte, abwesende und aufopferungsvolle, sanfte und jähzornige. Was für ein Vater ist wohl Priamos? Es fällt leicht, ihn als das Monster zu erkennen, das er ist; den gefühlskalten, kalkulierenden Wissenschaftler.

Seine Familie mag das Klonprogramm zwar nicht ins Leben gerufen haben, aber mit seiner Beteiligung ist ihr der entscheidende Durchbruch gelungen. Doch das sagt nichts darüber aus, wie sein Verhältnis zu Elektra war, richtig? Ich drehe leicht den Kopf, um ihn unauffällig in Augenschein zu nehmen. Sein Gesicht ist kantig und glatt rasiert, die Haut gebräunt und sein Haar grau an den Schläfen. Als er den Kopf dreht, kreuzen sich kurz unsere Blicke. Ich zucke zusammen. Er besitzt die gleiche Augenfarbe wie ich. Braungrün. Unwillkürlich frage ich mich, welche Gemeinsamkeiten wir noch besitzen.

Priamos lächelt mir zu, ehe er sich wieder auf die Straße konzentriert.

»Von deinem Zimmer aus hast du einen Blick auf den Garten. Er steht gerade in voller Blüte. Die Koppeln und die Stallungen grenzen daran an.«

»Ich kann nicht reiten.«

»Was?«

»Ich kann nicht reiten. Sie haben gerade …«

»*Du*. Ich habe dir doch gesagt, du sollst *Du* zu mir sagen. Das ist wichtig.«

Seine Hände verkrampfen sich um das Lenkrad. Hat er Angst, dass ich versage? Dass sein Plan gewaltig in die Binsen geht? Was würde eigentlich passieren, wenn ich zu einem von mir gewählten Zeitpunkt die Bombe platzen lasse? Wenn ich in Anwesenheit von Reportern oder gegenüber den von Halmen offenbare, dass ich nicht Elektra bin, sondern ihr Klon. Ich kann mir ausmalen, was dann höchstwahrscheinlich mit mir passieren würde und mit Kelsey. Aber was wären die Folgen für die Hamiltons? Priamos ist so sehr darauf erpicht, dass ich die Verbindung mit Phillip von Halmen eingehe, dass er bereit ist – nun, vielleicht nicht über Leichen zu gehen, aber Leichen zu ignorieren. Wenn ich den Mund aufmache, könnte das dann das Ende für ihn und seine Familie einläuten? Für seine Forschung? Zumindest würde es ihm das siegessichere Lächeln aus dem Gesicht wischen.

Ich unterdrücke ein Grinsen. Es gefällt mir, Macht zu haben. Aber ich muss vorsichtig sein, wenn ich sie nicht verlieren will.

»*Du* hast gesagt, Elektra war eine sehr gute Reiterin«, erkläre ich ihm. »Ich kann nicht reiten.«

»Mach dir deshalb keine Sorgen. Das wird gar nicht nötig sein.«

»Werden sich die Leute nicht wundern?«

Priamos schüttelt den Kopf. »Sabine ist die Pferdenärrin in der Familie. Sie kommt an keinem alten Klepper vorbei, ohne sich zu wünschen, ihm einen schönen Lebensabend zu bereiten. Elektra? Sie war nie ein Pferdemädchen. Sie reitet sehr gut, das ja. Ich meine … sie ist sehr gern … In letzter Zeit häufiger … Aber es wird niemanden wundern, wenn du nicht so schnell auf einen Pferderücken kletterst. Nicht nach … dem Unfall.«

Ich kaue auf meiner Lippe und schaue aus dem Fenster. Wieder rauschen Bäume an uns vorbei, eine Allee aus Pappeln. Die Magnetschiene, der wir folgen, obwohl wir sie eigentlich nicht brauchen, fräßt sich in vielen Kurven wie eine Schlange durch die Landschaft. Ich bin ein bisschen überrascht, dass die Hamiltons so weitab von der Stadt leben.

»Was ist mit ihrem Pferd passiert?«, frage ich leise.

Priamos seufzt. »Konstantin ist das erste Pferd, das Sabine freiwillig vom Gestüt gehen lässt. Wir haben ihn bereits verkauft. Sobald die Testergebnisse vorliegen, wird er abgeholt.«

Ich bin so in meine eigenen Gedanken vertieft, dass es eine Weile dauert, bis seine Worte zu mir durchdringen.

»Testergebnisse?«

»Wir lassen die Pferde immer testen, ehe wir sie kaufen oder verkaufen.«

Seine Stimme klingt ruhig, aber hat er vor seiner Antwort einen winzigen Augenblick lang gezögert? Ich wende mich wieder ihm zu und betrachte sein Profil.

»Wenn du willst, können wir es arrangieren, dir das Reiten beizubringen. Heimlich, versteht sich.«

Priamos wirkt ruhig, gefasst. So gar nicht wie ein Mann, der vor nicht einmal achtundvierzig Stunden seine einzige Tochter verloren hat.

Eine Erwiderung auf sein Angebot bleibt mir erspart, denn wir folgen der Magnetschiene um eine letzte Kurve und lassen die Pappeln hinter uns. Links und rechts von uns gibt es nichts als freies Feld, so weit das Auge reicht. Dieses verschwenderische Ausmaß ungenutzten Landes verschlägt mir den Atem. Priamos steuert das Automobil auf einen Hügel zu. Auf dessen oberstem Punkt erhebt sich, über die Krone der Bäume hinweg, das Dachgeschoss eines herrschaftlichen Hauses.

»Gleich sind wir daheim«, sagt Priamos Hamilton.

Die ganze Auffahrt ist mit Kastanien gesäumt. Ihre saftiggrünen Kronen sind übersät mit weißen Blütenrispen. Wie übergroße Kerzen auf einem Weihnachtsbaum recken sie sich der Sonne entgegen. Der Anblick ist atemberaubend. Ich kann mich nicht daran sattsehen.

»Wunderschön, nicht wahr?«

Ich bin zu verzaubert, um Priamos zu antworten. *Die Rosskastanie ist ein Seifenbaumgewächs*, geht es mir durch den Kopf. *Sie gedeiht schnell, wird bis zu 30 Meter hoch und besitzt große, fingerförmig zusammengesetzte Blätter.*

Nichts, was ich in den vergangenen Jahren in einem Lehrbuch gelesen oder als Holo abgebildet gesehen habe, konnte mich darauf vorbereiten, wie schön diese Bäume in der Realität sind. Am liebsten würde ich Priamos bitten, das Automobil anzuhalten, damit ich unter den ausladenden Ästen spazieren kann.

»Meine Mutter hat sie hier pflanzen lassen. Sie und meine Schwester hatten beide mit Heuschnupfen zu kämpfen. Rosskastanien rufen jedoch selten Allergien hervor.« Als er nach einer Pause hinzufügt: »Du musst dir darüber natürlich ohnehin keine Sorgen machen«, blicke ich ihn überrascht an. Er zwinkert mir zu. »Wir haben dafür gesorgt, dass ihr kein Problem mit Heuschnupfen habt. Du solltest überhaupt keine Allergien besitzen, wenn alles gut gegangen ist.«

Und damit wird mir schlagartig bewusst, bei wem ich mich befinde.

Nichts in meinem Leben ist gut gegangen, denke ich. Ich richte meinen Blick wieder auf die Kastanien, aber der Zauber des Moments ist zerstört. Vielleicht merkt Priamos, dass er mich mit seiner Bemerkung verärgert hat, vielleicht ist ihm auch egal, was ich denke. Keiner von uns beiden sagt ein Wort, bis wir das Haus erreichen.

Die Magnetschiene endet mehrere Meter vor dem Grundstück der Hamiltons. Die Straße, die den Hügel hinaufführt, geht nach einem schmiedeeisernen Tor in einen Schotterweg aus schneeweißen Steinen über. Die Hamiltons scheinen eine Vorliebe für Weiß zu haben. Nicht nur der Schotter und die beiden Säulen an der Einfahrt sind weiß, sondern auch das Herrenhaus selbst. Bereits auf dem Hologramm wirkte es groß, aber jetzt erschlägt es mich. Es ist ein kleiner Palast.

Eine Gruppe Menschen hat sich auf der Veranda versammelt, zu der ein paar Treppenstufen hinaufführen. Ich erkenne ihre Gesichter, auch wenn ich ihnen noch nie begegnet bin. Es sind sieben oder acht Leute. Torrence, der Gärtner, trägt einen breiten Strohhut. Die Frau neben ihm muss Margot sein, die Köchin. Sie lächelt. Sabine Hamilton steht in der Mitte, hoch aufgerichtet und stolz. Vor dieser Südstaatenkulisse kommt sie mir vor wie eine Sklaventreiberin aus der Zeit vor dem Amerikanischen Bürgerkrieg. Sie hat sich – Überraschung – für ein weißes Kostüm entschieden. Das Einzige, was das Bild stört, ist der kleine Junge, den sie auf dem Arm trägt und der seinen dunklen Wuschelkopf müde in ihre Halsbeuge legt. Als Priamos und ich aus dem Auto steigen, wird er munterer.

»Lexi«, kräht er und beginnt zu zappeln. Seine Mutter hält ihn fest und flüstert ihm etwas ins Ohr. Als sie sich mir wieder zuwendet, knipst sie ein strahlendes Lächeln an. Ich bin beeindruckt. Hätte ich sie nicht vorher schon erlebt, würde ich ihr direkt abnehmen, dass sie sich freut, mich zu sehen.

Priamos geht ums Auto und stellt sich zu mir. Als er in fürsorglicher Geste seinen Arm um mich legt, kann ich es nicht verhindern, zusammenzuzucken.

»Hast du noch Schmerzen?«, fragt er, scheinbar besorgt. Ehe ich antworten kann, wendet er sich dem Begrüßungskomitee zu und verkündet strahlend: »Schaut mal, wer wieder zu Hause ist.«

Diese Familie ist eiskalt. Und ich muss genauso werden, wenn ich überleben will.

Kapitel 7

Keine Ahnung, woher sie wussten, wann wir ankommen würden, oder ob Sabine Hamilton alle dazu angetrieben hat, stundenlang auf der Veranda auf uns zu warten. Elektras kleiner Bruder streckt seine Arme nach mir aus und drückt mir seine feuchte Kinderhand an den Hals, aber Sabine lässt nicht zu, dass er zu mir herüberklettert. Das ist vermutlich auch besser so. Ich hatte noch nie so ein kleines Kind auf dem Arm. Die jüngsten Klone im Institut sind sechs. Wo sie vorher leben, weiß ich nicht. Ich kann mich selbst nicht mehr daran erinnern.

Dann begrüßen mich auch die Hausangestellten und sagen mir, wie sehr sie sich freuen, dass es mir besser geht und mir bei meinem Unfall nichts Schlimmes passiert ist. Natascha, das Hausmädchen, lächelt freundlich. Der junge Mann starrt mich mit einem seltsamen Ausdruck in den Augen an. Das muss Julian sein, der für die Stallungen verantwortlich ist. Schon beim Lesen seiner Akte habe ich mich gewundert, weshalb die Hamiltons einem so jungen Kerl diese Position anvertraut haben. In der Realität sieht er noch jünger aus als neunzehn.

Margot ist weniger scheu. Sie schließt mich fest in die Arme und berichtet mir freudestrahlend, dass sie mir meinen Lieblingskuchen gebacken hat.

»Als ob sie davon essen würde«, wirft der andere junge Mann ein, der das ganze Spektakel von seinem Platz aus den Schatten heraus beobachtet. Er lehnt gelangweilt an einer Säule. Die

Basecap, die er sich tief ins Gesicht gezogen hat, und seine Sonnenbrille mit den verspiegelten Gläsern scheinen so gar nicht zu dem übergroßen Baumwollpullover zu passen, den er trägt. Aber was weiß ich schon von Mode?

Margot wedelt mit der Hand in seine Richtung, als wolle sie seine Bemerkung damit fortwischen. »Ein Stückchen wird schon gehen.« Sie zwinkert mir zu. »Oder zwei. Nicht wahr?«

Ich öffne den Mund, ohne zu wissen, was ich darauf antworten soll. Was hätte Elektra in so einer Situation gesagt? Da rettet mich der Junge.

»Und sich damit vor der Verlobung die Figur ruinieren?«

Er löst sich von der Säule, nimmt die Sonnenbrille ab und kommt zu mir herüber. Der Boden sackt mir unter den Füßen weg. Denn es ist Aubrey, der auf mich zukommt. Aubrey!

Meine Knie knicken ein. Aubrey greift schnell nach meinen Unterarmen und zieht mich in eine Umarmung.

»Ich hab' mir schon Sorgen um dich gemacht«, sagt er und ich klammere mich an ihm fest, während ich versuche, meinen rasenden Herzschlag zu beruhigen. »Willkommen daheim, *Schwesterherz*.«

Seine Umarmung fühlt sich nicht echt an. Nicht so wie Margots. Aber es ist das, was er sagt, das mich begreifen lässt. *Schwesterherz*.

Natürlich ist er nicht Aubrey. Kann nicht Aubrey sein. Der sitzt im Institut fest. Er ist Hektor.

Meine Gedanken überschlagen sich, während ich mich langsam von ihm löse. Das ist Hektor Hamilton?

»Geht es wieder?« Seine Stimme klingt spöttisch.

Ich nicke unsicher. Ich rufe mir die Fotos von dem durchgeknallten Partygänger ins Gedächtnis, provozierend gestylt und immer den Eindruck vermittelnd, er sei nur einen Shot vom Absturz entfernt. Auf keinem der Bilder sah er Aubrey auch nur im Entferntesten ähnlich. Der Hektor, der jetzt vor mir steht, hat aber auch reichlich wenig von dem Typen aus den Feeds und Magazinen. Und wir haben immer geglaubt, von Hektor sei kein Klon bei uns im Institut. Mir ist schwindelig.

»Was ist?«, fragt Hektor. »Kann ich dich loslassen?« Seine Worte sind freundlich, aber der Ton klingt genervt. Plötzlich spüre ich überdeutlich die Blicke der anderen, die mich besorgt mustern.

»Das reicht erst mal«, erklärt Priamos. »Die letzten Tage waren sehr anstrengend für Elektra. Bringst du sie hoch in ihr Zimmer, Sabine?«

Sabine lächelt mich strahlend an und schiebt sich, immer noch mit Nestor auf dem Arm, auf mich zu, aber Hektor unterbricht sie.

»Das kann ich machen.«

Sein Vater nickt.

Die Hausangestellten machen uns Platz, als ich an der Seite meines »Bruders« auf die offene Eingangstür zugehe.

»Ich schicke Natascha nachher mit einem Stück Kuchen nach oben«, verspricht mir Margot im Vorbeigehen.

Ich zwinge mich dazu, ihr einen dankbaren Blick zuzuwerfen. Dann verschlucken uns die Schatten, die im Inneren des Herrenhauses auf uns lauern.

Drinnen sieht alles so aus wie im Hologramm. Die Tür wird flankiert von hohen Blumenkübeln. Links steht ein teuer aussehendes Sideboard aus dunklem Holz, darauf eine Vase mit Schnittblumen. Wenn ich mich recht erinnere, waren sie im Hologramm rot. Heute sind sie gelb. Direkt neben der Kommode steht der hässlichste Schirmständer, den ich je zu Gesicht bekommen habe. Er ist metallicblau und sieht aus wie eine überdimensionierte Eistüte, die man schräg in ein käfigartiges Konstrukt aus silbernen Gitterstäben gehängt hat.

»Kommst du?«, fragt Hektor ungeduldig. Er wartet neben der Statue einer griechischen Göttin, die den Fuß der bogenförmig geschwungenen Marmortreppe bewacht. Ich verkneife mir eine bissige Antwort und folge ihm. Er spricht nicht mit mir, während er vor mir die Stufen hinaufgeht. Sein freundliches Verhalten auf der Veranda war offenbar aufgesetzt, mehr für die Hausangestellten gedacht als für mich.

Ich versuche, ihm das nicht krummzunehmen. Es ist nicht seine Idee gewesen, mich hierher zu holen. Jedenfalls nicht, soweit ich weiß. Er will mich vermutlich ebenso wenig hier haben, wie ich hier sein will.

Und er ist nicht Aubrey.

Das muss ich mir immer wieder ins Gedächtnis rufen. Mit Kelsey ist das etwas anderes. Wir haben uns immer als Schwestern betrachtet. Jetzt jemandem zu begegnen, der einem geliebten Menschen so unglaublich gleicht und ihm gleichzeitig überhaupt nicht ähnelt, ist verstörend. Ist es dieses Gefühl, das Sabine Hamilton empfindet, wenn sie mich anblickt?

Das, was mich erwartet, als wir am Treppenabsatz des ersten Stocks ankommen, reißt mich aus meinen Gedanken. Hinter einer schmalen Balustrade befindet sich eine luftige, großzügig geschnittene Galerie. Sie ist dreieckig. Neben einem Pflanzenkübel, der mit denen an der Haustür identisch ist, stehen in der spitz zusammenlaufenden Ecke des Raums eine Couchgarnitur aus dunkelrotem Leder und ein kleines Tischchen. Ein paar Zeitschriften und ein VR-Controller liegen darauf. Ich sehe jedoch nirgends einen Fernseher. Überrascht bin ich über das Klavier, das neben der Couch steht. Denn erstens ist es schwarz lackiert und nicht weiß, und zweitens hätte ich bei den Hamiltons mindestens einen Flügel erwartet.

»Toilette«, sagt Hektor knapp und deutet auf eine schmale Tür rechts vom Treppenabsatz. Ich will darauf zusteuern, um einen Blick hineinzuwerfen, aber er läuft einfach weiter. »Für

Gäste«, fügt er vorwurfsvoll hinzu, als hätte mir das klar sein müssen. War diese Toilette wirklich auf dem Holo enthalten? »Fitnessraum, Gästezimmer, noch ein Gästezimmer, Wäschekammer, mein Zimmer«, fährt er fort und deutet auf die anderen Türen. »Lass dich dort nicht blicken.«

Eher gefriert die Hölle zu, du arrogantes Arschloch, denke ich mir. Laut sage ich: »Ich kann mich gerade so beherrschen.«

Er verharrt in der Bewegung, dreht sich um und wirft mir einen neugierigen Blick zu. Kurz mustern wir uns. Keiner ist bereit, als Erster wegzuschauen. Schließlich hebt Hektor eine Augenbraue. »Sieh an. Du kannst ja doch sprechen.«

Den Gefallen, darauf zu antworten, tue ich ihm nicht. Er zuckt die Schultern, dreht sich wieder um und öffnet die Tür, die der Treppe schräg gegenüber liegt.

Das Zimmer, das ich mir im Institut mit Kelsey teile, ist gerade groß genug für zwei Schreibtische, einen gemeinsamen Schrank und unsere Betten. Nach Jahren in einem Großraumschlafzimmer kam mir das sogar luxuriös vor. Bis wir zehn Standardjahre alt sind, leben wir in Gemeinschaftsräumen. Erst dann fangen sie im Institut an, Mädchen und Jungs getrennt unterzubringen. Die Zweibettzimmer bekommt man erst mit dreizehn.

In den Raum, den ich jetzt betrete, passt Kelseys und mein Zimmer fünf Mal! Bei dieser Schätzung habe ich den kleinen Durchgangsraum, der Elektras Zimmer vom Flur trennt, nicht mal mitgezählt. Ein überdimensionierter Spiegel hängt darin, direkt neben mehreren Schränken. Ich nehme an, es ist das *Ankleidezimmer* meines Originals. Ich weiß nicht, ob ich das beeindruckend oder widerlich finden soll. So viel Platz …

Elektras eigentliches Zimmer ist hell und luftig. Die eine Hälfte ist als Schlafzimmer eingerichtet und wird von einem gewaltigen Himmelbett dominiert. In der anderen Hälfte stehen eine hellblaue Couch und ein Schreibtisch, ein paar Schritte davor in der Mitte des Raumes sogar ein runder Teetisch, um den mehrere Stühle gruppiert sind. Mich interessiert vor allem das schmale Bücherregal neben der Eingangstür. Es beinhaltet nicht viele Bücher, aber sie sind aus Papier und sehen gelesen aus. Die meisten Titel sagen mir nichts, trotzdem schlägt mein Herz schneller.

Gerade will ich nach einem der Romane greifen, da sagt Hektor: »Dort geht es in dein Badezimmer.«

Ich blicke hinüber zu der Tür, auf die er zeigt.

»*Mein* Badezimmer?«

Er zuckt mit den Schultern. »Hast du etwa gedacht, wir müssen uns eins teilen?«

Ich öffne den Mund, aber ich weiß nicht, was ich darauf antworten soll. Ich weiß nicht, wie diese Welt funktioniert, in die ich gestolpert bin. Ich weiß noch nicht einmal, ob ich das wirklich lernen will. Dann bemerke ich, wie mich Hektor abschätzig mustert, und mir fällt wieder ein, dass ich lernen *muss*, darin zurechtzukommen, so schnell ich kann. Ich habe gedacht, hinter den Mauern des Instituts erwartet mich die Freiheit. Stattdessen bin ich in einem Haifischbecken gelandet. Besser, ich lerne schnell zu schwimmen, bevor ich untergehe.

Aubrey, in seiner typischen stillen, beruhigenden Art, würde jetzt zu mir herüberkommen, mir eine Hand auf die Schulter legen und mir mit ruhiger Stimme versichern, dass alles gut wird, solange ich die Nerven behalte und meinen Kopf benutze. Hektor verschränkt die Arme und bewegt sich keinen Millimeter auf mich zu. Es nervt mich, dass ich ihm nicht in die Augen sehen kann, weil er diese affige Sonnenbrille trägt. Ich versuche, an seiner Miene zu erkennen, was er denkt, aber sein Gesicht ist ausdruckslos. Nicht, dass seine Worte Zweifel darüber gelassen hätten, was er von mir hält. Ob er und Elektra sich nahestanden? Auf vielen Partyfotos hat es so gewirkt. Aber auf diesen Fotos wirkte er ganz anders als jetzt.

»Was ist?«, blafft er mich an und ich frage mich, ob er deshalb so anders wirkt – und im Haus eine Sonnenbrille trägt –, weil er einen gewaltigen Hangover hat.

»Nichts.« Dann wage ich mich auf unsicheres Terrain. »Es ist nur … Du bist so ganz anders als …«

Anders als erwartet? Anders als Aubrey?

»Das Kompliment kann ich leider nicht zurückgeben.«

Ich öffne den Mund, bleibe aber stumm. Ich weiß selbst nicht, warum es mir so schwerfällt, ihm Kontra zu geben, wo ich mich bisher so sehr beherrschen musste, seinen Eltern nicht ein paar wirklich fiese Beleidigungen an den Kopf zu werfen.

Während ich noch nach Worten suche, kommt Hektor doch zu mir herüber, bis er ganz nah vor mir steht. Jetzt nimmt er auch die Sonnenbrille ab. Seine Augen sind rot gerändert. Vielleicht hat er tatsächlich zu viel gefeiert. Oder er hat geweint. Aber ich habe kein Mitleid mit ihm, denn seine nächsten Worte sind kalt. »Machen wir uns nichts vor. Ich bin nicht dein Bruder. Und du bist nicht Elektra. Das wirst du niemals sein. Egal, wie sehr du dich …«

»Das weiß ich«, unterbreche ich ihn wütend.

»Gut. Dann vergiss es auch nicht.«

Er dreht sich um und lässt mich stehen. Mit schnellen Schritten durchquert er den Raum.

»Wenn es Zeit zum Abendessen ist, wird dich jemand holen.«

»Soll das heißen, ich darf dieses Zimmer nicht verlassen?«

Er blickt noch einmal zurück und grinst. »Du bist ja doch nicht so dumm, wie ich zunächst befürchtet habe.«

»Und du bist leider ein noch größerer Arsch als erwartet.«

Er bleckt die Zähne. »Fühl dich wie zu Hause.«

Als die Tür hinter ihm ins Schloss fällt, kann ich mich des Gedankens nicht erwehren, dass ich ein Gefängnis gegen ein anderes eingetauscht habe.

Kapitel 8

Nachdem mich Hektor allein gelassen hat, sehe ich mich verloren im Zimmer um. Mein Interesse an Elektras Büchern ist erloschen.

Was nun?

Weil ich es selbst nicht weiß, schaue ich mir erst mal das Bad an. Selbst das ist größer als Kelseys und mein Zimmer. Neben einer in den Fußboden eingelassenen Badewanne, in die man – ernsthaft – über eine Treppe hineinsteigen muss, gibt es eine durch ein halbhohes Mäuerchen abgetrennte Toilette, ein Bidet, mehrere Spiegel, eine Duschkabine, ein Waschbecken und eine Kommode, auf der Bürsten, Kämme und Make-up stehen. Ich frage mich schon, wo sich der Vital-Scanner befindet, als ich begreife, dass das der riesige Spiegel ist, der neben der Dusche hängt. Das ist unglaublich!

Wenn man den Vital-Scanner im Institut betritt, hat man mehr Angst, sich vom Vorgänger Fußpilz zu holen, als vor einer schlechten Vital-Prognose. Er ist beim Scanvorgang laut, knattert blechern und man fühlt sich zwischen den engen Plastikwänden eingezwängt.

Dieser Scanner scheint aus nichts zu bestehen als aus dem Spiegel selbst und einer Fußmatte aus einem gummiartigen Material, auf die man sich stellt.

Ich stehe immer noch fasziniert davor und überlege, ob ich ihn ausprobieren soll, als es an die Zimmertür klopft.

Die Tür öffnet sich bereits, bevor ich ins Schlafzimmer zurückkomme. Es ist Sabine. Nestor hat sie nicht dabei. Stattdessen hält sie in ihren Händen eine Glasvase, in der ein gewaltiger Strauß Rosen steht. Sie leuchten in einem kräftigen Orange.

Ohne mich zu beachten, durchquert Sabine das Zimmer und stellt die Rosen auf den kleinen Teetisch.

»Von Phillip von Halmen«, erklärt sie kühl, während sie die Vase hin- und herdreht und dann einen Schritt zurückgeht, um ihr Werk zu begutachten. Als sie mit allem zufrieden ist, greift sie nach vorne. Sie schnappt sich eine kleine Karte, die zwischen den Blüten steckt, und klappt sie auf. Nachdem sie den Inhalt hastig überflogen hat, reicht sie sie mir mit schief gelegtem Kopf und blitzenden Augen. Als wolle sie mich dazu herausfordern, etwas dazu zu sagen, dass sie die Karte vor mir gelesen hat. Den Gefallen tue ich ihr nicht. Ich kenne Phillip nicht und diese Rosen sind auch nicht für mich gedacht. Es stört mich nicht, was Sabine mit ihnen tut. Ein bisschen wundere ich mich sogar, dass sie sie mir überhaupt gebracht hat.

Liebe Elektra, steht in der Karte. *Es tut mir sehr leid, dass ich dich nicht selbst besuchen kann, um dir Genesungswünsche zu bringen. Wie ich höre, befindest du dich auf dem Weg der Besserung. Ich hoffe, es geht dir bis Dienstag wieder so gut, dass wir unser gemeinsames Abendessen nicht verschieben müssen. Ich freue mich bereits darauf, dich näher kennenzulernen. Beste Grüße, Phillip.*

Ich starre sprachlos auf das Papier. Phillip hat eine schöne Schrift, das muss man ihm lassen, aber das ist das einzig Ansprechende an dieser Botschaft.

»Beste Grüße?« Verwirrt blicke ich Sabine an. »Vom Verlobten?«

»Es ist nicht *dein* Verlobter«, schnappt sie zurück.

Jetzt reicht es mir aber. »Nun, ich nehme an, seit heute ist er das, nicht wahr?«

Sie schluckt. Ihre Finger krallen sich so fest um die Lehne des Stuhls, der hinter ihr steht, dass ihre Knöchel weiß hervortreten.

»Zumindest dachte ich, es ist das, was ihr wollt«, lege ich nach. »Denn wenn es das *nicht* ist, dann dreh ich mit Freuden sofort wieder um und laufe zurück ins Institut und ihr könnt sehen, wie ihr das alles hier auf die Reihe bekommt.«

Ich gebe mich selbstbewusster, als ich mich fühle, viel selbstbewusster. Aber meine Taktik geht auf. Diesmal verpasst mir Sabine Hamilton keine Ohrfeige. Sie starrt mich an, und ich genieße die widerstreitenden Gefühle, die sich in ihrer Miene widerspiegeln.

»Du hast mehr zu verlieren als wir«, presst sie schließlich hervor. Sie klingt nicht mehr ganz so überlegen.

Mit ihrer Aussage hat sie recht. Allerdings vergisst sie dabei, dass ich an dem, was ich verlieren könnte, weniger hänge als sie an dem, was für ihre Familie auf dem Spiel steht. Na ja. Sieht man einmal von Kelsey ab. Und von meinem Leben. Vielleicht ist das alles doch nicht so einfach.

»Wir haben unsere Entscheidungen bereits getroffen. Du ebenso wie wir«, fährt sie dann fort. »Das bedeutet wohl, wir werden eine Weile miteinander auskommen müssen.«

Ich seufze. »Ich will mich nicht …«

»Ich war noch nicht fertig. Wir haben unsere Entscheidungen getroffen, aber das heißt nicht, dass wir glücklich damit sein müssen. Es heißt, dass du so tust, als wärst du Elektra. Es heißt nicht, dass du sie auch bist.«

»Aber ihren Verlobten soll ich trotzdem heiraten.«

Sie lächelt mich ohne Wärme an. »Stell dir das nicht so einfach vor. Erst einmal musst du es schaffen, dass er sich tatsächlich mit dir verlobt. Und bilde dir bloß nichts ein. Diese Rosen hier, die waren nie für dich gedacht. Nicht wirklich, jedenfalls.«

Wütend wedele ich mit dem Kärtchen vor ihrer Nase hin und her. »Allzu leidenschaftliche Gefühle scheint er jedenfalls nicht für Elektra gehegt zu haben.«

»Sie kannten sich auch kaum.« Sabines Stimme schneidet wie Glas. »Sie hatten nicht die Gelegenheit, sich überhaupt kennenzulernen. Nicht wirklich, jedenfalls. Seine Unterschrift auf dem Eheschließungsvertrag – sie ist *digital*. Phillip befindet sich immer noch in Australien. Er war seit zwei Jahren nur für kurze Besuche in der Neuen Union. Er und Elektra sind sich nur ein paar Mal über den Weg gelaufen und haben bisher kaum ein Wort miteinander gewechselt.«

Warum um Himmels willen will er sie dann heiraten?, fährt es mir durch den Kopf, aber ich kann mir auf die Zunge beißen, ehe ich diese dumme Frage laut ausspreche. Natürlich will er das nicht. Es geht nicht um das, was er will. Oder was Elektra wollte. Es geht um das, was ihre Familien für das Beste halten.

»So ist das also«, sage ich schlicht und lasse die Karte sinken.

Sabines Gesichtszüge werden weicher. »In gewisser Weise wird es dadurch einfacher für dich. Du musst ihn nicht erst davon überzeugen, Elektra zu sein. Er weiß gar nicht, wer meine Tochter wirklich war.«

Ich nicke. Das ist ein kleiner Trost in diesem kranken Verwirrspiel um Macht.

»Ich glaube, ich möchte mich einen Moment hinlegen«, sage ich schwach, mehr, weil ich meine Ruhe will und sie loswerden möchte, als weil ich wirklich müde bin.

Sabine holt tief Luft. Dann nickt sie, streift sich mit den Händen eingebildete Falten aus ihrem Rock und geht an mir vorbei aus dem Zimmer.

»Eins noch, *Mom*«, rufe ich ihr hinterher. »Ich möchte, dass du künftig wartest, bis ich dich hereinbitte, ehe du mein Zimmer betrittst.«

Ich halte den Atem an. Habe ich den Bogen überspannt? Sabines Schultern haben sich versteift, aber befriedigt beobachte ich, wie sie sich dagegen entscheidet, mir zu widersprechen, sondern einfach ruhig und gelassen weitergeht und die Tür hinter sich schließt.

Nachdem Sabine gegangen ist, blicke ich mich noch eine Weile recht lustlos in Elektras Reich um und lege mich schließlich tatsächlich ins Bett. Ich ziehe mich nicht aus, ehe ich mich in den dunkelblauen Laken verkrieche. Nur die Schuhe streife ich mir von den Füßen. Sonnenstrahlen fallen schräg durch das Fenster. Der helle Betthimmel filtert das Licht, das auf den eingestickten Mustern glitzert. Wer hätte gedacht, dass Elektra in so einem Prinzessinnenbett schlafen würde? Auf den Paparazzi-Fotos gibt sie immer die wilde Partyqueen. Gab sie, korrigiere ich mich schaudernd. Ich liege im Bett einer Toten. Dem schwarzen Sweatshirt, das über einer Stuhllehne hängt, und dem chaotischen Schreibtisch zufolge hat hier niemand aufgeräumt, seit sie das Zimmer das letzte Mal verlassen hat. Das heißt vermutlich, auch das Bett wurde nicht neu bezogen. Ich drehe den Kopf und sauge tief den Fliederduft ein, der dem Kissen anhaftet. Ob er von Elektra stammt oder vom Waschmittel, weiß ich nicht.

Ich beginne, an meinem Daumennagel zu knabbern. Habe ich im Badezimmer Parfumflacons gesehen? Ich kann mich nicht erinnern – bin aber zu faul, um noch mal aufzustehen. Die Ankunft im Haus, das alles hier, es hat mich erschöpft. Die Wunde an meinem Kopf pocht etwas, aber ich bin sogar zu k.o., um nach Schmerzmitteln zu fragen. Außerdem geht es mir gegen den Strich, die Hamiltons um etwas zu bitten. Eher würde ich … Noch ehe ich den Gedanken zu Ende führen kann, bin ich eingeschlafen.

Ich wache auf, weil es an die Tür klopft. Keine Ahnung, wie spät es ist, aber das Licht ist dämmrig geworden. Befriedigt stelle ich fest, dass die Person, die davorsteht, diesmal offensichtlich darauf wartet, dass ich sie hereinbitte. Langsam richte ich mich auf.

»Herein.«

Priamos kommt lächelnd ins Zimmer. »Fühlst du dich wohl?« Er ignoriert völlig, dass ich dabei bin, es mir auf dem Bett seiner gerade gestorbenen Tochter im Schneidersitz bequem zu machen. Sein Verhalten irritiert mich genauso sehr wie Sabines und Hektors offen gezeigte Abneigung.

»Ich habe ein wenig Schmerzen«, gebe ich zu, weil ich noch immer das Ziehen in der Schläfe spüre.

Priamos kommt näher. »Ich gebe dir nachher ein Schmerzpflaster.«

Ich nicke ihm kurz zu, weil ich nicht *Danke* sagen will.

»Gibt es Abendessen?«, frage ich stattdessen.

»In einer halben Stunde.« Er schaut sich nach einer Sitzgelegenheit um, und einen schockierten Augenblick lang fürchte ich, er will sich neben mich auf die Matratze setzen, aber dann schnappt er sich einen der Stühle vom Teetischchen, trägt ihn durchs Zimmer und nimmt darauf Platz.

»Hast du dir schon den Kleiderschrank angesehen?«

»Nur kurz.« Das ist weder die Wahrheit, noch gelogen. Wenn man Elektras Zimmer betritt, kommt man schließlich nicht umhin, einen Blick in den Kleiderschrank zu werfen – man geht ja praktisch durch ihn hindurch.

»Bitte zieh dir für das Abendessen etwas Angemessenes an.«

Keine Ahnung, was Priamos unter »angemessen« versteht. Er bemerkt seinen Fehler, ehe ich ihn darauf aufmerksam machen kann: »Etwas Schickes. Nicht zu schlicht. Wir werden nicht allein sein.«

»Oh.« Sagte Sabine nicht, Phillip befände sich noch außerhalb der Neuen Union?

»Mein Onkel Kadmos möchte dich kennenlernen.«

Sofort habe ich die Fotodatei des in die Jahre gekommenen Mannes mit den schütteren, aber gepflegten Haaren vor Augen.

Auf dem Elastoscreen von Sabine war auch eine Datei mit seinem Namen angelegt. Weil er nicht zu den Hausbewohnern gehörte, habe ich sie nur überflogen. Aber was ich gelesen habe, hat mir gereicht. Begnadeter Wissenschaftler, seit über 30 Jahren CEO von Hamilton Corp. Er hat das Unternehmen von seinem Vater, dem Gründer, geerbt. Stinkreich, spricht fünf Sprachen fließend, hat einflussreiche Freunde, blablabla.

»Weiß er, dass ich …?«

Priamos nickt. »Natürlich. Der Plan … das Angebot, das wir dir gemacht haben, war im Grunde seine Idee.«

So ist das also. »Und jetzt will er sich überzeugen, dass ich seinem *Plan* auch gewachsen bin.«

»Du musst dir keine Sorgen machen.«

Ich lache bitter auf.

»Jedenfalls nicht wegen deines Treffens mit Kadmos. Er ist ebenso sehr daran interessiert, dass alles glattgeht, wie wir. Er wird dir keine Steine in den Weg legen, sondern dir helfen, wo er nur kann.«

»Da bin ich mir sicher.«

Priamos lächelt beruhigend. »Wegen der Hausangestellten wird er beim Abendessen keine Gelegenheit haben, dich allzu sehr unter die Lupe zu nehmen.«

Das ist die Gelegenheit, auf die ich gewartet habe. »Wieso arbeiten hier eigentlich so viele Hausangestellte?«

»Du meinst anstelle von Bots?«

Ich nicke. Das hat mich vorhin schon gewundert. »Ich habe noch keinen einzigen hier gesehen.«

»Es gibt auch kaum welche. Jedenfalls nicht in den oberen Stockwerken, und nur ein oder zwei im Erdgeschoss.«

»Warum?« Ich dachte, es gäbe im ganzen Land kein Haus ohne Putz-, Garten- und andere Werkbots. Selbst im Institut stolpert man ständig über die kleinen Roboter, die die Hausarbeit erledigen.

Priamos' Gesicht bewölkt sich. »Es gab da einen Zwischenfall, vor ein paar Jahren.«

»Was für einen Zwischenfall?«

»Die Sache ist die, I…« Er stockt und macht eine betroffene Miene. Obwohl ich es natürlich nicht wissen kann, könnte ich schwören, dass er gerade drauf und dran war, meinen Namen auszusprechen. Isabel. Vermutlich ist ihm gerade noch rechtzeitig eingefallen, dass er geschworen hat, das nie wieder zu tun. Dann hat er sich wieder gefangen und spricht weiter, als sei nichts geschehen. »Die Leute holen sich die unterschiedlichsten Bots ins Haus, damit sie für sie kochen, putzen und hinter ihnen herräumen. Sie lassen sie in ihre Wohn- und Schlaf- und Arbeitszimmer und machen sich überhaupt keine Gedanken darüber, was auf ihren Schreibtischen liegt oder worum es in den Unterhaltungen geht, die sie führen.« Er beugt sich vor. »Ich habe meine Firma mit einem Sicherheitssystem geschützt, das ein kleines Vermögen wert ist, und unseren Net-Access mit der besten Firewall abgeschirmt, die für Geld zu kriegen ist. Aber ich habe mir keine Gedanken über die kleinen Bots gemacht, die mir zu Hause hinterhergerollt sind, um meine Schmutzwäsche aufzusammeln. Bis es beinah zu spät war.«

Allmählich beginne ich zu verstehen. »Industriespionage?«

Er tätschelt zufrieden mein Knie. »Medea hatte recht, du bist nicht dumm. Das macht die Sache erheblich leichter.«

»Was ist passiert?«

Priamos steht auf und lässt den Kopf im Nacken kreisen. Ich höre, wie es knackt.

»Nichts, worüber es sich heute zu sprechen lohnt. Die Sache ist erledigt. Aber seither gehe ich auf Nummer sicher. Keine Bots mehr im Haus, sieht man mal von denen in der Küche und zwei, drei weiteren Ausnahmen ab. Es gibt auch nicht übermäßig viele in der Firma. Maschinen sind weiß Gott leistungsfähiger als wir, aber ich vertraue Menschen mehr.«

»Ist das nicht unethisch?«

»Im Gegenteil. Ich bezahle gut, und die Menschen haben sich jahrhunderte-, ach was, jahrtausendelang von anderen Menschen im Haushalt helfen lassen.«

Ich presse die Lippen aufeinander.

Priamos lächelt nachsichtig. »Unsere aktuelle Arbeitslosenquote liegt bei 12,8 Prozent. Was glaubst du, wovon würden Margot und die anderen leben, wenn sie nicht hier beschäftigt wären?«

Etwas ist grundfalsch an seiner Logik, aber ich komme nicht darauf, was es ist. Ich ärgere mich über mich selbst. Was habe ich mir überhaupt dabei gedacht, ausgerechnet mit Priamos Hamilton über Ethik zu diskutieren?

»In den Files, die mir Sabine gegeben hat, steht etwas von einem Kindermädchen, das gerade erst entlassen wurde.«

Er runzelt die Stirn. »Nadja? Ja. Warum?«

»Wenn die Arbeitslosenquote so hoch ist und ihr solche Gutmenschen seid, wieso musste sie dann gehen?«

»Sie war nicht vertrauenswürdig – und noch in der Probezeit. Sabine hat sich vor ihrer Ankunft um Nestor gekümmert, das wird sie auch jetzt wieder tun.«

Ehe ich antworten kann, steht Priamos auf. »Jetzt hätte ich beinahe die Zeit vergessen. Du musst dich noch umziehen.« Er stellt den Stuhl zurück an den Teetisch. »Ich kümmere mich derweil um ein Schmerzpflaster für dich.«

Ich nicke nur, zu durcheinander von unserem Gespräch.

»Vermutlich wäre es gut, wenn du dir noch mal das File über Onkel Kadmos anschaust.« Er wartet meine Antwort gar nicht ab. »Im Schrank müsste ein schwarzes Kleid hängen, das er immer sehr mochte«, sagt er noch, ehe er geht.

Ich bleibe aufgewühlt zurück. Ein schwarzes Kleid? Klar, was Onkel Kadmos sich wünscht, das bekommt Onkel Kadmos wohl. Der Preis spielt keine Rolle. Selbst wenn es sich dabei um Menschenleben handelt.

Kapitel 9

Weil ich nicht die Energie für Spielchen habe, zwänge ich mich in das schwarze Kleid. Es war nicht schwer, es zu finden; es gibt überraschenderweise nur zwei schwarze Kleider in Elektras monströs großem Kleiderschrank, und das andere ist so kurz, dass ich mir ziemlich sicher bin, dass Priamos das nicht gemeint hat. Wenn doch, ist Onkel Kadmos noch viel ekliger, als ich ihn mir ohnehin vorstelle.

Ich mag ein Klon von Elektra sein, aber wir haben eindeutig nicht ganz die gleiche Figur. Das Kleid spannt um meinen Bauch herum, aber der Stoff dehnt sich ein bisschen, also wird es einen Abend lang gehen. Dafür harmoniert die Farbe hervorragend mit unseren dunklen Haaren. Im Bad bürste ich sie noch einmal aus. Es ist ungewohnt, sie jetzt so kurz zu tragen, aber ich muss zugeben, dass es mir steht.

Dann warte ich darauf, dass man mich abholt.

Gerade, als ich mich frage, ob sie mich vergessen haben, kommt Hektor. Auch er hat sich umgezogen und trägt eine dunkle Hose und ein helles Hemd. Er schnappt nach Luft, als er mich sieht.

»Die Scharade ist wohl überzeugender, als du gedacht hast.« Zufrieden greife ich nach dem Schmerzpflaster, das er in der Hand hält.

»Nur, bis du den Mund aufmachst.«

Hektor beobachtet mich dabei, wie ich hilflos an mir herunterschaue und überlege, wohin ich das Pflaster kleben soll, damit man es nicht sofort sieht.

»Gib her«, befiehlt er genervt und nimmt es mir wieder ab. »Dreh dich um.«

Obwohl ich ihn nicht ausstehen kann – Hektor ist so was von *nicht* Aubrey –, tue ich, was er sagt, und lasse zu, dass er mir die Haare aus dem Nacken streicht. Dann zieht er den Stoff des Kleides ein wenig nach hinten und klebt mir das Pflaster zwischen die Schulterblätter. Er geht überraschend sanft dabei vor.

Es dauert nur wenige Sekunden, bis ich bemerke, wie die Medicas in meinen Blutkreislauf eindringen und den Schmerz in meiner Schläfe etwas betäuben.

»Schon seltsam«, sagt Hektor und beobachtet mich, die Hände tief in den Hosentaschen vergraben.

»Was?«

Er zuckt mit den Schultern. »Du bist Elektra wie aus dem Gesicht geschnitten, aber im Gegensatz zu ihr steht dir Schwarz überhaupt nicht.«

»Tja, da kann man leider nichts machen.«

»Und wieder hast du unrecht.«

Er greift nach vorne, an meinen Halsausschnitt, und ich will ihm schon eine runterhauen, da merke ich, dass er am Innensaum des Kleides herumnestelt.

»Da ist er ja«, murmelt er. Ich senke die Augen und sehe das Aufblitzen eines winzigen silbernen Knopfes, der im Saum eingenäht ist.

Hektor spielt daran herum und plötzlich verfärbt sich das Kleid, als hätte man Farbe darübergeschüttet. Die Fasern nehmen zunächst ein schillerndes Tannengrün an, danach ein dunkles Blau. Ich halte überrascht den Atem an.

»Besser.« Hektor lässt den Knopf los, als der ganze Stoff des Kleides nachtfarben schimmert.

Ich blicke in den Spiegel und gebe ihm recht. Aber ich werde den Teufel tun, das zuzugeben.

»Können wir dann los?«, frage ich stattdessen.

Ich folge Hektor die Treppe hinunter ins Erdgeschoss und dann durch einen Durchgang in einen lang gezogenen Flur und von dort in einen großen Raum, in dem eine festlich gedeckte Tafel steht. Die anderen Hamiltons warten schon. Alle haben sich schick gemacht. Selbst Nestor trägt ein weißes Hemd. Er sitzt auf Sabines Schoß und bastelt mit ihr an einem Puzzle. Das elektrische Flackern der einzelnen Teile taucht die hintere Ecke der Tafel in neonfarbenes Licht.

Priamos und sein Onkel stehen an einem Sideboard und halten Drinks in den Händen. Fast bin ich ein bisschen enttäuscht. Kadmos wird seiner Bilddatei nicht gerecht. Dort wirkt er groß und imposant. Der Mann neben Priamos ist alt und ja, fast schmächtig. Als er seinen stählernen Blick auf mich richtet, merke ich allerdings, dass ich ihn nicht unterschätzen darf.

Ich fahre mir mit der Zungenspitze über die Lippen, dann hebe ich den Arm. »Da bin ich.«

Kadmos legt die Stirn in Falten und kommt einen Schritt auf mich zu. »Du hattest recht«, sagt er zu Priamos, ohne sich umzudrehen. »Überraschend.« Nach einer kurzen Pause fügt er hinzu: »Dass du so schnell wieder auf den Beinen bist nach deinem Unfall, *Elektra*, meine ich natürlich. Pass auf, dass du dich nicht überanstrengst, meine Liebe.« In anderen Worten: Pass auf, was du sagst. Wir sind nicht allein und wir wollen die Hausangestellten doch nicht auf dumme Gedanken bringen.

Mir liegt eine bissige Erwiderung auf den Lippen, aber die vergesse ich, weil er mich tatsächlich in die Arme schließt und an sich drückt.

»Schön, dass du wieder zu Hause bist. Ich habe mich bereits den ganzen Tag darauf gefreut, dich zu sehen.«

Das ist so eklig!

Ausgerechnet Hektor rettet mich.

»Bist du gut hergekommen?«, fragt er seinen Großonkel. »Du warst lange nicht mehr hier draußen.«

Kadmos lässt mich los und schiebt mich auf Armeslänge von sich. Er wendet nicht den Blick von mir ab, als er Hektor antwortet. »Viel zu tun, Junge. Das wüsstest du, wenn du den Praktikumsplatz angenommen hättest, den ich dir angeboten habe.«

»Lasst uns heute nicht darüber sprechen«, mischt sich Sabine ein. »Nach der ganzen Aufregung der letzten Tage steht mir nicht der Sinn nach diesem Thema. Kommt lieber an den Tisch. Es gibt gleich Essen.«

Während die Männer ihrer Aufforderung Folge leisten, ruft Sabine nach Margot und Natascha, damit sie das Essen auftragen. Sie können sich nicht weit entfernt aufgehalten haben, denn bereits Augenblicke später tragen sie dampfende Suppenteller in den Raum und stellen sie vor uns ab.

Ich sitze auf dem Stuhl zwischen Hektor und Nestor. Elektras kleiner Bruder hat sein Puzzle ausgeschaltet und klammert sich mit seinen Händchen an meinem Arm fest. Er strahlt über das ganze Gesicht, als ich ihm zulächle. Seine Berührung ist echt. Er freut sich, mich zu sehen. Ja, das liegt daran, dass er nicht weiß, dass ich nicht »Lexi« bin, aber dennoch tut es gut, in dieser Familie voller Eisblöcke einem lebendigen Wesen zu begegnen.

Die Cremesuppe schmeckt großartig. Es ist vermutlich sogar die beste, die ich in meinem ganzen Leben gegessen habe. Das lässt mich an die Cafeteria im Institut denken. Vermutlich hätte es da für mich heute nur Fish oder Veggie 1 gegeben. Na gut, beschließe ich, wenn ich schon hier sein muss, kann ich zumindest jede Annehmlichkeit genießen, die sich mir bietet.

Obwohl die Augen aller immer wieder zu mir herüberwandern, macht sich bis auf Nestor niemand die Mühe, mit mir zu sprechen. Zuerst versuche ich, aus den Gesprächen eine kryptische Botschaft herauszuhören. Doch nach einer Weile begreife ich, dass sich Priamos und Sabine mit Kadmos wirklich über Belanglosigkeiten unterhalten. Selten habe ich mich so fehl am Platz gefühlt.

Plötzlich drückt mir Nestor seine klebrigen Finger auf mein Kleid. »Spielst du vor dem Zubettgehen noch mit mir?«

»Nestor«, schimpft Sabine und zieht ihn zurück auf seinen Stuhl. »Zapple nicht so herum und pass auf, wo du hingreifst. Du hast schmutzige Finger.«

»Schon gut«, mische ich mich ein, und Nestors Schmollmund verzieht sich glücklich.

»Ball«, kräht er mir begeistert entgegen.

Aber wir haben beide die Rechnung nicht mit Sabine gemacht.

»Elektra kann heute Abend nicht mit dir spielen. Sie hatte einen schweren Unfall und ist gerade erst aus dem Krankenhaus gekommen. Sie muss sich ausruhen. Und jetzt iss deine Suppe auf.«

Ich blicke zu Hektor hinüber, um zu sehen, was er von der ganzen Sache hält, aber der ist zu sehr damit beschäftigt, unter dem Tisch auf seinem Elastoscreen herumzutippen. Hat er bisher überhaupt ein Wort gesagt? Erst, als die Hausangestellten das Hauptgericht auftragen und ich mit der Vorlegegabel nach einem fantastisch aussehenden Stück Braten greife, macht er den Mund auf.

»Wusste ich doch, dass du deine vegetarische Phase nicht lange durchhalten würdest.«

Ich erstarre in der Bewegung und spüre, wie sich die Aufmerksamkeit aller auf mich richtet. Sabine schnaubt so überdeutlich, dass sie gar nicht aussprechen muss, was sie denkt.

Priamos wirft einen Blick zur Tür und Nestor fragt wenig hilfreich: »Lexi will Fleisch?«

»Lexi will Fleisch«, bestätige ich ihm und beschließe, dass es das Beste ist, die Flucht nach vorne anzutreten. Wie um mein Statement zu untermauern, spieße ich noch ein zweites Stück Braten auf, nachdem ich das erste auf dem Teller abgelegt habe. Wenn ich das hier alles schon durchstehen muss, dann doch bitte mit einem vollen Magen.

Ehe noch jemand eine dumme Bemerkung machen kann, greife ich nach Messer und Gabel und schneide mir ein Stück Fleisch ab. Es ist dunkel und riecht köstlich und es schmeckt wild, intensiv und wunderbar.

»Wann ist dieser Sinneswandel denn eingetreten?« Sabines Stimme klingt gefährlich ruhig.

Ich zucke die Schultern. »Mir war einfach danach.«

Dann lächle ich Margot an, die immer noch die Fleischplatte in Händen hält und mich mit tellerrunden Augen anstarrt.

»Der Braten schmeckt köstlich.«

Es ist die volle Wahrheit. Margot beginnt zu strahlen und murmelt ein Danke, ehe sie mit der Platte weitergeht, damit Sabine sich bedienen kann.

Kadmos mustert mich vom anderen Ende des Tisches aus. Als sich unsere Blicke treffen, hebt er sein Weinglas und prostet mir zu. Mit grimmiger Zufriedenheit konzentriere ich mich auf mein Essen.

Zum Nachtisch gibt es den Kuchen, den Margot bei meiner Ankunft erwähnt hat. Auf dem Teller, den sie vor mich stellt, liegt ein extragroßes Stück. Auch er schmeckt wunderbar und ich kann verstehen, warum Elektra ihn so sehr geliebt hat. Obwohl ich schon zum Platzen voll bin, kann ich nicht aufhören, von ihm zu naschen.

Sabine hat die Tafel bereits verlassen, um Nestor in sein Zimmer zu bringen. Priamos und Kadmos sind in ein leises Gespräch vertieft, in dem es um Rentabilitätskennzahlen und Projekte mit seltsam klingenden Namen geht. Ich habe keine Ahnung, wovon genau sie reden, und bin im Grunde froh darum, dass sie mich ignorieren.

»Willst du noch ein Stück?«, fragt mich Margot, als sie die Teller abzuräumen beginnt.

Ich schüttle den Kopf. »Danke, nein. Aber er war ganz herrlich.«

Sie legt mir kurz die Hand auf die Schulter. »Ich wollte dir schon heute Nachmittag ein Stückchen bringen, aber du hast geschlafen.«

Ich lächle verlegen.

»Deine Mutter meinte, wir sollen dich nicht stören.«

Mit Sicherheit meinte sie das.

»Danke«, sage ich noch einmal, weil ich nicht weiß, was ich sonst erwidern soll. Was hätte Elektra gesagt? Die Files haben mir alles über den Hintergrund der Hausangestellten verraten. Ich weiß, dass Margot aus einer großen Familie kommt, selbst aber nicht verheiratet ist, und eigentlich Friseurin werden wollte. Ich weiß jedoch nichts über ihr Verhältnis zu Elektra.

Margot scheint nichts zu merken. Sie greift an mir vorbei und schnappt sich den Teller. Ehe sie den Raum verlässt, lächelt sie mir noch einmal zu.

»Satt?«, fragt Hektor. Er hat von seinem Kuchen nur ein winziges Stück gegessen.

»Sollte ich das nicht eher dich fragen? Hast du Angst, dir die Figur zu ruinieren?«

Er verzieht die Lippen wieder zu diesem arroganten Lächeln, das mir bereits jetzt gewaltig auf die Nerven geht. »Ich bin es nicht, der sich in ein paar Wochen verlobt.«

»Ich kann mir auch kaum vorstellen, dass dich freiwillig jemand heiraten will.«

Eigentlich habe ich erwartet, dass er mit einem fiesen Spruch kontert, doch stattdessen wendet er sich ab und sieht wirklich so aus, als hätte ihn meine Bemerkung getroffen.

Gut, denke ich, und schiebe meinen Stuhl nach hinten, um aufzustehen.

»Wo willst du hin?«, fragt Priamos da.

»Auf mein Zimmer. Ich bin müde und mir tut der Kopf immer noch weh.«

»Hast du ihr das Schmerzpflaster nicht gegeben?«, fragt Priamos Hektor. Der blickt gar nicht von seinem Elastoscreen auf.

»Bitte bleib noch.« Es ist das erste Mal, seit wir mit dem Essen begonnen haben, dass Kadmos sich direkt an mich wendet. »Ich möchte etwas mit dir besprechen.«

Er faltet bedächtig seine Serviette und legt sie neben seinen Teller. Dann steht er langsam auf. »Priamos?«

»Wir können in mein Arbeitszimmer gehen.«

Ich stehe unschlüssig neben meinem Stuhl. Muss ich mit den beiden wirklich sprechen? Ich könnte mich weigern, könnte nach oben gehen. Aber was würde das bringen? Ich lebe hier und kann ihnen sowieso nicht aus dem Weg gehen. Außerdem bin ich neugierig, was sie von mir wollen. Kadmos ist nicht zu einem Anstandsbesuch gekommen. Er wollte mich unter die Lupe nehmen und irgendwie möchte ich wissen, ob ich seinen Test bestanden habe. Was passiert, wenn ich durchgefallen bin?

»Hektor, kommst du bitte auch?«, sagt Kadmos, als wir uns anschicken, das Esszimmer zu verlassen.

Der ist zwar nicht begeistert, steht aber auf und schließt sich uns an.

Das Arbeitszimmer riecht nach Holz und Leder. Mehrere Elastoscreens stapeln sich wie Zeitschriften auf einem großen

Schreibtisch aus dunklem Holz. Neben ihnen stehen ein altmodisches Tintenfässchen und ein Briefbeschwerer aus Kristall.

»Mediterranean Sunset«, sagt Priamos, nachdem er die Tür hinter uns geschlossen hat, und das helle Licht dämmt sich und nimmt eine rötliche Färbung an.

Kadmos Hamilton geht hinter den Schreibtisch und lässt sich wie selbstverständlich auf dem Stuhl nieder. Priamos zieht den kleinen Stuhl, der vor dem Tisch steht, zurück und bedeutet mir, mich zu setzen. Er selbst nimmt in einem sesselartigen schwarzen Gebilde Platz. Ist das ein XChair? Ich habe noch nie so einen großen gesehen.

Hektor bleibt stehen.

»Ich bin kein Freund langer Vorreden«, zieht Kadmos meine Aufmerksamkeit auf sich. Er hat die Ellenbogen auf den Tisch gestützt und die Hände gefaltet. »Können wir hier sicher reden?«

Priamos nickt und Kadmos wendet sich mir zu. »Du machst deine Sache gut, sieht man einmal von deinem Fauxpas mit dem Fleisch ab.«

»Ich wusste nicht, dass Elektra Vegetarierin ist.«

Er schielt hinüber zu Priamos, der die Schultern zuckt. »Ich bin mir sicher, es steht in ihrer Akte.«

Ihre Akte? Ich verdrehe innerlich die Augen. Natürlich war auf dem Elastoscreen auch eine File über Elektra. Ich habe gar nicht daran gedacht, nach einer zu suchen. *Dumm*, schelte ich mich selbst. *Sehr, sehr dumm.*

»Du lässt dich nicht so schnell einschüchtern, das gefällt mir«, fährt Kadmos ungerührt fort. »Und es ist etwas, das du mit meiner Großnichte gemeinsam hast. Das wird dir helfen. Lernst du schnell?«

»Ich war immer gut in der Schule.«

»Deine Noten interessieren mich nicht. Ich frage mich, ob du selbst es dir zutraust, schnell in deine neue Rolle zu schlüpfen.«

»Das hat mich Ihr Neffe bereits gefragt.«

»Jetzt frage ich dich.«

Ich lehne mich nach vorne und greife nach dem Briefbeschwerer. Irgendetwas muss ich in der Hand halten, damit ich nicht dem Drang nachgebe, an meinem Daumennagel zu nagen. »Ich weiß noch nicht einmal, wie meine Rolle genau aussieht. Ich kenne Elektra nur aus Artikeln in Magazinen und aus Netvids.«

»Dann lies ihre verdammte Akte«, sagt Hektor, während sein Vater überrascht fragt: »Ihr habt Magazine im Institut?«

Ich lache bitter. »Ihr glaubt, dass mir eine Akte dabei hilft, zu einer anderen Person zu werden? Und ja, wir *haben* Magazine im Institut. Wieso …«

»Das alles spielt keine Rolle«, unterbricht mich Kadmos. »Wir haben uns entschieden. Du ebenso wie wir.«

»Mich hat niemand gefragt«, wirft Hektor ein, aber sein Onkel ignoriert ihn. »Wir verfolgen alle dasselbe Ziel. Du hast das Aussehen und die Energie, das kann ich spüren. Wir werden dir dabei helfen, dass du auch den Rest lernst.«

Ich schlucke.

»Hektor wird dir helfen.«

»Was?«, ruft der.

Na toll, denke ich.

Kadmos lächelt säuerlich. »Von uns allen kanntest du deine Schwester vermutlich am besten. Dein Vater hat schon mit den Schulbehörden telefoniert. Deine Schwester ist auf unbestimmte Zeit krankgeschrieben und auch du bist für die nächsten vier Wochen von deinen eKursen entschuldigt.«

Ich warte darauf, dass Hektor protestiert, aber er sagt nichts. Stattdessen steht er mit verschränkten Armen an die Wand gelehnt da, und heftet seinen Blick auf den Boden.

»Krankgeschrieben?«, frage ich schließlich. Ich hatte noch keine Zeit, mir darum Gedanken zu machen, aber eigentlich würde ich gern an einigen eKursen teilnehmen. Das Schulsystem außerhalb des Instituts funktioniert ganz anders. Es ist viel moderner. Weder Schüler noch Lehrkräfte müssen physisch in einem Klassenzimmer sein. Man klinkt sich in einen virtuellen 3D-Klassenraum. Es gibt die unterschiedlichsten Fächer und man bekommt die Möglichkeit, von großartigen Lehrern aus ganz anderen Teilen der Welt unterrichtet zu werden. Ich kann mir nicht vorstellen, wie es ist, als Hologramm unter vielen in einem Klassenzimmer zu sitzen, das nur online existiert. Aber jetzt ist nicht der richtige Zeitpunkt, danach zu fragen.

»Dr. Schreiber hat dir ein Attest ausgestellt«, reißt Priamos mich aus meinen Gedanken. »Aber das brauchen wir nur, um den Schein zu wahren. Die Behörden wissen, dass Phillip von Halmen sich bald mit dir verloben wird. Der Name Hamilton hat großes Gewicht. Sie lassen uns damit durchkommen.«

»Fein.« Kadmos lächelt und wendet sich Hektor zu. »Dann wäre das geklärt. Du wirst ihr alles beibringen, was sie wissen muss. Du wirst sie begleiten, auf Schritt und Tritt. Du wirst ihr dabei helfen, ihre Online-Präsenz zu pflegen und mit ihren Freunden …«

»Ich habe noch nicht mal Elektras Passwörter«, empört sich Hektor.

»Aber ich«, sagt sein Vater sanft. »Ich habe Craig darauf angesetzt.«

»Wer ist Craig?«

»Unser IT-Spezialist.«

Ich traue meinen Ohren nicht. »Du hast ernsthaft einen IT-Spezialisten damit beauftragt, das Passwort deiner Tochter zu knacken? Warum?«

Hektor antwortet anstelle seines Vaters: »Weil wir immer noch nicht wissen, wer Elektra ermordet hat.«

Der Briefbeschwerer fällt mir aus der Hand.

»Bitte, was?«

Kapitel 10

Einen Augenblick, der mir endlos lang vorkommt, sagt niemand etwas. Mein Nacken prickelt und ich frage mich schon, ob ich mich verhört habe, aber dann empört sich Priamos: »Hektor!«

Kadmos seufzt. »Lass gut sein. Irgendwann hätten wir es ihr ohnehin sagen müssen.«

Mein Blick wandert irritiert von einem zum anderen: Hektor steht schmollend in der Ecke und hat sein Kinn herausfordernd vorgereckt. Sein Vater funkelt ihn an. Kadmos hingegen bleibt die Ruhe selbst. Er sitzt in dem Bürostuhl zurückgelehnt und beobachtet gelassen das Chaos um ihn herum.

Mehr als alles andere macht mir das bewusst, in was für einem Raubtierkäfig ich hier gelandet bin. Ich habe einen Kloß im Hals, als ich sage: »Elektra ist nicht bei einem Unfall gestorben?«

Jetzt wünsche ich mir, nicht so viel gegessen zu haben. Mir ist richtig übel, und ich muss mich beherrschen, nicht direkt vor Kadmos auf den Schreibtisch zu kotzen. Meine Handflächen fangen an zu schwitzen. Warum bin ich nur hierhergekommen?

Plötzlich steht Priamos neben mir. Ich habe gar nicht mitbekommen, dass er aufgestanden ist.

»Keine Angst«, sagt er, während er neben mir in die Hocke geht. »Wir haben alles unter Kontrolle.«

»Na klar«, höhnt Hektor von seinem Platz von der Tür aus.

»Es reicht«, faucht Priamos. Das scheint seinen Sohn nur noch mehr aufzustacheln.

»Na los, schick mich weg. Ich bin sicher, du findest in deinem Institut ebenso schnell einen Ersatz für mich wie für deine Tochter.«

Ich springe so schnell auf, dass mein Stuhl nach hinten kippt. »Du arrogantes Ekel!«

Priamos steht ebenfalls. »Du hast ja keine Ahnung, wovon du sprichst.«

Wieder ist es Kadmos, der uns zur Ruhe bringt. Er klatscht in die Hände, als wolle er uns zu einer besonders gelungenen Darbietung gratulieren. Er beginnt jedoch erst zu sprechen, als sich unsere ganze Aufmerksamkeit auf ihn konzentriert. »Sehr überzeugend. Wenn wir eine dysfunktionale Familie darstellen wollen. Aber das wollen wir nicht. Wir sind die Hamiltons. Wir sind eine glückliche Familie. Wir stehen für Integrität, Ehrgefühl, Zusammenhalt. Wir sind verlässlich und man kann uns vertrauen.«

Ich weiß nicht, ob ich bei diesen Worten lachen oder weinen soll. Das Schlimmste ist, dass Kadmos das Ganze ernst meint. Er kann unmöglich selbst an das glauben, was er sagt, aber er wird Himmel und Hölle dafür in Bewegung setzen, dass es der Rest der Welt tut.

»Du wirst dich jetzt am Riemen reißen und beruhigen«, sagt er zu Hektor. »Du wirst ihr helfen, weil das deiner Familie hilft, und wenn du deine Sache gut machst, dann springt auch etwas für dich dabei heraus. Priamos, du leitest ein Millionenunternehmen. Du solltest dich nicht so sehr von deinem Sohn reizen lassen. Und *du*«, sein bohrender Blick richtet sich auf mich, »setzt dich wieder hin.«

Ehe ich es mich versehe, habe ich den Stuhl wieder aufgehoben und Kadmos Folge geleistet. »Vielleicht erklärt mir endlich mal jemand, worum es hier in Wirklichkeit geht.«

Kadmos nickt. »Das halte ich für eine gute Idee.«

Seufzend zieht Hektor den leeren Papierkorb zu sich heran und flätzt sich darauf. Als ich ihn ungläubig ansehe, zuckt er mit den Schultern. »Arsch auf Eimer.«

Hat er gerade einen Witz gemacht?

Aber dann setzt sich auch Priamos und beginnt mit einer Erklärung – und mir wird überdeutlich klar, dass wirklich gar nichts an dieser Situation irgendwie witzig ist.

»Elektra ist nicht bei einem Unfall ums Leben gekommen. Wir haben sie auf der Pferdekoppel gefunden, aber sie ist nicht gestorben, weil sie sich beim Sturz das Genick gebrochen hat. Sie hatte auch eine blutende Wunde an ihrer Schläfe – und blaue Flecken und Kratzer an den Unterarmen, im Bauchbereich und im Gesicht.«

Neben mir ballt Hektor die Hände in seinem Schoß fest zu Fäusten.

»Sie hat sich gewehrt.« Selbst Priamos gelingt es jetzt nicht mehr, die Emotionen aus seiner Stimme herauszuhalten. »Sie hat gekämpft. Aber ihr Gegner – oder ihre Gegner – waren stärker.«

»Bevor du fragst: Wir wissen nicht, wer für den Mord an meiner Großnichte verantwortlich ist«, nimmt Kadmos den Faden auf. »Auch wenn wir einige Vermutungen haben.«

»Was für Vermutungen?«

Er zögert. »Es gibt einige Verdächtige. Leute, die uns schaden wollen. Organisationen. Wir wurden nicht zum ersten Mal angegriffen.«

»Die Abhörbots ...«, murmle ich und muss an den »Zwischenfall« denken, von dem Priamos gesprochen hat. Kadmos blickt überrascht in dessen Richtung, aber der schüttelt den Kopf.

»Niemand weiß etwas Konkretes«, versichert er. Mir oder Kadmos?

»Die Polizei …«, beginne ich, aber Kadmos lässt mich nicht ausreden.

»Wir haben die Polizei nicht eingeschaltet.«

»Was?!«

»Das können wir nicht. Niemand darf erfahren, dass Elektra – die richtige Elektra – tot ist. Du weißt, was deine Aufgabe sein wird?«

»Die Verlobung mit Phillip von Halmen.«

Kadmos nickt zufrieden. »Diese Verbindung ist für uns sehr, sehr wichtig. Der junge von Halmen und Elektra haben den Eheschließungsvertrag unterzeichnet. Aber es wäre nicht der erste Vertrag dieser Art, der gelöst wird, sobald das Arrangement für eine der beiden Parteien nicht mehr wichtig ist.«

»Momentan ist Frederic auf unsere Hilfe angewiesen. Wenn er wirklich Senator – und später Präsident – werden will, braucht er Geld. Viel Geld. Wir können ihm das bieten. Und außer uns sind nicht viele dazu in der Lage. In den nächsten zweieinhalb Jahren können wir uns seiner Kooperation gewiss sein, denke ich.«

»Warum dann überhaupt dieses Arrangement?«

»Weil auch wir etwas von den von Halmens wollen«, erklärt Kadmos geduldig. »Und unsere Pläne sind etwas … langfristiger.«

Ich lehne mich in meinem Stuhl zurück, als er nicht weiter spricht. »Ich bin ganz Ohr.«

Kadmos lacht. »Das sind keine Pläne, die dich zu diesem Zeitpunkt zu interessieren brauchen. Gehen wir es langsam an.«

Ich deute mit beiden Händen an mir herunter. »Das nennt ihr langsam angehen? Ihr möchtet, dass ich so tue, als sei ich jemand anderes, und als Hochstaplerin den Sohn des potenziell künftigen Präsidenten der Neuen Union heirate.«

Priamos verschränkt die Hände vor sich auf dem Pult und ich fühle mich unweigerlich an Medea Myles erinnert. »Träumen nicht alle Mädchen von einer Märchenhochzeit mit einem Prinzen?«

»Das wird keine Märchenhochzeit. Das wird ein Albtraum. Ich kenne Phillip von Halmen noch nicht einmal. Und er hält mich für eine andere.«

Kadmos' Lächeln erreicht nicht seine Augen. »Es sind schon glückliche Ehen unter ungünstigeren Umständen entstanden.«

»Und unglückliche Ehen unter günstigeren«, murmelt Hektor.

»Wenn die Polizei nicht in Elektras … Mordfall ermittelt, wer tut es dann?«, lenke ich das Thema wieder zurück aufs Wesentliche.

Priamos' Antwort fällt schlicht aus. »Wir.«

»Mit einer Sicherheitsfirma?«

»Nein.«

Kadmos seufzt. »Mädchen, ich dachte, du hast es verstanden. *Niemand* darf erfahren, dass du nicht Elektra bist. Absolut niemand. Alle, die die Wahrheit kennen, befinden sich hier im Raum.«

»Sabine kennt die Wahrheit«, widerspreche ich.

Kadmos nickt.

»Und Dr. Schreiber.«

»Na gut. Alle sind hier im Raum. Und natürliche Sabine und Doktor Schreiber.«

»Und Medea«, wirft Priamos ein und erntet einen stechenden Blick von seinem Onkel.

»Haben wir sonst jemanden vergessen? Nein? Gut, dann können wir ja fortfahren. Was willst du noch wissen?«

Wann kann ich wieder zu Kelsey? Was passiert, wenn ich versage? Habt ihr jemals irgendetwas nicht bekommen, das ihr unbedingt wolltet? All diese Fragen schwirren mir durch den Kopf, aber sie sind es nicht, die ich stelle. »Wie finden wir Elektras Mörder?«

»*Wir* finden ihn gar nicht. Du hast genug damit zu tun, bei niemandem den Verdacht aufkommen zu lassen, dass du nicht Elektra bist.«

»Also lassen wir den Mörder einfach frei herumlaufen?« Der Mörder, der es auf Elektra Hamilton abgesehen hat – und damit auf mich. Mir wird abwechselnd heiß und kalt. »Was ist, wenn er es noch einmal versucht?«

Ich sehe, dass Hektor neben mir ebenso gespannt auf die Antwort seines Großonkels wartet wie ich.

»Keine Sorge. Wir kümmern uns um den Mörder.«

Das soll mich zufriedenstellen?

»Du bist hier absolut sicher«, verspricht Priamos. Er hat seine Fassung wiedergefunden. »Hier kann dir niemand etwas tun. Das Haus wird rund um die Uhr bewacht.«

Und damit auch ich.

»Das hat den Mörder nicht daran gehindert, Elektra zu erwischen.«

»Elektra war unvorsichtig«, sagt Kadmos und Priamos senkt den Kopf. »Sie befand sich außerhalb des Grundstücks, im nicht-überwachten Bereich. Sie trug keine ILs und hatte keinen Elastoscreen bei sich.«

Ich stutze. »Und das wundert euch nicht?«

Auf den Fotos, die ich von ihr gesehen habe, war Elektra das Abziehbild eines Partyholics. Auf keinem der Bilder war sie ohne einen Elastoscreen oder ein Work&Play-Bracelet zu sehen – es sei denn, es war ein Selfie.

»Wie ich bereits sagte: Überlass uns die Suche nach Elektras Mörder und konzentriere dich auf deinen Teil der Abmachung. Du hast dich bisher gut geschlagen, aber um überzeugend zu Elektra zu werden, weißt du von ihr viel zu wenig. Du hast keine Ahnung davon, wer ihre Freunde sind und wie sie mit ihnen spricht. Solange es geht, ohne Aufmerksamkeit auf uns zu lenken, werden wir dich hier im Haus abschirmen. Aber Phillip von Halmen kommt morgen aus Australien zurück und wird dich bald sehen wollen. Bis zur Verlobungsfeier sind es nur noch ein paar Wochen.«

»Er hat mir eine Einladung zum Essen geschickt«, sage ich, als mir die Blumen einfallen.

»Hat er das? Für wann?«

»Dienstag.«

Kadmos nickt. »Übermorgen also. Schaffst du das?« Dabei blickt er Hektor an, nicht mich.

Dieser zögert. »Elektra und Phillip sind sich in den letzten Jahren nur zwei- oder dreimal über den Weg gelaufen und soweit ich weiß, hatte sie bisher mit ihm auch keinen Kontakt über die Netzwerke.« Er dreht sich zu seinem Vater um.

»Nicht, soweit wir das feststellen können«, bestätigt der.

»Dann dürfte es nicht allzu schwierig werden. Vorausgesetzt, sie ist nicht auf den Kopf gefallen.«

Er wird bleich, als er sieht, wie sein Vater zusammenzuckt. Vermutlich war ihm gar nicht bewusst, was er da gesagt hat.

Kadmos ignoriert die unangenehme Situation völlig und wendet sich stattdessen an mich. »Sehr gut. Hektor wird dir also helfen, so gut er kann. Er kann dir aber nicht alle Arbeit abnehmen. Wie bereits erwähnt liegt ein ganzer Berg davon noch vor dir. Ich schlage vor, du fängst damit an, deine Unterschrift zu üben.«

Er schnappt sich einen Füllfederhalter vom Schreibtisch, als wäre es sein eigener, und reicht ihn mir. Ich werfe einen Blick zu Priamos, der mich mit ausdrucksloser Miene beobachtet, aber nicht widerspricht. Also nehme ich den grau marmorierten Füller. Er liegt angenehm schwer in meiner Hand. Ich glaube, ich habe seit der Grundschule nicht mehr mit einem Stift auf Papier geschrieben.

»Jetzt?«, frage ich unsicher.

Kadmos schüttelt den Kopf. »Nimm ihn mit auf dein Zimmer. Ich bin sicher, Elektra hat irgendwo Briefpapier. Aber pass auf ihn auf. Der Füller ist sehr wertvoll.«

Einen Moment lang bin ich versucht zu fragen, ob ich nicht auch mit einem einfachen Stift üben könnte, aber dann fällt mir ein, dass ich nicht mehr Isabel bin, sondern Elektra Hamilton. Also bleibe ich stumm.

»Ich freue mich, dass wir uns kennengelernt haben«, sagt Kadmos dann, was ja wohl definitiv eine fette Lüge ist. Er lächelt mich unverbindlich an. »Du kannst jetzt gehen. Ich schaue in ein paar Tagen wieder vorbei, um zu sehen, welche Fortschritte du machst.«

Meine schwitzigen Finger verkrampfen sich um den Füllfederhalter, während ich aufstehe. Ich bin froh, dass ich den Raum verlassen kann.

»Enttäusche mich nicht.«

Er klingt so ruhig, als würde er über das Wetter sprechen, aber ich erkenne in seinen Worten dennoch eine Warnung. Meine Beine sind weich und mein Mund staubtrocken, während ich ohne ein weiteres Wort auf die Tür zusteuere.

»Hektor, du bleibst bitte noch«, höre ich Kadmos sagen, als ich auf den Flur hinaustrete.

Ich fühle mich ausgelaugt wie nach einem anstrengenden Dauerlauf. Mein Herz schlägt schnell und mir ist heiß. Wenigstens ist mir nicht mehr schlecht. Stattdessen kommt es mir vor, als ob mich alle Kraft verlassen hätte. Trotzdem gibt es einen Teil von mir, der einfach die Beine in die Hand nehmen will und rennen. Egal, in welche Richtung, egal wohin. Hauptsache, weg. Ein anderer Teil, und der ist weitaus größer, will sich nur noch die Treppe nach oben schleppen, sich im Bett die Decke über den Kopf ziehen und tausend Jahre schlafen.

Für einen Moment schließe ich die Augen, lehne mich mit dem Rücken an die Wand und konzentriere mich einfach nur auf das Atmen.

Einatmen. Ausatmen. Tiefe, lange Züge.

Elektra wurde ermordet.

Einatmen.

Werden sie auch mich ermorden?

Ausatmen.

Die Hamiltons werden mich beschützen. Weil sie mich brauchen. Sie werden nicht zulassen, dass mir jemand etwas antut. Korrekt?

Einatmen.

Sie werden noch mehr auf der Hut sein. Sie werden mich gut beschützen.

Ausatmen.

Einatmen.

Ausatmen.

Ich spiele nur Elektra.

Einatmen.

Ich bin immer noch ich.

Ich blicke auf den Füller in meiner Hand. Was sie mir nicht gegeben haben, ist Tinte und Papier und ein Muster von Elektras Unterschrift.

Soll ich zurückgehen? Nein. Alles in mir sträubt sich dagegen. Ich will diesen Mann, Kadmos, nicht mehr sehen. Vielleicht gibt es Unterlagen oben in ihrem Zimmer. Und wenn nicht, kann ich Priamos immer noch morgen danach fragen.

Ich hole noch einmal tief Luft und schleppe mich dann durch den schmalen Flur. Ich achte nicht auf die Bilder an der Wand, die Skulpturen aus Gold und Marmor in den Nischen und werfe auch keinen Blick mehr in das Esszimmer. Mit gesenktem Kopf schlurfe ich zurück in die Eingangshalle, die nur von gedämpftem Licht erleuchtet wird. Wie spät ist es eigentlich? Es kann nicht später als neun sein, aber ich fühle mich, als hätte mich eine Magnetbahn überfahren.

»Elektra.«

Das drängende Flüstern ist so leise, dass ich es fast überhöre. Aber eben nur fast. Müde drehe ich mich um. Wer will jetzt denn schon wieder etwas von mir?

Es dauert, bis ich die Gestalt erkenne, die im Schatten neben einem der Blumenkübel steht, wo sie offensichtlich auf mich gewartet hat. Es ist der junge Stallmeister, Julian. Verwundert blinzle ich, doch die Gestalt verschwindet nicht.

»Ja?«, frage ich erschöpft.

Julian tritt zu mir. »Geht es dir gut?«

Wieder hat er diesen seltsamen Ausdruck in den Augen und ich kann sehen, wie seine Halsschlagader pocht.

Ich weiß nicht, was ich davon halten soll, also nicke ich nur.

Er stößt erleichtert die Luft aus und öffnet den Mund, um etwas zu sagen, da hören wir, wie sich in einem der oberen Stockwerke eine Tür öffnet und wieder schließt. Julians Blick fliegt nach oben, dann blickt er zurück zu mir und nickt mir kurz zu. »Sehen wir uns nachher?«

Ehe ich darauf antworten kann, öffnet er die Haustür und schlüpft hinaus. Verwirrt blicke ich ihm hinterher. Was bitte war denn das?

»Was machst du da?«

Sabines kuhle Stimme lässt mich herumfahren. Sie steht am Geländer der Galerie im ersten Stock und blickt missbilligend auf mich herunter. Hat sie etwas gesehen?

»Ich bin müde. Ich gehe schlafen.«

Sabine kneift ihre Augen zusammen und beginnt, eine Hand auf dem Geländerlauf, die Treppe herunterzugehen. »Dann gehst du in die falsche Richtung.«

Ich zucke mit den Schultern. »Ich habe überlegt, vorher noch etwas frische Luft zu schnappen.«

»Ich dachte, du bist müde?«

»Bin ich auch.« Gott, diese Frau ist so nervig!

Sabine schreitet die letzten Stufen herunter wie eine Königin.

»Dann solltest du dich besser jetzt schlafen legen.« Sie deutet mit einer weit ausholenden Geste die Treppe hinauf.

Ich habe keine Lust auf ein weiteres Streitgespräch, also nicke ich nur und will mich an ihr vorbei nach oben schieben. Wie eine Schlange zuckt ihre Hand nach vorne und packt mich am Arm.

»Du magst hier die Tochter des Hauses spielen, aber das heißt nicht, dass du hingehen kannst, wo du willst«, zischt sie mir zu. »Verstanden?«

Mit einem Ruck reiße ich mich los, nicke dann aber. »Ja«, sage ich laut. Es schert mich nicht, wenn man mich hört.

»Dein Vater ist in seinem Arbeitszimmer?«, wechselt sie das Thema.

Einen Moment lang bin ich versucht zu sagen: *Er ist nicht mein Vater, und wenn ich noch so oft aus seinem Erbgut gezüchtet wurde.* Aber ich halte mich zurück. Stattdessen nicke ich wie eine brave Tochter. »Gemeinsam mit Hektor und Kadmos. *Onkel* Kadmos.«

Sabine lächelt mich süßlich an. »Schlaf gut.« Sie ist so dreist, sich vorzubeugen und mir einen Kuss auf die Stirn zu drücken. Ich schnappe nach Luft, aber sie wischt mit einer Geste jegliche Reaktion von mir beiseite. »Wir sprechen morgen weiter. Es war ein langer Tag.«

Damit lässt sie mich stehen. Sie dreht mir den Rücken zu, durchquert die Eingangshalle und biegt in den Flur ein, der zum Arbeitszimmer führt.

Eine Zeit lang starre ich ihr ungläubig und frustriert nach. Dann fällt mir Julian wieder ein und ich blicke auf die geschlossene Haustür.

Hat er wirklich *Sehen wir uns nachher?* gesagt, oder habe ich mir das eingebildet? Ich bin mir tatsächlich nicht mehr sicher.

Das Ganze hier wird mir zu viel.

»Rutscht mir doch alle den Buckel runter«, murmle ich, während ich nach dem Geländer greife und beginne, mich die Treppe hochzuquälen.

Morgen ist auch noch ein Tag.

Kapitel 11

Als ich die Tür meines neuen Zimmers hinter mir schließe, atme ich erleichtert auf. Noch im Ankleidebereich pelle ich mich aus dem Kleid. Beinahe hätte ich es einfach auf dem Boden liegen lassen, so müde bin ich, und vermutlich hätte das Elektra auch gemacht. Aber genau dieser Gedanke ist es, der mich doch dazu bewegt, das Kleid zusammenzufalten und auf einen Schemel zu legen. Anschließend schlüpfe ich in eine leichte Pyjama-Hose und ein weit fallendes T-Shirt. Bevor ich sie anziehe, prüfe ich nach, ob sich auch in ihrem Saum ein Silberknopf verbirgt, der sie die Farbe wechseln lässt. Das ist aber nicht der Fall. Das Kleid ist offenbar etwas Besonderes.

Eben war ich noch so müde, dass ich geglaubt habe, im Stehen einschlafen zu können. Jetzt, mitten im Zimmer, überfällt mich eine seltsame Unruhe. Na ja, seltsam ist sie vermutlich nicht, wenn man bedenkt, dass mir ein Mörder auf den Fersen ist.

Kadmos behauptet, er wisse nicht, warum man versucht habe, Elektra zu ermorden – warum man sie ermordet *hat*. Der Mörder weiß nur nicht, dass er auch Erfolg hatte. Oder?

Selbst da kann ich mir nicht sicher sein, begreife ich, als ich den Füller auf Elektras Schreibtisch neben einige halb beschriebene Papierbögen lege. Morgen werde ich nachschauen, ob ich die Unterschrift meines Originals auf einem der Papiere finde. Heute habe ich nicht den Kopf dafür.

Je länger ich darüber nachdenke, desto sicherer bin ich mir, dass der Mörder glauben muss, dass Elektra tot ist. Was bedeuten würde, er weiß auch, dass ich nicht Elektra bin. Er könnte die ganze Scharade also auffliegen lassen. Was passiert dann? Wagt er es nicht, weil er sich dann selbst stellen müsste?

Es macht mich kirre, dass niemand zu wissen scheint, warum man Elektra umgebracht hat.

Mein Blick fällt auf die Blumen von Phillip von Halmen. Wurde Elektra ermordet, weil irgendjemand nicht will, dass die beiden heiraten? Aber unten im Arbeitszimmer hat Kadmos von *Organisationen* gesprochen, die er verdächtigt. Und wenn das der Fall ist: Ist ein Mörder wirklich mir beziehungsweise Elektra auf den Fersen oder ist ihm jeder Hamilton recht?

Nachdenklich nehme ich eine einzelne der orangefarbenen Rosen aus dem Strauß und führe sie an meine Nase. Sie duftet nur leicht, süß und nach Sommer. Der Geruch hilft mir dabei, mich ein bisschen zu beruhigen. Was ist Phillip wohl für ein Mensch?

Mit halb gesenkten Lidern gehe ich im Zimmer auf und ab, während ich die Rose weiter unter meine Nase halte. Plötzlich wünsche ich mir, dass ich Phillip mögen werde. Dass er ein sensiblerer Mensch ist als es die emotionslose Karte, die er Elektra geschickt hat, vermuten lässt. Der Blumenduft macht seine Züge in meinen Gedanken weicher. Nur weil sich Kadmos so eiskalt und kompromisslos herausgestellt hat, wie ich es nach dem Lesen seines Profils vermutet habe, heißt das nicht, dass Phillip mich nicht positiv überraschen kann. Im Institut habe ich es mir so sehr angewöhnt, nur das Schlechteste von den Menschen draußen zu erwarten, dass ich die Möglichkeit gar nicht in Betracht gezogen habe, dass nicht alle von ihnen Monster sind. Margot hat mich zur Begrüßung in den Arm genommen und Elektras Lieblingskuchen gebacken.

Ich könnte den Elastoscreen aktivieren und sämtliche Files durchgehen, um zu überprüfen, ob ich Kleinigkeiten Phillip betreffend übersehen habe. Außerdem sollte ich endlich Elektras File lesen. Aber dazu habe ich nicht mehr die Energie.

Schließlich stecke ich die Rose zurück zu den anderen und lösche das Licht. Der Mond scheint hell durch die dünnen Vorhänge und durch die Schatten gehe ich hinüber ins Bett und krieche unter die Decke. Dann warte ich darauf, dass der Schlaf kommt.

Ich warte immer noch, als jemand an die Tür klopft und sie kurz darauf öffnet. Mit einem wütenden Spruch auf den Lippen setze ich mich auf. Eine kleine Gestalt schiebt sich durch den schmalen Spalt ins Zimmer.

Überrascht blinzle ich und aktiviere mit dem Schnippen meiner Finger das Licht der Nachttischlampe.

»Nestor.« Verwundert blicke ich auf Elektras kleinen Bruder, der mich aus großen Augen anstarrt, während er ein Kuscheltier an seine Brust drückt. »Kannst du auch nicht schlafen?«

Als wäre das sein Stichwort, nickt er heftig, wirft die Tür hinter sich ins Schloss und rennt durch das Zimmer. Ehe ich ihn aufhalten kann, klettert er zu mir ins Bett. Einen Augenblick lang bin ich wie erstarrt. Das wird Sabine gar nicht gefallen. Dann rutsche ich einfach ein Stück zur Seite und lasse zu, dass er zu mir unter die Decke kriecht.

»Die sind ja ganz kalt«, sage ich erschrocken, als er seine nackten Füßchen gegen meine Beine presst.

»Kann ich heute bei dir schlafen?« Nestor schaut mich bettelnd an. Die Decke hat er sich bis ans Kinn gezogen. Von seinem Teddybären ist nur noch ein Fuß zu sehen.

Wieder zögere ich einen Moment. Dann aber streichle ich ihm aus einem Impuls heraus über seinen Kopf und nicke. Sein Haar ist so dunkel wie meines.

»Ja. Aber du musst ganz leise sein und du darfst dich nicht so breitmachen.«

Mit einem weiteren Fingerschnippen lösche ich das Nachtlicht. Ich lasse es zu, dass Nestor sich eng an mich kuschelt. Sein Teddy wird zwischen uns zusammengepresst.

Es ist ein seltsames Gefühl, jemandem so nahe zu sein. Außer Kelsey hat nie jemand mit mir in einem Bett geschlafen. Ein bisschen habe ich Angst, Nestor im Schlaf durch eine unbedachte Bewegung zu erdrücken.

Während ich im Dunkeln liege und Nestors leisen Atemgeräuschen lausche, stelle ich fest, dass ich es schön finde, dass er bei mir ist. So bin ich nicht allein. Ich weiß, ich kenne Nestor nicht, nicht wirklich. Aber auch, wenn wir nicht miteinander aufgewachsen sind: Biologisch betrachtet ist er mein Bruder. Eine Tatsache, die zu akzeptieren mir bei Hektor wesentlich schwerer fällt. Ganz zu schweigen von der Vorstellung, dass Priamos und vor allem Sabine … nein, ich weigere mich, diesen Gedanken zu Ende zu denken.

»Lexi?« Nestors Stimme klingt ganz schläfig.

»Ja?«

»Erzählst du mir eine Geschichte?«

Hat Elektra das öfter getan? Hat Nestor regelmäßig bei ihr geschlafen? Ich würde ihn gern fragen, aber dann würde ich ja verraten, dass ich gar nicht die bin, für die er mich hält. Egal, was ich von den Hamiltons halte, der Knirps hier neben mir hat es nicht verdient, dass ich ihn so erschrecke.

»Was denn für eine?«, frage ich unvorsichtigerweise.

Nestor antwortet wie aus der Pistole geschossen. »Die vom Walross und dem Seestern.«

Das beantwortet zumindest meine Frage, ob Elektra ihrem kleinen Bruder öfter Geschichten erzählt hat. Dumm nur, dass ich keine Ahnung habe, wovon er spricht. Mir hat schließlich niemals jemand Geschichten erzählt.

»Ich glaube, heute erzähle ich dir eine neue. Was hältst du davon?«

Nestor überlegt einen Moment, lässt sich aber ködern.

»Es waren einmal zwei Schwestern«, beginne ich. »Sie sahen sich so ähnlich wie ein Ei dem anderen. Und sie hatten sich ganz arg lieb. So lieb, dass sie alles füreinander gemacht hätten.« Nestor hängt an meinen Lippen. Ich denke an Kelsey, als ich weiterspreche. »Die Schwestern hießen Schneeweißchen und Rosenrot.«

Und während Nestor sich an mich kuschelt, erzähle ich ihm ein Märchen.

Ein seltsames Geräusch lässt mich aus dem Schlaf hochschrecken. Hastig blicke ich mich um, aber Nestor und ich sind allein im Zimmer. Er liegt tief und fest schlafend neben mir. Irgendwann mitten in der Geschichte ist er eingeschlafen. Das Geräusch ertönt wieder. Es ist eine Art Knall, und es kommt aus Richtung Fenster. Einen Augenblick ist es still. Dann höre ich es wieder. Jetzt begreife ich, dass jemand Steine gegen die Glasscheibe wirft. Kleine Steine, nicht groß genug, um Schaden anzurichten. Jemand will meine Aufmerksamkeit auf sich lenken.

Ich zögere. Schließlich beiße ich mir auf die Lippen, schlage vorsichtig die Decke zurück, um meinen Schlafgast nicht zu wecken, und krabble zum Fußende der Matratze, um dort aus dem Bett zu klettern. Ich bewege mich geduckt, damit man durch das Fenster meine Silhouette nicht sehen kann – auch, wenn das aufgrund der Lichtverhältnisse von unten eigentlich unmöglich sein sollte.

Direkt neben dem Fenster, gegen das die Steine geprallt sind, bleibe ich stehen und schiebe den Vorhang ein winziges Stück zur Seite, damit ich hinausblicken kann. Der Garten ist in Dunkelheit getaucht, aber der Mond scheint hell, sodass sich die Bäume und Büsche als Schemen abzeichnen.

Es dauert einen Moment, bis ich die Gestalt erkenne, die zwischen zwei hohen Büschen steht. Ich glaube, dass es ein Mann ist, aber ich bin mir nicht sicher. Von der Statur her wirkt er schlank und hochgewachsen. Als er sich nach unten beugt, um etwas vom Boden aufzuheben – vermutlich Steine –, erkenne ich, dass er einen dunklen Hoodie trägt, die Kapuze tief ins Gesicht gezogen.

Könnte das Julian sein? *Sehen wir uns nachher?* Oder Hektor?

Die Gestalt holt aus und wirft. Ich zucke zusammen, als der Stein die Scheibe vor mir trifft. Plötzlich erinnert mich das Geräusch an einen Schuss.

Elektra wurde ermordet.

Obwohl man mir kein Bild davon gezeigt hat, sehe ich Elektra mit weit aufgerissenen Augen im Gras liegen. Ihr Mund steht offen und um ihren Kopf breitet sich eine Lache Blut aus. Dann verändern sich winzige Details und ihr Gesicht verwandelt sich in das von Kelsey. Ich zucke zusammen.

Hier kann dir niemand etwas tun. Das Haus wird rund um die Uhr bewacht, hat Priamos gesagt. Aber ich fühle mich nicht sicher; ganz und gar nicht. Als ich versuche, tief Luft zu holen, merke ich, dass mein Brustkorb wie eingeschnürt ist. Ich kann kaum atmen. Am liebsten würde ich das Fenster aufreißen und die Nachtluft ins Zimmer lassen. Aber ich will nicht, dass der Steinewerfer mich sieht.

Mein Blick gleitet zu Nestor, der friedlich schläft. Ist er in Gefahr, wenn er hier bei mir schläft? Sollte ich Sabine rufen?

Wieder prallt ein Stein gegen die Scheibe.

Hör auf, versuche ich ihn in Gedanken zu beschwören. *Hör damit auf.*

Fast ist mir sogar egal, wer er – oder sie – ist; ich will einfach nur, dass er weggeht.

Aber es darf mir nicht egal sein! Wie soll ich mich vor Feinden hüten, die ich nicht kenne?

Da fallen mir die ILs und ihre Nachtsichtfunktion ein. Warum habe ich nicht früher an sie gedacht? Gerade, als ich meine Entscheidung getroffen habe und die Linsen einsetzen will, gibt der Steinewerfer auf, dreht sich um und verschmilzt mit den schwarzen Silhouetten der Pflanzen.

Vermutlich sollte ich darüber nicht froh sein, weil ich nicht weiß, um wen es sich handelt, aber ich atme trotzdem erleichtert auf. Erschöpft klettere ich zurück ins Bett. Noch lange liege ich wach, verwirrt und ängstlich, aber dankbar dafür, dass die Geräusche nicht wiederkommen.

Kapitel 12

Montag, 10. Mai 2083

Im Institut achtet man darauf, uns beschäftigt zu halten. Die Gebiete, in denen die Lehrer uns unterrichten, sind sorgfältig ausgewählt, das ja. Aber in den Fächern, für die sie sich entschieden haben, lernen wir viel. Mir ist früh klar geworden, dass sie das tun, damit wir möglichst wenig Zeit haben, selbst zu denken. Der Unterricht findet von morgens bis abends statt, an sechs Tagen die Woche. Und er beginnt früh.

Um sechs Uhr klingeln von Montag bis Samstag unsere Wecker und für gewöhnlich wache ich auf, bevor sie losgehen. Ich liebe es, mich dann noch einmal in meine Decke zu kuscheln, meine Gedanken treiben zu lassen und meine Schwester zu beobachten, wie sie gleichmäßig atmet und so friedlich aussieht. Kelsey ist diejenige, die der Wecker Tag um Tag aus dem Schlaf reißt und die sich einfach nicht an das Aufstehen zu dieser Uhrzeit gewöhnen kann.

Umso überraschter bin ich, dass die Sonne bereits hell ins Zimmer scheint, als ich die Augen aufschlage. Nestor sitzt im Schneidersitz neben mir und erzählt seinem Teddybären leise eine Geschichte.

»Und dann haben sie den Bären durchgekitzelt und ihm den Pelz gekämmt. Das hat lange gedauert, denn er war ja auch viel größer als du.«

Ich muss grinsen. Nestor erzählt seinem Kuscheltier *Schneeweißchen und Rosenrot*.

»Guten Morgen«, sage ich und gähne ausgiebig, während ich mich strecke. Erst als es klopft, begreife ich, dass es nicht der Knirps war, der mich geweckt hat, sondern ein Klopfen – an der Tür, nicht am Fenster.

Immerhin betritt wer auch immer da draußen steht nicht ohne meine Aufforderung den Raum.

»Ja, bitte?«, rufe ich, weil ich weiß, dass ich es ohnehin nicht vermeiden kann. Schnell reibe ich mir den Schlaf aus den Augen und stelle mich innerlich auf eine wütende Moralpredigt von Sabine ein, die vermutlich auf der Suche nach Nestor die halbe Villa auf den Kopf gestellt hat. Herein kommt jedoch nicht Sabine, sondern Natascha mit einem großen Frühstückstablett in den Händen. Sie schließt die Tür mit ihrem Fuß. Ein verführerischer Duft breitet sich plötzlich im Zimmer aus.

»Ist das Kaffee?«

Natascha grinst flüchtig. »Als würde ich mich ohne hierher trauen.« Dann senkt sie schnell den Blick.

Hat sie einen Witz gemacht oder meint sie das ernst? Hält sie den Blick gesenkt, weil sie befürchtet, sonst zu stolpern, oder hat sie Angst vor mir? Vor Elektra? Unsinn, dann hätte sie wohl kaum gegrinst. Zu Nestors Anwesenheit sagt sie nichts. Ich hasse es, dass ich mich durch diese Konversationen navigieren muss wie ein Kapitän sein Schiff durch Nebel. Da kann ich noch so viele Fakten lesen, woher die Personen in meinem Umfeld kommen, was sie für Hobbys haben und wie lange sie schon für die Hamiltons arbeiten. Sie nutzen mir gar nichts, wenn ich ein einfaches Gespräch mit ihnen führen will, ohne mich zu verraten. Also halte ich meine Klappe und warte, bis Natascha das Tablett vor mir auf das Bett stellt.

»Danke«, murmle ich.

Auf dem Tablett stehen zwei winzig kleine Glasschälchen, eins mit Honig und eins mit Marmelade, ein Teller mit zwei Scheiben Körnerbrot und einer mit einer halben Grapefruit. Außerdem eine große Tasse dampfend heißen Kaffees, ein Schälchen mit Würfelzucker, keine Milch. Am liebsten würde ich danach fragen, aber Elektra hat ihren Kaffee wohl schwarz getrunken. Seufzend greife ich nach dem Zuckerzängchen.

»Ist alles in Ordnung?«, fragt Natascha.

Ich zwinge mir ein Lächeln ins Gesicht und nicke. Was beschwere ich mich eigentlich? So lecker frühstücke ich selten. Selbst auf die Grapefruit habe ich Appetit.

Natascha wirkt immer noch unsicher. »Ich wusste nicht … nach gestern Abend … Aber ich dachte dann, ich lege besser kein Fleisch auf.«

Daher weht der Wind.

»Das Frühstück sieht sehr lecker aus, wie es ist. Wobei …« Wenn ich schon hier mitspielen muss und mich gestern ohnehin verraten habe, kann ich die Situation auch ausnutzen. »Vielleicht könnte ich morgen doch eine Scheibe Schinken bekommen? Oder zwei?«

Natascha nickt. Bevor sie geht, wirft sie noch einen Blick auf Nestor.

»Willst du mit mir nach unten kommen? Deine Mama wartet schon mit dem Frühstück auf dich.«

Nestor schüttelt den Kopf. »Ich bleibe bei Lexi.«

Jetzt bin ich es, die unsicher zu Natascha schaut, aber die wirkt nicht so, als ob sie sich viele Gedanken über Nestors Entscheidung macht.

»Hast du Hunger?«, frage ich ihn, nachdem sie gegangen ist.

Nestor legt den Teddy beiseite und nickt.

»Wie wäre es mit einem Marmeladenbrot?«

»Jaaaahhh!«

»Das habe ich mir schon gedacht«, verrate ich ihm und bestreiche eine Brotscheibe dick mit Erdbeermarmelade.

Kurz darauf schmatzt Nestor begeistert neben mir und krümelt die Bettwäsche voll. Dann fährt er fort, seinem Kuscheltier die Geschichte von Schneeweißchen und Rosenrot zu erzählen. Er verdreht einige Details. Statt mit einer kleinen Schere kürzen bei Nestor die Schwestern den Bart des garstigen Zwerges mit einem Beil. Es macht Spaß, ihm zuzuhören. Während ich ihm lausche, löffle ich meine Grapefruit und trinke Kaffee. Die ganze Zeit wappne ich mich für den Fall, dass Sabine hereinstürmt, um ihren Sohn meinen Fängen zu entreißen, aber überraschenderweise taucht sie nicht auf.

Das Donnerwetter folgt eine halbe Stunde später, als ich mit Nestor nach unten gehe. Das Tablett und das schmutzige Geschirr habe ich auf den Teetisch gestellt. Ich bin mir nicht sicher, aber ich gehe davon aus, Elektra hat es nicht selbst in die Küche getragen.

Die Hamiltons sitzen noch beim Frühstück, als der Knirps und ich das Esszimmer betreten. Sabine und Hektor unterhalten sich, Priamos konzentriert sich auf einen Elastoscreen. Er schaut kurz auf, als ich hereinkomme.

»Guten Morgen.« Er lächelt.

Der Blick seiner Frau hingegen ist stechend wie ein Dolch. Dann wendet sie sich Nestor zu und ihre Züge werden weich. »Hallo, mein Schatz.« Sie rückt mit ihrem Stuhl nach hinten und breitet die Arme aus. Nestor lässt meine Hand los, um zu seiner Mama zu rennen. Glücklich klettert er auf ihren Schoß und sie küsst ihm den Scheitel. »Hast du gut geschlafen?«

Nestor nickt.

»Und jetzt hast du sicher Hunger.«

»Ich habe schon gefrühstückt.«

»So?« Leider konzentriert sich Sabine jetzt wieder auf mich.

»Ein Marmeladenbrot«, informiere ich sie.

Sabine nickt. »Hast du dir auch schon die Zähne geputzt?«, fragt sie ihren Sohn, der zögert.

»Ja«, lügt er dann grinsend.

»Zeig mal her.«

Nestor presst die Lippen zusammen und schüttelt den Kopf. Sein Gesicht strahlt Schalk aus.

»A-HA!« Sabine kitzelt ihn am Bauch, er dreht und windet sich glucksend auf ihrem Schoß. »Du sollst mich doch nicht anlügen, du Räuber.«

So entspannt wie jetzt habe ich sie bisher nicht gesehen. Wenn ich ehrlich bin, bin ich auch nicht erpicht darauf. Nicht, dass ich sonst vergesse, was für ein Aas sie ist.

»Ich geh dann mal hoch. Ich muss mich noch frisch machen«, sage ich zu niemandem Bestimmten. Aber bevor ich mein Vorhaben in die Tat umsetzen kann, steht Sabine auf, drückt Nestor Priamos in die Arme und kommt schnellen Schrittes auf mich zu.

»Auf ein Wort.« Sie legt eine Hand auf meine Schulter und dirigiert mich vor sich her aus dem Zimmer, durch den kleinen Flur und in den Schatten der großen Treppe, noch hinter die Götterstatue.

»Hast du völlig den Verstand verloren?«, fährt sie mich mit gesenkter Stimme an.

Ich zucke mit den Achseln und gebe mich verwirrt. Ich weiß genau, was sie meint, aber ich weigere mich, es ihr leicht zu machen.

»Kadmos hat dir gestern Abend erzählt, was hier los ist.«

Oh ja, das hat er.

Obwohl ich merke, wie auch ich wütend werde, entscheide ich mich dafür, einen versöhnlichen Weg zu suchen: »Falls du dir Sorgen gemacht hast, wo Nestor die ganze Zeit …«

»Darum geht es nicht«, unterbricht sie mich harsch. »Er hat einen Tracker. Natürlich wusste ich, wo er sich aufhält.«

»Einen Tracker?«

Sabine blickt mich hochnäsig an. »Glaubst du wirklich, ich würde eines meiner Kinder ohne Tracker herumlaufen lassen, nach dem, was mit Elektra passiert ist?«

Tracker nennt man die kleinen Peilsender, die man als winzige Implantate unter die Haut schießt. Mit ihrer Hilfe lässt sich auf einem Überwachungsgerät feststellen, wo sich eine Person befindet. Anders als Identifier, die es einem erlauben, sehr schnell festzustellen, wer eine Person ist, wurden Tracker allerdings meines Wissens vor einigen Jahren verboten. Man beurteilt sie als zu starken Eingriff in die Privatsphäre und auch als Sicherheitsrisiko. Vor allem Eltern argumentieren jedoch, dass es aus vielerlei Gründen vorteilhaft wäre, ihren Kindern einen Tracker zu implantieren. Vielleicht würde das sogar Kriminelle abschrecken, Kinder zu entführen.

Ethisch betrachtet sieht das anders aus. Ist es für ein Kind wirklich gut, wenn seine Eltern es auf Schritt und Tritt überwachen können? Und falls ja, bis zu welchem Alter ist das moralisch vertretbar?

»Dr. Schreiber hat dir natürlich ebenfalls einen eingepflanzt«, teilt mir Sabine mit einem kalten Lächeln mit.

»Was?!«

Geschockt drehe ich meine Arme und suche nach Spuren, die diese Behauptung bestätigen.

Sabine greift nach vorne und umfasst meine Handgelenke.

»Reg dich ab.«

»Tracker sind verboten!«

»Du vergisst, was du bist.«

Als ob ich das jemals könnte. Ich reiße mich aus ihrem Griff los. Meine Wut pumpt wie Feuer durch meine Adern. Wie ich diese arrogante Frau vor mir hasse!

Vielleicht spürt sie, dass sie zu weit gegangen ist – wieder einmal –, denn als sie weiterspricht, klingt sie ruhiger: »Ich hätte es dir gar nicht sagen müssen. Es ist nur zu deinem Schutz. Du wirst ihn nicht ewig tragen.«

»Wer kann mich orten?«, frage ich, weil es mir trotz allem klüger erscheint, ihr Informationen zu entlocken, statt mich mit ihr zu streiten.

»Priamos und ich. Kadmos weiß, wo er die Zugangsdaten zum Trackingdevice findet, sollte es nötig werden.«

»Sonst niemand?«

»Nein.«

»Hektor?«

Sabine schüttelt den Kopf und ich verschränke meine Arme. »Weiß er denn, dass ihr ihm einen Tracker verpasst habt?«

»Darum wollte ich dich überhaupt nicht sprechen. Nestor: Wann ist er zu dir gekommen? Gestern Abend schon?«

Nestor ist ihr kleiner Junge. Ich mag von ihr halten, was ich will, aber wenn es um ihn geht, werde ich Sabine nicht anlügen. Also nicke ich. »Hat er öfter bei Elektra geschlafen?«

Ihre Mundwinkel zucken kurz, als ich den Namen meines Originals ausspreche. »Ab und an. In letzter Zeit nicht mehr so oft. Hat er etwas gemerkt?«

»Ich glaube nicht.«

»Gut.« Sabine holt tief Luft, ehe sie fortfährt: »Wenn er das nächste Mal zu dir kommt, schickst du ihn weg.«

Das will ich nicht versprechen. »Warum?«

»Warum?!« Als sie merkt, wie laut sie spricht, senkt sie sofort wieder ihre Stimme. »Weil es gefährlich ist. Ich muss dich wohl kaum daran erinnern, weshalb du in meinem Haus bist und warum wir dieses Gespräch überhaupt führen.«

»Ich dachte, hier sei alles inzwischen absolut sicher? Abgesehen davon – ich dachte, ihr wisst nicht, ob der Killer speziell hinter Elektra her war oder generell hinter eurer Familie. Wenn das so ist, dann ist Nestor bei mir ebenso sicher wie überall sonst im Haus.« Ich hebe meine Hände in die Höhe.

»Vielleicht ist er bei mir sogar sicherer als allein in seinem Zimmer.«

Sabine funkelt mich böse an. Vermutlich ist sie es nicht gewohnt, dass man ihr widerspricht.

»Was du denkst«, sagt sie kühl, »ist ohne Belang. Ich *wünsche*, dass Nestor nicht mehr in deinem Zimmer übernachtet. Und ich *erwarte*, dass du meinen Wünschen Folge leistest. Hast du verstanden?«

Eine ganze Weile lang starren wir uns an. Äußerlich mögen wir ruhig wirken, aber innerlich brodelt es in uns – in ihr ebenso wie in mir, da bin ich mir sicher. Trotzdem, es ist, wie ich vorhin bereits bemerkt habe. Nestor ist *ihr* Sohn.

»Verstanden«, sage ich deshalb, während ich meine Hände zu Fäusten balle. Und weil ich weiß, dass die Versuchung zu groß sein wird, ihr das Siegerlächeln aus dem Gesicht zu schlagen, das sie sicher gleich aufsetzt, drehe ich mich um und lasse sie im Schatten stehen. Keine Ahnung, ob sie noch etwas sagen wollte. Es ist mir auch egal.

Was, denke ich, während ich die Treppenstufe nach oben gehe, *werden sie mir als Nächstes wegnehmen?*

Gestern fand ich es noch übertrieben dekadent, dass eine einzelne Person ein Badezimmer nur für sich besitzt. Heute bin ich froh darüber. Ich ziehe mein Sweatshirt aus, schalte das Licht ein und untersuche meine Unterarme. Nicht mal eine Narbe ist zu sehen. Mit dem Daumen taste ich das weiche Fleisch ab, so lange, bis ich mir einbilde, eine winzige harte Erhebung zu spüren. Der Tracker? Nicht zu fassen, dass sie ihn mir eingesetzt haben. Andererseits sollte mich das nach allem, was passiert ist, nicht wundern.

Der Blick in den Spiegel ist ernüchternd. Ich habe dunkle Ringe unter den Augen und obwohl ich den Umständen entsprechend halbwegs gut geschlafen habe, fühle ich mich wie gerädert. Eine Weile stehe ich unschlüssig da, dann beschließe ich, als Erstes zu duschen. Meine Kleider lege ich achtlos zusammengefaltet auf die Marmorfläche neben dem Waschbecken. Noch bevor ich in die Duschkabine steige, trete ich, mehr aus Gewohnheit als wegen allem anderen, auf die graublaue Matte des Vital-Scanners. Das Gummi fühlt sich seltsam vertraut unter meinen Füßen an und ich muss an die abgelaufene Kontrollmatte im Institut denken. Der braucht zum Scannen fast eine Minute, was einem doppelt so lang vorkommt, wenn hinter einem eine ganze Schlange Mädchen steht, die darauf wartet, ebenfalls gescannt zu werden.

Mit dem großen Zeh schalte ich den Scanner an. Das Surren, das er von sich gibt, ist so leise, dass ich mich anstrengen muss, um es überhaupt zu hören. Der Vorgang selbst ist so schnell vorbei, dass ich mich frage, ob das Gerät überhaupt funktioniert. Aber das tut es. Die hellgrüne Silhouette einer Frau erscheint auf dem Spiegel, als wäre dessen Glasfläche ein Elastoscreen. Die Gestalt erinnert mehr an eine jener altmodischen Plastik-Schaufensterpuppen, die noch bis in die 2030er üblich waren. Sie dreht sich langsam um die eigene Achse. Orangefarbene und gelbe Kreise leuchten auf und weisen auf verschiedene Problembereiche am Körper hin. Meine Wunde an der Stirn ist hellgelb. WUNDHEILUNG: SEHR GUT wird in Großbuchstaben eingeblendet, als ich den entsprechenden Kreis berühre. Auf meinem Unterarm befindet sich ebenfalls ein daumennagelgroßer hellgelber Punkt. Da steckt also tatsächlich der Tracker. Ein Kreis im Schulterbereich der Frau leuchtet Orange. Je intensiver die Farbe, desto schwerer die gesundheitliche Beeinträchtigung. MUSKULATUR STARK VERSPANNT, meldet der Scanner. Erstaunt stelle ich fest, dass das Gerät mir zudem rät, ein Anti-Stress-Bad zu nehmen. Durch einen Fingerdruck könnte ich offenbar den Befehl sofort vom Spiegel an die Badewannenarmatur schicken, damit diese Wasser in die

Wanne laufen lässt. Ich könnte sogar die Temperatur auswählen. Ich drücke auf »NEIN«. Was für ein Schnickschnack! So verlockend ein Schaumbad klingt, ich habe keine Lust, mich nackt im Wasser planschend von Sabine oder Priamos erwischen zu lassen – oder von Hektor. Außerdem geht mir so viel im Kopf herum, dass ich auch nach tausend Schaumbädern nicht entspannt wäre. Trotzdem werfe ich einen Blick auf die in den Fußboden eingelassene Badewanne. Als ich mich zur Glasfront des Vital-Scanners zurückdrehe, erhasche ich meine Reflexion im Spiegel über dem Waschbecken. Für eine tragische, sehnsuchtsvolle Sekunde glaube ich, es handele sich um Kelsey. Was sie wohl gerade macht? Biologie bei Frau Eckart? Ist heute Montag oder Dienstag? Hat Direktorin Myles meiner Schwester bereits mitgeteilt, dass ich tot bin?

Mit einem erneuten Druck meiner Zehenspitzen auf die Fußmatte schalte ich den Vital-Scanner aus. Die Ergebnisse meiner Untersuchung flackern kurz auf und verlöschen. Es ist mir egal, wie gut oder schlecht mein Blutdruck ist, ob meine Augen gelb eingetrübt sind, was ein Zeichen für eine Lebererkrankung wäre. Priamos Hamilton wird mir schon mitteilen, wenn Handlungsbedarf besteht. Ich bin mir ziemlich sicher, er hat den Vital-Scanner so eingestellt, dass meine Ergebnisse direkt an ihn weitergeleitet werden. Er will schließlich, dass sich seine Marionette bester Gesundheit erfreut.

Mit diesem trübseligen Gedanken öffne ich die Glastür zur Duschkabine und gehe hinein. Erst als das heiße Wasser auf meinen Kopf herunterregnet, merke ich, wie angespannt ich wirklich bin. Wie warmer Regen rinnt das Duschwasser über meinen Körper. Mit der Zeit scheint es einen extrem festgezurrten Knoten zu lockern. Ich spüre, wie das Seil, aus dem er geknüpft wurde und das straff um meine Brust gebunden war, schlüpfrig wird und sich langsam löst. Obwohl das Wasser warm ist, fangen meine Zähne an zu klappern. Dann kommt das Zittern. Es läuft durch meinen ganzen Körper und ich kann damit einfach nicht aufhören.

Ich weiß nicht, wie lange ich in der Dusche bin. Es ist, als würde ich aus der Zeit treten. Ich weiß noch nicht einmal, wann ich zu Boden gesunken bin. Irgendwann stelle ich fest, dass ich mich in die Ecke der Duschkabine gekauert habe, die Beine an meinen Oberkörper gepresst und die Arme eng um die Knie geschlungen. Ich weine hemmungslos, ohne Rücksicht darauf, wer mich hört oder nicht. Rotz läuft mir aus der Nase und Tränen rinnen mir übers Gesicht. Das warme Wasser spült sie fort.

Aber egal, wie lange ich es laufen lasse, egal, wie heftig ich weine – niemand kommt, um mich zu trösten. Und kein Wasser der Welt kann den ganzen Schmutz von mir waschen, den ich auf mir spüre, obwohl man ihn nicht sehen kann.

Kapitel 13

Später, als ich es endlich geschafft habe, mich zu beruhigen und aus der Dusche zu klettern, betrachte ich mich kritisch im Spiegel. Meine Befürchtung, dass man mir sofort ansieht, dass ich geweint habe, ist zwar unbegründet, aber ich sehe immer noch ziemlich mitgenommen aus. Nicht wie eine strahlende Sommerbraut, die man ihrem Zukünftigen auf dem Silbertablett präsentiert. Aber bis zu meinem Treffen mit Phillip ist ja auch etwas Zeit. Und ich habe keinen Grund, mich für meine Verfassung zu schämen. Ich habe alles verloren, sogar meine eigene Identität, und darf nun zudem um mein Leben fürchten. Auf was habe ich mich eingelassen? Wieder fällt mir ein, dass mir die Hamiltons keine Wahl gelassen haben. Außerdem tue ich das hier nicht nur für mich, sondern auch für Kelsey. Das muss ich mir vor Augen halten. Vielleicht stehe ich das Ganze dann durch.

Dazu brauche ich allerdings mehr Informationen. Es bringt nichts, mich in diesem Luxuszimmer zu verschanzen, so verlockend der Gedanke auch sein mag.

Da das Frühstückstablett auf dem Teetisch noch nicht weggeräumt wurde, ergreife ich die Gelegenheit beim Schopf und bringe es selbst hinunter in die Küche. Es dauert eine Weile, bis ich den Aufzug in den Keller entdecke – er ist im hinteren Bereich der Eingangshalle versteckt. Vermutlich gibt es auch andere Wege nach unten, aber ich habe keine Lust, auf meiner Suche einem der Hamiltons über den Weg zu laufen.

Die Küche selbst zu finden ist einfach. Ich muss nur Margots Stimme folgen. Sie unterhält sich mit jemandem, zu leise, als dass ich mehr als Gemurmel verstehe, aber es weist mir die Richtung. Der Keller hat nichts mit dem Gewirr aus betonierten Schächten voll tropfender Rohre zu tun, den ich aus dem Institut kenne. Hier sind die Böden gefliest und mit Teppich ausgelegt, Gemälde hängen an den Wänden und auf schicken Sideboards drängen sich Zimmerpflanzen.

Die Küche wirkt ultramodern. Alle Oberflächen bestehen aus blitzsauberem Stein und Metall. Der randvoll mit Gemüse gefüllte Flechtkorb auf einer der Arbeitsplatten wirkt fast wie ein Fremdkörper. Drei künstliche Roboterarme flitzen an ihrer Aufhängung in der Decke zwischen der frei stehenden Kochinsel und der Arbeitsfläche hin und her. Zwei weitere kneten Teig, der einen säuerlichen Geruch nach Hefe verströmt. Margot sitzt mit Natascha an einem Tisch in der Ecke. Beide unterbrechen ihr Gespräch und blicken mich überrascht an.

Mit einem verlegenen Lächeln stelle ich das Tablett ab. »Ich hatte plötzlich Lust auf ein Glas Milch.«

Margot steht so schnell auf, dass ihr Stuhl gefährlich wackelt. »Sofort. Setz dich doch einen Moment.«

»Danke.«

Während ich mir den Stuhl heranziehe, steht Natascha auf. Sie nickt mir kurz zu, verschwindet aber ohne ein Wort aus dem Zimmer.

»Alles in Ordnung mit ihr?«, frage ich Margot, als sie mit einem Glas Milch zurückkommt und sich auf dem frei gewordenen Platz niederlässt. »Ich wollte sie nicht vertreiben.«

Sie zuckt mit den Achseln. »Das hat nichts mit dir zu tun. Sie hat Liebeskummer. Der Kerl ist einfach nicht der Richtige für sie. Aber das will sie ja nicht hören.«

Ich nicke und greife nach dem Glas, um zu trinken, damit ich nicht antworten muss.

»Nimm es ihr nicht übel«, bittet Margot. »Sie hat es schwer genug.«

»Tu ich nicht.« Ich nehme an, sie spielt darauf an, dass Natascha keine Familie mehr hat. Laut ihrer File wurde sie außerhalb der Neuen Union geboren und kam als kleines Mädchen mit ihrer Mutter hierher. Die ist inzwischen tot. Wenn sie nicht im Haus der Hamiltons leben würde, wüsste sie vermutlich nicht, wo sie sonst hinsoll. Ganz anders als Margot mit ihrer Großfamilie, die in der Vorstadt lebt und zu der sie jeden Abend fährt.

Aber darum geht es nicht. Ich stelle das Milchglas ab und wische mir mit dem Handrücken über den Mund.

»An dem Tag meines Unfalls …«, beginne ich vorsichtig, »fandest du mich da irgendwie seltsam?«

Margot blickt mich überrascht an. »Seltsam?«

»Es ist nur … Ich wundere mich selbst über meinen Sturz. Das hätte mir nicht passieren dürfen.«

Mitfühlend streckt sie die Hand aus und tätschelt meine. »Mach dir doch keine Vorwürfe, mein Mädchen. Es war ein Unfall.«

»Ich mache mir auch keine Vorwürfe. Aber ich frage mich, wie es dazu gekommen ist. Ich habe an den Tag kaum Erinnerungen. War ich aufgewühlt? Das könnte erklären, warum ich so unachtsam war. Hat mich jemand besucht? Habe ich mich mit jemandem gestritten?«

Margot öffnet den Mund und schließt ihn wieder. Sie hat den Kopf leicht schief gelegt. Überlegt sie oder weiß sie etwas und fragt sich jetzt, ob sie es mir sagen darf?

»Mom und Dad erzählen mir einfach gar nichts. Angeblich wollen sie, dass ich mich nicht aufrege.«

»Du kennst doch deine Eltern.«

»Und Hektor ist auch keine Hilfe.« Ich mache eine künstliche Pause. »Bitte, Margot. Auf wen soll ich mich denn sonst verlassen, wenn nicht auf dich?«

Margot arbeitet seit über zehn Jahren bei den Hamiltons. Sie hat anlässlich »Elektras« Heimkehr aus dem Krankenhaus ihren Lieblingskuchen gebacken. Mein Vorstoß ist ein Schuss ins Blaue, aber mein Wagemut lohnt sich. Margot schaut mich ernst an.

»Du warst ziemlich aufgebracht. Du hast dich mit deinen Eltern gestritten, kurz vor dem Ausritt. Ich glaube, es ging um das Kleid für deine Verlobungsfeier.«

Margot schaut mich mit schwachem Lächeln an und ich komme mir extrem oberflächlich vor, obwohl es doch gar nicht ich war, die sich wegen eines Stofffetzens mit ihren Eltern in die Haare gekriegt hat.

»Du bist ziemlich wütend aus dem Haus gestürmt. Kannst du dich gar nicht mehr erinnern?«

Ich schüttle den Kopf.

»Sag deinen Eltern nicht, dass ich dir davon erzählt habe.« Sie steht auf und geht zur Arbeitsplatte hinüber, um das leere Geschirr vom Tablett in die Spülmaschine zu räumen. »Möchtest du noch ein Glas Milch?«

»Nein, danke, Margot.« Ich bringe das Milchglas zur Spülmaschine. »Keine Sorge, ich verrate meinen Eltern nichts.«

Als ich nach oben komme, sind Priamos, Sabine und Nestor verschwunden, aber Hektor sitzt am Esstisch und frühstückt. Er zieht die Augenbrauen hoch, als er mich sieht. »Interessante Kleiderauswahl.«

Die Schnürhose aus dünnem Stoff und das graue T-Shirt waren das Bequemste, was ich in Elektras monströsem Kleiderschrank gefunden habe, und mir war nach gestern Abend nicht nach einem Kleid. Bin ich damit ins nächste Fettnäpfchen getreten? Lief mein Original auch zu Hause wie eine Fashion-Ikone herum? Aber die Sachen befanden sich in ihrem Schrank.

»Mir gefällt's«, sage ich trotzig.

Hektor zuckt mit den Schultern, schiebt sich den Rest seines Frühstücksbrotes in den Mund und richtet sein Augenmerk wieder auf den Elastoscreen. Wie der Vater, so der Sohn, nehme ich an. Hektor anzusehen ist immer noch irritierend. Heute Morgen, mit seinen verwuschelten Haaren, erinnert er mich sowohl an Aubrey als auch an den öffentlichen Hektor – und gleichzeitig auch wieder nicht. Wie kann ich so sehr Elektra ähneln und er gleichzeitig so anders sein als sein Klon? Dann fällt mir ein, dass ich mit der auf Hochglanz getrimmten Elektra, die selbstbewusst in die Kameras grinst, auch nicht viel gemein habe. Oh Gott, werde ich das auch lernen müssen? Mit Fotografen zu flirten?

»Wo sind …«, beinahe hätte ich *deine Eltern* gesagt, aber im Flur wischt Natascha Staub. Gerade noch kann ich mich bremsen und beende meine Frage mit: »die anderen?«

Es sind die kleinen Details, die zählen. Das hier wird auf eine Art schwieriger, die ich bisher nicht bedacht habe.

Hektor seufzt, legt den Elastoscreen zur Seite und konzentriert sich auf mich. »Mom ist mit dem Knirps oben in seinem Zimmer, Dad ist in seinem Arbeitszimmer.«

»Knirps?!«, frage ich überrascht. Ich habe Nestor die ganze Zeit in Gedanken Knirps genannt. Aber ich habe das niemals ausgesprochen.

Mein Kommentar bringt mir einen weiteren scharfen Blick von Hektor ein. *Pass auf, was du sagst, wir sind nicht allein.* »Du nennst ihn doch auch so«, sagt er angespannt.

Tue ich das? Ich meine: Tat Elektra das auch? Es gefällt mir ganz und gar nicht, dass wir für Nestor offenbar den gleichen Spitznamen verwendet haben.

Hektor steht auf, stellt seine Kaffeetasse auf seinen Teller, sammelt das Besteck ein und kommt um den Tisch herum. Will er abräumen?! Ich würde ihn ja gern fragen, aber das wäre das nächste Fettnäpfchen. Und was trägt er überhaupt? Eine schwarze verwaschene Jeans und ein löchriges T-Shirt, das ihm mindestens zwei Nummern zu groß ist. Seit wann ist *das* wieder in?

Als er seine Sachen auf dem Tablett ablädt, das auf einem Sideboard steht, klärt sich zumindest die Frage, ob er den Hausangestellten wirklich das Geschirr in die Küche trägt. Wäre ja auch zu schön gewesen. Immerhin kehrt er zum Tisch zurück, um weitere Teller und Schüsseln wegzuräumen. Ich überlege noch, ob ich ihm dabei helfen soll, als Natascha ins Zimmer kommt. Sie hält ein TalkOnly in der Hand. Ich bin überrascht. Die meisten Haushalte besitzen solche Geräte gar nicht mehr, weil ohnehin jeder nur noch über HoloComms – HoloCommunicater – miteinander in Kontakt tritt – oder eben textet und Sprachnachrichten schickt. Früher, da trugen sie noch einen anderen Namen, waren sie sehr verbreitet. Dass heute noch jemand ein TalkOnly benutzt, mit dem man zwar in Echtzeit miteinander über weite Distanzen sprechen kann, sich allerdings nur hört und nicht sieht, hätte ich nicht gedacht. Na ja, angeblich lassen sich die alten Dinger besser verschlüsseln als HoloComms und jemand wie Priamos hat vermutlich Bedarf an so etwas.

Darüber kann ich mir aber jetzt keine Gedanken machen, denn zu meinem Schrecken streckt Natascha das TalkOnly mir entgegen.

»Für Sie.«

Für mich? Ich werfe Hektor einen entsetzten Blick zu. Der Schock auf seinem Gesicht hilft mir zu begreifen, dass ich mich aus dieser Situation nicht herauswinden kann, ohne bei Natascha Misstrauen hervorzurufen. Und Hektor hat mit einem Wurstteller und dem Brötchenkorb ohnehin die Hände voll.

Also zwinge ich mir ein Lächeln ins Gesicht, drehe mich wieder zu Natascha und nehme ihr das TalkOnly aus der Hand.

»Ihre Cousine«, flüstert sie mir noch schnell zu, ehe sie an mir vorbeigeht und sich daranmacht, Hektor beim Tischabräumen zu helfen.

»Das brauchen Sie doch nicht zu machen«, höre ich sie leise murmeln. Hektor hat sich gefangen. Am liebsten würde ich ihm das TalkOnly in die Hand drücken. Oder auflegen. Aber das kann ich nicht, solange Natascha im Raum ist. Ich glaube, sie hat nichts gemerkt – und wenn, hat sie sich zumindest nichts anmerken lassen und schiebt meine Nervosität hoffentlich auf den Umstand, dass ich vor ein paar Tagen ermordet werden sollte. Halt, nein, das weiß sie ja gar nicht. Ich …

»Hallo?! Elektra?! Jemand da?«, tönt es aus dem Gerät.

Ich räuspere mich, halte mir das TalkOnly ans Ohr und sage: »Ja? Ich bin da.« Meine Stimme zittert ein wenig, ganz leicht nur, und meine Beine sind weich. Aus dem Raum gehen will ich aber auch nicht, weil ich nicht weiß, ob ich Hektors Hilfe brauche.

»Na, du scheinst ja begeistert«, sagt die Stimme im TalkOnly. Sie klingt jung, weiblich. Aber Natascha hat ja auch gesagt, dass »meine Cousine« am Apparat ist. Das Problem ist nur, ich habe mindestens zwei.

»Mir kommt's vor, als hätten wir uns ewig nicht gehört. Und du klingst wie eine Schlaftablette. Hab' ich dich geweckt?«

Ich schüttle den Kopf, aber das kann sie natürlich nicht sehen. Wer auch immer sie ist.

»Nein«, sage ich schließlich. »Geht's dir gut?«

»Das sollte wohl eher ich dich fragen. Mom hat mir erzählt, was passiert ist. Kannst du mir sagen, warum ich von deinem Unfall von meiner Mutter erfahren muss? Ausgerechnet!«

»Ähm ….« Ich bin mir unangenehm der nervösen Blicke bewusst, die mir Hektor zuwirft. »Mir ging es nicht so gut, mein Kopf und so.«

»Was ist überhaupt genau passiert?«

»Können wir über etwas anderes reden?«

»Nicht dein Ernst.«

»Ähm … Wie waren die Eröffnungsfeierlichkeiten des Plaza?«, rutscht es mir heraus, als mir das Magazinfoto wieder einfällt, das ich von Elektras Cousine Rosalind Stone und diesem Asiaten gesehen habe – kurz, bevor mich Direktorin Myles in ihr Büro gerufen hat. Stand in dem Artikel etwas davon, dass auch ihre Schwester die Eröffnung besucht hat? Und wie hieß die überhaupt noch mal genau? Jeanette? Juliet? Irgendwas mit J war es.

»Du nimmst mich wohl auf den Arm? Sag mal, was denkst du überhaupt, wer ich bin?«

Autsch. Wenn ich jetzt Jeanette sage, und sie heißt Janine, schaufle ich mir mein eigenes Grab. Die Chancen stehen 50:50, also setze ich alles auf eine Karte.

»Rosalind?«

Als meine Gesprächspartnerin antwortet, wünsche ich mir, ich hätte einfach die Klappe gehalten.

»Du blöde Kuh. Ich hab dich auch vermisst! Da siehst du mich ein paar Wochen nicht und schon hast du mich vergessen?«

»Tut mir leid.«

»Und außerdem, warum sollte Rosalind dich bitte anrufen? Um sich bei dir zu bedanken, dass du ihr Phillip ausgespannt hast?«

»Na ja …«

»Wie läuft es überhaupt bei euch beiden?«

»Er kommt erst heute aus Australien zurück.« Wenigstens das weiß ich. Erleichterung durchströmt mich. Ich habe immer noch keine Ahnung, wie meine Gesprächspartnerin heißt, und ich würde dieses Gespräch am liebsten so schnell wie möglich beenden.

»Hör mal«, sage ich deshalb, »es ist gerade schlecht …«

»Elektra Hamilton, du willst mich wohl verarschen.«

»Nein, wirklich. Hektor und ich …« Ja, was eigentlich? Gott sei dank geht Wie-auch-immer-sie-heißt nicht darauf ein.

»Meine allerbeste Freundin hat mich seit drei Wochen nicht gesehen und hat jetzt nicht mal die Zeit, kurz mit mir zu talken?«

Das ist überhaupt die Frage. Warum benutzt sie ein Talk-Only und kein HoloComm? Nicht, dass ich nicht froh darüber wäre.

»So ist das nicht, ehrlich.«

»Willst du gar nicht wissen, wie es war?«

»Doch, natürlich!«

»Die paar Holos, die ich geschickt habe, waren nur die Spitze des Eisbergs. Ich muss dir alles haarklein erzählen!«

Ich kann es kaum erwarten, denke ich, aber ich bemühe mich, Begeisterung zu heucheln: »Auf jeden Fall.«

»Ich wäre am liebsten gestern noch bei euch vorbeigekommen, vor allem, als Mom mir von deinem Unfall erzählt hat. Aber es war schon so spät …«

»Du musst dich nicht entschuldigen. Ich bin ohnehin gestern erst aus der Klinik zurückgekommen und es ging mir nicht so gut. Wie war es bei dir?«

»Schrecklich langweilig. Aber das erzähle ich dir besser später. Hast du heute Mittag schon was vor? Sollen wir shoppen?«

Um Himmels willen, nein! »Meine Mutter hat schon Pläne gemacht, glaube ich.«

Ein überraschtes Lachen tönt aus der Muschel. »Du meinst für sie und dich zusammen? Es geschehen noch Zeichen und Wunder. Habt ihr das Kriegsbeil begraben?«

»Nicht direkt.« Das ist noch nicht mal gelogen. Elektra und Sabine hatten also Streit? Bevor eine Antwort kommt, schiebe ich nach. »Ich muss leider wirklich gleich los. Ich schreib dir nachher, ja?«

»Versprochen?«

»Ja, klar.«

»Ich habe schon befürchtet, dein Elastoscreen wäre kaputt, weil du nicht auf meine Nachrichten reagierst.«

»Tut mir leid. Der Unfall und alles.«

»Ich weiß, schon gut. Elektra …?« Sie zögert.

»Ja?«, frage ich vorsichtig.

»Ich habe mir wirklich Sorgen um dich gemacht.«

Obwohl nicht ich gemeint bin, muss ich lächeln.

»Danke.«

»Vergiss nicht, dich später zu melden.«

»Versprochen.«

Dann ist das Gespräch weg. Die Leitung ist plötzlich unterbrochen. Hat sie aufgelegt? Verwirrt halte ich das TalkOnly in der Hand und starre darauf.

»Wer war das?«, fragt Hektor unruhig und nimmt mir das Gerät aus der Hand. Erst als ich aufblicke, nach einer adäquaten Antwort suchend, die auch an Nataschas Ohren dringen kann, bemerke ich, dass sie gar nicht mehr im Raum ist. Wann ist sie gegangen?

»Ich bin mir nicht sicher«, flüstere ich, so leise wie möglich.

Hektor nickt grimmig und blickt sich nach allen Seiten um.

»Lass uns nach draußen gehen«, schlägt er vor und legt das TalkOnly auf den Esstisch. Dann berührt er mich an der Schulter und dirigiert mich in Richtung Flur. Er ist dabei viel sanfter als seine Mutter.

Kapitel 14

Die Gärten sind wunderschön. Bei meiner Ankunft kam es mir so vor, als sei das ganze Grundstück der Hamiltons in Grau, Grün und Weiß gehalten. Hinter dem Haus stolpert man jedoch in eine blühende Farbexplosion. An der hinteren Hauswand führt ein schmaler Rasenstreifen entlang, begrenzt von einigen kunstvoll in Form geschnittenen Büschen und Tannen. Dahinter liegt ein wogendes Meer aus Blumen. In einem ovalen Beet strecken rot-gelb gestreifte Tulpen ihre Köpfe der Sonne entgegen. Violette Fliederbüsche verbreiten daneben einen betörend süßen Duft. In ihrem Schatten wiederum wachsen blaue Hortensien. Überall sonst blüht es in sorgfältig angelegten Beeten rosa, gelb und natürlich auch grün und weiß.

Ein schmaler Kiesweg führt durch den Garten. Erst als wir einige Meter vom Haus entfernt sind und uns sicher niemand hören kann, fragt Hektor, wer am TalkOnly war.

Ich zucke mit den Schultern. »Deine Cousine. Nicht Rosalind. Die Schwester.«

»Juliet?!« Er bleibt überrascht stehen. »Warum sollte Juliet dich anrufen?«

Genervt drehe ich mich zu ihm um. »Woher soll ich das wissen? Sie ist deine Cousine, sag du es mir.«

Langsam gehen wir weiter. »Sehr seltsam. Wir haben zu den Stones nur selten Kontakt. Und Elektra und Juliet haben schon vor der Sache mit Phillip kaum miteinander geredet.«

»Da scheinst du dich zu irren. Juliet hält sich für Elektras beste Freundin.«

Hektor lacht auf.

»Alles klar. Du hast nicht mit Juliet telefoniert, sondern mit Phaedre. Ich dachte, die sei auf Kreta?«

»Sie ist gestern Nacht zurückgekommen«, antworte ich automatisch, ehe ich die eigentliche Frage nachschiebe: »Wer ist bitte Phaedre?«

Aus den Augenwinkeln sehe ich, wie Hektor nachdenklich an einem Lederbändchen zupft, das er ein paarmal um sein Handgelenk gewickelt hat. »Unsere andere Cousine. Ich fürchte, sie ist tatsächlich Elektras beste Freundin. Und damit jetzt deine.«

»Welche andere Cousine?«

Habe ich auf dem Elastoscreen, den mir Sabine gegeben hat, von ihr gelesen? Der Name kommt mir bekannt vor, aber im Labor habe ich mich auf die Hausbewohner und Phillip konzentriert. Und Kadmos Hamilton. Das erschien mir am sinnvollsten. Ich hatte nicht damit gerechnet, dass alles so schnell gehen würde. Ich dachte, ich hätte genug Zeit, um mich in Ruhe durch sämtliche Files zu arbeiten. Tja.

»Phaedre ist Helenas Tochter«, erklärt Hektor. Auch bei diesem Namen klingelt etwas bei mir.

»Helena? Die Tochter von Kadmos?«

Hektor nickt. »Genau die.«

Das schwarze Schaf der Familie. Es gab nur einen kurzen Absatz über sie, zumindest innerhalb von Kadmos' Akte. Helena ist sein einziges Kind und galt lange als künftige Erbin seines Konzerns. Aber nicht nur hat ihr Priamos offenbar den Rang abgelaufen. Helena hat sich wohl selbst ins Aus katapultiert, als sie mit einem Angestellten ihres Vaters durchbrannte, einem jungen Wissenschaftler. Zudem sprach sie sich öffentlich gegen mehrere Projekte des Konzerns aus – unter anderem gegen das Klonprojekt. Sie war mir sofort sympathisch. Kadmos hat sie bereits vor Jahren enterbt.

»Ich dachte, sie hätte keinen Kontakt mehr zur Familie.«

»Hat sie auch nicht. Anders als Phaedre.«

»Aha«, sage ich. Als ob das alles erklären würde.

Hinter den Blumenbeeten gibt es eine Wiese mit einem halben Dutzend Obstbäumen. Sie reicht bis zu einer hohen Sandsteinmauer, die das Grundstück einfasst. Wir setzen uns im Schatten eines Apfelbaums auf eine elegant geschwungene Bank. Natürlich ist sie weiß gestrichen.

»Ela und sie haben sich vor ein paar Jahren auf der Geburtstagsfeier einer Bekannten kennengelernt. Da waren sie dreizehn, glaube ich.« Hektor hält den Blick starr geradeaus gerichtet, aufs Haus, und vermeidet es, mich anzusehen. »Sie haben sich auf Anhieb super verstanden und waren bald wie Pech und Schwefel. Sehr zum Missfallen meiner Eltern.«

Ich schnaube. »Das kann ich mir vorstellen.«

»Ich vermute, Helena war auch nicht begeistert davon. Ich habe meine Tante nur ein- oder zweimal gesehen. Sie meidet unsere Familie wie der Teufel das Weihwasser.«

Kluge Frau, denke ich, aber das spreche ich nicht aus.

»Und trotzdem haben eure Eltern es zugelassen, dass sich die beiden anfreunden?«

Hektor lacht bitter. »Du kennst Elektra nicht. Wenn sie sich etwas in den Kopf gesetzt hat, dann kann sie nichts davon abbringen. Ich wundere mich immer noch darüber, dass sie sich damit einverstanden erklärt hat, sich mit Phillip von Halmen zu verloben.«

»Politischer Einfluss«, beginne ich meine Aufzählung, »ein Adelstitel, gesell…«

Aber Hektor unterbricht mich. »So ist Elektra nicht!« Seine Stimme klingt wütend. Dann verschwindet das Feuer aus seinen Augen. Ich kann förmlich dabei zusehen, wie es verlischt. »So war sie nicht.«

Zeit, das Thema zu wechseln. »Was kannst du mir über Phaedre erzählen? Wie alt ist sie?«

Hektor lässt die Schultern hängen, aber er steht nicht auf und geht, sondern erzählt weiter. »Sie ist ein halbes Jahr jünger als Ela. Eigentlich ist sie ganz nett. Ein bisschen geschwätzig vielleicht, aber sonst okay.« So viel am Stück hat er nicht gesprochen, seit ich ihn kennengelernt habe. »Sie treffen sich nicht oft hier und ich glaube, Ela war nur ein halbes Dutzend Mal bei Phaedre zu Hause. Ist vermutlich auch besser so. Meine Eltern versuchen, Phaedre nicht in diese Familienfehde mit reinzuziehen, aber das ist schwer. Ich glaube, meinem Vater gefällt es nicht, dass sie sich gut mit Onkel Kadmos versteht.«

»Er ist Phaedres Großvater.«

»Jepp. Aber er hat seine Enkelin erst über Ela kennengelernt. Helena und er haben wirklich überhaupt keinen Kontakt mehr.«

»Echt krank.« Ich bin nicht wirklich überrascht. Irgendwie ist an dieser Familie alles krank.

»Da hast du recht.« Hektor antwortet mir nur auf meine Bemerkung, nicht auf meinen darauffolgenden Gedanken, aber trotzdem bin ich über seine Äußerung überrascht.

»Du hast versprochen, dich später bei ihr zu melden«, fährt er fort. »Was hat sie gewollt? Dich treffen?«

»Sie sagt, sie hat sich Sorgen gemacht und hätte mich seit Wochen nicht gesehen. Elektra nicht gesehen, meine ich.«

Hektor hebt einen Apfelblütenzweig auf, der ins Gras gefallen ist. »Das hat sie tatsächlich nicht. Phaedre war in einem Urlaubscamp in Griechenland. Hat ein paar Kurse nachgeholt, damit sie im Sommer die Prüfungen schafft. Sie steht bei ein paar Fächern auf der Kippe. Frag mich aber nicht bei welchen.«

An die Prüfungen im Sommer habe ich noch gar nicht gedacht. Welche Fächer hat Elektra eigentlich belegt? Bei meinem Glück war sie mathematisch begabt und dann sitze ich ziemlich in der Patsche. Und muss ich mir darüber überhaupt noch Gedanken machen, wenn ich Phillip von Halmen heirate? Falls ich vorher nicht ermordet werde.

»Wieso musste sie dafür nach Griechenland? Ich dachte, ihr klinkt euch alle als Holo in eure Kurse.«

»Hat sie auch. Von Kreta aus. Und sich nach dem Lernmarathon am Strand entspannt oder auf Partys gefeiert. Was weiß ich.« Er macht eine kurze Pause und betrachtet den Blütenzweig, den er zwischen den Fingern hin- und herdreht. »Jedenfalls ist sie sicher nicht auf den Spuren unserer Vorfahren gewandelt. Dazu ist Phaedre nicht der Typ.«

»Was sag ich ihr denn?«

Er überlegt eine Weile. »Ignorieren kannst du sie nicht. Das würde auffallen. Wahrscheinlich musst du dich sogar mit ihr treffen.«

Das gefällt mir nicht. Aber noch weniger gefällt mir, dass er vermutlich recht hat. »Es war schon schwer genug, mit ihr zu sprechen. Ich weiß nicht, wie ich ein Treffen überstehen soll.«

»Die biografischen Daten sind kein Problem. Die kannst du auf dem Elastoscreen nachlesen. Alles andere … Worüber ihr sonst redet … puh, das wird schwieriger.« Er legt den Ast auf die Bank und steht auf. »Wir sollten meinen Vater fragen, ob wir inzwischen auf die Social Media Accounts meiner Schwester kommen. Vielleicht finden wir da was.«

Ich nicke, aber eigentlich will ich nicht zurück ins Haus. Hier draußen sieht alles so schön und ruhig aus und der süße Duft und der Sonnenschein machen es schwer, an Mörder und Eheschließungsverträge zu denken. Ich wünschte, Kelsey wäre hier und würde das sehen.

Ich bleibe auf der Bank sitzen und hoffe, Hektor noch einmal in ein Gespräch verwickeln zu können. Er ist zwar genau so ein Arschloch wie der Rest seiner Familie – Nestor vielleicht ausgenommen –, aber ein Hamilton im Garten ist leichter zu ertragen als eine ganze Gruppe Hamiltons in einem Luxusgefängnis.

»Phaedre war überrascht, als ich ihr erzählt habe, dass deine Mutter und ich Pläne hätten.«

Tatsächlich bleibt er stehen. Er setzt sich zwar nicht wieder, aber er schiebt seine Hände in die Hosentaschen – die dafür eigentlich viel zu eng sind – und wippt vor und zurück. »Das kann ich mir vorstellen. Meine Schwester und meine Eltern haben sich in den letzten Monaten nicht allzu gut verstanden.«

»Im Gegensatz zu dir?«, frage ich spöttisch.

»Glaub mir, im Gegensatz zu *ihr* komme ich mit meinen Eltern wunderbar aus.« Hektor fixiert seine Schuhspitzen. »Könnte daran liegen, dass ich mehr Übung darin habe, mich mit ihnen zu streiten.«

Er kann mir nicht ins Gesicht sehen, also stehe ich auf. Vielleicht fällt es ihm leichter, darüber zu sprechen, wenn wir dabei gehen.

»Was war denn ihr Problem in den letzten Wochen?«, frage ich, als er nach ein paar Metern auf dem Kiesweg immer noch keine Anstalten macht, mir von selbst zu erklären, was hier eigentlich läuft. »Liegt es an dem Eheschließungsvertrag?«

Ich muss an Margots Worte denken, an ihre Bemerkung über den Streit wegen des Verlobungskleids kurz vor Elektras Ermordung.

»Ela lässt … Sie hat sich nicht gern vorschreiben lassen, was sie tun soll.«

»Hmmm …«

»Und Onkel Kadmos gefällt es nicht, wenn sich jemand nicht nach seinen Wünschen richtet.«

»Dann war die Verbindung mit den von Halmens also seine Idee?«

Hektor schüttelt den Kopf. »Nein, die kommt von meinen Eltern. Ich glaube, mein Vater hat sie ihm schmackhaft gemacht.«

»Ohne vorher Elektra zu fragen, ob sie diesen Typen überhaupt heiraten will?«

Hektor schaut mich durchdringend an. Ich kann Spott in seiner Miene erkennen, aber auch etwas anderes. Verbitterung?

»Du hast keine Ahnung, wie das hier läuft.«

Es ist keine Frage und wir wissen beide, ich muss nicht Ja sagen, um ihm zuzustimmen. Ich *habe* keine Ahnung. Also halte ich die Klappe und höre ihm weiter zu.

»Der Konzern ist das Allerwichtigste. Das lernen Hamilton-Kinder früh. Wir wissen, dass wir uns in gewissen Situationen den Wünschen der Familie beugen müssen.«

»In gewissen Situationen?!«

»Ja«, bestätigt Hektor scharf. Als wolle er nicht, dass ich ihn für diese Aussage kritisiere. Dabei ist das, was er sagt, so … es erschreckt mich. Ich dachte, das, was mein Original von mir unterscheiden würde, wäre Freiheit. Natürlich ist der Zwang, sich den Wünschen seiner Familie zu beugen, nichts im Vergleich dazu, in einem Institut eingesperrt auf die nächste medizinische Ausschlachtung zu warten, aber trotzdem …

»Es ist, wie es ist. Ich werde darüber sicher nicht *mit dir* diskutieren.«

Vermutlich will er mich mit dieser Aussage beleidigen, aber seine Worte prallen an mir ab. Er hat mir nämlich wieder deutlich gemacht, dass er im Grunde doch ein blöder Idiot ist. Ein privilegierter, blöder Idiot, mit weniger Freiheiten als zunächst angenommen, aber er wacht dennoch jeden Morgen in seinem weichen Bett in seinem riesigen Zimmer in dieser absolut verschwenderisch eingerichteten Villa auf und schert sich einen

Dreck darum, was Aubrey seinetwegen sein halbes Leben lang durchstehen muss.

Die Schönheit des Gartens verblasst. Es fällt mir schwer, mich überhaupt noch auf Hektors Worte zu konzentrieren. »Wir haben nur nicht damit gerechnet, dass sie sich so früh den Wünschen der Familie beugen muss. Normalerweise hat man mehr Zeit.«

»Bis man einen reichen Prinzen heiraten muss?«

»Du kapierst gar nichts.«

Jetzt reicht es mir. Frustriert reiße ich die Hände in die Höhe und schiebe mich an ihm vorbei. Aber mein dramatischer Abgang geht gewaltig in die Hose, denn dummerweise stolpere ich über meine eigenen Füße und verliere das Gleichgewicht.

Kapitel 15

Hektor hat überraschend schnelle Reflexe. Er greift nach vorne und fängt mich auf, als ich Richtung Boden stürze. Für einen Sekundenbruchteil streift mein Gesicht seine Schulter. Er riecht anders, als ich erwartet habe. Herb, aber auch süßlich, mit einer leichten Orangennote. Der Kopf dreht sich mir jedoch nicht deshalb, sondern wegen dem, was er gesagt hat.

»Alles klar?«

»Nein«, fauche ich und schüttle seine Hände von meinen Schultern. »Niemand verrät mir etwas Nützliches. Ihr erzählt mir gerade so viel, wie ihr denkt, dass ich wissen muss. Nur dass das ein Scheiß-Plan ist, mit dieser Situation umzugehen. Wie soll ich mich denn bitte überzeugend wie Elektra verhalten, wenn ich überhaupt nicht weiß, was hier gespielt wird?«

»Ich habe dich nicht darum gebeten, hierher zu kommen.«

»Nein. Aber es war auch nicht meine Idee, aus dem Institut zu spazieren und mich bei deinem bescheuerten Vater um eine freie Stelle zu bewerben.«

»Oh Mann, ich fühle mich wie in einer Seifenoperversion von *Body Snatchers*.«

Einen Augenblick starre ich ihn sprachlos an. »Du bist so ein Arschloch.«

Ich will mich abwenden, aber Hektor ergreift meinen Arm.

»Lass. Mich. Los.«

Zu seinem Glück hört er das Eis in meiner Stimme. Er hebt die Hände in die Luft und schaut mich betreten an. »Sorry«, sagt er. Als könnte ein *Sorry* alles wiedergutmachen. Dieser Kerl, ach, diese Familie ist so was von erbärmlich. Ich schäme mich bei dem Gedanken, dass wir uns einen Genpool teilen.

»Es tut mir leid«, sagt er nach einer Weile. »Ich … nichts gegen dich persönlich. Aber es ist irritierend, dich vor mir stehen zu haben. Ich vermisse meine Schwester.«

»Das tue ich auch.«

»Du hast sie doch gar nicht gekannt.«

»Nicht Elektra. *Meine* Schwester.«

»Was?!«

Tja, damit hat er wohl nicht gerechnet. Ich nicke zögerlich. Dann schweigen wir wieder.

»Ich wollte gar nicht von ihr sprechen. Tu mir einen Gefallen und vergiss, dass ich sie erwähnt habe.«

Hektor blickt mich nachdenklich an. Wusste er allen Ernstes nicht, dass Elektra zwei Klone in ihrem Alter besitzt? Und er selbst nur einen? Wie würde ein Gespräch zwischen ihm und Aubrey ablaufen?

Hektor fährt sich durch die Haare. »Das alles ist so …« Er sucht nach einem Wort.

»Krank?«, schlage ich vor.

»*Durchgeknallt* wollte ich sagen. *Verwirrend*. Na ja, du hast schon recht. Vielleicht ist es auch krank. Irgendwie.«

»Lass uns noch ein paar Meter gehen«, schlage ich vor. »Ich habe tausend Fragen.«

»Vielleicht solltest du dich mit denen lieber an meinen Vater wenden.« Hektor folgt mir trotzdem zurück auf die Obstwiese. Dieses Grundstück ist riesig. Links von uns liegt im Schatten einer Kastanie ein Sandkasten.

»Dein Vater hält sich ziemlich bedeckt«, nehme ich unser Gespräch wieder auf. »Außerdem erwartet er, dass du mir meine Fragen beantwortest. Und mich für die anstehenden Auftritte fit machst. Hat er gestern gesagt. Im Arbeitszimmer.«

»Ja«, grummelt Hektor. »Ich war dabei.«

Aus seiner Hosentasche fischt er ein Etui und setzt seine Sonnenbrille auf. Was für ein wandelndes Klischee. Jetzt ähnelt er schon eher dem Typen auf den Fotos im Web, mit der platinblonden Stachelfrisur und dem Silberschmuck an den Fingern. Aus Hektor werde ich einfach nicht schlau. Ich weiß nicht, was ich von ihm halten soll. Andererseits geht es ihm mit mir vermutlich nicht anders.

»Also? Was willst du als Erstes wissen?«

»Warum der Eheschließungsvertrag?«

»Es geht darum, eine Allianz zu schmieden«, erklärt Hektor. »Hat dir mein Vater gesagt, dass du Prinzessin wirst?« Seine Lippen verziehen sich spöttisch. »Dann hat er gelogen.«

»Ich verstehe kein Wort mehr.«

»Frederic von Halmen braucht uns. Oder vielmehr braucht er unser Geld, um seinen Wahlkampf zu finanzieren. Zudem braucht er einige unserer Kontakte. Und wir brauchen ihn. Seinen politischen Einfluss. Und … ihn eben.«

»Wenn du *wir* sagst, meinst du den Hamilton-Konzern?«

»Die Familie *ist* der Konzern.«

»Und warum braucht der seinen politischen Einfluss? Ich dachte, der Konzern steht gut da?«

»Tut er auch. Aber er kämpft mit einigen Problemen. Die OaC, einige linksgerichtete Parteien …«

»Die OaC?«

Er zieht das Gestell seiner Sonnenbrille ein Stück herunter und blickt mich überrascht an. »Sagt dir nichts?«

Ich schüttle den Kopf.

»Okay. Ist jetzt nicht so wichtig. Erzähl ich dir später.«

»Aber …«

»Später.«

Wohl eher nie, denke ich bei mir. Das Thema scheint ihm unangenehm zu sein. Und er ist davon ausgegangen, dass mir dieses OaC etwas sagt. Ich nehme mir fest vor, im Web danach zu suchen.

»Gut. Ihr braucht also Frederic von Halmen. Aber ihr könnt doch gar nicht wissen, ob er der nächste Präsident wird.«

Hektor zuckt mit den Schultern. »Das ist ein bisschen wie pokern. Oder eher wie Pferdewetten. Mein Vater war nie an Politik interessiert, aber er weiß, wie dieses Spiel abläuft. Er weiß, auf welches Pferd er setzen muss.«

Und deshalb verschachert er seine Tochter wie eine Zuchtstute, würde ich am liebsten sagen. Dann würde ich zwar bei der Pferdemetapher bleiben, aber ich bin mir ziemlich sicher, dass Hektor das gar nicht witzig fände. Er hat seine Schwester allem Anschein nach sehr gern gehabt.

»Und um diese politische Allianz abzusichern, haben Elektra und Phillip einen Eheschließungsvertrag unterzeichnet.«

»Genau so ist es«, teilt mir Hektor mit. »Der Vertrag sichert ab, dass sich die beiden nicht trennen, ehe die Präsidentschaftswahl entschieden ist und … gewisse Forschungsergebnisse den Besitzer gewechselt haben. Solange Phillip und du zusammen seid, fließt Geld vom Konzern in die Taschen der von Halmen. Betrachte es als Investition in die Zukunft.«

»Dieser Satz hätte von deinem Vater kommen können.«

Hektor seufzt. »Ja. Vermutlich. Vielleicht hast du die Werbeplakate bereits gesehen? Hamilton Corp. arbeitet daran, Klone durch ein neues Verfahren viel erschwinglicher werden zu lassen. Jeder soll sich einen Klon leisten können. Aber dafür müssen ein paar politische Weichen gestellt werden.«

Mir läuft es kalt den Rücken hinunter. »Warum?«

Hektor zuckt mit den Schultern und schweigt.

»Hat es mit diesen Forschungsergebnissen zu tun, die den Besitzer wechseln sollen?«

Ich sehe, dass er ausweichen will, also hebe ich die Hand. »Keine Ausreden. Ihr wollt, dass ich mitspiele. Dann …«

»Schon gut. Wie es der Zufall will, hat Polina – Phillips Mutter – mal mit meinem Vater zusammengearbeitet. Sie ist Wissenschaftlerin und hat einige vielversprechende Entdeckungen gemacht, die Hamilton Corp. gern patentiert hätte. Aber bevor es dazu kam, hat Polina die Zusammenarbeit mit uns aufgekündigt – und ihre Forschungsergebnisse mitgenommen.«

»Oha.«

»Kadmos und Dad haben sich Jahre darum bemüht, ihr ihre Ergebnisse abzukaufen, aber sie hat sich immer geweigert. Eine Zeit lang hat sie sich sogar der OaC angeschlossen. Ich hätte nicht damit gerechnet, dass mein Vater und sie noch mal miteinander reden. Aber damals war Frederic von Halmen politisch betrachtet ein kleines Licht. Schon witzig, wie sich die Dinge manchmal entwickeln.«

»Schon wieder die OaC?«

Hektor seufzt. »Du findest es ja doch heraus. Die Organisation against Clones. Sie sind eine relativ kleine Vereinigung, aber sie sprechen sich gegen Klone aus.«

Das ist interessant.

»Freu dich nicht zu früh«, fügt Hektor hinzu. »Die OaC will das Klonprogramm abschaffen. Und die Klone.«

Das ist ein Thema, das ich nicht mit ihm ausdiskutieren will. Nicht jetzt. Phillip von Halmens Mutter war dort Mitglied? Und sie hat zuvor mit dem Hamilton-Konzern gemeinsame Sache gemacht.

»Dieses Projekt, an dem Frau von Halmen zusammen mit deinem Vater gearbeitet hat: Ging es da auch um Klone?«

Ich beobachte Hektors Reaktion ganz genau. Aber er schüttelt den Kopf, und wenn er lügt, erkenne ich es nicht. »Nein. Da ging es um etwas anderes. Details kenne ich nicht; da musst du wirklich meinen Vater fragen.«

Wir verfallen beide in Schweigen. Inzwischen haben wir die Sandsteinmauer erreicht. Sie kommt mir endlos vor und ist sicher drei Meter hoch. Ich schirme meine Augen mit der Hand vor der Sonne ab und blicke an ihr entlang.

»Was suchst du?«

»Ich sehe keine Überwachungskameras.«

»Keine Angst. Wir werden gut überwacht.«

Ich schiele ihn zweifelnd an.

»Seit Elektra … hat mein Vater die Sicherheitsvorkehrungen verstärkt. Du siehst die Kameras nicht, aber sie sind da.«

Mir fällt wieder der dunkle Schatten ein, der gestern Nacht zwischen den Büschen unter Elektras Fenster stand und mit Steinchen geworfen hat. Inzwischen bin ich mir sicher, dass es sich dabei nicht um Hektor gehandelt hat, sondern um den Angestellten, der sich um die Pferde kümmert. Julian. Ob ich Hektor von diesem Erlebnis erzählen soll?

»Hast du gar keine Angst?«, frage ich ihn stattdessen.

»Eigentlich nicht.«

Ich streiche mir eine Haarsträhne aus dem Gesicht. »Weil du selbst nicht glaubst, dass sie hinter deiner ganzen Familie her sind, richtig? Der Mörder hatte es auf Elektra abgesehen.«

Hektor holt tief Luft und reckt den Kopf in die Höhe. Seine Stimme klingt belegt, als er antwortet. »Das wissen wir nicht.«

Er gibt mir deutlich zu verstehen, dass er über diesen Punkt nicht diskutieren will. Also gut. Dann anders.

»Elektras … Unfall. Zeigst du mir, wo es war?«

Ich kann körperlich spüren, wie seine Stimmung kippt.

»Lass uns ins Haus zurückgehen.«

Die Mauer ist wieder da. Nicht die Sandsteinmauer neben uns, sondern die zwischen uns beiden. In den letzten Minuten ist sie durchlässig geworden. Jetzt ist sie wieder kalt, solide, undurchdringlich.

Vor dem Haus treffen wir Priamos, der Torrence und Julian gerade Anweisungen gibt, den Stuck an einer der Eingangssäulen auszubessern. Als er uns entdeckt, hält er inne und winkt uns zu sich.

»Gut, dass ihr hier seid. Ich wollte ohnehin gleich mit euch beiden reden. Wir treffen uns in zwei Minuten in der Eingangshalle.«

Er wartet gar nicht ab, ob wir zustimmen, sondern wendet sich wieder den Angestellten zu. Hektor zuckt nur mit den Schultern und geht die Treppe hoch zur Haustür.

Drinnen ist es ruhig und schattig. Endlich komme ich dazu, mich in Ruhe umzublicken. Das Sideboard … ich vermute, dass es aus Mahagoni ist, sicher bin ich mir aber nicht. Mit den Fingern fahre ich vorsichtig über das blank polierte Holz und überlege, ob ich eine der Schubladen aufziehen soll, um nachzusehen, was eine Familie wie die Hamiltons darin aufbewahrt.

Ich rechne fast damit, dass Hektor mich aufhält, aber ein kurzer Blick über die Schulter zeigt mir, dass er sich gar nicht für mich interessiert. Er sitzt auf den Stufen der Innentreppe und starrt gelangweilt auf den Bildschirm seines Elastoscreens.

»Brauchst du Handschuhe?«, fragt Sabine scharf, die plötzlich aus einer Tür zu meiner Linken tritt.

Ich lasse die Griffe der Schublade los, als hätte ich mich an ihnen verbrannt, und drehe mich zu ihr um. Die Hände verschränke ich hinter meinem Rücken und tue ganz unschuldig. Als würde das jetzt noch etwas bringen, nachdem sie mich auf frischer Tat ertappt hat. Immerhin kann ich mich beherrschen und stammle nicht irgendeine unsinnige Entschuldigung.

»Du hast mit Phaedre gesprochen«, fährt Sabine dann fort. Es ist keine Frage.

Vielleicht schaue ich überrascht, denn während sie langsam zu mir herüberkommt, nimmt ihre Miene einen spöttischen Ausdruck an. »Falls du nicht willst, dass ich weiß, mit wem du sprichst, solltest du das TalkOnly nicht nach deinem Gespräch einfach so auf dem Esstisch liegen lassen.«

Du kriegst mich nicht klein, schwöre ich mir. Dann blicke ich ihr direkt in die Augen. »Ich werde es mir merken.«

»Da bin ich mir sicher. Was hat sie gewollt?«

»Sie hat sich danach erkundigt, wie es mir geht.«

»Mehr nicht?«

»Sie will mich treffen. Ich habe noch nichts mit ihr ausgemacht, außer ihr zu versprechen, dass ich mich später bei ihr melde.«

Sabine mustert mich nachdenklich, dann nickt sie, als hätte sie die Bestätigung für etwas erhalten, was sie die ganze Zeit bereits vermutet hat.

»Wo kommst du gerade her?«

Hast du vergessen, auf deinen Tracker zu gucken?, würde ich am liebsten sagen. Aber ich kann mich beherrschen. »Aus dem Garten.«

Zu meiner Überraschung – und zu der seiner Mutter – mischt sich Hektor ein. »Lass sie in Ruhe.« Er steht von der Treppe auf.

Sabine beschließt jedoch offensichtlich, ihn zu ignorieren. »Wie siehst du überhaupt aus?« Sie greift nach vorne und zupft an meinen Haaren herum. Ich weiche einen Schritt zurück und hole tief Luft, um ihr deutlich zu sagen, dass sie ihre Hände bei sich behalten soll, da wendet Sabine sich bereits ab und konzentriert sich auf ihren Sohn. »Und *du* solltest dir besser etwas Anständiges anziehen. So könnt ihr unmöglich mit eurem Vater in die Stadt fahren.«

Mein Gehirn ist noch dabei, ihre Worte zu verarbeiten, als Priamos' Stimme ertönt. »Genau darüber wollte ich mit euch reden.« Er schließt die Haustür hinter sich und kommt auf uns zu. »In einer halben Stunde geht's los. Wir essen im Sky zu Mittag und anschließend fahren wir in die Firma.«

Er stellt sich neben Sabine und legt ihr einen Arm um die Schulter. »Dr. Schreiber wird auch da sein.«

Mein Herz setzt einen Schlag aus. »Warum? Meine Vita-Scan-Werte waren heute Morgen alle in Ordnung.« Jedenfalls glaube ich das. Wenn ich zu Dr. Schreiber muss – und keinen Augenblick lang glaube ich, dass unser Ausflug in die Stadt einen anderen Grund hat –, dann ist etwas nicht in Ordnung. Ganz und gar nicht.

»Reine Routine«, verspricht Priamos. Ich weiß, dass er lügt. Die Kehle schnürt sich mir zu. Irgendetwas Schreckliches wird passieren, das verrät mir schon Sabines Haifischlächeln.

Die Hamiltons haben endlich begriffen, wie verrückt ihr ganzer Plan ist. Sie haben festgestellt, dass es viel einfacher ist, sich Frederic von Halmens Kooperation auf andere Weise zu erkaufen. Sie brauchen mich nicht. Ich bin wertlos. Müll. Und ich weiß zu viel. Wobei ich doch eigentlich gar nichts weiß.

Ich bekomme kaum noch Luft. Verzweifelt blicke ich zu Hektor, der immer noch am Fuß der Treppe steht. Aber wenn ich geglaubt habe, dass er sich urplötzlich auf meine Seite schlägt, werde ich enttäuscht.

»Ist dir nicht gut?«, fragt Sabine kalt.

»Ich brauche frische Luft«, würge ich hervor.

»Du kommst doch gerade von draußen.«

»Ich …«

»Du machst dir zu viele Gedanken«, erklärt mir Priamos gönnerhaft. »Entspann dich etwas. Dir wird nichts passieren.« Er greift in seine Hosentasche und holt das kleine Kästchen daraus hervor und drückt es mir in die Hand. Die IntelliLenses. Wann hat er sie an sich genommen? Er muss in meinem Zimmer gewesen sein. »Hier. Ich habe einige Apps für dich freigeschaltet.« Dann fischt er auch noch den Elastoscreen aus seiner Tasche.

Verdutzt greife ich nach beidem. In diesem Moment kommt Margot mit einem großen Korb Schmutzwäsche in die Halle. Das ist meine Chance.

»Ich brauche wirklich frische Luft!«, sage ich fest und laut, damit Margot mich auf jeden Fall hört. Ehe jemand Einspruch erheben kann, schiebe ich mich an »meinen Eltern« vorbei und durchquere mit schnellen, mit sehr schnellen Schritten die Halle. Nicht gerade unauffällig, aber das ist mir egal.

»Elektra«, ruft mir Priamos hinterher, als ich endlich die Haustür erreicht habe. Ich bleibe nicht stehen. »Geh nicht zu lange. In einer halben Stunde fahren wir los.«

Da bin ich schon durch die Tür. Das schwere Holz fällt hinter mir ins Schloss und erspart mir die Antwort.

Kapitel 16

Der Kies knirscht unter meinen Füßen, als ich die Einfahrt hinunterlaufe, auf die wogenden Kronen der Kastanienbäume zu. Wind ist aufgekommen und bläst mir die Haare aus dem Gesicht. Er kühlt mich ab und ich habe das Gefühl, endlich wieder durchatmen zu können. Die Muskeln in meinen Beinen zucken. Sie sehnen sich danach, loszulaufen, um dabei alles hinter mir zu lassen. Wie sehr mir das Laufen fehlt! Im Institut drehe ich jeden Tag eine Runde um das Sportfeld, manchmal sogar mehrere. Ich muss heute Abend die Hamiltons davon überzeugen, mich Laufen gehen zu lassen – egal, ob hier ein Mörder sein Unwesen treibt; egal, ob Elektra das getan hat oder nicht. Sonst drehe ich durch.

Und warum auch nicht? Das Grundstück ist groß genug. Ich brauche es noch nicht mal zu verlassen.

Manchmal ist Kelsey mit mir zum Sportfeld gekommen, obwohl sie selbst keine Läuferin ist. Sie hat sich ins Gras gesetzt und mich beobachtet. Manchmal habe ich mich nach meinem Training neben ihr im Gras ausgestreckt und wir haben die Wolken beobachtet. Sie fehlt mir so sehr.

Eine Weile lang stehe ich einfach nur am Tor und blicke den Hügel hinunter auf die Kastanien. Dann, weil ich keine Lust darauf habe, dass Priamos jemanden schickt, um mich wie ein Kleinkind nach drinnen zu beordern, drehe ich mich um und laufe zurück.

Auf dem Weg zum Haus kommt Julian mir entgegen. Zuerst befürchte ich, er will zu mir, aber dann sehe ich, dass er mit beiden Händen eine große Kiste vor sich herschleppt. Ich atme erleichtert auf. Es war bestimmt Julian im Schatten zwischen den Büschen gestern. Was wollte er von mir? Oder vielmehr von Elektra? Schon das Treffen in der Eingangshalle zuvor war seltsam.

Als wir einander fast erreicht haben, beschleunige ich meine Schritte. Am liebsten würde ich ihm in einem großen Bogen aus dem Weg gehen, aber das wäre auffällig und dumm. Schließlich sind wir noch nicht mal allein hier draußen. Torrence steht auf der Terrasse. Was soll also passieren, mitten am Tag?

Als ich mit Julian fast gleichauf bin, zwinge ich mir ein Lächeln auf die Lippen, das hoffentlich freundlich und unverbindlich aussieht. Dann nicke ich ihm kurz zu.

Ich glaube schon, die kleine Begegnung unbeschadet überstanden zu haben, als er mir leise zuraunt: »Wir müssen uns unterhalten. Heute Abend. Neun Uhr. Gleicher Ort wie immer.«

Und dann ist er auch schon an mir vorbei. Ich bin stehen geblieben und drehe mich nach ihm um. Das habe ich mir *nicht* eingebildet.

Was soll schon passieren, habe ich mich gerade gefragt. Das hat sich wahrscheinlich Elektra auch gedacht. Und jetzt ist sie tot. Ein Schauder kriecht mir über das Rückgrat, während ich zusehe, wie Julian mit der schweren Kiste weiter die Einfahrt hinabläuft.

Im Laufschritt eile ich in mein Zimmer. Der kurze Augenblick der Ruhe, den ich gerade verspürt habe, ist vorbei. Julian, der im Stall arbeitet, will sich mit mir treffen. Elektra ist während eines Ausritts gestorben. Aber die Hamiltons haben ihn doch sicher unter die Lupe genommen, oder? Ist meine Vermutung verrückt? Sehe ich Gespenster?

Vielleicht ist es gar keine so schlechte Idee, das Grundstück für ein paar Stunden hinter mir zu lassen. Ein Blick auf den Elastoscreen zeigt mir, dass ich noch eine knappe viertel Stunde habe. Kurz spiele ich mit dem Gedanken, mir extra viel Zeit zu lassen, nur um Priamos zu reizen. Aber das wäre kindisch und bringt mir keinerlei Vorteile.

Also entscheide ich mich für ein kurzärmeliges Oberteil und eine Jeans. Auch an ihnen entdecke ich keine silberne Knopfzelle. Dazu weiße Schuhe. Schlicht, aber ordentlich genug für ein Mittagessen im Restaurant. Jedenfalls hoffe ich das.

Als ich nach draußen komme, sind Torrence und Julian noch immer mit der Restauration des Stucks beschäftigt. Im Vorbeigehen werfe ich beiden einen unsicheren Blick zu, aber sie beachten mich nicht. Dennoch weiß ich es besser, als mir einzureden, ich hätte mir das Ganze nur eingebildet. Viel Zeit, darüber nachzudenken, bleibt mir ohnehin nicht. Das Automobil steht bereits in der Einfahrt, Priamos wartet neben der Fahrertür und tippt hektisch auf seinem Elastoscreen herum. Hektor lehnt auf der Beifahrerseite am schwarzen Lack.

»Na endlich.«

Diesmal hält Priamos mir nicht die Tür auf. Ehe ich auf die Rückbank klettere, blicke ich über die Schulter, aber noch immer beachtet Julian mich nicht. Kaum habe ich die Tür zugezogen, startet Priamos den Wagen.

»Was hast du denn mit den Angestellten?«, fragt Hektor, während wir uns anschnallen.

»Nichts«, antworte ich schärfer als beabsichtigt und fummle an meinem Gurt herum. »Wieso?«

Hektor sitzt mir gegenüber wie vor einigen Tagen Sabine. Musste er dieses Thema anschneiden? Jetzt wäre es mir lieber, er würde wie seine Mutter ein Holo zwischen uns hochziehen.

»Trägst du die ILs?«, fragt Priamos und ich verneine.

»Aber ich habe sie dabei.«

Hektor richtet seine volle Aufmerksamkeit auf seinen Elastoscreen und ich blicke nach draußen.

Die Schönheit der blühenden Kastanien kann meine Unruhe nicht vertreiben. Als der Wagen vom Hügel gefahren ist und in den Wald eintaucht, werden meine Gedanken düsterer. Ich bin kurz davor, meinen eigenen Elastoscreen zu zücken, als mir einfällt, dass ich die Zeit ebenso gut dazu nutzen kann, mehr über Julians seltsames Verhalten herauszufinden. Allerdings muss ich dabei vorsichtig sein.

»Euer Stallmeister ist jung für sein Alter.«

Hektor reißt sich von dem, was auch immer er gerade tut, los und blickt mich durchdringend an. »Dieser Satz macht überhaupt keinen Sinn.«

Ich rolle mit den Augen. Muss jedes Gespräch mit ihm ein solcher Kampf sein? »Du weißt, was ich meine.«

»Du fragst dich, warum wir einen so jungen Mann als Stallmeister eingestellt haben«, mischt sich Priamos von vorne ein.

»Ehrlich gesagt ja. Es erscheint mir ungewöhnlich.«

»Das ist es zweifellos. Aber Julian kennt sich hervorragend mit Pferden aus.«

Hektor mag so tun, als interessiere ihn diese Unterhaltung nicht, doch wenn er glaubt, dass ich nicht merke, wie er versucht, mich heimlich zu beobachten, ist er noch blöder, als er aussieht.

»Er ist praktisch mit den Tieren aufgewachsen«, erklärt Priamos derweil. »Er kam mit seinem Vater aufs Gestüt. Der war vor Julian unser Stallmeister. Damals war er noch ein halber Junge.«

»Er ist jetzt noch ein halber Junge«, murrt Hektor.

»Er ist 19«, korrigiert ihn sein Vater. »Und er steht mit beiden Beinen im Leben, weiß genau, was er kann und was er will, und verdient sich seinen Lebensunterhalt selbst.«

»Schon gut. Ich hab's kapiert.«

»Was ist mit seinem Vater passiert?«, frage ich schnell, ehe die beiden beginnen, sich an die Gurgel zu gehen.

Priamos antwortet nach einem kurzen Moment der Stille. »Er ist letztes Jahr gestorben. Ganz überraschend. Herzinfarkt.«

»Oh.«

Die Schatten der hohen Bäume, an denen wir vorbeirauschen, drücken zusätzlich die Stimmung im Automobil. »Julian war gerade achtzehn geworden und wir brauchten dringend einen neuen Stallmeister. Es war Sabines Idee, die Stelle Julian zu geben.«

»Einer ihrer wenigen sentimentalen Momente.«

»Hektor!«

»Schon gut.« Hektor legt nun doch seinen Elastoscreen zur Seite. »Julian wusste nicht, wo er hinsollte, also hat er angenommen.«

»Der Junge hat keine Familie mehr, soweit wir wissen«, erklärt Priamos.

»Soweit du herausgefunden hast, meinst du wohl.«

Diesmal korrigiert Priamos seinen Sohn nicht. Seelenruhig lenkt er den Wagen die kurvenreiche Straße entlang.

»Hast du wirklich seinen Hintergrund durchleuchtet?« Ich beuge mich leicht nach vorne. Überraschen sollte mich das eigentlich nicht.

»Ich mache bei allen meinen Angestellten einen Backgroundcheck«, antwortet Priamos schlicht.

Hektor lehnt sich im weichen Ledersitz zurück. »Der *arme Junge* brauchte ein Zuhause, und meine Mutter beschloss, ihm eines zu geben.«

»Wichtiger war, dass er sich wirklich hervorragend mit Pferden auskennt. Er macht seine Arbeit sehr zufriedenstellend.«

»Lebt er auf dem Grundstück?« Das weiß ich eigentlich aus den Files, aber ich will das Gespräch am Laufen halten.

»Ich dachte, du interessierst dich nicht für die Angestellten?«, stichelt Hektor. Ich möchte ihn erwürgen.

»Ich dachte«, lasse ich ihn wissen, »ich soll so viel wie möglich über das Leben bei den Hamiltons herausfinden.«

»Steht alles in den Akten auf deinem Chip.«

»Schon in Ordnung.« Im Gegensatz zu Hektor und mir lässt sich Priamos nicht aus der Ruhe bringen. »Stell ruhig deine Fragen. Hektor?«

Hektor seufzt. »Alle Angestellten leben auf dem Grundstück. Bis auf Margot. Natascha hat ein Zimmer im Keller der Villa…«

»Klingt zauberhaft.«

»… und Torrence und Julian leben im Gesindehaus in der Nähe der Stallungen.«

Könnte einer der Angestellten mit dem Mord an Elektra zu tun gehabt haben? Ich weiß nicht, wie ich diese Frage stellen soll.

»Natascha und Julian sind übrigens ein Paar«, lässt Hektor mich wissen. »Was ich dir natürlich nur erzähle, weil du alles über das Leben bei den Hamiltons wissen möchtest.«

»Ich danke dir«, antworte ich in dem gleichen süßlich-falschen Tonfall, den auch er angeschlagen hat.

Dann ziehe ich meinen Elastoscreen aus der Tasche. Für den Rest der Fahrt tue ich so, als würde ich mich für nichts anderes interessieren.

Zumindest hat die Kabbelei mit Hektor meine Nervosität für eine Weile vertrieben. Sie kehrt zurück, als wir das Auto im Parkhaus der Firma abstellen und zu Fuß zum Restaurant gehen. Die grauen Häuserschluchten wollen mich erdrücken.

Das Restaurant ist edel und das Essen hervorragend. Leider schließt sich uns Kadmos an. So schnell hätte ich nicht mit ihm gerechnet. Zum Glück unterhalten er und Priamos sich mit uns nur über Oberflächlichkeiten. Obwohl die Pizza, für die ich mich entschieden habe, großartig schmeckt, liegt sie mir wie ein Stein im Magen.

Nach dem Essen führen uns Kadmos und Priamos durch den Bürokomplex von Hamilton Corp. Ich lächle und grüße alle freundlich und unverbindlich und niemand scheint zu merken, dass ich nicht Elektra bin.

Dann bringt Priamos Hektor und mich hinunter in den Labortrakt, der heute wesentlich belebter ist als bei meinem ersten Besuch, und zieht sich für eine Besprechung zurück.

Während ich auf Dr. Schreiber warte, leistet Hektor mir Gesellschaft. Nicht, dass er viel sagen würde. Er starrt immer noch auf seinen Elastoscreen, das Gesicht so düster wie eine Gewitterwolke. Ob es an meiner Anwesenheit liegt, daran, dass sein Vater ihn gezwungen hat, mit in die Firma zu kommen, oder an dem, was er sich anschaut, kann ich nicht sagen. Vielleicht auch an all diesen Dingen.

Immer wieder wischt er mit seinem Zeigefinger über die kleine Plastikkarte. Einmal hat er zwischendurch geseufzt – ich glaube, er hat es gar nicht bemerkt.

»Was guckst du dir da die ganze Zeit an?«, frage ich, um das Schweigen zu brechen.

Hektor schaut noch nicht einmal auf. »Das geht dich nichts an.«

»Entschuldigung, ich wusste ja nicht, dass es sich dabei um ein Staatsgeheimnis handelt.«

Eine Weile schweigen wir wieder, aber jetzt bin ich neugierig geworden. »Deiner Miene nach zu urteilen muss es ja etwas ganz Furchtbares sein. Familienfotos?«

»Nein.«

»Haben die Paparazzis dich bei deiner letzten Partytour nicht von der Schokoladenseite erwischt?«

»Mein Gott, bist du eine Nervensäge!«, faucht Hektor und streckt mir die Front seines Elastoscreens entgegen. »Dann schau halt.«

Auf dem Bildschirm ist irgendeine Foto-App geöffnet. OwnView oder Silver oder wie sie alle heißen – ich weiß nicht welche. Im ersten Augenblick glaube ich, dass sein Profil nur Fotos von sich selbst zeigt. Selbstverliebter Idiot. Dann erkenne ich, dass der Junge auf den Bildern dunkle Haare hat, wie Aubrey. Hektor jedoch trägt seine Haare blondiert. Außerdem scheint er zwar einen ähnlichen Kleidungsstil zu haben, aber als ich die Bilder genauer unter die Lupe nehme, erkenne ich, dass sich Hektor und der Junge darauf nicht sonderlich ähnlich sehen.

Hektor dreht den Screen wieder um.

»Genug gesehen?«, fragt er bitter.

»Wer ist das?«

»Niemand.«

»Na klar. Und deshalb starrst du auch die ganze Zeit auf seine Bilder.« Erst dann dämmert es mir. »Stehst du auf Jungs?!«

Hektor steckt den Elastoscreen weg und blickt mich herausfordernd an. »Du nicht?«

Wow. Das kam jetzt unvermutet. Natürlich gibt es auch im Institut queere Klone. Aber Aubrey ist keiner davon. Soweit ich weiß. Das hätte er uns doch erzählt, oder?

Offensichtlich brauche ich zu lange für eine Antwort, denn Hektor fragt schneidend: »Hast du damit ein Problem?«

Das verwirrt mich noch mehr. Warum sollte ich?

»Nein, es ist nur: Damit habe ich nicht gerechnet.«

»Tja, dann weißt du es jetzt.«

Wieder Schweigen.

»El…«, beginnt er und bricht dann ab. »Wir brauchen einen Namen für dich.«

Fast bin ich versucht, ihm meinen wirklichen Namen zu verraten. Er hat mir etwas sehr Privates von sich erzählt, ich habe wirklich das Bedürfnis, ihm zu sagen, wie ich heiße. Vielleicht auch, damit ich es nicht selbst vergesse. Aber laut aussprechen dürfte er ihn sowieso nicht. Also zucke ich mit den Schultern. »Noch einen?«

Hektor steht auf und geht im Raum auf und ab. »Es ist … ich schaffe es nicht, dich so zu nennen wie sie.«

»Du hast sie Ela genannt.«

Er erstarrt und fährt zu mir herum. »Steht das auch in den Akten meiner Mutter?!«

Ich schüttle den Kopf. Diesmal macht mir sein Zorn nichts aus. »Du hast sie selbst so genannt. Heute Morgen im Garten. Mehrmals.«

Täusche ich mich oder zittern seine Lippen? Immerhin fängt er nicht an zu weinen. Aber seine Stimme klingt erstickt. »Das war mein Spitzname für sie. Nur ich habe sie so genannt.«

Ich nicke, verstehe ihn. Dann will ich ihn gar nicht.

»Die meisten nennen sie Lexi, glaube ich«, schlage ich vor.

Hektor nickt.

Mir fällt Nestor wieder ein, der sich an mich gekuschelt und Lexi genuschelt hat, als ich ihm seine Gutenachtgeschichte erzählt habe. Auch dieser Spitzname gehört ihr. Aber da ich fast alles annehme, was einmal ihr gehört hat, warum nicht?

»Dann Lexi.«

»Dann Lexi«, stimmt mir Hektor zu.

Gern würde ich meinen neuen Namen ausprobieren. Ich möchte ihn aussprechen, sehen, wie er sich anfühlt, ob er zu mir passt. Aber es wäre nicht nur ziemlich bescheuert, sondern auch pietätlos.

Diesmal ist es Hektor, der das Schweigen bricht: »Übrigens, nur zu deiner Information, ich stehe *auch* auf *Jungs*.«

»Aber nicht nur. Verstehe.«

»Keine Angst. Auf dich stehe ich nicht.«

»Igitt. Musste das sein?!« Allein bei dem Gedanken wird mir übel. Wir sind zwar nicht miteinander aufgewachsen, aber ich sehe aus wie seine Schwester – und rein genetisch gesehen sind wir verwandt. Es muss ein anderes Thema her, und zwar schnell.

»Und der Kerl auf den Fotos …«

»Exfreund.«

»Ex. Aha.«

»Er hat mit mir Schluss gemacht.«

Ich muss kein Empath sein, um zu kapieren, dass ihm das sehr wohl etwas ausmacht. »Am Abend vor der Sache mit Elektra.«

»Oh …«

»Ja. Oh.« Er seufzt. »Er ist kein Arschloch, okay? Er hatte seine Gründe. Und erzähl bloß meinen Eltern nicht, dass ich dir das mit Boyd verraten habe. Sie sind nicht gerade begeistert von dem Thema.«

Wie reagiert man nach so einem Geständnis? Es ist ja nicht so, als ob wir in den letzten Tagen beste Freunde geworden wären. Dieser Hektor hier gefällt mir allerdings besser als der andere, der ständig meckernde, abweisende. Er erinnert mich an den Hektor im Garten heute Morgen, vielleicht sogar ein bisschen an Aubrey.

Es muss schwierig sein, Liebeskummer zu haben, während man gleichzeitig um seine frisch verstorbene Schwester trauert. Ich kann es mir nicht vorstellen. Und auf einmal fühle ich so etwas wie Mitleid. Vielleicht ist er deshalb zwischendurch so gereizt und kämpferisch. Ich öffne den Mund, ohne dass ich so genau weiß, was ich sagen soll. Er kommt mir ohnehin zuvor: »Und jetzt halt die Klappe und lass mich in Ruhe, bis der Doktor kommt.«

Vielleicht ist er nur so gereizt und kämpferisch, weil er sehr verletzt wurde.

Vielleicht ist er aber auch einfach nur ein Arschloch.

Kapitel 17

Das Treffen mit Dr. Schreiber verläuft kurz und schmerzlos. Priamos hatte recht. Fast ist es mir schon peinlich, dass ich im Vorfeld solche Angst hatte. Er kontrolliert meine Werte auf einem Vital-Scanner, untersucht den Heilungsfortschritt meiner Wunden und fragt, ob mir etwas fehlt.

»Körperlich nicht.«

Danach bin ich bereits wieder entlassen – und Hektor hat sich aus dem Staub gemacht.

Dr. Schreiber verspricht mir, Priamos zu informieren, dass er seine Untersuchung beendet hat. Also warte ich auf einer kleinen Couch darauf, dass mich irgendjemand abholt und mir mitteilt, wie es weitergeht. Vermutlich sollte ich mich mit den Daten von Sabine beschäftigen, die Akte von Phaedre durchgehen, bei der ich mich, wie mir jetzt wieder einfällt, heute Abend noch melden soll. Aber ich kann mich nicht dazu überwinden, das zu tun – egal, wie klug es wäre. Dazu fehlt mir gerade die Energie.

Stattdessen beschäftige ich mich mit meinen ILs, die ich unter Dr. Schreibers wachsamen Augen eingesetzt habe, und mache mich weiter mit ihrer Funktionsweise vertraut. Ohne angeben zu wollen: Ich habe ziemlich schnell den Dreh raus. So schwer ist es auch gar nicht. Wobei sich mir nicht ganz erschließt, warum man unbedingt Kontaktlinsen für etwas benötigt, was jeder Elastoscreen genauso gut leisten kann.

Weil mir Hektors Geständnis nicht aus dem Kopf geht, durchsuche ich das Netz nach Artikeln über ihn. Ich bin überrascht, dass Priamos den Internetaccess ebenfalls freigeschaltet hat, will mich aber nicht beschweren. Vermutlich, weil ansonsten diverse Apps nicht funktionieren würden. Ein paar Einträge erwähnen Hektor als Sohn des CFOs von Hamilton Corp., die meisten Bilder allerdings sind Partyfotos, wie ich sie bereits aus den Magazinen und NetzVids kenne. Falls es online Beweise dafür gibt, dass Hektor bisexuell ist, finde ich sie nicht. Entweder hat er sich da ziemlich bedeckt gehalten oder seine Familie ist gut darin, pikante Details aus Webfeeds zu löschen.

Sie sind nicht gerade begeistert von dem Thema. Das hat Hektor gesagt. Was hat er damit gemeint? Homosexualität ist doch kein Thema mehr. Früher war es eine große Sache, sich zu outen. Heute findet man queere Menschen überall: in der Wirtschaft, in der Politik, in den Medien. Selbst die Kirche hat inzwischen eingeräumt, mit »diesem sensiblen Thema in der Vergangenheit etwas zu konservativ umgegangen« zu sein. Ob man Männer oder Frauen liebt, spielt keine größere Rolle, als ob man dunkle oder helle Haare hat. Dachte ich zumindest.

Andererseits, ich bin zwar nicht gerade in einem Elfenbeinturm aufgewachsen und im Institut gab es eine Handvoll queerer Schüler – und vermutlich auch mindestens eine queere Lehrerin –, aber sie waren eher rar gestreut. Was weiß ich also schon?

Nach meinem Termin bei Doktor Schreiber verläuft der restliche Tag fast schon erschreckend ereignislos. Am Abend frage ich Hektor, ob er mir zeigen kann, wie man mit dem TalkOnly umgeht. Er sitzt auf der Couch auf der Galerie im ersten Stock. Zu meiner Überraschung liest er in einem Buch. Als ich auf ihn zutrete, lässt er es sinken.

»Ich habe Phaedre versprochen, mich bei ihr zu melden«, erinnere ich ihn. Einen kurzen Moment lang scheint er zu überlegen, dann nickt er.
»Traust du dir zu, mit ihr zu reden?«
»Ich habe mir gerade noch mal ihr File durchgelesen.«
Hektor verschränkt die Arme.
»Was?!«
»Du hast ihr File gelesen? Echt?«
»Das war doch deine Idee.«
Er seufzt und rückt ein Stück zur Seite. »Setz dich.«
Während ich mich neben ihm niederlasse, bedient er ein Tastenfeld auf dem Tisch. In der Luft hinter dem Brüstungsgeländer flammt ein riesiger Holobildschirm auf. Er ist mindestens drei oder vier Meter breit.
»Was ist das?«, frage ich, als Hektor eine App öffnet, beantworte mir die Frage aber gleich darauf selbst. Irgendein Social Network. Fotos, Videofiles, eine Timeline und ein Messagefeed schweben vor uns in der Luft.
»seeYa«, bestätigt Hektor meine Vermutung.
Er hat sich eingeloggt – als Elektra Hamilton. Mein eigenes Gesicht strahlt mir auf zahlreichen Videos und Bildern entgegen. Nur, dass das nicht ich bin. Elektra, die mit halb gesenkten Lidern in die Kamera blickt. Elektra, lachend in einem luftigen Sommerkleid auf einer Blumenwiese. Elektra auf einem Pferd. Und immer wieder Elektra im Partyoutfit in einem Nachtclub. Auf vielen Fotos ist sie allein, auf einigen stehen Leute neben ihr. Hier und da gibt es ein Selfie mit Hektor in seinem üblichen Partyoutfit: wasserstoffblonde Stachelfrisur, Silberschmuck und schwarze Klamotten. In einem küsst er eine junge Frau, während Elektra verschwörerisch in die Kamera grinst. Meistens steht neben meinem Original ein Mädchen, das ebenfalls wie eine Kopie von ihr aussieht – abgesehen davon, dass sie erdbeerblonde Haare hat und andere Augen.

Phaedre! Hektor greift neben die Couch und holt zwei weiße Kopfhörer hervor.

»Aufsetzen!«, befiehlt er und drückt mir einen in die Hand.

Erst als wir beide die Kopfhörer tragen, schaltet er den Ton an und startet ein Video: Elektra und Phaedre tanzen ausgelassen und grölen dabei den Song mit, der in ohrenbetäubender Lautstärke im Hintergrund aus den Boxen schmettert.

Wir klicken uns von Video zu Video. In einigen kommt Hektor vor. Als ich zu ihm hinüberschiele, sehe ich, dass er bei seinem eigenen Anblick die Augen verdreht. Es gibt Videos von Phaedre und Elektra am Strand, von ihnen beim Kaffeetrinken in der Stadt und ein paar, in denen sie nur in ihrem Zimmer herumblödeln. Dann kommt ein Video, in dem Phaedre und Elektra an einer Bar stehen und alberne Witze reißen. Hektor ist im Hintergrund zu sehen. Er legt seinen Kopf auf die Schulter eines anderen Jungen: Boyd.

Sofort schaltet er das Holo aus. »Ich denke, das reicht.«

Zögernd nehme ich die Kopfhörer ab. Ich überlege, ob ich ihn auf die Szene ansprechen soll, aber er hat die Lippen so fest aufeinandergedrückt, dass ich mich nicht traue.

»Ist es zu spät, Phaedre jetzt noch anzurufen?«, frage ich hoffnungsvoll.

Hektor schüttelt den Kopf.

»Oh. Okay.«

»Du hast keine Lust, mit ihr zu sprechen.«

Ich weiß, nach den ganzen Videos sollte ich das Gefühl haben, sie besser einschätzen zu können. Aber irgendwie stelle ich es mir jetzt noch viel schwerer vor, sie am TalkOnly davon zu überzeugen, dass ich ihre beste Freundin bin. Die beiden kannten sich so gut.

»Schick ihr eine Message«, schlägt Hektor vor. »Sag, du hast Kopfweh und gehst früh zu Bett. Sag, du meldest dich die Tage bei ihr.«

Er hilft mir dabei, mich mit meinem Elastoscreen noch mal bei seeYa einzuloggen.

»Hey, noch wach?«, diktiere ich. Sofort erscheint die Schrift im Messenger.

Phaedre antwortet umgehend. *Klar. Warte auf deinen Call, Sweetheart.*

Na toll. Ich knabbere an meinem Daumennagel, unsicher, wie ich jetzt reagieren soll.

Hektor hebt die Augenbraue, seufzt wieder und schaltet die Holo-Tastatur ein.

Sorry, Liebes, hämmert er in die virtuellen Tasten. *Mega Kopfschmerzen. Können wir auf morgen verschieben? Muss früh ins Bett.*

Er überlegt einen Moment, dann ergänzt er: *Hab' morgen ein Date mit Phillip. Du musst mir bei der Klamottenauswahl helfen.*

Anerkennend blicke ich ihn an. Das klingt gar nicht schlecht.

»Das dürfte sie besänftigen«, meint Hektor. Und tatsächlich erscheint kurz darauf auf dem Screen:

Morgen Abend? Das ist perfekt, freut mich! Was macht ihr?

»Ich weiß nicht.« Offenbar ist meine Stimme der von Elektra ähnlich genug, denn die Software hat keine Probleme, meine Worte in Text umzuwandeln. Oder Priamos Hamilton hat wieder gezaubert.

Aufgeregt?, will Phaedre wissen.

Ich lächele säuerlich. »Du machst dir ja keine Vorstellung.«

Das ist noch nicht einmal gelogen.

Ist Phillip nicht so ein Theaterfuzzi?

Das habe ich bereits in den Files gelesen. Er liebt auch klassische Musik. Ich hingegen habe keine Ahnung, ob ich das mögen würde. Hätte Elektra es gemocht? Eher nicht, nach Phaedres Ausdrucksweise zu urteilen.

Mach dir keine Sorgen, schreibt sie dann, als ich nicht gleich antworte. *Wird schon nett werden, Sweetheart. Wäre nur hilfreich, genau zu wissen, was er plant. Wegen der Kleiderwahl.*

»Ist vielleicht ganz schön, überrascht zu …«, beginne ich, aber Hektor verhindert, dass die Message geschickt werden kann, ehe ich zu Ende gesprochen habe.

»Ela hasst Überraschungen.«

»Danke«, murmle ich verlegen.

»Sag ihr …«, Hektor beginnt zu überlegen, dann tippt er wieder selbst in die Holo-Tastatur:

Mal schauen, was ich bis morgen Mittag herausbekomme. Hab wirklich üble Kopfschmerzen, Liebes. Muss gleich off.

Oh. Alles klar. Wegen dem Unfall?

Hektor stöhnt. »Dass Phaedre auch nie ein Ende findet.«

Vielleicht, hält er seine – bzw. meine – Antwort bewusst vage.

Okay. Dann bin ich morgen nach dem Mittagessen bei euch.

Ich zucke zusammen. Am liebsten würde ich laut »Nein!« schreien, aber ich blicke nur Hektor ratlos an.

Auch er überlegt einen Moment.

»Du kannst ein Treffen mit ihr nicht ewig rausschieben. Sie ist deine beste Freundin.«

Ich ziehe eine Grimasse und schalte das Mikrofon aus.

»Ich bin ihr *Sweetheart*, offensichtlich. Hältst du es für eine gute Idee, wenn ich mich allein mit ihr treffe? Ihr wird sofort auffallen, dass ich nicht Elektra bin.«

»Je länger du wartest, desto misstrauischer wird sie werden.«

Stöhnend vergrabe ich das Gesicht in meinen Händen. Es ist eine Sache, die Angestellten zu täuschen. Phaedre wird – das weiß ich jetzt, nachdem ich die Videos gesehen habe – ein ganz anderes Kaliber.

Eine neue Nachricht von ihr poppt im Messenger auf:

Sweetheart, bist du noch da?

Ich könnte so tun, als sei ich bereits offline gegangen. Oder als sei seeYa abgestürzt. Aber sie sieht vermutlich, dass ich noch online bin. Weil ich meiner eigenen Stimme nicht traue, beuge ich mich über die Tastatur und tippe:

Ja, noch da. Sorry. Mir geht's echt mies. Das bringt mich aber immer noch nicht weiter, also schreibe ich: *Klar, komm vorbei. Freu mich auf dich.*

Ich mich auch, antwortet sie. Die Schrift leuchtet jetzt nicht mehr weiß, sondern rot.

»Das bedeutet, dass sie dich ins Herz geschlossen hat«, erklärt mir Hektor und betätigt eine Taste. Als er für mich weiterschreibt, erscheint meine Antwort in dem gleichen Farbton.

Ich dich auch. Schlaf gut. Bin jetzt weg.

Ehe Phaedre antworten kann, loggt er Elektra aus. Synchron holen wir tief Luft.

»Das wäre geschafft.«

»Danke.« Ich lächle, aber im Grunde weiß ich: Das war noch gar nichts.

Hektor schaltet den großen Holobildschirm aus und ich lege die Kopfhörer vor mir auf den Tisch und lasse mich zurück in die Kissen sinken.

Inzwischen ist es fast halb zehn. Ich bin froh, dass mir die Recherche über Phaedre und der kurze Chat mit ihr die Entscheidung abgenommen hat, ob ich mich mit Julian treffen sollte oder nicht. Ich weiß ja ohnehin nicht, wo der »übliche Ort« ist.

»Müde?«, fragt Hektor.

Ich zucke mit den Schultern. »Ich glaube, ich bekomme wirklich Kopfschmerzen, wenn ich an morgen denke.«

»Keine Lust auf ein heißes Date?«

»Gott, nein! Ich kenne Phillip doch noch gar nicht.«

Hektors Grinsen wird schmutzig. »Na ja, er *ist* heiß.«

Ich ziehe meine Beine zu mir heran und drehe mich zu ihm. »Findest du?«

Er kratzt sich am Hinterkopf. »Wenn man auf den etwas langweiligen Typ Mann abfährt.«

Ich unterdrücke ein Grinsen. Ich kann mir nicht vorstellen, dass Hektor auf den langweiligen Typ Mann steht.

»Vielleicht solltest du ihn heiraten«, sage ich trotzdem.

Hektor schüttelt den Kopf. »Bedauerlicherweise ist Mr. von Halmen meinen Recherchen zufolge 100 Prozent straight.«

Wir schweigen uns an. 100 Prozent straight. Traf das auch auf Elektra zu? Und auf mich? Ist Homosexualität vererbbar? Ich weiß es nicht. Ich finde Frauen schön, klar, aber küssen wollte ich bisher noch keine. Mir fällt wieder das Video ein, in dem Hektor diesen Jungen geküsst hat.

»Dieser Typ im Video«, beginne ich vorsichtig, obwohl ich weiß, dass ich mich damit auf dünnes Eis begebe. »Das war Boyd, oder?« Sofort wird Hektors Miene finster.

Zunächst glaube ich, er wird mir wieder so über den Mund fahren wie im Wartezimmer, aber er überrascht mich.

»Ja.« Seine Stimme klingt matt.

Ich wage mich ein Stück weiter vor. »Warum habt ihr euch getrennt?«

Er schweigt lange.

»Es ist nicht so, dass wir nicht ineinander verliebt gewesen wären.«

»War es wegen deinen Eltern?«

Hektor schüttelt den Kopf. »Nein. Obwohl die von unserer Beziehung nicht begeistert waren.«

»Wenn sie nicht der Grund waren, was war es dann?«

Ich hatte noch nie eine Beziehung. Ich war noch nicht einmal richtig verliebt. In meinem Leben gab es bisher erst einen einzigen Kuss. Er war schön, aber ich hatte nie das Bedürfnis, ihn zu wiederholen.

Als Hektor mir antwortet, kann er mir nicht in die Augen schauen. »›Ich liebe dich, aber ich kann nicht mehr mit dir zusammen sein. Du und ich, wir wollen unterschiedliche Dinge vom Leben.‹ Das hat er zu mir gesagt.«

Ich runzle die Stirn. »Das ist das Dümmste, was ich jemals gehört habe.«

Hektors Lächeln ist traurig. »Nein, ist es nicht. Er hatte recht.«

»Wirklich?«

»Ja. Das Leben, wie er es sich vorstellt, und das Leben, wie ich es führen werde – das passt nicht zusammen. Über kurz oder lang hätten wir uns unglücklich gemacht. Wir sind zu unterschiedlich.«

»Ich bin ein Klon, der in einem Institut aufgewachsen ist, und ihr wollt, dass ich den Sohn eines Politikers heirate.«

Hektor schaut mich ernst an. »Aber niemand erwartet ernsthaft, dass du dabei glücklich wirst.«

Ich kann spüren, dass ich ihm in diesem Moment leidtue wegen der Rolle, die ich im Plan seiner Familie zu spielen habe. Das hätte ich heute Morgen noch nicht für möglich gehalten. Es ist eine Situation, die ich unbedingt ausnutzen muss.

»Elektra hat sich am Tag vor ihrem Unfall mit deinen Eltern gestritten.«

»Ich erinnere mich – wegen des Kleids. Sie wollte nicht aussehen wie eine verdammte Märchenprinzessin.«

Margot hat also die Wahrheit gesagt.

Hektor mustert mich misstrauisch. »Woher weißt du das mit dem Streit?«

»Kann ich dir nicht sagen.«

»Ich wette, du weißt es von Margot.«

Na toll, das habe ich ja gut hinbekommen. »Behältst du es für dich? Ich habe ihr versprochen, nichts zu sagen.«

Hektor zuckt mit den Schultern. »Ist schon in Ordnung. Elektra und meine Eltern haben sich ständig gestritten.«

»Warum?«

»Darum. Weil sie Elektra war und meine Eltern meine Eltern.«

Weil ich bei diesem Thema nicht weiterkomme, wage ich einen weiteren Vorstoß: »Erzähl mir mehr über die OaC.«

»Was?«

»Bitte! Du würdest das doch an meiner Stelle auch wissen wollen.«

Hektor rutscht verlegen auf der Couch hin und her.

»Also gut«, sagt er leise, als ich schon nicht mehr mit einer Antwort rechne. »Dass ich dir davon erzählt habe, darfst du aber erst recht nicht meinen Eltern verraten.«

Gespannt halte ich den Atem an.

Kapitel 18

»Es gibt Leute, die sind nicht begeistert davon, was meine Familie tut.«

Hektor hat die Stimme so sehr gesenkt, dass ich mich anstrengen muss, ihn zu verstehen.

»Vor ein paar Jahren haben sich einige von ihnen zur OaC zusammengeschlossen. Mein Großonkel hält sie für Spinner. Für ein paar Idioten, die mit selbst gemalten Wahlplakaten gegen den medizinischen Fortschritt protestieren.«

»Den medizinischen Fortschritt?!« Auch ich spreche leise, aber meine Stimme klingt scharf.

»Kadmos' Worte, nicht meine«, verteidigt sich Hektor. Was aber nicht heißt, dass er das Ganze grundsätzlich anders sieht.

»Die OaC versucht die Regierung davon zu überzeugen, die Klongesetze zu kippen.«

»Wie kann ich mich ihr anschließen?«

»Das würdest du nicht wollen. Einige von ihnen haben vorgeschlagen, die Institute zu schließen und alles ›Lebendmaterial‹ zu vernichten.«

»Was?!« Leben denn in diesem Land nur … Monster?

Hektor legt mir die Hand auf das Knie und ich zucke zusammen. »Sie sind nicht alle so«, versucht er mich zu beruhigen, aber dazu ist es zu spät. Ich schüttle seine Hand ab und rutsche ein Stück weg.

»Weißt du, was mich so wütend macht?« Ich warte seine Antwort gar nicht ab. »Ihr sitzt hier arrogant in euren Villen und nennt uns »unnatürlich« und »künstlich« und »nicht-menschlich«. Aber diejenigen, die sich wie Ungeheuer verhalten, das seid ihr.«

Das hat gesessen. Hektor faltet die Hände im Schoß. Ich kann sehen, wie es in ihm arbeitet.

»Schon gut«, flüstere ich. »Erzähl weiter.«

Natürlich ist nichts gut, aber ich brauche mehr Informationen.

»Seit eineinhalb Jahren bekommt die OaC immer mehr Zulauf. Ein Teil der Menschheit ist ganz scharf auf einen Klon. Ein anderer Teil hat Skrupel. Ein paar einflussreiche Leute sind Mitglieder bei der OaC geworden. Sie haben begonnen, sich politisch zu engagieren.«

»Hast du heute Morgen nicht erwähnt, dass Phillips Mutter auch Mitglied in der OaC ist?«

»Das war sie, aber sie ist schon vor Jahren ausgetreten. Scheint, sie bleibt nie lange einer Sache treu. Außer ihrem Mann – soweit ich weiß.«

Ein lahmer Witz, aber dennoch muss ich grinsen. »Warum sie ausgetreten ist, weißt du aber nicht?«

Hektor schüttelt den Kopf. »Kotschey, von Halmens Konkurrent, gilt als Sympathisant der OaC.«

»Und das gefällt Priamos und Kadmos natürlich gar nicht.«

»Das Klonprogramm ist ihr Lebenswerk.«

Ich denke an die Institute, an Hunderte von Schülern in kleinen Zimmern und großen Schlafsälen, die ihre ganze Jugend über darauf warten, dass man sie systematisch filetiert. Dann schaue ich Hektor an und weiß nicht mehr, was ich zu ihm sagen soll. Egal, ob es Naivität ist oder Ignoranz – er billigt, was seine Familie tut. Er ist ein genauso großes Ekelpaket wie seine Mutter, sein Vater und sein Großonkel. Er geht aus Profitgier über Leichen und wird eines Tages den Hamilton-Konzern erben. Ich sollte ihn hassen. Ich hasse ihn! Aber irgendetwas ist im Lauf des Tages geschehen, das mich denken lässt – mich hoffen lässt, dass er vielleicht … Und dafür hasse ich *mich*. Er ist ein Hamilton. Das wird sich niemals ändern.

Ich sollte aufstehen und mich in mein Zimmer zurückziehen. In Elektras Zimmer, meine ich natürlich. Aber es gibt noch so vieles, was ich nicht weiß.

»Ihr glaubt, die OaC steckt hinter dem Anschlag auf deine Schwester?«

Hektor ist offensichtlich froh, dass unser Gespräch eine andere Richtung einschlägt – auch wenn es um den Mord von Elektra geht. Er ist wirklich seltsam.

»Wir halten es zumindest für eine Möglichkeit.« Er zögert und fährt sich durch die Haare, dann redet er weiter. »Einer der Männer, die das Grundstück bewachen … seit dem Vorfall mit Elektra ist er verschwunden. Mein Vater hat herausgefunden, dass er ein OaC-Mitglied ist.«

»Was?!« Ich kann nicht glauben, was ich da höre.

»Vater hat alle Angestellten sofort entlassen, denen er nicht hundertprozentig vertraut.«

»Nadja«, murmle ich und denke an das Kindermädchen. Hektor nickt.

»Er hat sie einfach gehen lassen? Warum hat …«

Noch ehe ich den Satz beende, begreife ich selbst, dass Priamos sie sicher nicht einfach hat gehen lassen. Nicht, wenn er glaubt, dass sie etwas mit dem Mord an seiner Tochter zu tun hatten. Und an die Polizei übergeben konnte er sie auch nicht, da ja niemand erfahren darf, dass Elektra nicht mehr lebt. Mir läuft es kalt den Rücken hinunter. Was hat er mit Nadja und dem Wachmann gemacht? Vegetieren sie in irgendeinem Loch dahin, bis Priamos herausgefunden hat, was er wissen will?

Und dann, verspätet, kommt mir folgender Gedanke: »Soll das heißen, der Mörder deiner Schwester ist schon längst geschnappt und ihr versucht, mir trotzdem Angst einzujagen?!«

»So ist das nicht! Wir sind uns nicht sicher. Die Untersuchungen laufen noch.«

»Warum glaubt ihr überhaupt, dass die OaC verantwortlich ist? Was würden sie gewinnen? Die Verlobung verhindern?«

Er nickt. »Sie sind nicht mit der Richtung einverstanden, die die Firma einschlagen will, wenn von Halmen Präsident wird.«

»Welche Richtung?!« Das hier wird immer verworrener. Mein Herz schlägt mir bis zum Hals.

Hektor legt bedauernd die Stirn in Falten. »Tut mir leid.«

»Ernsthaft? Du hast schon geplappert. Jetzt spuk es aus.«

»Ich kann nicht. Mein Vater würde mir den Hals umdrehen.« Ich blicke ihn bettelnd an.

»Es spielt ohnehin keine große Rolle«, versichert er. Als ob ich ihm jetzt noch glauben würde. »Es hat nichts mit dir zu tun.«

Als sich mein Blick verfinstert, fügt er schnell hinzu: »Oder mit deinen Freunden im Institut.«

»Dann kannst du es mir doch auch verraten.«

Er senkt den Blick und betrachtet seine Finger.

Ich warte noch eine Weile ab, aber als mir klar wird, dass ich nichts mehr aus ihm herausbekomme, stehe ich auf.

»Danke«, sage ich so frostig wie möglich.

Ohne seine Reaktion abzuwarten, ziehe ich mich in Elektras Zimmer zurück.

Es frustriert mich, dass ich einerseits so viel mehr weiß als noch vor ein paar Tagen und gleichzeitig nichts. Eine Weile laufe ich unruhig im Zimmer auf und ab. Ob es zu spät ist, mich noch mal aus dem Haus zu schleichen, um nach Julian zu suchen?

So schwer kann es nicht sein, ihn zu finden. Hektor erwähnte heute, dass er im Gesindehaus lebt.

Da ich aber nicht will, dass mir auch noch diese Situation um die Ohren fliegt, lasse ich das schön bleiben. Nach allem, was ich weiß, könnte Julian sogar Elektras Mörder sein. Oder Torrence. Ist der Mörder nicht immer der Gärtner?

Mein Blick fällt auf Phillips Blumen. Auch die machen mich wütend. Am liebsten würde ich sie mir schnappen, das Fenster öffnen und sie in die Nacht hinauswerfen. Nachdem ich minutenlang auf und ab getigert bin, greife ich nach dem Elastoscreen und lasse mich aufs Bett fallen. Dann beginne ich, das Netz nach der OaC zu durchforsten. Mal gebe ich die Abkürzung ein, mal schreibe ich sie aus. Ich baue sogar bewusst Tippfehler ein. Ohne Erfolg. Wider besseres Wissen setze ich mir die ILs ein und starte darüber die Suche von Neuem.

Es ist frustrierend. Wenn Priamos Hamilton etwas in Angriff nimmt, kleckert er nicht. Er hat sämtliche Suchbegriffe auf allen Kanälen, die ich bedienen kann, gesperrt. Nichts, was ich tue, wird zu einem Ergebnis führen, wenn er es nicht will. Nach ein paar weiteren halbherzigen Anfragen gebe ich auf. Es ist nach zehn. Ich hätte die Zeit wohl besser genutzt, um mich weiter über Phillip zu informieren. Könnte ich natürlich immer noch. Ob Hektor noch auf der Galerie sitzt? Ob Nestor heute Nacht wieder in mein Zimmer kommt? Was werde ich dann tun? Ich habe Sabine versprochen, Abstand zu halten. Widerwillig muss ich zugeben, dass ich es schön fand, letzte Nacht nicht allein schlafen zu müssen.

In Ermangelung einer besseren Idee verschwinde ich im Bad, nehme die IntelliLenses heraus und putze mir die Zähne. Auf dem Weg zum Bett fällt mein Blick auf den Schreibtisch: auf die Magazine, die Stifte, die Notizbücher und die Papierstapel.

Ich bin mir sicher, dass Priamos sämtliche Informationen, von denen er nicht will, dass ich über sie stolpere, fortgeschafft hat, ehe ich hier ankam. Trotzdem verraten mir die Dinge dort vielleicht etwas über Elektra, das die Videos und Bilder auf seeYa nicht zeigen.

Also setze ich mich an den Tisch und blättere durch die Unterlagen. Außer Modezeitschriften finde ich nur ein paar kurze Notizen, eine Liste, die wie ein Einkaufszettel aussieht, wenngleich mir die Begriffe darauf überhaupt nichts sagen, und eine Glückwunschkarte, die sie an eine Freundin geschrieben, aber offenbar nicht weggeschickt hat.

Ich weiß nicht, was ich mir zu finden erhofft habe, aber ein bisschen bin ich enttäuscht. Nichts davon ist sonderlich aufschlussreich. Ein Tagebuch wäre wesentlich hilfreicher. Aber hätte sie das überhaupt auf Papier geschrieben oder liegt das irgendwo elektronisch?

Da ich zu unruhig zum Schlafen bin, greife ich nach dem Füllfederhalter, den mir Kadmos gegeben hat, und einem Bogen Papier. Vielleicht verrät mir Elektras Schreibtisch nicht, wer sie war. Aber ich kann endlich damit anfangen, ihre Unterschrift zu üben. Ein Blick auf die Glückwunschkarte zeigt mir, dass ihre Schrift anders ist als meine. Elektra bevorzugte offenbar große, geschwungene Buchstaben, während meine klein und eng aneinandergepresst ausfallen. Und sich nicht ganz so stark nach rechts neigen wie bei ihr. Das überrascht mich, weil Kelseys Handschrift meiner tatsächlich stark ähnelt. Vielleicht liegt das daran, dass wir immer nebeneinandersaßen. Elektra, Kelsey und ich mögen die gleichen Gene besitzen, aber unsere Handschrift beruht offenbar auf mehr als dem. Auf der Bewegung unserer Muskeln, auf persönlichen Vorlieben, auf den Vorbildern, mit denen wir konfrontiert wurden.

Trotzdem: gewisse Ähnlichkeiten gibt es. Nachdem ich eine Weile auf die Karte gestarrt habe, wird mir bewusst, dass unsere

Schrift doch ein paar Gemeinsamkeiten aufweist. So, als hätte man Worte, die ich geschrieben habe, wie Ziehharmonikas auseinandergezogen und vergrößert. Dank des Einkaufszettels stelle ich außerdem beruhigt fest, dass Elektra die Glückwunschkarte nicht in sorgfältiger Schönschrift verfasst hat, sondern immer so schreibt: gut leserlich und ein bisschen verspielt.

Ich folge so intensiv in Gedanken dem Lauf der geschwungenen Buchstaben, dass mir erst nach einem Moment bewusst wird, dass ich an meinem Daumennagel knabbere. Das ist ärgerlich. Und albern. Warum fällt es mir so schwer, diese Angewohnheit hinter mir zu lassen?

Entschlossen öffne ich den Füllfederhalter und beginne zu schreiben. *Elektra Hamilton. Elektra Hamilton. Elektra Hamilton.* Immer wieder.

Zuerst zittere ich ein wenig, und das sieht man auch auf dem Papier. Aber dann werde ich selbstsicherer. Und meine Unterschrift verwandelt sich in ihre.

Ich weiß nicht, wie viel Zeit vergeht, aber ich höre erst auf zu schreiben, als mich das *Elektra Hamilton* in blauer Schrift auf hellem Papier selbst überzeugt. Mehrere Blätter hat es gebraucht, bis mir die Linienführung in Fleisch und Blut übergegangen ist und ich ihre Unterschrift kopieren kann, ohne darüber nachzudenken. Ich mache mir keine Illusionen. Morgen werde ich wieder üben müssen, wenn ich mir die Schrift meines Originals wirklich aneignen will. Aber ich habe Fortschritte gemacht und bin mit dem Ergebnis zufrieden. Was noch besser ist: Während ich stoisch Buchstaben um Buchstaben gemalt habe, ist alles für eine Weile in den Hintergrund getreten.

Ich zerreiße die Papierbögen in kleine Fetzen. Dann trage ich sie hinüber ins Bad, weiche sie in Wasser ein und spüle sie die Toilette hinunter.

Danach lege ich mich schlafen. Falls jemand diese Nacht Steine an mein Fenster wirft, weckt mich das nicht.

Dienstag, 11. Mai 2083

Als ich am nächsten Morgen erwache, kann ich mich nicht erinnern, was ich geträumt habe. Das ist vermutlich auch besser so. Im Haus ist es ruhig. Ein Blick auf die Uhr verrät, dass es noch keine sieben ist. Gähnend laufe ich zum Fenster und öffne es. Die kühle Morgenluft streichelt mein Gesicht. Im Institut würde ich jetzt vor dem großen Gemeinschaftsbad anstehen, um mich vor dem Frühstück frisch zu machen. Ich würde nur etwas Leichtes essen; vielleicht ein Müsli oder etwas Joghurt und Obst, weil es später auf die Aschenbahn ginge.

Plötzlich weiß ich, was ich tun werde.

Wenige Minuten später schleiche ich mich die Treppe hinunter und zur Eingangstür hinaus. Ich trage pinkfarbene Leggins – weder meine bevorzugte Farbe, noch mein bevorzugter Stil – und ein T-Shirt. Wenigstens besaß Elektra ordentliche Sportschuhe. Sie drücken etwas an den kleinen Zehen, aber das wird schon gehen. Ob sie meinem Original auch so schlecht gepasst haben? Komisch, oder? Aber im Unterricht hatte ich schließlich nicht Klon-Theorie für Anfänger und vielleicht habe ich meine Füße während der vielen Runden um den Sportplatz auch einfach platt gerannt.

Nachdem ich die Haustür leise ins Schloss habe gleiten lassen – sie war nicht abgeschlossen und das finde ich für eine Familie, in deren Mitte gerade ein Mord geschehen ist, doch reichlich seltsam –, beeile ich mich, auf leisen Sohlen um das Haus herumzuhuschen. Auf dem Kiesweg, über den ich gestern mit Hektor spaziert bin, laufe ich bereits. Ich jogge zwischen den bunten Blumenbeeten entlang und über die Wiese. Als ich in den kleinen Obstbaumhain eintauche, steigere ich mein Tempo. Dann geht es an der Mauer entlang. Ein dünner Schweißfilm bildet sich auf meiner Stirn und ich sauge in ruhigen, kontrollierten Atemzügen die frische Luft tief in meine Lunge. Der Gegenwind pustet mir die Haarsträhnen aus dem Gesicht und in meinen Schenkeln breitet sich eine angenehme Wärme aus. Es tut so gut. Ein Lächeln stiehlt sich auf mein Gesicht. Ich weiß, dass der Frieden, den ich empfinde, trügerisch ist, aber oh Mann, das habe ich gebraucht. Hektor, seine Eltern, Elektra, Phillip und der ganze Scheiß, der mit ihnen zusammenhängt – all das bleibt hinter mir zurück, während ich mich die Mauer entlangbewege, die das Grundstück eingrenzt. Ich habe meinen Takt gefunden, ich laufe, laufe und laufe. Immer weiter. Vielleicht sollte ich gar nicht anhalten. Vielleicht sollte ich einfach weiterrennen, fort von den Hamiltons, fort von diesem Grundstück, fort von meinen Problemen.

Aber was würde dann aus Kelsey?

Sabine durchquert ausgerechnet in dem Moment mit Nestor die Eingangshalle, als ich mich in die Villa zurückschleiche.

»Lexi!« Nestor reißt sich von der Hand seiner Mutter los und ehe sie ihn fassen kann, ist er schon zu mir gelaufen und klammert sich an mein rechtes Bein. Ich grinse breit, als ich ihn lospflücke und hochhebe. Seine Haut ist so weich.

»Guten Morgen, du Räuber.«

»Du bist total verschwitzt«, schaltet sich Sabine missbilligend ein und nimmt mir Nestor ab. Sie zuckt mit der Nase. »Und du riechst.«

Ich weiß, dass sie lügt, auch wenn ich vor dem Laufen natürlich noch nicht geduscht habe. Es verletzt mich trotzdem.

»Lexi«, kräht Nestor, der sich in den Armen seiner Mutter hin- und herwindet. »Kommst du mit schaukeln?«

Sabine hält ihn fest wie in einem Schraubstock.

»Erst mal wird sie sich waschen.«

Mein Blut beginnt zu kochen. Es gehört nicht viel Einfühlungsvermögen dazu, mitzubekommen, was in mir vorgeht, aber Sabine stellt in aller Seelenruhe Nestor auf den Boden und streichelt ihm übers Haar. »Lauf mal hinunter in die Küche und schau nach, ob Margot schon mit dem Frühstück fertig ist.«

Nestor rennt los. Sobald er um eine Ecke verschwunden ist, herrscht seine Mutter mich an.

»Wo warst du?«

Ich hebe die Arme und blicke an mir herunter. Elektras T-Shirt klebt an meinem verschwitzten Oberkörper. »Laufen.«

Sabine stöhnt und massiert sich ihre Schläfen. Ich lächle nur müde, weil ich genau weiß, dass das nur Show ist.

»Wie dumm kann ein einzelner Mensch eigentlich sein? Hältst du das wirklich für eine gute Idee?«

Ich hasse Sabines Arroganz und ihre ganze überhebliche Art. »Als ich mich das letzte Mal mit einem Arzt unterhalten habe, hat der mir versichert, dass Sport sehr gut für Geist und Körper ist.«

»Das mag ja sein. Aber für wie clever hältst du es, dich ganz anders zu verhalten als Elektra?«

Sie spricht leise, doch ihre Nasenflügel beben.

Ich blicke schnell nach links und rechts und versichere mich, dass keine der Hausangestellten in der Nähe sind. Dann flüstere ich zurück: »War sie nicht eine hervorragende Reiterin?«

»Sie ist aber nicht gelaufen. Sie hat es gehasst.«

Na toll.

»Menschen ändern sich.«

»Nicht so schnell.«

Ich hasse das. Natürlich hat sie recht. Doch ich will ihr nicht recht geben.

»Mit ihrem kleinen Bruder hat sie viel Zeit verbracht. Und trotzdem verbietest du mir, mit ihm zu spielen.«

Sabine verdreht die Augen. »Ich verbiete dir nicht, mit ihm zu spielen. Ich dachte, das hätten wir gestern geklärt?«

Ich remple sie an, als ich an ihr vorbeigehe. »Ich muss mich jetzt waschen«, sage ich bitter. »Ich rieche.«

Sie ist jedoch noch nicht bereit, mich gehen zu lassen. »Es ist zu gefährlich.«

Das lässt mich gegen meinen Willen stehen bleiben und ich drehe mich wieder zu ihr um. Das ist doch alles Unsinn, den sie mir an den Kopf wirft. Sie steht vor mir in ihrer ganzen Selbstgefälligkeit, die Haare zu einem perfekten Knoten aufgesteckt, die Augen dezent geschminkt, das cremefarbene Kostüm fleckenlos. Sie sieht aus, als könnte sie kein Wässerchen trüben. Aber vor mir kann sie das Monster nicht verstecken, das sie hinter einer Fassade aus Make-up und teurem Stoff zu verbergen versucht. Ich habe ihr wahres Gesicht gesehen. Sie hat mich bedroht, sie hat Kelsey bedroht, sie hat mein Leben zerstört, um ihres zu retten, und jetzt, gerade jetzt, will ich sie einfach nur verletzen.

»Tu doch nicht so, als würde dir das Wohl auch nur eines deiner Kinder am Herzen liegen.« Meine Stimme ist kalt und ich sehe befriedigt, wie sie zusammenzuckt. »Die eine verschacherst du an den Höchstbietenden, dem anderen verbietest du, zu dem Menschen zu stehen, den er liebt.«

Sabine schnappt nach Luft, aber ich bin noch lange nicht fertig.

»Du schaust tatenlos zu, wie dein Mann und sein Onkel Hektor in eine Rolle drängen, die er gar nicht will. Wie sie ihn verbiegen und auf ihn einreden. Siehst du nicht, wie unglücklich ihn das macht, oder ist dir das völlig egal? Und Elektra …«

Inzwischen ist mir egal, wer mich hört. »Es war keine vierundzwanzig Stunden her, als du …«

»Wag es nicht!«

Zornig wischt sie mit einer einzigen Handbewegung die Porzellanvase vom Sideboard. Sie zerbricht mit einem lauten Scheppern auf dem Marmorboden. Blütenblätter und Wasser spritzen in alle Richtungen.

»Wag es nicht«, wiederholt Sabine. Ihre Stimme zittert und in ihren Augen glitzert es verräterisch. »Du weißt nichts! Du hast keine Ahnung davon, was ich denke und wie es mir geht. Glaubst du, das hier ist für mich einfach? Glaubst du das wirklich?!«

Sie geht einen Schritt auf mich zu und ich weiche unsicher zurück.

»Glaubst du, für dich ist das alles so viel schwerer als für mich?« Sie lacht auf; es klingt fast schon hysterisch. Ihr Finger bohrt sich in meine Schulter. Auf einmal habe ich wieder Angst vor ihr. »Glaubst du das? Glaubst du ernsthaft, ich will dich hier haben? In *meinem* Haus? In *ihrem* Bett? Glaubst du nicht« – plötzlich beginnen ihr Tränen über das Gesicht zu laufen – »ich würde alles dafür geben, dass sie jetzt vor mir stehen und sich mit mir streiten würde, und nicht du? Falls du das noch nicht begriffen hast: Meine *Tochter* ist gestorben! Sie hat nicht einmal ein ordentliches Begräbnis bekommen. Und ich darf mit niemandem darüber sprechen. Stattdessen muss ich mich mit dir herumschlagen.«

Ich bin wie gelähmt. Selbst das Atmen fällt mir schwer. Auf einmal weiß ich gar nicht mehr, was ich fühlen soll. Entsetzen. Grauen. Mitleid?

»Madame? Ist alles in Ordnung?« Torrence kommt um die Ecke gestolpert und blickt erschrocken zwischen der zerbrochenen Blumenvase und uns beiden hin und her.

»Was ist denn passiert?«, ertönt Priamos' Stimme von oben. Ich lege den Kopf in den Nacken und sehe ihn am Geländer der Galerie des zweiten Stocks stehen. Er trägt einen Hausmantel über dem Pyjama und starrt zu uns herunter. Unsicher blicke ich wieder Sabine an.

»Ich will dich genauso wenig hier haben, wie du hier sein willst, glaub mir das«, zischt sie so leise, dass nur ich sie hören kann. Dann streicht sie sich die Haare an den Schläfen glatt, dreht sich um und schenkt Torrence ein Lächeln. »Alles in Ordnung«, sagt sie laut. »Elektra ist versehentlich an das Sideboard gestoßen.«

Ich glaube, meinen Ohren nicht zu trauen.

»Machen Sie das bitte weg?« Sabine bleibt seelenruhig, als sei nicht sie es gewesen, die vor wenigen Augenblicken wütend die Vase auf dem Boden zerschmettert hat.

Torrence schluckt ihre Behauptung. »Natürlich«, sagt er und verschwindet wieder, vermutlich, um etwas zum Aufwischen zu holen.

Sabine funkelt mich herausfordernd an. Erwartet sie Widerspruch? Ich öffne schon den Mund, um genau das zu tun, aber dann sehe ich, wie sich ihre Fäuste so stark verkrampfen, dass sich ihre Fingernägel in ihre Handflächen bohren müssen. Sie benötigt all ihre Kraft, um diese Fassade aufrechtzuerhalten. Ihre Tochter ist gestorben. Und sie darf noch nicht einmal öffentlich um sie trauern. Plötzlich empfinde ich tatsächlich Mitleid mit Sabine. Nicht, weil sie auf einmal ein guter Mensch geworden wäre, sicher nicht. Sondern deshalb, weil ich erkannt habe, dass ihre spröde Haltung nichts anderes ist als das: eine Rüstung, die sie aufrecht hält, damit sie nicht vor aller Augen zusammenbricht. Sie ist still wie eine Statue, obwohl alles in ihr schreit. Ich bin nicht so weit, ihr ihre Drohungen und Gemeinheiten zu verzeihen, aber ich kann verstehen, dass die Ermordung ihrer Tochter sie aus dem Gleichgewicht gebracht hat. Deshalb sage ich nichts zu Priamos, der uns noch immer mit bewölkter Stirn von oben beobachtet, und auch nichts zu ihr. Ich drehe mich um und gehe nach oben. Keiner der beiden hält mich auf.

Kapitel 19

Auf der Galerie im ersten Stock sehe ich Hektor, der seinen Kopf aus seinem Zimmer steckt und verschlafen blinzelt.

»Was ist denn los?«

Ich bin zu aufgewühlt, um zu antworten. Soll er das doch mit seinen Eltern klären. Stattdessen rausche ich in Elektras Zimmer und werfe die Tür hinter mir krachend ins Schloss.

Dort erwartet mich die nächste Überraschung. Natascha steht mitten im Zimmer. Meine Laune scheint mir ins Gesicht geschrieben zu stehen, denn sie blinzelt mich an wie ein verschrecktes Kaninchen.

»Entschuldigung«, sage ich. »Ich wusste nicht, dass jemand hier ist.« Dann fällt mir wieder ein, dass das ja tatsächlich *mein* Zimmer ist. »Ich wollte dich nicht erschrecken. Ich bin etwas aufgedreht. Ich komme gerade vom Joggen.«

Der nächste Fehler. Aber Natascha bemerkt ihn nicht. »Mir tut es leid. Ich dachte …« Ihre Miene hellt sich auf und sie deutet auf das Tablett, das auf dem Teetisch steht. »Ich habe Frühstück gebracht. Und dachte dann, ich räume ein bisschen auf.«

Kaffee! Das ist die bisher beste Nachricht des Tages. Ich gehe zum Tisch und atme genüsslich den Duft ein. Er beruhigt mich. »Danke.«

Natascha lächelt. »Kann ich sonst noch etwas tun?«

Ich schüttle den Kopf und lächle zurück. »Danke, nein.«

Während sie geht, lasse ich mich auf dem Stuhl am Tischchen nieder und nippe genießerisch an der heißen Flüssigkeit. Bei den Hamiltons gibt es das gute Zeug, nicht das Instagebräu aus den Automaten im Institut. Wenigstens ein Vorteil.

Kaum habe ich das gedacht, habe ich ein schlechtes Gewissen. Aber wem würde es etwas bringen, wenn ich diesen Kaffee nur deshalb nicht genieße, weil sonst alles um mich herum falsch ist?

Während ich Schluck um Schluck zu mir nehme, beruhigt sich mein Pulsschlag wieder. Sabine … Das Zusammentreffen von soeben, dieser Streit war komisch. Anders. Als hätte der Umstand, dass sie mir das, was sie wirklich denkt, schonungslos ins Gesicht brüllte, etwas Reinigendes gehabt. Etwas Wahrhaftiges, das weniger verletzend ist als ihre Sticheleien und Gemeinheiten. Weil sie im Grunde genommen nicht mich hasst. Nicht mich als Person.

Hasse ich sie dadurch weniger? Höchstens ein Stückchen. Sie ist immer noch eine oberflächliche Ignorantin, durch deren Selbstsucht viele Menschen leiden.

Auch wenn es bei ihr guten Kaffee gibt.

Meine Decke scheint mir heute Morgen beim Zurückschlagen zu Boden gerutscht zu sein. Jedenfalls liegt sie dort. Ebenso wie die Klamotten, die ich zum Schlafen anhatte, direkt neben der Tür zum begehbaren Kleiderschrank. Natascha ist offenbar hervorragend darin, Essen zu servieren, aber richtig mies, wenn es darum geht, ihren Arbeitgebern hinterherzuräumen. Nicht, dass ich das von ihr verlangen würde. Im Institut hat auch niemand für mich aufgeräumt.

Ich lasse meinen Blick durch den Raum gleiten und runzle die Stirn. Auf dem Teppich neben dem Schreibtisch liegt etwas.

Mein Lächeln verblasst.

Kurz werfe ich einen Blick über die Schulter zur Tür, dann gehe ich im Stechschritt zum Schreibtisch. Habe ich wirklich den Füllfederhalter gestern *neben* das Büttenpapier gelegt? Ich war mir sicher, ich hätte ihn darauf liegen lassen. Und lag auf dem Magazinstapel nicht eine Ausgabe von Februar zuoberst und nicht das April-Heft?

Ein eisiger Schauer rieselt mir das Rückgrat entlang, als ich mich bücke und den Papierfetzen aufhebe. *Elek…* steht in geschwungener Tinte darauf. Dieses Stückchen muss ich gestern übersehen haben, als ich die anderen die Toilette hinunterspülte. Hat Natascha es gesehen? War sonst noch jemand im Zimmer, während ich nicht da war?

Wieder starre ich hinüber zur Tür. Entweder ist Natascha das schlechteste Zimmermädchen überhaupt. Oder sie war gar nicht hier, um mir das Frühstück zu bringen.

Ich überlege, ob ich mich Priamos oder Hektor anvertrauen soll. Aber Ersterem traue ich nicht über den Weg und bei Letzterem habe ich mich noch nicht entschieden, was ich von ihm halte. Gestern auf der Galerie, das war … nett. Es hat sogar fast Spaß gemacht. Für eine kurze Weile habe ich mich nicht einsam und beschissen gefühlt.

Also warte ich ab. Ich trinke sogar noch ein paar Schlucke Kaffee, obwohl mir der Gedanke durch den Kopf schießt, er könnte vergiftet sein. Was, wenn Natascha Elektras Mörderin ist?

Aber könnte so eine zarte Person wie Natascha Elektra überhaupt von einem Pferd ziehen und erschlagen? Gegen mich hätte sie keine Chance, rede ich mir ein. Aber was, wenn Natascha sie vorher vergiftet und dadurch schwach gemacht hat? Also lasse ich die Tasse schlussendlich doch stehen. *Na toll, jetzt ist mir sogar der Kaffee verdorben.*

Ich schwöre mir, heute Abend einen Kaffee zu kaufen, egal, wohin und wozu Phillip mich ausführen wird. Zur Sicherheit gehe ich ins Bad und lasse mich noch einmal vitascannen.

Ohne Befund. Könnte Natascha das Gerät manipuliert haben? In meinem Kopf entsteht ein Bild von ihr, wie sie mithilfe von Nanobots und einem Laptop ins Sicherheitssystem des Scanners eindringt. Dann wieder halte ich mich für völlig bescheuert. Fast wünschte ich mir, ich hätte nie erfahren, dass jemand hinter Elektra her war. Es ist auch so schon schwer genug, nicht durchzudrehen.

Bis zum Mittagessen bleibe ich in meinem Zimmer. Erst durchwühle ich Elektras Schubläden und Nachtschränkchen, ohne etwas Brauchbares zu finden. Dann stöbere ich weiter in ihrem Online-Profil und suche im Netz nach Phillip. Obwohl sein Vater in der Öffentlichkeit steht, findet man über ihn wesentlich weniger als über Elektra.

Er wirkt überhaupt nicht so, wie ich mir den Sohn eines Politikers vorstelle. Er ist kein Hemd- und Stoffhosentyp, kein Vorzeigestudent einer renommierten Uni. Vielmehr scheint er ein Nerd zu sein, mit gepflegtem Drei-Tage-Bart, dunkelblondem Pferdeschwanz und auffälliger Brille. Fand Elektra ihn sexy? Finde ich ihn sexy? Ich … Er hat etwas an sich, das mich durchaus anzieht und mir vertraut vorkommt. Aber da ich mir ziemlich sicher bin, dass niemand mit mir im Institut lebt, der so aussieht wie er, denke ich nicht weiter darüber nach.

Auch nach dem Mittagessen ziehe ich mich in mein Zimmer zurück. In Anbetracht des angespannten Verhältnisses mit den Hamiltons verlief es überraschend friedlich. Was vielleicht auch daran gelegen haben könnte, dass Hektor mir keine spitzen Kommentare an den Kopf geworfen hat und Sabine keine Einwände vorbrachte, als Nestor mir von seinem Abenteuer im Garten erzählt hat.

Die Zeit bis 14 Uhr zieht sich in die Länge. Ich vermisse Kelsey und unsere Freunde und habe weder Lust noch Kraft, mich mit der Frage auseinanderzusetzen, wer warum hinter mir her ist. Auch wenn es um Leben oder Tod geht. Stattdessen schaue ich in eine uralte Verfilmung von *Anne auf Green Gables*, um mich abzulenken. Sie hat sicher bereits hundert Jahre auf dem Buckel und ist noch nicht mal in 3D. Trotzdem bin ich froh, dass Priamos den Elastoscreen auch für einige VideoApps freigeschaltet hat. Obwohl ich die Serie schon hundertmal gesehen habe – vielleicht auch deshalb –, beruhigt sie mich. Die Stelle, in der Anne ihrem Mitschüler die Schiefertafel auf dem Kopf zerdeppert, ist immer wieder befriedigend.

Als die Tür auffliegt und sich Phaedre hinter Hektor ins Zimmer schiebt, trifft mich das ganz unvermittelt.

»Du hast Besuch«, erklärt Hektor unnötigerweise, während Phaedre »Tadaaa!« ruft, als wäre sie gerade aus einer Geburtstagstorte gesprungen. Sie wirkt natürlicher als auf den Fotos in seeYa, und mit ihrem lockeren Pferdeschwanz und dem pfirsichfarbenen T-Shirt jünger.

»Was guckst du da?«, fragt sie neugierig und schmeißt sich neben mich aufs Bett, aber ich schalte den Elastoscreen aus. Ich bin nicht bereit, *Anne* mit jemandem zu teilen. Schon gar nicht mit einer besten Freundin, die ich nie zuvor in meinem Leben getroffen habe.

»Du bist wieder da!«, heuchle ich stattdessen Freude und ziehe sie in eine feste Umarmung. Über ihre Schultern hinweg werfe ich Hektor einen flehenden Blick zu. *Geh nicht!*

Der verzieht nur mitleidig das Gesicht und verschwindet aus der Schusslinie. Ich bin mit Phaedre allein.

»Wie war's in Griechenland?«

Etwas Besseres hätte ich nicht fragen können. Wie selbstverständlich kuschelt sich Phaedre neben mir in meine Kissen und erzählt ausführlich davon, wie sehr sie ihre Eltern dafür verflucht, sie zum Intensivlerntraining nach Kreta verfrachtet zu haben. Weil die Insel zwar traumhaft und das Wetter bombastisch war, sie aber nur beschränkt Zugang zum Netz hatte, ihre zwei Tutoren angeblich echte Drachen sind und sie vom Strand und dem Meer – und von den griechischen Jungs – überraschend wenig zu sehen bekommen hat. »Insgesamt also mehr Horrortrip als Sommerurlaub«, schließt sie. »Tut mir leid. Ist natürlich kein Vergleich zu der Hölle, die du hier durchstehen musstest.«

Unwillkürlich zucke ich zusammen. Mein Gehirn begreift erst eine Sekunde zu spät, dass Phaedre natürlich nicht von mir spricht, sondern von Elektra und ihrem Unfall.

»Schon okay. Mir geht's gut.« Phaedre besteht darauf, sich die Kopfwunde zeigen zu lassen, schluckt aber meine Ausrede, dass ich nicht ins Detail gehen will, was den Unfall angeht, weil mich das zu sehr mitnimmt. »Ehrlich gesagt kann ich mich an den ganzen Vorfall gar nicht mehr erinnern.« Ich halte mich an Priamos' Vorschlag, Gedächtnislücken vorzutäuschen. So kann ich mich nicht in Widersprüche verwickeln.

Dann taucht Hektor wieder auf und bringt uns Limonade. Sie ist selbst gemacht – nicht von ihm natürlich, sondern von Margot. Zumindest nehme ich das an. Sie schmeckt sauer und süß zugleich. Herrlich.

»Danke«, sage ich, als er mir nachschenkt, und damit meine ich nicht nur die Limonade. Hektor. Er hat verstanden.

Zu dritt wühlen wir uns kurze Zeit später durch meinen Kleiderschrank. Phaedre feuert zwar ein paar Pfeile gegen Hektor ab, weil er sich an unsere Fersen heftet, aber er lässt sich dadurch nicht aus der Ruhe bringen.

»Wieso weißt du nicht, wohin er dich heute Abend ausführen will?!«, fragt sie mich völlig ungläubig, als wir zwischen einem luftigen Sommeroutfit und einem hochgeschlossenen Abendkleid ratlos hin- und herblicken.

»Ich habe noch nicht mal persönlich mit ihm gesprochen«, sage ich, und füge dann schnell hinzu: »Jedenfalls nicht, seit er zurückgekommen ist.«

»Wie romantisch.«

»Also ich finde es romantisch«, erklärt Hektor und überrascht uns damit beide.

»Vielleicht solltest *du* dann Phillip heiraten«, schlägt Phaedre vor.

Ich muss lachen. »Das habe ich gestern Abend auch zu ihm gesagt.«

Wir kramen uns noch eine Weile durch Elektras Kleider.

»Wie wäre es damit?« Phaedre hebt ein Top mit Spaghettiträgern hoch. An den Seiten ist es lang, aber vorne ist der goldglänzende Stoff so kurz, dass es sicher bauchnabelfrei ist. Ich habe selten etwas Scheußlicheres gesehen.

»Auf keinen Fall, das geht gar nicht!«

Phaedre zuckt zusammen. »Das habe ich dir geschenkt.«

Meine Ohren beginnen zu glühen. »Ich meine damit, dass das gar nicht geht für das erste Treffen mit Phillip. Er wird mich ja nicht mit auf eine Party nehmen.« Jedenfalls hoffe ich das.

Phaedre blickt noch einen Moment beleidigt, dann zuckt sie die Schultern. »Wir finden schon was.«

Ich suche immer noch nach einer versöhnlichen Bemerkung, als Sabine an die Tür klopft.

»Du hast Besuch«, erklärt sie beim Eintreten.

»Ich weiß.«

Sabine verdreht die Augen. »Nicht Phaedre. Hallo übrigens. Deine Tante Miranda ist gerade gekommen. Sie will dir einen Krankenbesuch abstatten.«

»Wer's glaubt«, sagt Hektor und auch Phaedre schnaubt.

»Vermutlich hat sie mitbekommen, dass Phillip dich heute ausführt, und will dir schon mal prophylaktisch deinen Abend versauen.«

»Damit liegt Phaedre wahrscheinlich noch nicht einmal falsch«, sagt Sabine genervt. »Das ändert aber nichts daran, dass du dich wenigstens kurz mit ihr unterhalten musst.«

Auch das noch. Miranda Stone. Gefühlt tausend Files habe ich wieder und wieder gelesen in den letzten Tagen. Dem von Sabines Schwester habe ich so gut wie keine Aufmerksamkeit geschenkt. Wer hätte auch ahnen können, dass ausgerechnet sie sich zu einem Anstandsbesuch herablässt?

»Bring mir ein Autogramm mit«, sagt Phaedre. Ich bin mir nicht sicher, ob sie das ernst meint.

»Sicher nicht«, stellt Sabine klar. »Meine Schwester nimmt sich ohnehin viel zu wichtig.«

»War nur ein Scherz.« Phaedre zwinkert mir zu. »Wird schon nicht so schlimm werden.«

Sie hat gut reden. Sie muss ja auch nicht einer völlig Fremden vorgaukeln, ihre Verwandte zu sein. Der zweiten Person an diesem Tag.

Miranda Stone strahlt auf den Fotos in Magazinen überirdisch schön. Eindrucksvoll wirkt sie auch jetzt, wo sie in einem taubengrauen Kleid auf der Couch im Wohnzimmer sitzt und Tee aus einer Porzellantasse nippt.

Aber auch so viel kleiner.

»Tante Mira«, begrüße ich sie, wie es mir Sabine auf der Treppe eingeschärft hat.

»Elektra.« Miranda lächelt mich süßlich an, während sie Anstalten macht, aufzustehen.

»Oh bitte, bemüh dich nicht.« Sabine drängt sich zwischen uns beiden vorbei und lässt sich am Kopfende des Beistelltischchens in einen hohen Sessel fallen. »Du bist nicht zu einem Vorstellungsgespräch gekommen, sondern zu einem Anstandsbesuch.«

Während Elektras Tante sich zurücklehnt und wieder nach ihrer Tasse greift, lasse ich mich auch auf einem Sessel nieder.

»Krankenbesuch«, korrigiert Miranda Sabine, während diese mir und sich selbst Tee einschenkt. Ihre Stimme klingt sanft, aber ich bin mir sicher, dass nicht nur ich den scharfen Unterton daraus hervorhöre. Als niemand darauf eingeht, greift Miranda in die große Handtasche zu ihren Füßen und holt ein silbern eingepacktes Päckchen daraus hervor. »Für dich.« Sie streckt es mir entgegen.

»Ein Geschenk?«

Miranda nickt.

Ehe Sabine etwas dagegen einwenden kann, greife ich danach. Es fühlt sich schwer in meiner Hand an. Ein Buch?

Ich komme nicht dazu, es auszupacken, denn plötzlich fühle ich Mirandas Hand auf meinem Knie. »Wie geht es dir, Liebes?«

Ich muss mich dazu zwingen, mir nicht selbst in den Arm zu kneifen. Miranda Stone sitzt mir gegenüber und legt mir eine Hand aufs Knie. Sie mir! Ich habe sie in mindestens drei Filmen gesehen. Sie ist eine erfolgreiche und international gefragte Schauspielerin und *sie* fragt *mich*, wie es mir geht. Das muss ich Kelsey erzählen! Das ist verrückt. Surreal.

Wobei sie ja gar nicht mich fragt, sondern ihre Nichte. Die wiederum Mirandas eigener Tochter den Freund ausgespannt hat.

Ich werfe kurz einen Blick zu Sabine hinüber. Die wirkt angespannt. Als wäre mein Aufeinandertreffen mit ihrer Schwester meine erste echte Bewährungsprobe. Dabei hatte Elektra sicher viel mehr mit dem Personal zu tun. Aber vermutlich zählt deren Meinung in Sabines Augen weniger.

»Ich … Mir geht es gut … Den Umständen entsprechend, jedenfalls«, antworte ich endlich.

Miranda hebt die Augenbraue. »Den Umständen entsprechend? Dein Unfall muss dich ganz schön durchgerüttelt haben. So zurückhaltend kenne ich dich gar nicht.«

»Sie ist von einem galoppierenden Pferd gestürzt, Mira. Natürlich geht es ihr *nicht* gut«, sagt Sabine barsch.

Miranda dreht sich zu ihr um. Sie lässt ihren Blick an Sabine herunterwandern und bleibt an den schwarz glänzenden Reitstiefeln hängen, die diese trägt. Als sie wieder spricht, klingt sie missbilligend. »Ich habe dir schon immer gesagt, dass deine Leidenschaft zu diesen Tieren dir eines Tages das Genick brechen wird. Jetzt hätte es beinahe deine Tochter erwischt!«

Sabine presst fest die Lippen zusammen, aber ich kann sehen, wie ihre Halsschlagader pocht. Ich kann mir kaum ausmalen, wie diese Worte auf sie wirken. Ich hätte gedacht, ich würde Genugtuung fühlen, wenn man Sabine derart verletzt. Stattdessen spüre ich Zorn auf Miranda Stone. Obwohl die nicht ahnt, wie nah sie mit ihren Worten der Wahrheit gekommen ist.

»Meine Mutter ist eine hervorragende Reiterin«, würge ich hitzig hervor. »Und das Pferd trifft keine Schuld. Ich …« Mehr fällt mir nicht ein. Aber ich habe mein Ziel erreicht. Miranda konzentriert sich wieder auf mich.

»Schon gut, Schätzchen. Ich wollte dich nicht aufregen. Und deine Mutter nicht verletzen. Aber du hast uns allen einen großen Schrecken eingejagt.«

Ich nicke und frage mich, was sie will. Soll sich Elektra etwa auch noch dafür entschuldigen, vom Pferd gefallen zu sein?

»Was ist denn eigentlich passiert?« Jetzt erinnert Miranda mich an Ilsa Forthrope – eine Figur, die sie einmal gespielt hat. Eine ihrer größten Rollen.

Trau ihr nicht. Auch das hat Sabine auf dem Weg nach unten gesagt. Also halte ich mich an meine übliche Geschichte. »Ich kann mich nicht erinnern.«

Miranda stöhnt mitfühlend. »An gar nichts?«

Ich schüttle den Kopf.

Sie dreht sich zu Sabine um. »Ich hoffe, der Unfall hat nicht zu dauerhaften Schäden geführt. Hat der Arzt dazu etwas gesagt?«

Sabine ist offensichtlich noch immer aufgebracht, aber ihre Stimme klingt kühl. »Der Arzt hat gesagt, sie darf sich nicht aufregen.«

Ein wenig ungläubig blicke ich von der einen zur anderen. Sie sind so unterschiedlich. Was sie allerdings eint, ist das Funkeln in ihren Augen und das stählerne Rückgrat. Ist es normal, dass zwischen Schwestern eine solche Rivalität herrscht? Wenn, dann haben Kelsey und ich alles falsch gemacht. Ich weiß, sie würde mir jederzeit den Rücken stärken. Sabine und Miranda hingegen scheinen jeden Augenblick auf eine Gelegenheit zu warten, der anderen ein Messer in die Brust zu stoßen.

»Wenn sie sich nicht aufregen soll, ist es dann eine gute Idee, dass sie sich bereits so kurz nach ihrem Unfall mit Phillip trifft?«

Daher weht also der Wind.

Sabine lehnt sich entspannt in ihrem Sessel zurück. »Hast du also schon davon gehört.«

Miranda zuckt mit den Schultern. »Gerüchte verbreiten sich schnell.«

»Nun«, Sabine genießt jedes Wort. »Es ist kein Gerücht. Phillip wird Elektra heute Abend ausführen.«

»Wenn du mich fragst, sollte sich das Mädchen noch schonen und nicht durch die Stadt stromern.«

Hallo, denke ich, *ich bin mit euch im gleichen Raum*. Gleichzeitig bin ich froh, dass ich mich an diesem Schlagabtausch nicht beteiligen muss.

»Meine Tochter stromert nicht, Miranda.« Etwas Tee schwappt über den Rand, als Sabine ihre Tasse auf dem Tisch abstellt.

»Entschuldige, Elektra.« Miranda dreht sich zu mir. »Es ist nur – Phillip von Halmen mag dir wie ein lieber Kerl erscheinen …«

Gebannt hänge ich an ihren Lippen, aber Sabine lässt ihre Schwester nicht ausreden. »Was soll das denn jetzt?«

»Nur eine Warnung.«

»Dass ich nicht lache. Glaubst du ernsthaft, auf so einen billigen Schachzug fällt irgendjemand herein? Du bist eifersüchtig auf Elektra. Aber dass der gute Phillip keine Lust mehr hat, mit einer deiner Töchter auszugehen, ist nun wahrlich nicht ihre Schuld.«

Für einen Moment scheint die ganze Luft aus dem Raum zu weichen. Das hat gesessen. Sabine hat nur ausgesprochen, woran wir alle gedacht haben. Und trotzdem – ich hätte nicht geglaubt, dass sie das wagt. Mirandas wütende Reaktion lässt nicht lange auf sich warten.

»Ist es nicht?« Die Sehnen an ihrem Hals sind stark hervorgetreten. »Verspotte mich ruhig.«

Sabine rollt mit den Augen. »Immer die Schauspielerin, was? Sei nicht so theatralisch.«

»Ich bin nicht gekommen, um mich zu streiten …«

»*Natürlich* nicht.«

»… sondern um meiner Nichte einen Krankenbesuch abzustatten.«

»Denn du hast dich ja schon immer ganz reizend um Elektra gekümmert.«

Miranda greift nach ihrer Tasche und steht abrupt auf. Sabine bleibt gelassen im Sessel sitzen und verschränkt die Arme. »Bleib doch bitte. Wir sehen uns selten genug. Ich will mich auch nicht streiten, Mira.«

Das überrascht Miranda offensichtlich ebenso sehr wie mich. Gespannt beobachte ich, wie sich die Gefühlsregungen auf ihrer Miene abwechseln.

Tatsächlich setzt sie sich wieder hin.

»Können wir uns also wie Erwachsene unterhalten?«, fragt sie eingeschnappt.

Sabine nickt.

»Gut.«

»Ich lasse uns etwas Gebäck heraufbringen.« Sabine winkelt den Arm an und tippt konzentriert mit den Fingern ihrer linken Hand in der Luft herum. Das heißt dann wohl, sie hat ihre IntelliLenses mit einem implantierten Elektrochip gekoppelt und schickt ihre Anweisungen online hinunter in die Küche. Schauderhaft.

Miranda nutzt die Gelegenheit, sich komplett auf mich zu konzentrieren. Mein Herz schlägt schneller und ich hoffe, sie wird noch etwas zu Phillip sagen. Aber diese Chance ist wohl vertan. Sie deutet auf ihr Geschenk in meinem Schoß. »Ich hoffe sehr, es gefällt dir.«

Ihre Stimme klingt so neutral, dass ich beim besten Willen nicht sagen kann, ob sie es ernst meint; ob mehr hinter ihren Worten steckt, als es den Anschein hat. Meine Finger verkrampfen sich um das silberne Papier.

»Geh ruhig wieder nach oben.« Das ist jetzt Sabines Stimme. »Du hast noch mehr Besuch. Du solltest ihn nicht zu lange warten lassen.«

Nachdenklich stehe ich auf. Verlegen lächle ich Miranda an, bedanke mich wie eine artige Nichte für ihr Geschenk und ihren Besuch. Sie beeilt sich, mir noch einmal zu versichern, dass sie es nicht böse gemeint hat, und hofft, dass es mir bald besser geht. Und dass ich auf mich achtgeben soll.

Als ich an der Tür zum Flur stehe, werfe ich einen Blick auf die beiden, die mich bereits nicht mehr beachten. Ich komme nicht umhin, sie miteinander zu vergleichen: Sabine mit ihren blonden Haaren, die sie zu einem strengen Pferdeschwanz frisiert hat, ihren beigen Reiterhosen, dem grauen T-Shirt und den glänzenden Reitstiefeln: alles an ihr wirkt streng und hell; Miranda dagegen mit ihren wilden Locken und ihren rot lackierten Fingernägeln ist weniger gezähmt. Sie erinnert mich an eine Wildkatze, in der einen Sekunde elegant, in der nächsten gefährlich, weil sie ihre Krallen ausfährt.

Aber so unterschiedlich sie auch sein mögen, in beiden vibriert eine Kraft, die mich atemlos macht. Eine Kraft, die aus Selbstbewusstsein, einer privilegierten Kindheit und Erfolg entstanden ist. Darin gleichen sich die Schwestern, so unterschiedlich sie auch auf den ersten Blick scheinen.

Beide sind Kämpferinnen.

Beide wollen die gleichen Dinge.

Aber eine von ihnen ist bereit, mehr dafür zu riskieren als die andere. Ich bin mir nur noch nicht sicher, welche das ist.

Kapitel 20

In meiner Abwesenheit haben Hektor und Phaedre das perfekte Outfit für mich ausgesucht. Dunkelrot, schlicht, nicht zu hochgeschlossen, aber auch nicht zu kurz. Ein breiter goldener Gürtel peppt das Kleid auf.

»Der Klassiker«, kommentiert Hektor. »Damit machst du auch dann nichts falsch, wenn sich Phillip als totaler Langweiler entpuppt und dich einfach nur irgendwo zum Essen ausführt.«

Ich verdrehe die Augen. »Was erwartest du? Er wird mich kaum dazu einladen, an einem Airblade-Derby teilzunehmen. Er weiß von meinem Unfall.«

Mit meinen Gedanken bin ich immer noch bei Miranda und Sabine, deshalb merke ich erst nach einer Weile, dass Phaedre sehr still ist. Ganz anders als nach ihrer Ankunft. Da war sie richtiggehend aufgekratzt.

»Alles okay, Liebes?«

Sie nickt, aber das nehme ich ihr nicht ganz ab. Die Nerven, ihr auf den Zahn zu fühlen, habe ich aber nicht. Deshalb ist es mir nicht unrecht, dass sie sich bald verabschiedet. Nachdem sie gegangen ist, hilft Hektor mir dabei, meine Nervosität wegen des bevorstehenden Treffens mit Phillip zu bekämpfen. Wir spielen in einer Art Rollenspiel mögliche Verläufe meiner ersten Unterhaltung mit Phillip durch. Es hilft tatsächlich. Danach zieht auch er sich zurück.

Eine Weile lang beschäftige ich mich noch einmal mit den Files von Phillip und seiner Familie. Außerdem knüpfe ich mir endlich das von Elektra vor. Sehr aussagekräftig ist es nicht. Die Daten wichtiger Ereignisse, Abneigungen und Leibspeisen, Hobbys und jede Menge Fotos. Ich habe trotzdem nicht das Gefühl, sie als Mensch irgendwie besser einschätzen zu können. Sabine hat auch ihre Zeugnisse mit abgelegt. Überrascht stelle ich fest, dass ihre Zensuren alles andere als schlecht sind. Warum bin ich eigentlich davon ausgegangen, dass sie als Partymensch automatisch oberflächlich und dumm ist? Ausgerechnet in Mathe ist sie ein Ass – ganz im Gegensatz zu mir. Hoffentlich fordert mich Phillip nicht zum Kopfrechnen heraus.

Als ich das Gefühl habe, meinen Kopf mit Fakten so vollgestopft zu haben, dass er kurz vor dem Platzen ist, lege ich den Elastoscreen zur Seite und spiele mit Nestor. Wir lassen holografische Schäfchen durch regenbogenfarbene Zirkusreifen springen und Löwen auf dem Rücken von Clowns balancieren. Nestor schimpft mit mir, weil ich mich mit dem Steuern der virtuellen Figuren so ungeschickt anstelle, erklärt sich aber großzügig bereit, mir genau zu zeigen, wie man es besser macht. Ich befürchte, er ist der einzige Mensch in meinem Umfeld, der es ehrlich mit mir meint.

Phillip von Halmen kommt fast eine viertel Stunde zu früh. Das ist nicht schlimm, denn ich bin bereits seit einer ganzen Weile fertig und habe in meinem Zimmer nervös auf seine Ankunft gewartet.

Als Hektor kommt, um mich zu holen, beginnt mein Herz schneller zu schlagen. Ich stehe kurz davor, den Menschen kennenzulernen, an dessen Seite ich nach Vorstellung der Hamiltons die nächsten Jahre verbringen soll. Mindestens. Und der vielleicht, vielleicht auch nicht, einer der Drahtzieher hinter dem Mordanschlag auf Elektra ist.

Den Nachmittag über war ich so nervös, dass ich nichts essen konnte. Jetzt hängt mir mein Magen in den Knien und ich hoffe, dass Phillip tatsächlich *langweilig* ist – um bei Hektors Wortwahl zu bleiben – und mich zum Essen ausführt. Möglichst ohne mich zu vergiften.

Also streiche ich den Stoff meines Kleides glatt, atme tief durch und gehe meiner Zukunft entgegen.

Er wartet auf mich in der Eingangshalle. Ich sehe ihn bereits von der Galerie aus, aber er blickt nicht nach oben. Priamos und Sabine belagern ihn. Warum sie ihn nicht ins Wohnzimmer gebeten haben, erschließt sich mir nicht. Er trägt eine dunkle Jeans und weiße Sneakers. Dazu ein Hemd und einen Pullunder. Die Haare hat er – witzigerweise wie Sabine neben ihm – zu einem Pferdeschwanz zusammengebunden. Er sieht mehr wie ein Hipster aus als wie ein Elitestudent und Politikersöhnchen – und er wirkt definitiv älter als 19.

Hektor, der vor mir die Treppe hinuntergeht, stolpert und flucht und plötzlich richten sich alle Augen auf uns. Ich komme mir vor wie in einem Kitschfilm. Mit einer Hand am Geländer gehe ich die Treppe hinunter. Ich würde gern behaupten, ich schreite oder gleite, aber so viel Grazie besitze ich nicht. Stattdessen bin ich mir nur allzu sehr meiner schwitzigen Hände und meines rasenden Herzschlags bewusst.

Was nicht schlimm ist, denn anders als in den kitschigen Liebesfilmen blicken meine »Eltern« mich nicht voller Stolz an. Sabine mustert mich zweifelnd, Priamos abschätzend. Beide fragen sich vermutlich, ob es mir gelingen wird, die Scharade, auf die sie so viel setzen, gegenüber Phillip aufrechtzuerhalten. Tja, das geht mir genauso.

Aber ich bin vorbereitet, sage ich mir mit jeder Stufe, die ich Phillip näher komme. Ich trage meine ILs und ich habe mich ausführlich mit den Files beschäftigt: Wirtschaftsstudium in

Melbourne, Nebenfach Theaterwissenschaften. Erstaunlicherweise hat er aber selbst weder Theater gespielt, noch war er in der Vorzeige-Sportmannschaft seiner Uni. Er ist so unauffällig wie seine Kleidung.

Als sich unsere Blicke treffen, zündet kein Gefühlsfeuerwerk. Seinem Gesicht nach zu urteilen beeindrucke ich ihn ebenfalls kein bisschen. Wenn überhaupt, dann verraten seine Züge mäßiges Interesse. Sein Lächeln wirkt so unverbindlich und aufgesetzt, dass ich mich frage, womit *sein* Vater *ihn* erpresst hat, auf dieses Date zu gehen.

Meine erste Verabredung und sowohl ich als auch mein Begleiter müssen dazu gezwungen werden. Das Ganze ist so absurd, dass ich schmunzeln muss. Die einzigen beiden Alternativen – Schreien oder Weinen – erscheinen mir der Situation nicht zuträglich.

»Phillip«, sagt Priamos nonchalant. »Darf ich dir meine Tochter Elektra vorstellen.« Er wird noch nicht einmal rot bei dieser Lüge. Ich hingegen, die merkt, dass mir das Blut ins Gesicht steigt, hoffe, dass Phillip meine glühenden Wangen für Aufregung und Verlegenheit hält.

Er nickt mir zu. »Wir haben uns bereits kennengelernt.«

Schlagartig wird mir eiskalt. Haben wir das?

»Auf Angela Diaz' Party letzten Sommer«, ergänzt er, als hätte er meine Gedanken erraten.

Verdammt.

Ich zwinge mir ein Lächeln auf die Lippen.

Phillip hebt eine Augenbraue. »Angela hat uns kurz einander vorgestellt. Vermutlich hast du es bereits vergessen?«

»Nein«, lüge ich, aber das Wort klingt mehr wie ein Krächzen.

»Viel habt ihr jedenfalls nicht miteinander geredet.« Hektor streckt Phillip die Hand entgegen.

»Das stimmt. Du warst damals auch da. Hektor, richtig?«

Priamos lässt seinem Sohn keine Zeit zum Antworten. »Das Reden könnt ihr beide heute Abend ja ausführlich nachholen.«

»Was habt ihr vor?«, fragt Sabine.

Aber Phillip ist nicht bereit, sich in die Karten blicken zu lassen. »Das verrate ich jetzt noch nicht.« Er dreht sich zu mir um. »Ich hoffe, du magst Überraschungen?«

Ela hasst Überraschungen, erinnere ich mich an Hektors Worte.

Aber, sosehr sich das die Hamiltons auch wünschen mögen, ich bin nicht ihre Tochter. Also strecke ich das Kinn nach vorne und blicke Phillip direkt an.

»Das kommt ganz auf die Überraschung an.«

Wenn ich erwartet habe, dass der Sohn eines hochrangigen Politikers mich in einer von Leibwächtern bewachten Limousine abholt, werde ich enttäuscht. Tatsächlich steht im Kies der Auffahrt nicht mal ein Automobil.

»Ich bin mit einem Magnetaxi gekommen«, erklärt Phillip, als wir uns endlich von den Hamiltons losgeeist haben. In meinem Magen beginnt es zu kribbeln, während wir Seite an Seite auf die Ausfahrt zulaufen. Gleich werde ich in einem Magnetaxi fahren. Zum ersten Mal in meinem Leben bewege ich mich außerhalb eines Käfigs. Ich mag einen Tracker tragen; Sabine Hamilton mag jeden meiner Schritte überwachen können, aber ich befinde mich außerhalb ihrer unmittelbaren Reichweite. Ich werde einen Abend in der richtigen Welt verbringen. Dass das an der Seite eines jungen Mannes geschieht, den ich mir selbst vermutlich niemals ausgesucht hätte, ist eine Kröte, die ich gern zu schlucken bereit bin. Denn ich bin frei. Zumindest für die nächsten paar Stunden.

Das Magnetaxi wartet vor dem schmiedeeisernen Tor des Grundstücks. Die Magnetschiene reicht nur bis dorthin. Priamos hat sich geweigert, sie auch die Auffahrt hinauflegen zu lassen. Vielleicht war es ihm auch einfach zu teuer. Die Angestellten der Sicherheitsfirma nicken uns zu. Sie bewachen Tag und Nacht das Tor, das bei Einbruch der Dämmerung geschlossen wird.

Das Taxi öffnet seine Türen von selbst, als wir herantreten, und wir steigen ein.

»Kann es losgehen?«, fragt der Bordcomputer mit blecherner Stimme, nachdem wir uns angeschnallt haben.

»Ja«, antwortet Phillip. »Zum vereinbarten Zielort, bitte.«

Er macht immer noch keine Anstalten, zu verraten, wohin es geht. Vielleicht sollte ich Angst haben, aber die Erleichterung, dem drückenden Schatten der Hamilton-Villa für eine Weile zu entkommen, ist einfach zu groß.

In einem Magnetaxi zu fahren fühlt sich tatsächlich ein bisschen so an, wie ich mir Fliegen vorstelle. Wir schweben nur wenige Handbreit über dem Boden und die ersten Minuten verbringe ich damit, das Gefühl zu genießen und mir gleichzeitig nicht anmerken zu lassen, wie besonders das Erlebnis für mich ist.

Der Small Talk von Phillip und mir ähnelt glücklicherweise dem Szenario, das ich mit Hektor eingeübt habe:

Hattest du einen angenehmen Tag?
Danke, ja, eine Freundin kam zu Besuch.
Du siehst reizend aus.
Vielen Dank (und wenn du das jetzt mit etwas mehr echter Begeisterung gesagt hättest, würde ich dir sogar glauben – auch wenn ich niemand sonst kenne, der das Wort reizend in diesem Zusammenhang benutzt!)

Ich bin froh, als sein Elastoscreen piept und er entschuldigend mit der Schulter zuckt, ehe er sich auf die eingegangene Nachricht konzentriert.

Während er antwortet, blicke ich mich um. Fasziniert betrachte ich die blinkenden Lichter im Cockpit. Die Magnetaxis synchronisieren sich über ihre Bordcomputer, um sicherzustellen, dass sie sich auf den Schienen nicht in die Quere kommen oder gar an Stellen, an denen sich die Magnetschienen kreuzen, miteinander kollidieren.

»War das deine Freundin?«, frage ich, nachdem er den Elastoscreen wieder weggesteckt hat, um ihn etwas aus der Reserve zu locken.

Ich erwarte nicht, dass er mir die Wahrheit sagt, selbst wenn es so wäre. Wir beide spielen hier Rollen, das ist mir nur allzu bewusst. Phillip gibt sich empört. »Natürlich nicht. Würde ich mich sonst mit dir treffen?«

»Du bist hier, weil dein Vater dich dazu gezwungen hat.« Ich sehe nicht, was es bringen soll, um den heißen Brei herumzureden. »Du bist nicht sonderlich scharf darauf, mit mir auszugehen.«

Er überlegt eine Weile, ehe er antwortet. »Und du bist überraschend ehrlich.«

Wenn du wüsstest, denke ich. Und als er sagt: »Keine Bange: Ehrlich finde ich gut. Ehrlichkeit ist überhaupt das Wichtigste, oder?«, denke ich: *Scheiße*.

»Ich dachte, mit der Ehrlichkeit nimmt man es in politischen Kreisen nicht allzu genau«, erwidere ich ausweichend, aber Phillip bremst mich aus: »Ich will nicht über Politik reden. Ehrlich gesagt« – bei diesen beiden Worten muss er lächeln – »hätte ich nicht gedacht, dass ausgerechnet du dich für Politik interessierst.«

»Ausgerechnet ich?«

Sehr charmant, Herr von Halmen. Du wirst mir ja immer sympathischer.

»Na ja, auf Angelas Party hast du jedenfalls nicht so gewirkt, als wäre das ein Thema, das dir am Herzen liegt.«

Ich habe die Videos im Net von Elektra gesehen und ahne, was er meint. Trotzdem stört es mich, dass er sie für einen oberflächlichen Hohlkopf hält. Und damit mich. »Du kennst mich gar nicht.«

Er zuckt mit den Schultern. »Du mich auch nicht. Aber das wird sich ja dann jetzt ändern.«

Beide schweigen wir eine Weile, während der Wald an uns vorbeirauscht. Draußen wird es langsam dunkler und die neonfarbenen Lichter im Cockpit des Magnetaxis strahlen heller.

»Ich weiß, dass du Pferde magst«, sagt Phillip plötzlich. Ich nehme an, es ist sein Friedensangebot. Und vermutlich würde es funktionieren, wenn ich wirklich Elektra wäre. Sie ist gern geritten. Ich hingegen kenne Pferde nur von Fotos, aus Büchern und Filmen.

Das funktioniert nie, höre ich Sabine in meinem Kopf. Und diese Erinnerung spornt mich an. Ich kann mehr, als sie mir zutraut.

»Natürlich mag ich Pferde. Das sind schöne, stolze Tiere. Daran hat auch mein Unfall nichts geändert.«

»Hast du meine Blumen bekommen?«

»Danke, ja«, antworte ich, und weil ich es mir nicht verkneifen kann: »Sie sehen wirklich *reizend* aus.«

Phillip lacht.

Das tut er tatsächlich.

Und es ist genau das Richtige. Ich bemerke, wie meine Lippen sich ebenfalls zu einem Grinsen verziehen.

»Vielleicht versuchen wir es noch mal von vorne«, schlägt er vor und dreht sich auf seinem Sitz so, dass er mir direkt ins Gesicht blicken kann. »Ich bin Phillip von Halmen. Ich – na ja, ich habe mich nicht unbedingt auf unser *Date* heute Abend gefreut. Aber ich *bin* neugierig auf dich. Und da alle ganz erpicht darauf sind, uns zu verkuppeln …«

»Uns zu verkuppeln? Du hast bereits einen Eheschließungsvertrag unterschrieben, erinnerst du dich?«

»Wie könnte ich das vergessen? Aber dir geht's ja immerhin auch nicht besser. Was ich damit sagen will: Wir können doch einfach das Beste aus diesem Abend machen und versuchen, ein wenig Spaß zu haben.« Er schiebt mit der Fingerspitze seine Brille am Steg nach oben. »Keinen unanständigen Spaß, versteht sich. Einfach einen schönen Abend verbringen, was hältst du davon?«

Ich überlege eine Weile, ehe ich ihm antworte. Dabei musterte ich sein Gesicht. Es wirkt jetzt offener als vorhin. Nicht so angespannt. Das steht ihm. Und das gefällt mir.

»Einverstanden.« Wieder muss ich grinsen. »Das ist jetzt alles ziemlich unerwartet.«

Phillip zuckt mit den Achseln. »Und, ist das die Art Überraschung, die du magst?«

»Definitiv.«

Kapitel 21

Das Eis ist gebrochen. Wir unterhalten uns über Lieblingsfächer und meine Pläne nach der Schule. Was die Fächer angeht, orientiere ich mich an dem, was ich über Elektra weiß, alles andere wäre zu gefährlich. Was die Pläne angeht, bin ich mutiger. »Mein Vater fände es gut, wenn ich mich in der Firma engagiere«, beginne ich vage und gestehe dann, dass ich mit dem Gedanken gespielt habe, Krankenschwester zu werden.

Offensichtlich überrascht Phillip mein Geständnis, aber ich wage nicht, ihm mehr über meine Beweggründe zu erzählen. Natürlich fände ich auch ein Medizinstudium spannend, aber keine Chance, dass die Regierung einem Klon erlauben würde, Medizin zu studieren. Und ich kann ihm auch nicht von Kelsey erzählen, deren gesundheitliche Verfassung der Grund ist, weshalb ich überhaupt erst auf die Idee gekommen bin. Damit er nicht die Möglichkeit bekommt, mich nach Details auszuquetschen, drehe ich den Spieß um und frage ihn nach seiner Zukunft.

Auch er überrascht mich, denn er hat weder vor, in die freie Wirtschaft zu gehen, noch in die Politik. Stattdessen würde er gern »etwas am Theater machen«, was immer das auch heißt. »Nicht selbst spielen. Dazu habe ich kein Talent.«

Bevor ich nachfragen kann, verlässt das Magnetaxi den Wald und vor uns liegt die Stadt: ein glitzerndes Juwel aus Glas, Stahl und Beton. Obwohl die Sonne noch nicht ganz untergegangen ist, leuchten in den Fenstern der Hochhäuser Millionen von Lichtern. Ich habe die Stadt noch nie bei Nacht gesehen. Der Anblick – er hat etwas Magisches. Nicht wie die Pracht der Kastanienbäume vor dem Anwesen der Hamiltons oder die blühenden Blumenbeete in ihrem Garten. Aber dennoch faszinierend.

Ich muss mich zusammenreißen, um den Blick abzuwenden und mich wieder auf Phillip zu konzentrieren. Vermutlich hält er mich für geistig beschränkt. Aber als ich den Kopf umdrehe, sehe ich, dass auch er durch die Windschutzscheibe blickt.

»Atemberaubend, nicht wahr? Mein Campus in Australien liegt ziemlich weit außerhalb. Ich habe total vergessen, wie schön es zu Hause ist.«

Wir fahren vorbei an Glasfassaden, die im letzten Licht der untergehenden Sonne goldorange leuchten. Wolkenkratzer werfen lange Schatten, in die wir wie in Tunnel hineintauchen. Die hellen Scheinwerfer der Magnetaxis, die wir kreuzen, blenden uns. Leute gehen die Straßen entlang; manche davon so gehetzt, wie ich es auch am Vortag erlebt habe. Andere entspannt, den lauen Sommerabend genießend. So sieht man also aus, wenn man glücklich ist. Als wir unser Ziel erreichen, ist die Sonne ganz untergegangen.

»Ich hoffe, du hast noch nicht gegessen?«, erkundigt sich Phillip.

Ich schüttle den Kopf, während ich aus dem Magnetaxi steige. »Nein … Meine Familie isst ziemlich spät.« Beinahe hätte ich »die Hamiltons« gesagt. In den ersten Tagen bei ihnen hatte ich mit ihrem Rhythmus zu kämpfen. Im Institut gehen wir gleich nach dem Unterricht in den Speisesaal – so gegen sechs. Allerdings gab es bei uns auch nie Nachmittagstee mit Keksen.

»Aber du hast Hunger?«

»Und wie!« Sehr schön, offenbar muss ich mich doch nicht schleunigst nach einer Asiabox umschauen. »Wo gehen wir hin?«

»Das wirst du gleich sehen.«

Das Gebäude, in das Phillip mich führt, wirkt von außen schlicht. An den Fenstern im Erdgeschoss sind bereits die Jalousien heruntergelassen. Aber im Eingangsbereich wartet ein freundlich lächelnder Conférencier und führt uns zu einem Aufzug mit vergoldeten Türen.

Der Aufzug selbst besitzt, wie ich erstaunt feststelle, einen kreisrunden Grundriss und ist in die Höhe gezogen wie ein überdimensioniertes Reagenzglas. Obwohl außer uns niemand hineinsteigt, stehen Phillip und ich dicht beieinander. Tja, in einer runden Kabine kann sich eben niemand in eine Ecke verdrücken.

Es kommt zu einem peinlichen Moment, als Phillip mich bittet, den Fahrstuhl zu aktivieren, während er noch einmal seinen Elastoscreen checkt. Ich suche die Wand nach so etwas wie einem Tastenfeld ab und entdecke einen flachen, runden Knopf in der Nähe der Kabinentür. Ich drücke darauf, aber es tut sich gar nichts. Als Phillip mich einen Augenblick später überrascht anblickt und sich dann an mir vorbeischiebt, um an dem Knopf wie an einem Rad zu drehen und so ein Holo-Bedienfeld aktiviert, schießt mir Blut in die Wangen. In einem Fahrstuhl, der auf diese Weise funktioniert, war ich noch nie, aber für Phillip scheint das das Normalste auf der Welt zu sein. Schnell tue ich so, als schöbe ich mir eine Haarsträhne hinter die Ohren, und bin dankbar dafür, dass er mich nicht auf die Situation anspricht.

Die wahre Überraschung erwartet mich, als sich die Türen wieder öffnen. Einen Raum wie jenen, der sich jetzt vor uns ausbreitet, habe ich noch nicht gesehen. Die Wände und die Einrichtungsgegenstände sind alle in makellosem Weiß gehalten. Der Boden und die Decke bestehen hingegen aus schwarzem Stein, der so blank poliert ist, dass er spiegelt. Blumenampeln hängen von der Decke und fleischige, grüne Triebe ergießen sich über deren Rand. Schilfartige Gewächse streben vom Boden und auf Podesten in die Höhe. Zwischen ihnen gibt es mehrere Aquarien.

Direkt gegenüber dem Aufzug befindet sich eine Bar. Die Flüssigkeiten in den Flaschen auf den Regalen schimmern verheißungsvoll. Die Gäste sitzen bereits auf ihren Plätzen – und die wiederum sind das Erstaunlichste am Restaurant. Die Tische stehen auf ovalen Stelen, die aus dem Boden herauszuwachsen scheinen. Auf jeder Stele hat nur ein kleiner Tisch Platz, an den zwei bis maximal vier Stühle passen. Sie befinden sich alle in unterschiedlicher Höhe. Manche sind nur einen halben Meter hoch, andere ragen zwei Meter in den Raum hinein. Die Menschen sitzen weit über unseren Köpfen. Dadurch, dass die Stelen teilweise von den Grünpflanzen verborgen werden, scheinen die Tische zu schweben. Erst im zweiten Moment erkenne ich, dass auf jeder Stele eine durchsichtige Schutzwand angebracht ist, die wohl verhindern soll, dass Gäste aus Versehen in die Tiefe stürzen.

»Wahnsinn!«, entfährt es mir und sofort beiße ich mir auf die Lippen – ob Elektra von diesem Luxus beeindruckt wäre? Es ist schwerer als gedacht, das mondäne Leben wie selbstverständlich zur Schau zu tragen. Zum Glück scheint Phillip nichts aufzufallen und schon begrüßt uns der Kellner: »Miss Hamilton; Mr. von Halmen, willkommen im *Atlantis*.« Dann verzieht sich sein ernstes Gesicht zu einem Grinsen und er fügt an Phillip gewandt hinzu: »Gerade noch rechtzeitig.«

»Du kennst mich doch, Maurice«, antwortet der. Aha, Phillip ist hier garantiert kein Unbekannter.

»Das *Atlantis* wartet nicht auf seine Gäste. Um Punkt neun schließt es seine Pforten«, erklärt er mir leise, während wir Maurice folgen.

Blinzelnd aktiviere ich meine ILs und kontrolliere die Uhrzeit.

»Da haben wir ja gerade noch mal Glück gehabt«, murmle ich.

»Ach was. Alles auf die Minute geplant.« Ich bin mir nicht sicher, ob er es ernst meint oder scherzt.

Beim Durchschreiten des Raumes stelle ich fest, dass das *Atlantis* es nicht nötig hat, auf seine Gäste zu warten. Fast alle Plätze sind besetzt. Maurice führt uns zu einem Tisch für zwei Personen, der allerdings ganz gewöhnlich auf dem Boden steht. Ich gebe zu, ich bin etwas enttäuscht. Nachdem wir Platz genommen – Maurice hat mir den Stuhl zurechtgerückt – und unsere Getränke bestellt haben, erklingt ein leises Summen. Wände fahren um uns herum in die Höhe. Bald befinden wir uns wieder in einem runden Raum wie dem Aufzug. Seine Schutzwände sind wie an den anderen Tischen durchsichtig und reichen mir im Sitzen gerade bis auf Schulterhöhe.

Und dann erhebt sich der Tisch langsam in die Luft. Auch er steht auf einer Stele, aber die war offenbar komplett in den Boden eingelassen. Jetzt fährt sie aus wie ein Teleskoparm und wir steigen höher und höher. Mein Magen kribbelt vor Aufregung.

Die Stele hält erst an, als wir uns gut zwei Meter über dem Boden befinden. Ich müsste nur die Hand ausstrecken, um eine tiefhängende Blumenampel zu berühren.

Ein Blick nach unten zeigt mir, dass Maurice neben unserer Stele wartet. Als sie sich nicht mehr bewegt, nickt er uns zu und dreht sich um, um unsere Getränke zu holen.

»Im *Atlantis* wird man also noch von echten Menschen bedient.«

All die Jahre habe ich geglaubt, dass sich alle Welt von Bots und Androiden bedienen lässt. Aber in der Villa der Hamiltons und hier im Restaurant … ist das ein extravaganter Spleen der Reichen oder hat man uns im Institut belogen? Der Gedanke gefällt mir nicht.

Deshalb bin ich froh, dass Phillip sagt: »In der Küche arbeiten natürlich hauptsächlich Maschinen. Du bist noch nie hier gewesen?«

Als ich zustimme, kann er sich eines zufriedenen Nickens nicht erwehren. Es gefällt ihm, mir etwas Neues zu zeigen – er kann ja nicht wissen, dass in dieser Stadt alles neu für mich ist –, und das wiederum gefällt mir irgendwie.

Dann fällt mir siedend heiß ein, dass ich gar nicht weiß, ob die echte Elektra tatsächlich niemals hier war. Wie wahrscheinlich ist es, dass ihr stinkreicher Vater sie nie mit hierher genommen hat?

Maurice kommt mit unseren Getränken zurück. Er stellt sich auf die Mitte einer Bodenplatte, die ebenfalls wie eine Stele nach oben fährt. Faszinierend.

Danach beschäftigen wir uns mit der Speisekarte, die als Hologramm über unseren Tellern aufflackert. Phillip empfiehlt mir die Dorade, und weil er so begeistert davon schwärmt, stimme ich zu.

Es ist schön im *Atlantis*. Es duftet gut, frisch und leicht salzig. Im Hintergrund spielt Musik, wird aber vom Gemurmel der Gäste um uns herum überlagert. Das Licht ist gedimmt, und auf dem Tisch brennt eine Kerze, was dazu führt, dass ich mich trotz der atemberaubenden Umgebung vor allem auf Phillip konzentriere.

Er erzählt mir von Australien und meine Nervosität lässt nach. Zumindest was das angeht, weiß ich sicher, dass Elektra dort noch nicht war. Sie hat die Neue Union nur einmal für einen Trip nach Südafrika verlassen. In Australien ist alles ein wenig rückständiger als hier bei uns, weniger Bots und keine Magnetaxis. Aber Phillip lässt es klingen, als fände er gerade das erstrebenswert. Ob er bedauert, dass er aufgrund unserer anstehenden Verlobung mitten im Studium auf eine der hiesigen Unis wechseln muss?

Kurz nachdem Maurice unser Essen serviert hat, ertönt ein Pling und die Launchmusik verstummt. Ich, die ich bereits nach meiner Gabel gegriffen habe, halte in der Bewegung inne und blicke Phillip fragend an. Der grinst breit. »Warte ab.«

Und dann passiert es.

Im Raum wird es Nacht. Auf einen Schlag verlöschen alle Lichter bis auf die flackernden Kerzen. Sie geistern im Raum wie Irrlichter. Dann setzt wieder Musik ein, leise und ätherisch. Während die Instrumentalklänge sich wellenartig im Raum ausbreiten, fährt langsam das Licht hoch. Diesmal ist es aber nicht weiß, wie vorher, sondern grünblau; als befände man sich bei Dämmerlicht in einem Wald.

Als aus dem Nichts holografische Fische aufblitzen und beginnen, träge um uns herumzuschwimmen, begreife ich. Das *Atlantis* versetzt seine Gäste in ein fantastisches Unterwasserreich. Die Stelen im Raum scheinen von Algen und Anemonen bewachsen zu sein, auf den Fliesen liegt plötzlich Sand, in dem kleine Seesterne neonfarben leuchten. Natürlich sind auch diese optischen Eindrücke Hologramme, aber sie verfehlen nicht ihre Wirkung.

»Wow!«

»Genau!«, stimmt mir Phillip zu. Eine ganze Weile lang schaue ich mich im Restaurant um. Es fällt mir schwer, den Blick von meiner Umgebung loszueisen und mich dem Essen zu widmen.

Vielleicht ist es etwas makaber, in dieser Umgebung ausgerechnet Fisch zu essen, aber die Dorade schmeckt herrlich. Phillip erweist sich als angenehmer Gesprächspartner. Er erzählt von seinen Urlauben am Meer – ich halte mich bedeckt, weil ich nicht mitreden kann und nichts Falsches sagen darf.

»Du interessierst dich also für das Theater?«, frage ich, nachdem Maurice unseren Nachtisch vor uns abgestellt hat.

Phillip teilt mit seiner Kuchengabel ein Stückchen von seinem Tiramisu. »Ehrlich gesagt finde ich es tragisch, dass sich die Leute offenbar immer weniger für echte Stücke interessieren.« Er schiebt sich die Nachspeise in den Mund. Ich habe mich für eine Vanillecreme entschieden, die herrlich leicht schmeckt, fast wie Luft.

»Statt ins Theater rennen sie ins Kino, setzen ihre VR-Brillen auf, lassen sich auf ihren Liegesitzen durchrütteln und atmen künstliche Aromen, während sie sich durch virtuell geschaffene Welten bewegen.«

Ich hebe eine Augenbraue und werfe einen demonstrativen Blick in den Raum. »Das *Atlantis* ist auch nicht gerade ein Naturspektakel.«

»Das ist etwas anderes«, widerspricht Phillip. »Das Theater … Es ist nicht wie ein VR-Film. Es ist roher, in gewisser Weise intensiver, *echter*.«

Ich habe bereits Theateraufführungen gesehen – zumindest ausschnittsweise im Web – und ein, zwei Laienaufführungen im Institut. Aber so etwas meint Phillip nicht. Er kann gar nicht aufhören, davon zu reden.

Phillips Augen leuchten, als er beschreibt, wie schwere Samtvorhänge sich heben. Wie sich Gestalten auf der Bühne langsam aus den Schatten schälen, um Geschichten lebendig werden zu lassen. Wie begeistert er war, als er das erste Mal ein Shakespeare-Stück aufgeführt gesehen hat: *Der Kaufmann von Venedig*.

Ich erzähle ihm, dass ich vor ein paar Jahren ganz hingerissen vom *Sommernachtstraum* war.

»Das war das Lieblingsstück meiner Großmutter«, verrät er.

»Nicht *Romeo und Julia*?«

Phillip verdreht die Augen. »Seit sie das Stück umgeschrieben haben, kann man das doch nicht mehr ernst nehmen. Wusstest du, dass *Romeo und Julia* früher ganz anders ausging?«

Natürlich weiß ich das, aber ich kann mir vorstellen, dass viele Leute in meinem Alter das nicht mehr wissen. An der lachhaften Idee, einer der tragischsten Liebesgeschichten aller Zeiten ein Happy End zu verpassen, war natürlich ein Blockbuster-Produzent schuld.

Die Leute haben schon im eigenen Leben genug Drama, hat der sich vermutlich gesagt. Sie sehnen sich nach glücklichen Romanzen. Ich denke an Priamos und Sabine, die sich gegenseitig angiften. An Hektor, dem Boyd das Herz gebrochen hat. Dann blicke ich hinüber zu Phillip, der mit seiner Freundin Schluss gemacht hat, um sich mit jemandem zu verloben, den er kaum kennt. Jemand, den er für mich hält. Was ebenfalls eine Lüge ist. So ist das nämlich:

Die meisten Romanzen enden nicht glücklich.

Kapitel 22

Ich blicke auf die ausgelöffelte Dessertschale vor mir und denke an Vanessa, Manuel und die anderen. Natürlich auch an Kelsey, aber die hätte die Vanillecreme ohnehin ignoriert.

Phillip schwärmt so sehr von Theaterstücken, die er gesehen hat, dass er zunächst gar nicht merkt, dass ich ihm nicht mehr richtig zuhöre. Als er schließlich realisiert, wie ruhig ich bin, und mich fragt, ob er etwas Falsches gesagt hat, reiße ich mich zusammen. Es kostet mich meine ganze Kraft, aber er ist ja nicht daran schuld, dass meine Gedanken wieder trüber geworden sind.

Erleichtert stimme ich zu, als er einen Spaziergang vorschlägt. Phillip überweist mit einem Click auf seinem Elastoscreen unsere Rechnung und wir verlassen das *Atlantis*.

Es ist surreal, sich zu Fuß durch das Gewirr der Straßenzüge zu bewegen. Wir haben die Hauptstraßen verlassen und sind fast allein, während wir an erleuchteten Häuserblocks vorbeilaufen. Inzwischen ist es Nacht, aber hier ist es nicht dunkel; nicht wirklich. *Lichtverschmutzung* nennt man das – ich habe sie noch nie selbst erlebt.

»Jetzt habe ich die ganze Zeit vom Theater geschwärmt«, sagt Phillip zerknirscht, während wir an einem großen Gebäude vorbeilaufen, in dem sich eines dieser VR-Kinos befindet, die er so verachtet. »Wofür schwärmst du?«

Ich stutze einen Augenblick. *Lesen*, rutscht es mir beinahe heraus. Aber ich weiß ja nicht, ob das stimmt. Andererseits: Ist es wichtig, was Elektra für Hobbys hatte? Wenn ich mich mit Phillip verlobe, ist es dann nicht sinnvoll, ihm von Dingen zu erzählen, die ich selbst gern mache? Die Hamiltons können kaum von mir verlangen, dass ich zu einem perfekten Elektra-Imitat in allen Bereichen werde.

Wem mache ich was vor? Natürlich können sie das.

»Du spielst wohl gern die Geheimnisvolle, *Partymäuschen*?«

Ich funkle ihn an, muss aber grinsen. Ich öffne den Mund, weiß aber immer noch nicht, was ich sagen soll.

»Du liebst Pferde …«, versucht es Phillip erneut.

»Nicht so sehr wie Sabine.«

»Du nennst deine Mutter Sabine?«

Autsch. »Manchmal. Wenn sie mir auf die Nerven geht. Also die meiste Zeit.«

Er lacht. »Sie ist eine großartige Züchterin. Meine Patentante hatte mal ein Pferd von ihr und schwärmt immer noch davon. Schade, dass sie damit aufgehört hat.«

»Sie kümmert sich jetzt um alte Pferde. Gibt ihnen ein Zuhause.«

»Das ist toll!«, begeistert sich Phillip. Und das ist es auch. Was mich ärgert, weil ich eigentlich nicht will, dass Phillip positiv über Sabine denkt.

»Wie viele Pferde habt ihr gerade?«

Das stand in der Akte. Habe ich vergessen. Verdammt.

»Ich weiß es ehrlich gesagt nicht.«

»Reitest du viel?«

»Momentan nicht.«

»Dein Unfall?«

»Der Unfall. Ja.« Einen Moment lang zögere ich, dann füge ich, einer Eingebung folgend, hinzu: »Aber ich gehe regelmäßig laufen.«

»Ich rudere«, verrät er mir. »Bin eher der Mannschaftstyp.«
»Aber in der Sportmannschaft der Uni warst du nicht?«
Das habe ich in seiner Akte gelesen.
Er schüttelt den Kopf. »Nein. Ich war in der Theater-AG. Sehr zum Missfallen meines Vaters.«
»Tröste dich«, sage ich. »Im Missfallen bin ich auch gut.«
Spontan grinsen wir uns an.

Als er mich mit dem Magnetaxi bis nach Hause begleitet, ist es schon nach elf. Phillip bringt mich noch bis zum Grundstück.

»Sag mal«, beginnt er zögerlich, als wir uns eigentlich bereits verabschiedet haben und ich schon halb durch das Tor geschlüpft bin. Die Sicherheitsleute haben sich dezent ein paar Schritte zurückgezogen. Ich bleibe stehen und drehe mich zu ihm um. Phillip hat die Hände in die Hosentaschen gesteckt und blickt mich an, als sei er sich nicht sicher, ob er fortfahren soll. Die Nachtluft streift durch die Gartenanlage hinter mir und trägt den Geruch von Flieder mit sich.

»Ja?«

»Ich hatte Spaß heute Abend. Damit hatte ich nicht unbedingt gerechnet.«

»Geht mir genauso.«

Irgendwo knackt ein Ast, Blätter rascheln und ich fahre erschrocken herum. Aber hinter den Gitterstäben liegt nur Dunkelheit.

»Was ist?«, fragt Phillip besorgt, während sich die dunkle Stimme eines Wachmanns einschaltet: »Alles in Ordnung?«

»Danke, ja. Ich dachte, ich hätte etwas gehört.«

Der Wachmann tritt neben mich und schaltet seine ILs ein. Viel zu spät fällt mir ein, dass ich selbst welche trage.

»Ich kann nichts entdecken«, sagt er nach einem Augenblick. »Vermutlich war es irgendein Tier.« Er dreht sich zu mir um.

»Ich kann Sie beruhigen. Ich hatte den ganzen Abend Dienst und bis auf Sie beide hat in den letzten Stunden niemand das Grundstück betreten.«

»Danke«, wiederhole ich und drehe mich wieder zu Phillip um, obwohl ich mich noch immer etwas unwohl fühle. Erst jetzt, als er sie zurückzieht, bemerke ich, dass er seine Hand auf meine Schulter gelegt hat.

»Hättest du Lust, mit mir ins Theater zu gehen in den nächsten Tagen?«

»Ja!«

Die Antwort ist heraus, ehe ich mir Gedanken darüber machen kann, was die Hamiltons davon halten werden. Aber sie wollen schließlich, dass ich Phillip von Halmen gefalle, richtig?

Dessen Augen blitzen hinter seinen Brillengläsern. Ich kann es sehen, obwohl es so dunkel ist. Er hat wirklich schöne Augen. Warum ist mir das vorhin noch nicht aufgefallen?

Kann es einem gleichzeitig kalt den Rücken hinunterlaufen und warm ums Herz sein? Während ich im Dunkeln den Kiesweg zum Herrenhaus hinaufeile, schlinge ich meine Arme um mich. Das Angebot des Wachmanns, mich bis zur Haustür zu begleiten, habe ich abgelehnt. Allerdings habe ich meine ILs eingeschaltet und behalte die Umgebung genau im Auge.

Trotzdem gelingt es Julian, mich zu überraschen.

»Du bist wieder da.«

Seine Stimme ist nicht mehr als ein Flüstern, trotzdem höre ich den scharfen Unterton aus seinen Worten heraus. Auf halbem Weg zum Haus steht er starr zwischen den Fliederbüschen. Durch die Wärmesensor-App in meinen Linsen scheint seine Schattengestalt von orangefarbenen Flammen umhüllt. Mein Puls beginnt sich zu beschleunigen. Er hat mir aufgelauert. Ich überlege kurz, wie lange die Sicherheitsleute brauchen würden, um bei mir zu sein, wenn ich rufe. Aber als ich den Mund öffne, sage ich nur: »Julian.«

»Wie war dein Date mit dem Prinzen?« Noch immer rührt er sich keinen Zentimeter.

»Ich …« Nur ein Wort, dann verstumme ich wieder. Was soll das Ganze? Mit den Linsen zoome ich auf seine Hände, aber soweit ich sehen kann, trägt er keine Waffe bei sich.

Die hat der Mörder von Elektra allerdings auch nicht gebraucht.

»Ich dachte, *wir* seien heute Abend verabredet gewesen.«

Jetzt zischt er und löst sich aus den Schatten. Unwillkürlich weiche ich zurück.

»Was soll das?« Julian klingt aufgebracht. »Hast du Angst vor mir?«

Vielleicht hätte ich doch den Wachmann rufen sollen. Vielleicht sollte ich das noch. Aber mein Hals ist trocken. Ich schweige und lasse es zu, dass Julian dicht an mich herantritt und mich wütend anfunkelt.

»Was für ein Spiel spielst du auf einmal?«

»Ich spiele gar kein Spiel!«

»Nein? Warum ignorierst du mich dann?«

»Ich ignoriere dich doch gar nicht.«

Als Julian traurig auflacht, begreife ich, dass ich vor ihm keine Angst haben muss. Er ist nicht hier, weil er mir wehtun will.

»Ich habe mir solche Sorgen um dich gemacht.«

»Warum?«

»Warum?!« Er streckt die Hand nach mir aus, erstarrt dann aber in der Bewegung und lässt den Arm sinken. »Nach deinem Unfall … ich …« Er ringt nach Worten. »Dein Vater war so aufgebracht. Ich hatte Angst, dass du es nicht schaffst! Und jetzt gehst du einfach mit *ihm* in die Stadt. Du bist gerade erst aus dem Krankenhaus gekommen, weißt du nicht mehr? Natürlich mache ich mir da Sorgen!«

Ich sollte gehen. Das will ich sagen, aber auch das kommt mir nicht über die Lippen. Ich habe das Gefühl, dass hier etwas geschieht, das wichtig ist. Dass Julian Dinge über Elektra weiß, die nicht im Dossier von Sabine stehen.

»Du weißt, dass meine Eltern wollen, dass ich mit Phillip ausgehe.«

»Du hast nicht so ausgesehen, als ob dir das viel ausmachen würde.«

Zeit, das Thema zu wechseln. »Hast du vorgestern Nacht Steine an mein Fenster geworfen?«

»Du hast es also gehört. Dachte ich es mir doch. Warum bist du nicht runtergekommen?«

»Nestor hat bei mir geschlafen.«

»Oh.«

»Ja.«

Wie soll ich herausfinden, was Julian weiß, wenn jeder Satz, den ich zu ihm sage, wie ein Gang über ein Minenfeld ist? Zumindest scheint er keinen Verdacht zu schöpfen, dass ich nicht Elektra bin. Ich brauche eine Strategie. Und die kann ich nicht aus dem Ärmel schütteln. »Mir ist kalt«, lasse ich ihn wissen und wende mich ab. »Lass uns morgen weiterreden.«

Aber so leicht werde ich Julian nicht los. Ich spüre seinen festen Griff um meinen Oberarm, dann zieht er mich zurück und wirbelt mich herum.

Ich schnappe nach Luft, aber ehe ich reagieren kann, hat er sich an mich gedrückt und presst seine Lippen auf meine. Seine Zunge bohrt sich wie eine Schlange in meinen Mund, fordernd, heiß und gierig.

Er schmeckt süß. Nach Pfefferminze. Ausgerechnet das schießt mir durch den Kopf, ehe ich mich losreißen kann und ihm eine schallende Ohrfeige verpasse.

Geschockt hebt er die Hand zur Wange und berührt die Stelle, an der ich ihn geschlagen habe.

Wir starren uns an, zu Salzsäulen erstarrt.

»Was war das denn?«, fragt er verblüfft, aber ich antworte nicht. Als hätten seine Worte mich aus einem Bann befreit, wirble ich herum und renne den Weg hinauf zum Herrenhaus. Zweimal schaue ich über die Schulter zurück. Julian verfolgt mich nicht.

Ich habe keine Zeit, mir über das, was gerade geschehen ist, Gedanken zu machen. Denn wie Geier fallen Sabine und Priamos über mich her, kaum dass ich das Haus betrete. Sie bugsieren mich wieder in das Arbeitszimmer. Heute bin ich froh, dass Hektor ihnen ebenfalls folgt. Von meinem kleinen Intermezzo mit Julian scheinen sie nichts bemerkt zu haben.

»Wie ist es gelaufen?«, will Priamos von mir wissen, noch ehe ich Platz genommen habe.

»Gut«, sage ich schlicht. Ich bin noch zu aufgewühlt, von diesem Abend und von der Begegnung im Garten gerade.

»Was habt ihr gemacht?«, fragt Sabine ungeduldig.

»Wir waren essen.«

»Wo?«

»Im *Atlantis*.«

Priamos nickt anerkennend. »Gute Wahl.«

»Phillip hat mich gefragt, ob ich mit ihm ins Theater kommen möchte.«

»Sehr gut«, befindet Priamos, während Sabine gleichzeitig fragt: »Wann?«

Hektor ist überraschend still. Ich werfe ihm einen Blick zu, aber ich kann seine Miene nicht lesen.

»Wir haben noch keinen Tag ausgemacht. Er hat gesagt, er wird sich erkundigen, wann welche Stücke aufgeführt werden, und sich bei mir melden.«

»Worüber habt ihr geredet?«, will nun Sabine wissen.

Ich verdrehe die Augen. »Über nichts Konkretes. Belangloses Zeug.«

»Dann hätte er dich wohl kaum ins Theater eingeladen.«

Langsam beruhigt sich mein Puls wieder. »Die meiste Zeit hat er geredet. Über seine Zeit in Melbourne. Über das Theater …«

»Elektra hat sich nie fürs Theater interessiert«, klinkt sich Hektor schließlich doch noch in die Unterhaltung ein. »Sie hätte sich zu Tode gelangweilt.«

Ich zucke mit den Schultern. »Ihr habt mir deutlich zu verstehen gegeben, dass Elektra alles darangesetzt hätte, Phillip zu gefallen.«

Priamos lächelt zufrieden und berührt mich an der Schulter. »Sehr schön. Du hast es kapiert. Medea hatte recht. Du bist nicht dumm.«

Ich versteife mich unter seiner Berührung.

Ich tue das nicht für dich, würde ich ihm am liebsten ins Gesicht schleudern. *Ich tue das weder für euch, noch für Elektra. Ich tue das nicht mal für mich. Ich tue das nur für Kelsey.*

Aber wenn ich ehrlich zu mir bin, wäre das gelogen. Der Abend mit Phillip *war* schön. Und ich würde gern eine *richtige* Theateraufführung sehen. Vielleicht mache ich das auch ein bisschen für mich. Doch das muss ich die Hamiltons ja nicht wissen lassen.

Es dauert ewig, bis ich mich endlich loseisen kann. Gefühlt wollen sie alles wissen. Selbst Hektor stellt mir Fragen, und ich muss mich beherrschen, nicht allzu deutlich zu zeigen, wie genervt ich bin. Außerdem steckt mir die Begegnung mit Julian noch in den Knochen. Vermutlich fahre ich deshalb Natascha an, als ich im Flur mit ihr zusammenremple.

Sie zuckt zusammen und sofort tut es mir leid. Ich habe sie schließlich genauso wenig gesehen wie sie mich. Meine Entschuldigung winkt sie allerdings nur ab. Ihre Augen sind rot gerändert, als hätte sie geweint. Wieder. In mir regt sich das schlechte Gewissen. Sie ist mit Julian zusammen, sagte Hektor das nicht? Ich fühle mich schlecht, obwohl ich für die Sache mit dem Kuss doch gar nichts kann. Weiß sie es? Ehe ich irgendetwas sagen kann, ist sie um die Ecke verschwunden. Das ist gut. Für noch mehr Drama habe ich heute keine Kraft mehr.

Im Bad nehme ich die ILs heraus, ziehe mich aus und mache mich bettfertig. Dann checke ich meine Messages auf dem Elastoscreen. Ein halbes Dutzend Nachrichten blinken in meiner Inbox. Von Julian ist keine dabei. Auch nicht von Phillip. Sie stammen alle von Phaedre. Natürlich will sie wissen, wie mein Abend gelaufen ist. Ich kann sie dazu gern anrufen – egal wie spät. Die Digitalanzeige verrät mir, dass es gleich Mitternacht ist. Schnell schreibe ich ihr eine Message mit einer Kurzversion des Abends und dass ich mich morgen ausführlicher bei ihr melde. Dann schalte ich den Elastoscreen auf stumm.

Als ich die Bettdecke zurückschlagen will, blitzt es silbern auf. Richtig, Mirandas Geschenk. Vor dem Essen mit Phillip hatte ich nicht die Nerven, es auszupacken.

Ich krabble unter die Decke und versuche, das Geschenk auszuwickeln, ohne die Verpackung zu zerreißen. Angenehm überrascht stelle ich fest, dass sich im Päckchen tatsächlich ein Buch befindet: ein dunkelgrünes Hardcover mit Schutzumschlag, auf den der Titel in schimmernden Lettern geprägt ist: *Der Goldglanz unserer Gefühle*. Die Autorin sagt mir nichts, also drehe ich den Roman um und überfliege den Klappentext auf dem Buchrücken. Es ist eine Romanfassung von *Tristan und Isolde*. Noch eine unglückliche Liebesgeschichte.

Kapitel 23

Eigentlich bin ich todmüde, aber der Schlaf will nicht kommen. Zu viel geht mir im Kopf herum. Der Abend mit Phillip. Der Kuss von Julian. Und neben allem anderen die Tatsache, dass irgendjemand Elektra das Leben genommen hat und nun möglicherweise hinter meinem her ist. Welche Geheimnisse hatte Elektra vor ihrer Familie?

Kelsey fehlt mir. Wenn ich jetzt im Institut wäre, würde ich zu ihr ins Bett kriechen und mich an sie kuscheln. Aber meine Schwester ist nicht da. Ich darf ihr noch nicht einmal schreiben. Sie denkt wahrscheinlich, dass ich bei der Operation gestorben bin, und es bricht mir das Herz. Nachdem ich mich minutenlang unruhig hin- und hergewälzt habe, beschließe ich, doch mit *Der Goldglanz unserer Gefühle* zu beginnen. In Tristan und Isolde, so viel weiß ich, geht es um eine junge Frau, die sich in einen Mann verliebt, den sie nicht haben darf, und einen anderen heiraten muss, den sie nicht will.

Ich bin nicht der größte Fan von Liebesgeschichten, aber der Roman ist packend geschrieben und die Seiten fliegen dahin. Mich beschleicht der Verdacht, dass Miranda Hintergedanken hatte, Elektra ausgerechnet dieses Buch zu schenken. Was will sie ihr damit sagen? Dass sie auf eine unglückliche Ehe zusteuert? Ist das ihr subtiler Versuch, mich darauf hinzuweisen, von Elektras Affäre mit Julian zu wissen? Oder dass Phillip mich heiratet, obwohl er eine andere liebt? Ihre Tochter?

Als ich an die Stelle komme, an der Isoldes Hochzeitsnacht bevorsteht, erstarre ich: Im Schutz der Nacht schickt sie ihre Dienerin ins Schlafgemach, damit diese an ihrer statt die Ehe mit dem frisch angetrauten Gemahl vollzieht.

Ist es das, worauf Miranda hinauswill? Weiß sie, dass Phillip sich nicht mit der echten Elektra verloben wird? Dass ich nur ihr Klon bin?! Aber warum würde sie das nicht offen sagen? Und wie könnte sie das wissen? Wenn sie es wüsste, würde das auch bedeuten, dass sie weiß, dass Elektra tot ist. Und das wiederum …

Miranda Stone hat ihre Schwester nie gemocht, fährt es mir durch den Kopf. Seit Jahren versucht die eine über die andere zu triumphieren. Dass Phillip ihre Tochter für Elektra fallen gelassen hat, dürfte auch für sie ein schwerer Schlag gewesen sein. Wie weit würde Miranda Stone gehen, um ihre Schwester auszustechen?

Weil ich im Liegen kaum mehr Luft bekomme, stehe ich auf und wandere unruhig im Zimmer auf und ab. Reicht eine Verletzung der Eitelkeit aus, um ein Menschenleben zu beenden? Und falls Miranda die Mörderin ist und weiß, was hier vorgeht, warum schweigt sie jetzt?

Priamos glaubt, dass die OaC und einer seiner Wachleute hinter dem Anschlag stecken, aber was, wenn er sich irrt? Was, wenn das Motiv für die Tat viel persönlicher war?

Erst, nachdem ich mir im Bad kaltes Wasser ins Gesicht gespritzt habe, beruhige ich mich etwas. Ich sehe Gespenster. Nur, weil Miranda Sabine nicht leiden kann, heißt das nicht, sie hat Elektra umgebracht. Mit ihrem Geschenk will sie mich einfach nur aus dem Gleichgewicht bringen. Oder?

Ein Blick auf die Uhr: kurz nach zwei.

Das Haus ist totenstill. Alle schlafen. Und dem Himmel sei Dank hat Julian keine Steinchen mehr an meine Fensterscheibe geworfen.

Aber jetzt die Bettdecke über den Kopf zu ziehen und zu versuchen, alles zu ignorieren, das kann ich nicht. Also gehe ich zu dem einzigen Menschen, zu dem ich in diesem Moment kann.

Lass dich dort nicht blicken. Das hat Hektor bei meiner Ankunft zu mir gesagt. Jetzt stehe ich vor der Tür zu seinem Zimmer und zögere. Was, wenn er mich fortschickt? Was, wenn er wütend ist, weil ich ihn mitten in der Nacht wecke? Aber ich bin es leid, mich von meiner Angst lenken zu lassen. Die Waswenn-Fragerei bringt mich nicht weiter. Also krümme ich meine Finger zur Faust und klopfe an, ehe ich es mir anders überlege.

Nichts passiert.

Na toll. Da nehme ich meinen ganzen Mut zusammen, und er verschläft meinen Hilferuf seelenruhig? Sicher nicht!

Ich klopfe bestimmter. Dreimal. Viermal.

Als ich gerade mit dem Gedanken spiele, zu überprüfen, ob er sein Zimmer abgeschlossen hat, öffnet sich die Tür einen Spalt und Hektor blinzelt mir aus verschlafenen Augen entgegen. Seine platinblonden Haare sind völlig verwuschelt.

»Alles in Ordnung?«, nuschelt er. Wenigstens einer, der keine Einschlafprobleme zu haben scheint.

»Nein«, entgegne ich. »Nichts ist in Ordnung. Ein Mörder ist hinter mir her. Und ich habe eine Theorie, wer es sein könnte.«

Genau genommen stimmt das nicht. Ich habe Befürchtungen, allenfalls Ahnungen. Mit der Betonung auf dem Plural. Aber meine Worte rütteln ihn wach. Hektor reißt gleichzeitig die Augen und die Tür auf und macht mir Platz.

Sein Zimmer ist nicht durch einen begehbaren Kleiderschrank vom Flur getrennt. Dafür ist es etwas größer als das von Elektra – und wesentlich vollgestopfter. Überall auf dem

Boden liegen Klamotten. An den Wänden hängen Poster von *Fighting with Granny*, *Sheng* und *Bulletproof*. Am meisten überrascht bin ich jedoch über die hintere Wand, die komplett von einem riesengroßen Bücherregal eingenommen wird. Hektor ist eine Leseratte?

Während er die Tür hinter mir schließt, gehe ich auf das Regal zu.

»Das soll wohl ein Witz sein.« Seine Stimme klingt schon viel weniger schlaftrunken.

»Was?« Zerknirscht drehe ich mich zu ihm um.

»Du hast mich mit Sicherheit nicht geweckt, um dir mein Bücherregal anzuschauen. Hast du gerade erwähnt, du wüsstest, wer der Mörder meiner Schwester ist, oder habe ich mir das eingebildet?«

»Ja. Nein.« Ich nicke zunächst und schüttle anschließend den Kopf. »Ich habe einen Verdacht.«

Hektor reibt sich das Kinn. Er trägt eine enge schwarze Retroshort und ein weit fallendes T-Shirt in der gleichen Farbe. Seine Bettwäsche ist ebenfalls schwarz. Er ist so ein Klischee.

»Dann lass mal hören.«

Die Art, wie er sich in seine Decken kuschelt, hat allerdings nichts von dem makellosen Glamrocker, den er nach außen hin gibt, sondern eher etwas von einem Kind. Er ähnelt Nestor.

»Hör auf zu grinsen, setz dich und erzähl schon.« Er deutet auf einen Papasansessel, der nur ein paar Schritte vom Bett entfernt neben dem Fenster steht. Ich muss vom – natürlich schwarzen – Sitzpolster erst ein Buch nehmen, damit ich mich setzen kann.

»Könnte deine Tante Elektra ermordet haben?«, frage ich, als ich den Kern unserer Unterhaltung nicht mehr länger herausschieben kann.

»Tante Mira!?«

Ich nicke zögernd.

»Das kann ich mir nicht vorstellen. Es stimmt zwar, dass meine Mutter und sie sich nicht allzu gut verstehen. Aber mit Ela ist sie immer ganz gut ausgekommen. Früher zumindest. Wie kommst du darauf?«

»Nur so ein Gefühl«, murmle ich. Jetzt komme ich mir albern vor.

»Du weckst mich doch nicht mitten in der Nacht wegen eines Gefühls.«

»Sie hat mir ein Buch geschenkt. Eine *Tristan & Isolde*-Adaption.«

»Und?«

Ich kreise mit meinen Schultern, um meine Nackenmuskulatur zu entspannen. »Eine arrangierte Hochzeit. Eine junge Frau, die einen anderen liebt. Eine andere Frau, die im Ehebett des Königs ihren Platz einnimmt …«

»Ich habe den Film gesehen.«

»Findest du das nicht verdächtig?«

»Was? Dass dir Tante Miranda *Goldglanz unserer Gefühle* schenkt?«

»Du kennst das Buch?«

Hektor zieht eine Grimasse. »Ich kenne die Verfilmung. Tante Miranda hat darin die Isolde gespielt. War natürlich vor unserer Geburt.«

»Ernsthaft?«

»War ja klar, dass sie dir ganz selbstlos einen Roman schenkt, auf dem einer ihrer Filme beruht.«

»Das bedeutet aber nicht, dass meine Theorie falsch ist. Das bedeutet nur, dass sie den Inhalt des Buches sehr genau kennt. Was das Ganze nur verdächtiger macht.«

»Ihr Motiv?«

»Er hat ihre Tochter abserviert. Sie will die Verlobung zwischen mir und Phillip verhindern.«

Hektor nickt. »Das würde ihr vermutlich in der Tat gut gefallen. Aber mit Rosalind hat das wenig zu tun. Die hat sich ohnehin bereits den nächsten dicken Fisch geangelt.«

Ich erinnere mich an das Foto im Magazin, das Tobias mit in die Cafeteria geschmuggelt hat. »Den asiatischen Werfterben.«

»Du hast dich informiert. Stand das auch in den Elektrofiles meiner Mutter?«

»In einem Klatschmagazin.«

»Hmhmmmm«, brummt Hektor, geht aber nicht weiter darauf ein. »Weitere Motive?«

»Miranda Stone hasst deine Mutter.«

Er schnalzt mit der Zunge. »Das hast du sicher auch aus einem Klatschmagazin, oder?«

Ich zucke mit den Schultern.

»Mama und Tante Mira *hassen* sich nicht. Sie können sich nur nicht ausstehen. Wobei, wenn ich so darüber nachdenke … Ich kann mir vorstellen, dass Tante Mira ab und an versucht ist, meiner Mutter den Hals umzudrehen. Aber Ela … Nein. Da bist du auf dem Holzweg.«

Es nervt mich, dass er meinen Verdacht so schnell abwiegelt. Immerhin sind die Hamiltons mit ihrer Spurensuche auch nicht sonderlich weit gekommen. Und so weit hergeholt ist mein Verdacht doch nun wirklich nicht.

»Du glaubst mir nicht?«, deutet Hektor mein Schweigen richtig.

»Du wischst das einfach so beiseite«, werfe ich ihm vor.

»Mein Vater glaubt –«

»Ich weiß, was dein Vater glaubt! Dass dieser Wachmann der Mörder ist. Was, wenn er sich irrt? Es geht hier um *mein* Leben!«

Er streicht sich die Haare aus der Stirn. »Tante Mira hat weder versucht, dich auffliegen zu lassen, noch hat sie irgendetwas getan, um die Hochzeit zu torpedieren.«

»Bisher.«

»Ich kenne sie besser als du. Glaub mir einfach, wenn ich dir sage, dass sie Ela nicht umbringen könnte.«

»Aber irgendjemand hat es getan!« Das kommt schärfer heraus, als ich es beabsichtigt habe. Hektor zuckt zusammen.

Ich würde ihm am liebsten an den Kopf werfen, dass er genauso wenig wissen kann wie ich, ob Miranda Stone etwas mit dem Mord zu tun hat. Vielleicht ahnt sie ja gar nicht, dass ich ein Klon bin, und geht davon aus, dass ihre Nichte im Krankenhaus den Anschlag überlebt hat. Dann könnte sie heute gekommen sein, um herauszufinden, ob ich mich – ob Elektra – sich an etwas erinnert. Das ist ein Gedanke, den ich im Kopf behalten sollte.

»Weitere Theorien?«, fragt mich Hektor schließlich, als das Schweigen bereits beginnt, auf uns zu lasten.

Ich kaue kurz auf meinem Daumennagel. Dann beschließe ich, dass Hektor zwar ziemlich anstrengend sein kann, dass es jedoch nichts bringt, meine Angst über Bord zu werfen und ihn mitten in der Nacht in seinem Zimmer zu besuchen, nur um dann doch in letzter Minute einen Rückzieher zu machen.

»Euer Stallmeister hat mich geküsst.«

»Er hat was?!«

»Du hast schon richtig verstanden.« Ich merke, wie mir wieder das Blut in die Wangen schießt. Als wäre es meine Schuld, dass Julian mir die Zunge in den Hals gesteckt hat.

Hektor schlägt aufgebracht mit der Faust auf die Bettdecke. »Dieser Mistkerl. Ich wusste es!«

»Du wusstest was?«

»Dass er scharf auf meine Schwester ist.«

Das scheint ihm ganz und gar nicht zu gefallen.

»Ich dachte, er und Natascha seien zusammen.«

Hektors Lächeln wirkt gezwungen. »Oh bitte, er ist ein Mann.«

Kurz muss ich lachen. »Du bist ja selbst einer.« Aber als er mir einen scharfen Blick zuwirft, schlucke ich weitere Kommentare dieser Art herunter. Außerdem fällt mir wieder Natascha ein, die mir mit verheulten Augen im Flur begegnet ist.

»Glaubst du«, beginne ich vorsichtig, »ich meine, bestünde die Möglichkeit, dass Julian und Elektra …«

»No way!«

»Warum nicht?«

»Er ist nicht ihr Typ.«

»Es hat sich definitiv nicht so angefühlt, als hätte er sie zum ersten Mal geküsst.«

»Und? Fandest du es gut?«

»Was?« Das Gespräch schlägt die völlig falsche Richtung ein. »Nein. Natürlich nicht.«

Was ein kleines bisschen gelogen ist. Ich weiß, die Situation ist total schräg und völlig verrückt, und natürlich war es eine Unverschämtheit, viel zu wild und ich will es keinesfalls wiederholen – aber der Kuss selbst war gar nicht schlecht. Nicht, dass ich viele Vergleiche hätte.

Hektor schaut mir direkt in die Augen. »Ich war mal in ihn verknallt, weißt du. Ist schon ein paar Jahre her.«

»Oh.« Ich habe keine Ahnung, was ich auf dieses Geständnis sonst sagen soll.

»Er hat mich abblitzen lassen.« Hektor legt den Kopf schief. »Ich habe einfach kein Glück mit den Männern. Vermutlich sollte ich mich ausschließlich auf Frauen konzentrieren.«

»Der einzige Junge, den ich je geküsst habe, hat mir hinterher erzählt, es habe sich für ihn angefühlt, als würde er seine Schwester küssen«, gestehe ich.

»Charmant. Wer war es? Ein anderer … jemand aus dem Institut?«

Gut, dass das Licht im Zimmer nur gedämpft ist. Sonst hätte ich nie den Mut gefasst, über dieses Thema zu sprechen.

»Er heißt Manuel.« Auf einmal sehe ich ihn vor mir: der stille, nachdenkliche Manuel mit seiner sandfarbenen Wuschelfrisur. »Ich kenne ihn bereits, seit ich denken kann. Insofern hat unser Verhältnis wohl tatsächlich etwas Geschwisterliches. Aber es gab da diesen Moment.«

»Was für einen Moment?«

Ich schlage die Beine untereinander und lege meine Hände aufs Knie. Es ist komisch, mit Hektor darüber zu sprechen. »Es war kurz nach Kelseys Nierentransplantation. Ihr … ging es danach nicht sonderlich.«

»Verstehe.«

»Ja. Tobias – das ist Manuels bester Freund – sollte auch wieder unters Messer. Ich weiß nicht, die wie vielte Operation es für ihn war. Wir hatten Angst, dass er es vielleicht nicht schaffen würde.« Es fällt mir schwer, weiterzusprechen. Die Erinnerungen sind schmerzhaft. Aber gleichzeitig tut das Reden gut. Nur, dass ich Hektor dabei nicht in die Augen sehen kann. Also senke ich den Kopf. Was eigentlich ein Witz ist, denn wenn überhaupt, sollte er es sein, der sich unwohl fühlt. »Manuel und ich, wir waren zu diesem Zeitpunkt die Einzigen aus unserem Freundeskreis, denen noch nichts fehlte. Wir hatten beide deshalb ein schlechtes Gewissen.«

Heiße Tränen der Scham und der Wut brennen in meinen Augen, aber ich blinzle sie weg. Ich gehöre zu den Opfern. Hektor gehört zu den Tätern. Es ist sein Glück, dass er mir schweigend zuhört und mich nicht unterbricht.

»Wir haben viel darüber gesprochen«, fahre ich leise fort. »Über unser schlechtes Gewissen, über unsere Angst um die anderen. Über unsere Angst, dass eines Tages wir es sind, die man auf die Krankenhausliege schnallt.«

»Oh Gott, es tut …«

»Wag es nicht!«, fahre ich Hektor an. Auch wenn ich mich nicht sehen kann, bin ich mir sicher, dass meine Augen Funken sprühen. »Wag es nicht zu sagen, dass es dir leidtut, wenn du doch nichts daran ändern wirst. Hör einfach weiter zu, okay?«

Wir starren uns an. Lange. Dann, als Hektor nickt, senke ich wieder den Kopf.

»Viel gibt es eigentlich gar nicht mehr zu erzählen. Eines Tages sind Manuel und ich uns nähergekommen. Wir waren allein, und plötzlich waren wir uns ganz nah. Und dann hat er mich geküsst. Ich wusste, dass er ein Auge auf mich geworfen hat, aber ich habe ihn zuvor immer auf Abstand gehalten.« Ich bin wütend und traurig zugleich, und trotzdem muss ich grinsen, als ich mich an den Moment zurückerinnere, an dem Manuel und ich uns auf der Treppe zum Keller geküsst haben. »Es hat sich falsch angefühlt, da hatte Manuel schon recht. Es hat einfach nicht geprickelt. Wir haben beschlossen, das Intermezzo für uns zu behalten und es gar nicht erst weiter zu versuchen.«

»Und das war die einzige Person, die du jemals geküsst hast?«

»Bis heute Abend schon«, gebe ich säuerlich zu. »Ich hab's nie jemandem zuvor erzählt.«

Selbst Kelsey nicht. Sie hätte wissen wollen, wie es dazu kam, und ihr das zu erklären, hätte mir das Herz gebrochen.

»Wenn ich mich meiner Schwester nicht anvertraut habe, könnte es dann nicht sein, dass Elektra ihr … Verhältnis zu Julian vor dir geheim gehalten hat?«

Hektor schüttelt stur den Kopf, aber die Art, wie er auf seiner Unterlippe kaut, verrät mir, dass er sich nicht sicher ist.

»Er hat mich Ela genannt.«

Einen Augenblick lang ist es wieder still im Zimmer. Das ist eine Information, die er erst einmal verdauen muss. Er sieht plötzlich so verloren aus in dem riesigen Bett, dass ich vom Stuhl aufstehe und mich zu ihm setze.

»Was glaubst du, dass du da machst?«, fragt er. Aber er schlägt die Decke zurück und rutscht zur Seite, damit ich Platz habe.

Ich setze mich neben ihn. Unsere Rücken lehnen wir an das Bettgestell.

Hektor wirkt, als sei es irgendwie seine Schuld, dass er von Elektra und Julian nichts wusste. Falls es da etwas zu wissen gab.

»Selbst Geschwister erzählen sich nicht alles«, sage ich sanft.

Er versteift sich neben mir. »Darüber will ich jetzt nicht reden.«

Ich ziehe die Decke um mich. Ich denke an Nestor, der vor ein paar Nächten in mein Bett geklettert ist und sich an mich geklammert hat. Ist es verrückt, dass mich plötzlich der Wunsch überkommt, es ihm hier mit Hektor gleichzutun. Na ja, vielleicht nicht mich an ihn klammern. Aber zumindest diese Nacht zu bleiben und nicht zurück in mein Zimmer zu gehen. Mein Zimmer. Ihr Zimmer, Elektras. Ihr Bruder. Mein … Wenn wir dem gleichen Genpool entstammen, was ist Hektor dann für mich? Ist er nicht irgendwie auch mein … Bruder?

Ich habe mir geschworen, diese ganze kranke Familie zu hassen. Aber jetzt, wo ich neben ihm sitze, kann ich das nicht. Sosehr er mich anfangs genervt hat, so sehr beruhigt mich jetzt seine Anwesenheit. Diese Nähe, was ist das?

Ich schiele aus den Augenwinkeln zu ihm hinüber und versuche, in seiner stoischen Miene zu lesen. Unmöglich.

»Erzähl mir vom Institut.«

Hektors Forderung überrumpelt mich. Meine Hände verkrampfen sich unwillkürlich. Er merkt es sofort. »Wenn du möchtest, meine ich«, schiebt er hinterher.

»Interessiert es dich denn?«

Er dreht den Kopf und schaut mir ernst in die Augen.

»Ja«, sagt er.

Und weil ich spüre, dass er es ehrlich meint, beginne ich, ihm Dinge zu verraten, die alles zwischen uns ändern.

Kapitel 24

Ich erzähle die halbe Nacht. Zuerst weiß ich nicht, wo ich anfangen soll. Aber Hektor fragt nach meinem Zimmer, und damit ist der Bann gebrochen. Ich erzähle ihm von dem winzigen Raum, den ich mir mit Kelsey geteilt habe; davon, dass dort kaum Platz war, und dass ich mich dennoch darin so viel wohler gefühlt habe als hier in Elektras riesigem Schlafzimmer mit angrenzendem Bad und begehbarem Kleiderschrank.

Hektor schaudert bei dem Gedanken. Noch schrecklicher findet er allerdings meine Erzählungen vom Tagesablauf und von den Essensautomaten und der Cafeteria. Einzig vom Unterricht im Institut scheint er angetan zu sein.

»Sicher, es ist unbequem«, wirft er ein, als ich ihm davon berichte, dass sich mehrere Dutzend Schüler in einen Raum, in ein Klassenzimmer, quetschen. »Aber irgendwie ist es doch cool, nicht nur in virtueller Gesellschaft zu sein.«

Cool. Das sagt er über den Ort, an dem Klone nichts tun können als darauf zu warten, dass der nächste Aufruf zu einer Organentnahme kommt, oder von einer besseren Zukunft zu träumen. Aber ich bin zu erschöpft, um wütend zu sein. Und ich sehe, wie meine Worte in ihm arbeiten.

Auch Hektor beginnt, mir Dinge von sich zu verraten: über seine Kindheit, von Elektra, welche Fächer er in der Schule hasst und warum er nicht reitet. Ein Shetland-Pony hat ihn mal gebissen. Seither ist er davon überzeugt, dass Pferde direkt aus der Hölle stammen.

Als wir unser Gespräch beenden, stelle ich zwei Dinge fest: dass es bereits nach vier Uhr morgens ist. Und dass es sich nicht mehr fremd anfühlt, neben Hektor zu sitzen.

Mittwoch, 12. Mai 2083

Es ist fast Mittag, als ich aufwache. Müde blinzle ich mir den Schlaf aus den Augen. Ich liege in meinem Bett – ich meine Elektras Bett. Dunkel kann ich mich noch daran erinnern, mich im Halbschlaf hierher zurückgeschlichen zu haben, nachdem Hektors Kopf immer wieder auf seine Brust gesunken ist. Danach muss ich geschlafen haben wie eine Tote. Wenn ich geträumt habe, kann ich mich nicht erinnern. Gut.

Nach dem üblichen VitaScan und einer Katzenwäsche drehe ich wieder eine Runde im Garten. Falls ein Mörder hinter dir her ist, kann es nicht schaden, in Form zu bleiben. Während ich laufe, denke ich darüber nach, wer mich tot sehen will:

Miranda Stone, weil sie Phillip mit einer ihrer Töchter verkuppeln will?

Jemand, der unsere Verbindung aus politischen Gründen verhindern möchte? Die OaC, über die ich noch immer so gut wie nichts weiß? War es tatsächlich dieser Wachmann, den Priamos »entlassen« hat?

Oder hat der Mord gar nichts mit dem Eheschließungsvertrag von Phillip und Elektra zu tun? Julian hat mir gestern aufgelauert. Er könnte auch Elektra aufgelauert haben. Oder steckt jemand hinter dem Anschlag, den ich noch gar nicht kennengelernt habe? Was weiß Priamos wirklich?

Und was ist mit Sabine? Die wollte vielleicht nicht Elektra tot sehen – bei mir hingegen bin ich mir nicht so sicher.

Nach gestern Nacht kann ich zumindest Hektor von der Liste streichen. Phillip würde ich auch gern herunternehmen, aber bei ihm bin ich mir nicht hundertprozentig sicher. Was, wenn er mir etwas vorspielt? Nach dem Aufstehen habe ich meinen Elastoscreen gecheckt. Bisher hat er sich nicht gemeldet. So viel dazu.

Ich komme kurz aus dem Tritt, als mir bewusst wird, dass ich tatsächlich enttäuscht bin, weil Phillip sich noch nicht gemeldet hat.

Als ich zwischen den Obstbäumen hindurchjogge, sehe ich eine schlanke Gestalt auf einem weißen Pferd über die Weide galoppieren. Sabines blonder Zopf weht hinter ihr her. Ich bleibe stehen, stemme meinen Arm in die Hüften und beobachte sie. Wie schön und elegant sie aussehen, sie und das Pferd. Sie wirkt gelöst. Als wären ihre Schultern weniger angespannt, ihr Gesicht freier. Sie sieht mich, sie muss mich sehen, aber sie ignoriert mich. Sie lenkt das Pferd Richtung Stallungen und reitet davon.

Ich weiß selbst nicht warum, aber ich jogge ihr hinterher.

Natürlich hole ich sie nicht ein. Sabine ist längst abgestiegen und hat ihr Pferd nach drinnen gebracht, als ich bei den Stallungen ankomme, etwas außer Puste und mit schweißnassem Gesicht. Haarsträhnen kleben mir im Gesicht. Ich streiche sie aus der Stirn. Dann betrete ich die Stallungen, die nach Heu und Tieren riechen. Aus den Oberlichtern fällt Sonnenlicht in den Mittelgang. Hier und da liegt Stroh und aus den Boxen rechts und links des Ganges erklingt das Schnauben und Wiehern der Pferde.

Plötzlich öffnet sich eine der Boxen und Julian tritt auf den Gang. Er trägt dunkle Reitstiefel, ein schwarz-rot kariertes Hemd und eine graue Reithose. Als er mich sieht, stellt er überrascht die beiden großen Futtereimer ab, die er getragen hat.

Nach schnellen Blicken nach links und rechts stiefelt er auf mich zu. »Was machst du hier?«

Ich grinse schief. »Was wohl. Ich wollte zu dir.« Wenn ich herausfinden will, was hier wirklich gespielt wird, muss ich anfangen, Fragen zu stellen. Ich weiß noch nicht, welche Fragen die richtigen sind, aber irgendwie muss ich ja beginnen.

Und ich muss lernen, besser zu lügen. Julian nimmt mir meine Behauptung nämlich nicht ab.

»Jetzt? Deine Mutter ist hier!«

Ich zucke mit den Schultern. »Sie ist beschäftigt.«

Er blickt den Mittelgang hinunter. Als er sich davon überzeugt hat, dass wir allein sind, verschränkt er die Arme. »Das sind ja ganz neue Töne.«

Ich senke den Kopf und versuche, möglichst überzeugend zerknirscht zu wirken. »Ich wollte mich bei dir entschuldigen. Wegen gestern.«

»Für die Ohrfeige oder dafür, dass du mit dem Märchenprinzen ausgegangen bist?«

Das wird schwerer als gedacht. »Du weißt, dass ich diesbezüglich keine Wahl hatte. Und die Ohrfeige hast du verdient.«

Irgendwo hinten im Stall fällt etwas klappernd zu Boden. Julian blickt sich nervös um. Als nichts geschieht, konzentriert er sich wieder auf mich. »Wieso das?«

»Du hast mich erschreckt gestern Nacht. Und der Kuss kam total unerwartet.«

»Das hat dich doch sonst noch nie gestört.« Er kommt einen Schritt näher und legt mir die Hand auf die Hüfte.

»Bist du verrückt? Meine Mutter!«, zische ich. Sofort zieht er die Hand zurück.

»Hilfst du mir beim Arbeiten, wenn du schon da bist? Tade muss noch gestriegelt werden.«

Klar, wenn du mir zeigst, wie man ein Pferd striegelt.

»Ich muss los.«

Seine Gesichtszüge werden weicher. »Du fühlst dich nicht wohl hier. Wegen der Pferde? Wegen des Unfalls?«

Er ergreift meine Hände, und ich muss mich beherrschen, nicht zurückzuzucken.

»Das ist es nicht. Ich kann mich noch nicht einmal an den Unfall erinnern.«

»Sicher?«

Er blickt mir direkt in die Augen und ich schüttle den Kopf, um seinem Blick ausweichen zu können.

»Soll ich dich ablenken?«

Verlegen befreie ich meine Hände aus seinem Griff. »Ich habe zu tun.«

Julian schaut mich einen Augenblick lang enttäuscht an. Dann zuckt er mit den Schultern. Das Gespräch verläuft kein bisschen so, wie ich mir das wünschen würde. »Reisende soll man nicht aufhalten.« Plötzlich klingt seine Stimme ganz kalt.

»Sei nicht so. Auch wenn du die Ohrfeige verdient hast, will ich nicht, dass du böse auf mich bist.«

»Vielleicht solltest du dann aufhören, mich wie Luft zu behandeln.«

Er greift wieder nach den Futtereimern und wendet sich von mir ab. Aus einem Impuls heraus gehe ich ihm hinterher.

»Das tu ich doch gar nicht.«

»Und warum beantwortest du meine Nachrichten nicht?«

Mitten im Schritt bleibe ich stehen. »Deine Nachrichten.«

Es klingt nicht wie eine Frage, aber er wirft dennoch einen Blick über seine Schultern und schiebt hinterher: »Ich hab sie am üblichen Platz deponiert. Ich hab mir Sorgen gemacht um dich.« Wieder stellt er die Eimer ab. »Weißt du, Ela, ich habe wirklich gedacht, dir geht es nicht gut. Dass der Unfall dich mehr mitgenommen hat, als du zugeben magst. Aber dann treibst du dich mit diesem Lackaffen einen ganzen Abend lang in der Stadt herum …«

Ich öffne den Mund, aber er winkt ab.

»Weißt du was, lass es einfach.«

»Ich …«

»Das ist hier weder die richtige Zeit, noch der richtige Ort.« Er wirft einen Blick hinüber in eine der leeren Pferdeboxen. »Na ja, vielleicht ist es schon der richtige Ort, aber nicht die richtige Zeit. Deine Mutter kann jeden Moment auftauchen. Komm später wieder.« Er zögert einen Moment, dann grinst er mich an. »Freut mich, dass du zur Vernunft gekommen bist.«

Ehe ich reagieren kann, verschwindet er in der nächsten Box. Zur Vernunft gekommen, überlege ich. Bin ich das? Oder mache ich gerade alles nur noch komplizierter?

Als ich den Stall bereits fast verlassen habe, entdeckt mich Sabine doch noch.

»Was machst du hier?«, fragt sie ruppig.

»Mich umsehen.«

Sie kommt zu mir und mustert mich von oben bis unten. »Du joggst?«

Ich nicke.

»Aha.«

Seite an Seite verlassen wir den Stall und überqueren den Hof. Ich will zum Haus zurück, aber als Sabine den Weg zur Weidefläche einschlägt, schließe ich mich ihr kurz entschlossen an.

Wir bleiben am Rand der Koppel stehen und beobachten die Pferde. *Araber, Lipizzaner, Haflinger?* Ich habe keine Ahnung, um welche Rasse es sich bei den beiden braunen Tieren handelt.

Als Elektra Hamilton sollte ich das wohl.

Ich blicke zu Sabine hinüber. »Phillip hat mir erzählt, dass du viele Jahre lang Pferde gezüchtet hast.«

Sie scheint von meiner Bemerkung unberührt. Sie blickt einfach weiter geradeaus, hinüber zu den Pferden.

Ich will das Thema bereits fallen lassen, als sie doch antwortet. »Hat er das?«

»Warum hast du damit aufgehört?«

»Schau sie dir an.« Ich höre zum ersten Mal Wärme in ihrer Stimme. »Schau dir an, wie schön sie sind. Wie edel. Wie stolz. Und friedlich.«

»Hektor hat erwähnt, er sei als Kind mal von einem Pony gebissen worden.«

Sabine grinst. »Ja, stimmt. Ich erinnere mich. Er hat Zeter und Mordio geschrien.« Sie wirkt auf einmal viel jünger. »Vor ein paar Jahren rief mich eine meiner ersten Kundinnen an. Sie wollte ein neues Pferd. Der Trakehner, den sie ein paar Jahre vorher gekauft hatte, eignete sich nicht mehr zum Reitsport. Sie hatte keine Verwendung mehr für ihn.« Ihre Stirn bewölkt sich. »Heutzutage scheinen wenige Menschen noch Verwendung für alte Pferde zu haben. Ich schlug ihr vor, Reginald bei mir aufzunehmen. Er hat Unglaubliches geleistet. Er hatte ein paar ruhige Jahre verdient. Das war der Anfang. Ich hätte nicht gedacht, dass mich diese Aufgabe so glücklich macht.«

Es ist seltsam, diese Worte aus ihrem Mund zu hören. Sie passen so gar nicht zu dem oberflächlichen, hassenswerten Snob, als den ich Sabine gern sehen würde.

»Was wurde aus Elektras Pferd? Konstantin?«, frage ich.

Aus den Augenwinkeln sehe ich, wie ihre Hände sich um den Holzbalken der Koppel verkrampfen.

»Ihm geht es gut. Nach dem … Vorfall haben wir ihn an einen befreundeten Züchter abgegeben.«

»Ihr konntet seinen Anblick wohl nicht mehr ertragen?« Ich weiß nicht, warum ich das frage. Vielleicht, weil ich sie aus der Reserve locken will. Weil ich es nicht aushalte, sie so sanft und ruhig zu sehen. Sie so herzlich über Tiere sprechen zu hören, wo sie doch keine Probleme damit hat, Menschen in einem Institut gefangen zu halten.

Tatsächlich erreiche ich mein Ziel. In einer fließenden Bewegung dreht sie sich zu mir um. Eine Ader pocht wütend an ihrer Schläfe. »Es ist nicht *sein* Anblick, den ich nicht ertragen kann.« Ihre Stimme könnte Glas schneiden, aber ihre Wut prallt an mir ab. Wenn überhaupt, erfüllt sie mich mit dem Feuer, das ich brauche, um sie weiter zu hassen. Da kann sie Nestor noch zehnmal so oft in ihre Arme schließen und ihm über den Kopf streicheln. Sie verhält sich nicht wie eine Mutter. Weder gegenüber Hektor, noch gegenüber Elektra und auch nicht … Ich grabe meine Fingernägel so fest in das weiche Fleisch meiner Handteller, dass ich einen Schmerzenslaut unterdrücken muss. Aber es hilft. Dieser schreckliche, unerwünschte Gedanke darf nie, nie, niemals zu Ende gedacht werden. Klon Nr. 2066-VI-003 hat keine Eltern.

»Was passiert ist, ist nicht Konstantins Schuld«, sagt Sabine scharf.

»Aber meine ist es auch nicht!«

Die Worte sind heraus, schneller, als ich sie denken kann. Geschockt über mich selbst drehe ich mich um und jogge zurück zum Herrenhaus. Weg von Sabine. Ich weiß nicht, was sie von meiner Äußerung hält. Ich weiß nicht, ob sie mir hinterherstarrt, und ich traue mich nicht, mich umzublicken. Aus Angst vor dem, was ich sehen könnte.

Als ich in der zweiten oder dritten Klasse war, gab es einen Wachmann, Amar, der mich oft beim Lauftraining auf der Außen-Rennbahn des Instituts beobachtete. Die meisten Kinder hatten Angst vor ihm, weil er immer so finster dreinblickte. Aber ich mochte ihn. Es war nicht so, dass er mich anfeuerte oder mit mir sprach, aber immer, wenn ich mit rotem Kopf und nach Luft japsend über die Ziellinie rannte, war er in der Nähe und nickte mir anerkennend zu. Irgendwie fühlte es sich so an, als würde er mich unterstützen. Als wäre er stolz auf mich, wenn ich meinen inneren Schweinehund überwand und auf den letzten Metern noch einmal alles gab.

Ich erinnere mich daran, dass ich eines Tages auf der Rennbahn stolperte und mir die Knie aufschlug. Es blutete und tat ziemlich weh. Ich krümmte mich auf dem Boden, während Kelsey hilflos neben mir stand.

Miss Miller, unsere Sportlehrerin, kam angerannt, um nach mir zu sehen, aber Amar war schneller. Er hob mich auf, wischte mir überraschend sanft mit seinen großen Händen die Tränen aus dem Gesicht und bot an, mich ins Krankenzimmer zu bringen.

Miss Miller, die eine ganze Horde Kinder zu beaufsichtigen hatte, stimmte zu. Sie schickte allerdings Kelsey mit uns.

Keiner von uns dreien sprach ein Wort, während wir ins Institut gingen. Amar trug mich in seinen starken Armen. Ich legte meine Wange an seine Schulter, hielt mich an ihm fest, bedauerte mich selbst wegen meines schmerzenden Knies und blickte verwirrt Kelsey an. Die schien nicht minder verwundert.

Im Krankenzimmer war niemand, deshalb bat Amar Kelsey, eine Medic zu suchen. Er setzte mich sanft auf dem Stuhl ab – ich weiß noch, dass ich ihn am liebsten gar nicht losgelassen hätte. Dann wusch er mir vorsichtig die Wunde aus. Als wir fertig waren, hob er mich hoch, setzte sich selbst auf den Stuhl, nahm mich auf den Schoß.

»Wie heißt du?«, fragte er. Das waren vermutlich die ersten Worte, die er jemals zu mir gesagt hat.

»Isabel«, antwortete ich. »Ich wäre Erste geworden, wenn ich nicht gestolpert wäre.« Es war mir sehr wichtig, das zu sagen, denn das sollte erklären, warum meine Stimme so kläglich klang und ich Tränen in den Augen hatte. Nicht wegen dem Schmerz, den hielt ich aus, sondern wegen dem doofen Sturz.

Unbeholfen streichelte er mir über das Haar.

»Es wird andere Rennen geben, Isabel.« Nach einer kleinen Pause fügte er hinzu: »Das ist ein schöner Name.«

»Wie ist dein Name?«

»Amar.«

In diesem Moment kam die Medic herein und löste ihn ab. »Danke«, sagte sie zu ihm, aber sie klang nicht so, als ob sie das auch meinen würde. »Sie können gehen.«

Und das war's. Amar übergab mich der Medic und stand auf. An der Tür drehte er sich noch einmal um.

»Du bist schnell wie der Wind«, sagte er. »Lass dich nicht unterkriegen.«

Die Medic begann, sich an meiner Schürfwunde zu schaffen zu machen, ich schrie auf, Kelsey griff nach meiner Hand und Amar ging.

Er ging einfach.

Ich sah ihn niemals wieder. Keine Ahnung, was aus ihm geworden ist.

Vielleicht fanden es die Medic und Miss Miller seltsam und unangebracht, dass er sich so um mich gekümmert hat. Aber ich weiß, Amar hatte keine bösen Hintergedanken. Vermutlich ist er der Grund, weshalb ich bis heute nicht mit dem Joggen aufgegeben habe. Und das ist gut, denn jetzt renne ich um mein Leben.

Ich habe mir oft vorgestellt, er käme eines Tages ins Institut, um Kelsey und mich zu holen. Wie die Cuthberts die kleine Anne nach Green Gables. Aber er ist nie gekommen. Egal aus welchem Grund, am Ende hat auch er mich verlassen. Klone haben keine Eltern.

Kapitel 25

Nach dem Duschen fühle ich mich etwas besser. Mit dem Schweiß habe ich meine Panik abgewaschen, wenn auch nicht meine Sorgen. Mit einem Handtuch um meinen Kopf und einem weiteren um meinen Oberkörper gehe ich zurück ins Schlafzimmer und checke meinen Elastoscreen.

Ich habe zwei Messages bekommen. Beide sind von Phillip. Endlich.

War ein schöner Abend gestern, schreibt er.

Und: *Morgen Abend kommt der Sommernachtstraum im Theater. Hast du Lust?*

Erst, als mein Handtuch vom Kopf zu Boden rutscht, merke ich, dass ich eine ganze Weile lang lächelnd auf seine Nachricht gestarrt habe. Na bitte, wer sagt es denn.

Klingt gut, schreibe ich zurück. *Solange du Oberon nicht seinen Liebestrank klaust.*

Ich sende die Nachricht ab, ehe ich es mir anders überlegen kann. Ich will Phillip ausschließlich deshalb treffen, weil das meine Aufgabe ist. Und weil ich mehr über die OaC erfahren will. Seine schönen Augen haben nichts damit zu tun.

Gerade will ich den Elastoscreen weglegen, als eine neue Nachricht auf dem Display erscheint.

Puck hat den Liebestrank, nicht Oberon. Und eigentlich ist es auch kein Trank. Ich merke schon, es wird Zeit, dass man dich ins Theater entführt.

Er hat zurückgeschrieben, beinahe sofort!

Ich setze mich aufs Bett und überlege mir, was ich antworten soll. Schließlich entscheide ich mich für:

ENTführen lasse ich mich sicher nicht, du Shakespeare-Groupie. Aber AUSführen darfst du mich gern.

Es dauert keine zwanzig Sekunden und er antwortet wieder. Obwohl ich noch nasse Beine und Arme habe, lege ich mich ins Bett und beginne, mit ihm hin- und herzuschreiben. Es macht überraschend viel Spaß.

Am Nachmittag kommt Phaedre vorbei. Sie hat mich per seeYa angeschrieben, während ich mich mitten im Nachrichten-Ping-Pong mit Phillip befand. Erst in diesem Moment fiel mir ein, dass ich versprochen hatte, mich bei ihr zu melden. Das war aber, ehe ich mit Hektor die halbe Nacht durchgequatscht habe. Den sehe ich vor Phaedres Eintreffen nur einmal kurz in der Küche, wo er mich müde anblinzelt und mir ein schiefes Grinsen schenkt. Offenbar steckt ihm die Nacht auch in den Knochen.

Ich lasse mich von Phaedre in mein Zimmer ziehen, wo wir mehr Privatsphäre haben, wie sie sagt. Was für ein Glück. Ich schaue mich vergeblich nach Hektor um. Phaedre ist nett, wirklich, aber ich würde mich bedeutend besser fühlen, wenn ich nicht mit ihr allein wäre. Es ist eine Sache, den Dienstboten etwas vorzuspielen, aber eine ganz andere, das bei jemandem zu versuchen, der Elektra vermutlich besser gekannt hat als jeder sonst. Und der sich liebend gern über Mode und Männer und andere Themen unterhält, zu denen ich offensichtlich eine ganz andere Einstellung habe als Elektra. Ständig habe ich Angst, dass Phaedre mir auf die Schliche kommt.

Doch niemand stört uns in meinem Zimmer, sieht man einmal von Natascha ab, die uns Getränke serviert – einen Café Latte für Phaedre, einen Früchtetee für mich. Von Nataschas

Aufgewühltheit ist nichts mehr zu merken. Sie schenkt uns ein freundliches Lächeln, während sie die Tassen vor uns abstellt.

In meiner Erzählung von meinem Treffen mit Phillip konzentriere ich mich auf oberflächliche Dinge. Je mehr ich mich in unwesentlichen Details verliere, desto weniger können wir auf Dinge zu sprechen kommen, die mich aufs Glatteis führen. Als ich fertig bin, mustert Phaedre mich neugierig.

»Du wirkst ja fast so, als ob es dir gefallen hätte, Sweetheart?«

»Vielleicht hat es das auch.«

»Und was sagt dein Herzbube dazu?«

»Wir waren nur einmal aus. Ich würde ihn jetzt nicht meinen Herzbuben nennen.«

Phaedre schlägt mir spielerisch mit dem Handrücken auf den Oberarm. »Nicht Phillip, du hohle Nuss. Dein edler Ritter auf dem weißen Pferd.«

Sie weiß es. Ich versteife mich. Ich hatte geglaubt, niemand wüsste von Elektra und Julian. Nicht einmal Hektor hat sie es gesagt. Aber natürlich weiß Phaedre Bescheid. Sie und Elektra sind beste Freundinnen. Sie meint doch Julian? Oder?!

Phaedre wartet auf eine Antwort und ich räuspere mich, um Zeit zu gewinnen.

»Der ist nicht so begeistert davon«, wage ich mich dann vor.

Phaedre lacht. »Das kann ich mir vorstellen. Und was machst du jetzt?«

»Was soll ich schon machen? Da muss er durch.« Ich zucke mit den Schultern. »Ich muss es ja auch.«

»Lexi, Lexi, Lexi – du spielst mit den Männern.«

»Ich spiele nicht.« Jedenfalls nicht so, wie Phaedre es klingen lässt. Ihr Kommentar ärgert mich, und das merkt man offenbar auch. Jedenfalls hebt sie defensiv beide Hände.

»Das war nicht als Vorwurf gemeint. Und ein schlechtes Gewissen brauchst du deswegen ohnehin nicht zu haben. Immerhin ist Julian auch nicht besser.«

Ich nippe an meinem Tee. Inzwischen ist er fast kalt. »Du meinst wegen Natascha.« Meine Ohren brennen. Schlimm genug, dass sie glaubt, ich würde mit ihrem Freund rummachen. Ich lasse mich auch noch von ihr bedienen. Erbärmlich.

»Du hast doch hoffentlich wegen *ihr* kein schlechtes Gewissen?«, fragt Phaedre ungläubig.

»Hättest du das nicht?«

»Ich an deiner Stelle wäre eher auf Julian sauer. Er ist derjenige, der ihr immer wieder Hoffnungen macht.«

»Das Ganze ist ja bald vorbei.«

Phaedre nimmt sich einen Keks und studiert ihn eingehend. »Ist es das?«

»Du hast schon mitbekommen, dass meine Familie alles daransetzt, mich mit Phillip von Halmen zu verloben?«

Sie lächelt säuerlich. »Als könnte ich das vergessen. Ich bin auch Teil dieser Familie, weißt du? Der unbeliebte zwar, aber dennoch ein Teil. Abgesehen davon: Du wärst nicht die erste Frau, die sich einen Liebhaber hält.«

Ich bin zu schockiert, um zu antworten. Natürlich bin ich keine Idiotin. Natürlich weiß ich, dass sich Paare nicht immer treu sind. Aber ich bin ja nicht bereits zehn oder zwanzig Jahre verheiratet – und eigentlich ohnehin zu jung für eine derart feste Bindung.

Vielleicht hat Elektra das aber auch anders gesehen. Phaedre scheint leicht überrascht, dass mich ihr Vorschlag so aus der Bahn wirft.

»Musst du ja nicht, Liebes. Ebenso wenig, wie du Phillip wirklich heiraten musst. Vielleicht wird es Zeit, dass du deinem Vater die Stirn bietest und ihm sagst, dass du dich in Julian verliebt hast.«

Ja klar, denke ich. Priamos Hamilton die Stirn bieten. Ich kann mir ganz genau vorstellen, wie das ablaufen würde.

»Ich bin doch nicht lebensmüde.«

Phaedre hat keine Ahnung hat, wie ernst ich diese Worte meine.

Wenn mir der Besuch von Phaedre eins klargemacht hat, dann, dass ich die Sache mit Julian so schnell wie möglich beenden muss.

Die Frage ist bloß wie?

Es fühlt sich schizophren an, mit jemandem Schluss zu machen, mit dem man gar nicht zusammen ist. Nicht wirklich jedenfalls. Aber was bleibt mir schon übrig? Immerhin, so tröste ich mich, hat dadurch Natascha wieder freie Bahn.

Zunächst beschließe ich, ihm einen Brief zu schreiben. Doch bereits nach den ersten Zeilen wird mir klar, dass das nicht funktionieren wird. Zumindest nicht, falls Julian Elektras Handschrift kennt. Meine wird der ihren zwar bereits ähnlicher, überzeugend nachahmen kann ich sie aber noch nicht. Die nächste halbe Stunde verbringe ich deshalb lieber damit, Elektras Schrift zu üben. Danach achte ich darauf, diesmal wirklich alle Schnipsel die Toilette hinunterzuspülen.

Per seeYa will ich mit Julian aber auch nicht Schluss machen. Ich bin mir ziemlich sicher, dass Priamos die Spuren, die ich im Netz hinterlasse, genau verfolgt. Und es gab einen Grund, weshalb mein Original ihre Affäre vor ihren Eltern geheim gehalten hat.

Je länger ich darüber nachdenke, desto mehr gelange ich zu dem Schluss, dass ich nur persönlich Schluss machen kann. Aus diversen Gründen. Kurz bin ich versucht, Hektor darum zu bitten, das für mich zu übernehmen. Julian mitzuteilen, dass es aus ist. Aber wie erbärmlich wäre das? Nein, da muss ich schon selbst durch. (Danke, Elektra!) Aber nicht mehr heute. Heute fehlen mir dazu die Nerven. Also verschiebe ich das Schlussmachen auf morgen. Dann ist schließlich auch noch ein Tag.

Die Stunde vor dem Abendessen verbringe ich damit, mit dem Elastoscreen auf dem Bett zu liegen und mich wieder einmal durch Sabines Files zu klicken. Inzwischen hängen sie mir zum Hals heraus. Aber vielleicht schützt mich intensiveres Lesen vor weiteren unliebsamen Überraschungen wie der mit Julian. Ich weiß, dass das Quatsch ist. Vor so etwas könnten mich nur Files bewahren, die von Elektra selbst zusammengestellt wurden. Aber diese hier sind nun mal die einzigen, die mir zur Verfügung stehen.

Auf der Suche nach Tagebüchern und Notizen von ihr habe ich zuvor bereits das ganze Zimmer auf den Kopf gestellt. Nichts.

»Was machst du da?«, fragt Nestor, der plötzlich in der Tür steht.

»Hast du dich angeschlichen?«, frage ich streng, lächle ihn aber an, um ihm zu signalisieren, dass das okay ist. Solange es sich um Nestor handelt und er ohne seine Mutter unterwegs ist.

Er nickt begeistert.

»Wo ist dei… denn Mom?«

»Bei den Pferden.«

Nestor schließt die Tür und rennt, so schnell ihn seine Füße tragen, zu mir herüber. Ich bin geistesgegenwärtig genug, die Akte zu schließen und die VidApp auf dem Elastoscreen zu starten. Als Nestor zu mir aufs Bett geklettert ist und auf meinen Elastoscreen start, sieht er ein Standbild der *Anne auf Green Gables*-Verfilmung, die ich an meinem ersten Tag hier angeschaut habe.

»Was ist das?«

»Das ist die Geschichte eines kleinen Mädchens, das keine Eltern mehr hat.«

»Wie traurig!«

»Ja. Aber es ist eine schöne Geschichte. Ein Mann und eine Frau adoptieren sie und sie zieht auf eine wunderschöne Farm.«

»Eine Pferdefarm?«

Ich grinse. »Nein.«

»Was für eine Farm?«

Ich gucke auf die Uhr. Noch über eine halbe Stunde bis zum Abendessen. Wenn Sabine Nestor vermisst, ist das nicht meine Schuld. Ich beschließe, dass er alt genug für die *Anne auf Green Gables*-Serie ist, und starte die erste Episode von vorne.

Als ich mit Nestor an der Hand im Esszimmer ankomme, erwarte ich, dass Sabine mir eine Standpauke hält. Umso überraschter bin ich, dass sie unser Auftauchen nur mit einem Stirnrunzeln quittiert. Nestor rennt zu seiner Mama und drückt sich an sie, als habe er sie tagelang nicht gesehen.

Priamos kommt als Letzter. Er trägt noch Anzug und Krawatte. Seine Frau begrüßt er mit einem flüchtigen Kuss auf die Wange, Nestor bekommt einen auf den Scheitel. Für Hektor und mich hat er immerhin ein knappes Lächeln übrig.

»Wie war euer Tag?«, fragt er, während Margot einen Teller Suppe vor ihm abstellt. Als wären wir eine ganz normale Familie. Und nachdem die anderen alle geantwortet haben, erwartet er offenbar auch eine Antwort von mir.

Wie mein Tag war? Ganz gut. Dein Stallbursche hat schon wieder versucht, mich zu küssen. Der obligatorische Streit mit deiner Frau ist heute mal nicht ganz so heftig ausgefallen wie sonst und deine Nichte hat mir vorgeschlagen, meine Verlobungszeit mithilfe eines Geliebten noch interessanter zu gestalten. Immerhin ist mein Mörder noch nicht aufgetaucht und hat mir ein Messer in die Brust gerammt. Aber der Tag ist ja noch nicht um, nicht wahr?

»Ganz okay. Schön eigentlich. Phaedre hat mich besucht.«

»Schon wieder?!« Sabine ist nicht begeistert.

Ich zucke mit den Schultern. Was soll ich denn bitte dazu sagen? Aber ich brauche auch gar nicht zu antworten, denn Priamos wirft seiner Frau einen warnenden Blick zu und nickt leicht in die Richtung des Durchgangs, durch den Margot gerade verschwunden ist.

Warum engagiert jemand Hausangestellte, wenn es ihn dauernd davon abhält, offen in den eigenen vier Wänden auszusprechen, was er denkt? Na ja, ich will mich nicht darüber beschweren. Diesmal erspart es mir immerhin eine ätzende Diskussion. Als ob ich begeistert davon wäre, dass Phaedre hier ständig auftaucht.

»Ist das ein Problem?«, fragt Priamos stattdessen mich. »Strengen dich ihre Besuche zu sehr an?«

Hast du alles im Griff?, will er eigentlich wissen.

»Alles gut«, lüge ich.

»Wie geht es deinem Kopf?«

Diese Frage ist eindeutig für Margot bestimmt, die gerade mit einer Flasche Wasser wieder ins Zimmer kommt, um uns einzuschenken. Einen winzigen Moment lang bin ich versucht, Priamos auflaufen zu lassen und ihn naiv zu fragen, was er meint. Aber damit würde ich mir nur ins eigene Fleisch schneiden.

»Jeden Tag besser.« Nach einer Pause füge ich hinzu: »Aber ich kann mich noch immer an nichts erinnern.«

Margot, die gerade hinter mir steht, drückt mir mitfühlend die Schulter und ich lächle sie dankbar an.

Hektor hüllt sich, wie immer, wenn wir mit seinen Eltern zusammensitzen, in Schweigen. Er tut so, als konzentriere er sich auf seinen kleinen Bruder, der begeistert mit den Buchstabennudeln spielt, die durch die Temperatur der warmen Suppe die Farbe wechseln. Ich bin mir allerdings sehr sicher, dass er jedem unserer Worte lauscht.

»Immerhin war sie heute bei den Stallungen.« Sabines Ton klingt leicht, aber ihre Augen blitzen. »Ich hätte nicht gedacht, dass du dich da jetzt schon wieder hinwagst.«

Soll wohl heißen: Ich traue dir immer noch nicht.

»Phillip von Halmen hat mich ins Theater eingeladen. Für morgen Abend.«

Priamos ist begeistert. »Das sind ja hervorragende Neuigkeiten.«

Seine Frau ist deutlich weniger angetan: »Was?! Wann?«

»Das sagte ich bereits: für morgen Abend.«

Sie knallt wütend ihr Glas auf den Tisch. »Ich meinte: Wann hat er dich eingeladen?«

Nestor schaut seine Mutter schockiert an. Priamos legt die Hand auf den Unterarm seiner Frau, während ich weiter Öl ins Feuer gieße: »Ich weiß gar nicht, warum dich das so aufregt. Ihr wolltet doch, dass Phillip und ich uns näherkommen.«

Hektor tritt mir unterm Tisch gegen das Schienbein.

Ehe Sabine loswettern kann, schiebe ich hinterher: »Er hat mir eine Message geschickt. Heute Mittag.«

Sabine presst die Lippen zu einem schmalen Strich zusammen, bleibt aber ruhig. Priamos scheint gleichsam amüsiert und begeistert. Er setzt zu sprechen an, aber schon wieder kommt Margot ins Zimmer. Diesmal bringt sie Brot.

Ich koste von der Suppe und strahle sie an: »Kompliment, Margot. Es schmeckt wieder einmal hervorragend.«

Selbst die Tatsache, dass mir Sabine tausend gut gemeinte Ratschläge gibt, nachdem Margot sich zurückgezogen hat, verdirbt mir nicht den Appetit. Ich habe das Gefühl, ein Loch im Bauch zu haben, und mir fällt auf, dass ich heute noch kaum etwas gegessen habe. Erschreckend ist allerdings, wie schnell ich mich an die hervorragende Küche gewöhnt habe.

Als mich Priamos in sein Arbeitszimmer beordert (er formuliert es als Bitte, aber wir wissen alle, dass ich keine Wahl habe), ist Sabine dem Himmel sei Dank mit Nestor beschäftigt.

»Darf ich vor dem Schlafen noch mal zu dir?«, fragt mich Elektras kleiner Bruder, als ich vom Tisch aufstehe.

»Klar«, antworte ich, ehe Sabine einschreiten kann. Soll sie doch die Böse sein. »Ich bin gleich wieder da.«

Tatsächlich widerspricht sie nicht. Sie mustert mich mit einem seltsamen Blick. Ich könnte noch nicht mal behaupten, dass er kalt ist. Er ist vielmehr … nachdenklich. Beobachtet sie so ihre Schwester? Glaubt sie in mir eine weitere Feindin gefunden zu haben? Bin ich das vielleicht sogar? So oder so, Sabine ist nicht mit mir befreundet. Priamos auch nicht. Noch nicht einmal Hektor. Das darf ich nicht vergessen.

Der begleitet mich und Priamos ins Arbeitszimmer.

»Kompliment, meine Liebe. Onkel Kadmos wird begeistert sein, dass du dich so gut schlägst.« Priamos nimmt auf dem großen Bürostuhl Platz und lächelt mich zufrieden an.

Hektor lehnt sich mit verschränkten Armen gegen die Tür. »Es ist nur ein Date. Übertreib mal nicht.«

Priamos widerspricht. »Es ist eine Chance.« Dann konzentriert er sich wieder ganz auf mich. »Setz dich.«

Während ich es mir bequem mache, beginnt er, die Korrespondenz auf seinem Schreibtisch durchzublättern. Eine Weile lang sagt er nichts. Man hört nur das Rascheln der Blätter.

Ich spüre, dass Hektor hinter meinem Rücken unruhig wird, aber auch er hält sich zurück.

Schließlich – vermutlich hat er beschlossen, uns lange genug auf die Folter gespannt zu haben –, wendet sich Priamos wieder uns zu.

»Ich mache dir einen Vorschlag«, beginnt er, und alle Nackenhaare stellen sich mir auf. Ich muss an den ersten Vorschlag denken, den er mir gemacht hat. Durch den ich zu Elektra wurde.

»Nächste Woche feiern wir Sabines Geburtstag. Im kleinen Kreis, aber die von Halmens sind auch eingeladen. Phillips Mutter hat noch nicht zugesagt. Schaffst du es, Phillip dazu zu bringen, dass er sie davon überzeugt, mitzukommen?«

Ich zucke mit den Schultern. »Keine Ahnung.«

Gern würde ich Priamos fragen, warum es ihm so wichtig ist, dass Polina von Halmen mitkommt. Vermutlich hat es mit ihren Forschungsergebnissen zu tun, von denen Hektor erzählt hat.

Der hat seinen Platz an der Tür aufgegeben und steht jetzt genau hinter mir. Seine Hände umfassen die Stuhllehne, ich spüre seine Präsenz im Rücken. Es fühlt sich nicht feindselig oder bedrohlich an, sondern beruhigend.

Priamos achtet nicht auf ihn, sondern fokussiert sich auf mich. »Wo ist dein Kampfgeist geblieben?«

Den kann er haben. Frech erwidere ich: »Warum ist es dir so wichtig, dass Phillips Mutter zum Essen mitkommt?«

Priamos antwortet mit einer Gegenfrage: »Was würdest du sagen, wenn ich dir erlaube, eine gewisse Freundin wiederzusehen, wenn es dir gelingt?«

Mein Herz setzt für Sekunden aus und schlägt dann schneller. »Was?«

Priamos nickt. »Kelsey, richtig?«

»Im Ernst?«

»Ich scherze nicht, junge Dame, das solltest du inzwischen wissen. Und ich stehe zu meinem Wort.«

Hektor legt mir die Hand auf die Schulter, aber nichts, was irgendjemand in diesem Moment tun könnte, kann mich beruhigen. »Versprochen?«, flüstere ich heiser.

Priamos nickt.

»Ich gehe sogar noch weiter. Wenn es dir gelingt, dass Phillip mit seiner Mutter spricht – also wenn ich von Polina höre, sei es eine Zu- oder eine Absage –, arrangiere ich noch am gleichen Tag ein Treffen für dich und deine *Freundin*.«

Mein Herz klopft immer noch, als ich das Arbeitszimmer verlasse. Kelsey wiedersehen? Ich kann es einfach nicht glauben.

Das wäre wundervoll. Aber was, wenn es mir nicht gelingt, Phillip dazu zu bringen, mit seiner Mutter zu sprechen? Nein, daran darf ich nicht denken. Mir muss es gelingen. Es muss.

»Alles okay?«, flüstert Hektor, der mit mir das Arbeitszimmer seines Vaters verlassen hat. Ich nicke. Dabei bin ich mir nicht sicher. Eigentlich bin ich noch nicht mal in der Verfassung, mein Versprechen einzuhalten und mit Nestor zu spielen. Aber als ich ihn und Sabine auf dem Wohnzimmerboden entdecke, wo sie zusammen puzzeln, strahlt er mich so an, dass ich es nicht über das Herz bringe, ihm abzusagen.

»Kommst du mit in mein Zimmer?« Ich strecke die Hand aus und er springt begeistert auf und ergreift sie.

»Ich hole ihn in einer Stunde ab«, lässt Sabine mich wissen. Dann steht sie auf. Während Nestor mit mir und Hektor nach oben geht, verschwindet sie in Richtung Arbeitszimmer.

»Soll ich mit euch kommen?«, fragt mich Hektor auf dem Treppenabsatz.

Ich schüttle den Kopf. »Wir reden später.«

Also verzieht er sich in sein Zimmer. In meinem angekommen, kann ich mich nicht genug konzentrieren, um Nestor eine Geschichte zu erzählen. Darum drehe ich den Spieß um und lasse Nestor »vorlesen«. Er hat ein Bilderbuch dabei und während die Figuren – Germina Katz und Mr. Regenschirm – fröhlich über die Seiten tanzen, erklärt er mir, wer wer ist.

Ich bemühe mich redlich, so zu tun, als würde ich ihm aufmerksam zuhören, und stelle an den richtigen Stellen Fragen, doch meine Gedanken kehren immer wieder zu Kelsey zurück. Priamos hat mir eingeschärft, dass ich ihr nicht verraten darf, was wirklich vor sich geht. Stattdessen hat er eine Geschichte fabriziert, an die ich mich zu halten habe. Es gefällt mir nicht, dass ich Kelsey anlügen soll. Aber wenn das der Preis ist, sie wiederzusehen, zahle ich ihn gern.

Kapitel 26

Donnerstag, 13. Mai 2083

Inmitten gewaltiger Häuserschluchten steht das *Olympus*, das renommierteste Theaterhaus der Stadt. Zwischen Firmengebäuden und Hochhäusern müsste es eigentlich gedrungen aussehen, aber das ist nicht der Fall. Eine majestätische Aura umgibt das aus hellen Steinquadern gebaute Theater, das wie sein Name selbst an einen griechischen Tempel erinnert. Es liegt auf einer Rasenfläche, durch die sich aus allen Himmelsrichtungen Wege ziehen, die genau auf den halbrunden Haupteingang des Theaters zulaufen. Dieser wiederum wird von neun Statuen flankiert: den Musen. Die ganze Atmosphäre wird noch zauberhafter durch die Kirschbäume auf dem Rasen. Ihre Kronen stehen in voller Blüte. Der Wind pflückt blassrosa Blätter von den Ästen und weht sie uns entgegen, während wir auf das Olympus zulaufen.

Jetzt verstehe ich, warum mir sowohl Sabine als auch Hektor zu meinem schlichten, cremefarbenen Kleid geraten haben. Vor ein paar Stunden war ich versucht, es einzig aus dem Grund abzulehnen, weil Sabine es vorgeschlagen hat. Jetzt bin ich froh, doch auf die beiden gehört zu haben. Ein bisschen komme ich mir vor wie eine Priesterin aus vorchristlicher Zeit.

Phillip in seinem hellgrauen Anzug und der farblich passenden Krawatte ist hingegen ganz Kind der Gegenwart. Heute trägt er ILs. Seine Haare hat er hinter dem Kopf zu einem kleinen Zopf zusammengefasst. Es sollte lächerlich aussehen, doch er trägt es mit solcher Selbstverständlichkeit, dass es das nicht tut.

Das Magnetaxi hat uns ein paar Häuserblocks entfernt aussteigen lassen. Während wir durch die Stadt gelaufen sind, musste ich mich am Riemen reißen, Phillip nicht allzu auffällig von der Seite aus zu mustern. Jetzt zieht das imposante Gebäude vor uns meine ganze Aufmerksamkeit auf sich.

»Wir hätten uns *Troilus und Cressida* ansehen sollen«, sage ich, während ich die Statuen der Musen genauer betrachte.

Phillip gibt sich empört. »Das ist nicht dein Ernst? Nichts gegen das Stück, aber du willst doch nicht wirklich an deinem ersten Theaterbesuch mit mir in ein Kriegsdrama?«

»Da hast du recht.«

Kriegsdrama habe ich schon genug zu Hause.

»Hast du dein Gedächtnis noch mal aufgefrischt und dir die Inhaltsangabe durchgelesen?«

Ich schüttle den Kopf. »Und mir die eine oder andere Überraschung verderben? Nein.«

Phillip bleibt vor der hohen Eingangstür stehen und schaut mich zerknirscht an. »Wäre vielleicht hilfreich gewesen. Die Vorstellung ist heute in italienischer Sprache.«

»Was?!«

Er lacht und ich boxe ihm spielerisch gegen die Schulter. »Das war ein Witz? Das zahl ich dir heim.«

»Versuch es gern«, erklärt er siegesgewiss. Dann tritt er einen Schritt zurück, streckt seinen rechten Arm aus und nickt mit dem Kopf Richtung Foyer. »Nach Ihnen, *signorina*.«

Das Theater ist innen noch prachtvoller als außen. Seine Räume erinnern allerdings nicht mehr an einen antiken Tempel, sondern an ein prunkvoll ausgestattetes Renaissance-Schloss. Auf den hellen Wandtapeten glänzen goldfarbene Ornamente, die Böden sind mit blassrotem Teppich ausgelegt; die gleiche

Farbe, in der auch die Stühle mit ihren geschwungenen Beinen gepolstert sind. Überall hängen Kronleuchter, Spiegel und Ölgemälde.

Phillip hat uns Plätze in der vierten Reihe reserviert. Das Theater ist bereits ordentlich gefüllt, als wir eintreffen, und viele Köpfe drehen sich nach uns um. Ich hoffe, dass niemand hier Elektra kennt und in ein Gespräch verwickeln will. Der Stuhl, auf dem ich Platz nehme, ist sehr bequem, dennoch rutsche ich unruhig hin und her.

Meine Nervosität ist jedoch vergessen, sobald das Licht im Saal ausgeht und sich die ganze Aufmerksamkeit des Publikums auf die Bühne konzentriert. Es dauert nicht lange, und auch ich verliere mich in der Schönheit des Shakespeare-Stückes, im Zauber der Feenwelt. Die Darsteller spielen hervorragend, allesamt. Vor allem das junge Mädchen, das die Hermione gibt, fasziniert mich. Sie sieht nicht viel älter aus als ich. Ich beobachte sie aufmerksam. Es gelingt ihr mit einer Leichtigkeit, in die Haut einer anderen zu schlüpfen, die ich mir für mich wünsche. Bald schon dränge ich sämtliche Gedanken an Elektra in den Hintergrund und gebe mich der Handlung hin.

Natürlich weiß ich, dass wir uns in einem Gebäude in der Stadt befinden, aber der Lichttechniker leuchtet das Bühnenbild so clever aus, dass ich trotz der eher spartanisch eingesetzten Kulissen glaube, mich mit den jungen Liebenden im Feenwald zu verlaufen.

Phillip hat recht. Das Theater *ist* magisch. Es ist nicht vergleichbar mit einem Film oder einem Holospiel, das einem vorgaukelt, selbst mitten in einer CGI-generierten Landschaft zu stehen. Es ist schlichter. Alles an ihm ist Illusion, und dennoch erwacht es zum Leben.

Als die Elfen auf Titanias Befehl die wilden Tiere des Waldes vertreiben und ihrer Königin ein Nachtlager errichten, drehe ich mich begeistert zu Phillip um – und erstarre.

Der Saal liegt im Dunkeln. Licht fällt nur von der Bühne in die Zuschauermenge. Es ist Nacht im Feenwald und deshalb ist alles in dunkelblaue und tiefgrüne Farben getaucht. Phillip hat die Augen geschlossen. Er lauscht dem leisen Stück des Streichorchesters, das die Szene untermalt. Er wirkt völlig entspannt. Sein Körper verschmilzt mit der Dunkelheit, sein Kopf liegt halb im Schatten, nur seine Stirn und die Augen- und Nasenpartie sind gut erkennbar.

Und auf einmal weiß ich, warum er mir bei unserer ersten Begegnung so vertraut vorkam. Woher ich ihn kenne. Ich hatte recht, er war keiner meiner Mitschüler. Ich lag aber auch falsch. Denn Phillip ist mit mir im Institut gewesen. Er ist einer der schlafenden Prinzen.

Kapitel 27

Das Atmen fällt mir schwer. Die Schauspieler und der Sommernachtstraum sind vergessen. Jetzt, wo ich es bemerkt habe, kann ich nicht glauben, dass mir das nicht viel früher klar geworden ist. Sicher, Phillip trägt einen Drei-Tage-Bart und das Haar schulterlang, aber … er ist es! Ohne jeden Zweifel. Er ist einer der Prinzen.

Ich muss mich zusammenreißen.

Ich weiß nicht, was das bedeutet. Ob es etwas bedeutet.

Ich habe ihn so lange beobachtet, so lange studiert. Und dann erkenne ich das Offensichtliche nicht? Am liebsten würde ich meine Hand ausstrecken, und seine Wange mit meinem Finger berühren. Kein durchsichtiger Sarg, der uns trennt.

Das musikalische Intermezzo ist zu Ende und auf der Bühne geht das Stück weiter. Ich ignoriere es. Phillip öffnet die Augen und bemerkt, dass ich ihn beobachte. Seine Lippen verziehen sich zu einem Lächeln, überrascht und verwirrt. Ich zwinge mich zurückzulächeln. Dann wende ich mich wieder ab, blicke starr geradeaus in den Feenwald. Was dort geschieht, kann mich nicht mehr fesseln.

In der Pause entschuldige ich mich bei Phillip und verschwinde ins Bad. Ich muss nicht auf die Toilette – dem Himmel sei Dank, denn die Schlange ist lang. Ich dränge mich an murrenden Frauen vorbei in den Vorraum. An einem der Waschbecken tauche ich meine Hände in den Wasserstrahl und kühle mir mit meiner feuchten Hand den Nacken. Ich bin nervös. In den letzten Minuten habe ich versucht, mir einen Plan zurechtzulegen, aber alle Szenarien, die ich durchgespielt habe, enden damit, dass ich Phillip erklären muss, woher ich von den Klonen weiß. Ob er mir die Behauptung abnehmen würde, Priamos hätte mich – Elektra – zu einer »Besichtigung« ins Institut mitgenommen?

Weiß er überhaupt von seinen Klonen?

Und wieder einmal frage ich mich, was an den Klonen von Phillip so anders ist, dass sie nicht mit uns im Institut leben, sondern im Keller wie im Koma liegen?

An einem kleinen Stehtisch in der Nähe der Hauptbar wartet Phillip auf mich. Er hält zwei Gläser mit einer perlenden Flüssigkeit in der Hand. Alkohol – auch das noch.

Mit einem Lächeln reicht er mir eines der Gläser, seine Stirn ist jedoch bewölkt. »Alles in Ordnung?«

Ich nicke.

»Gefällt dir das Stück nicht?«

»Doch!«

Er hat meine Unruhe bemerkt. Natürlich hat er das. Um Zeit zu gewinnen, proste ich ihm zu, und wir trinken. Der Champagner prickelt auf meiner Zunge.

»Das Stück ist großartig. Die Schauspieler sind fantastisch – du hattest recht, richtiges Theater ist magisch.«

Phillip ist nicht bereit, mich so leicht vom Haken zu lassen. »Es freut mich, dass es dir gefällt«, sagt er ruhig. Sein Blick, auf mein Gesicht gerichtet, ist so intensiv! Als würde er versuchen, direkt in mein Gehirn einzudringen, um herauszufinden, was ich wirklich denke.

»Das Olympus ist fantastisch!« Ich wende mich ab, tue so, als wolle ich den prunkvollen Raum auf mich wirken lassen – und erstarre erneut. Nur wenige Meter von mir entfernt steht noch jemand, den ich kenne: Alissa. Zwei Jahre lang waren wir in derselben Klasse. Sie ... nein, ihr *Original* trägt ein bodenlanges Kleid aus Seide und hat die langen Haare zu einem komplizierten Knoten hochgesteckt. Sie schaut in meine Richtung, ihr Blick streift über mich hinweg, ohne mich zu erkennen. Ihr Blick aus zwei gesunden Augen.

Alissa besitzt keine mehr. Man hat sie ihr vor vier Jahren entnommen.

Das Glas entgleitet meiner Hand und zerspringt auf dem Boden. Champagner spritzt in alle Richtungen, ruiniert mein Kleid und vermutlich auch Phillips Schuhe.

»Elektra!«, entfährt es ihm erschrocken.

Die Leute drehen sich nach uns um, mustern uns neugierig. Die Kehle wird mir eng.

»Ich muss an die frische Luft«, presse ich hervor, und ehe ich mich in Bewegung setzen kann, stellt Phillip sein Glas ab, greift nach meiner Hand und zieht mich ohne eine Erklärung durch die Menge der Schaulustigen nach draußen.

Der Vorhof des Theaters wird in das elektrische Licht der auf alt getrimmten Straßenlaternen getaucht. Wir sind nicht die einzigen Besucher, die in der Pause ins Freie flüchten. Um uns herum stehen Leute in fröhlichen Grüppchen zusammen. Die kühle Nachtluft tut mir gut. Wir entfernen uns ein Stück von den anderen.

Phillip legt mir eine Hand auf die Schulter. »Geht es dir nicht gut?« Seine Stimme klingt nicht wütend, sondern besorgt.

»Schon okay. Ich war nur ... Ach, alles in Ordnung.«

»Na klar.«

»Doch. Wirklich.«

»Warum verhältst du dich dann so komisch?«

Nervös schiebe ich mir eine Haarsträhne hinters Ohr. Das alles darf überhaupt nicht wahr sein. Eigentlich sollte ich jetzt damit beschäftigt sein, Phillip dazu zu überreden, seine Mutter mit zum Dinner der Hamiltons zu bringen. Damit ich Kelsey wiedersehen kann. Meine Kelsey. Stattdessen stehe ich hier und bin kurz davor, alles zu ruinieren. Alles. Aber der Gedanke an Kelsey gibt mir Kraft. Und da ich weiß, dass mir Phillip eine fadenscheinige Erklärung ohnehin nicht abnehmen wird, wage ich den Sprung nach vorne.

»Die Frau drinnen an der Theke. In dem blauen Kleid. Sie erinnert mich an jemanden.«

Er blickt mich verwirrt an. »An wen?«

Ich schlinge die Arme um meinen Oberkörper und laufe ein paar Schritte den Weg entlang. Phillip folgt mir.

»Vor ein paar Wochen. Mein …« – fast verschlucke ich mich an dem folgenden Wort – »Vater hat mich mitgenommen, in eines seiner Institute.«

Phillip runzelt die Stirn. Aber er unterbricht mich nicht.

»Er wollte mir alles zeigen, weil … vor der Verlobung mit dir wollte ich wissen, wofür wir das alles tun.«

»Aha.«

»Ach komm, du hast dir über dieses Arrangement sicher auch Gedanken gemacht.«

Phillip zuckt die Schultern, dann nickt er. »Du warst also in einem der Institute. Wie war es?«

Blut steigt mir ins Gesicht. »Es war schrecklich.« Das ist nicht gelogen. Es ist vermutlich vollkommen bescheuert, das zuzugeben, aber ich werde mich nicht hierherstellen und etwas anderes vorgeben. »Die Frau, die ich erwähnt habe …«

»Die im blauen Kleid?«

»Genau. Sie war im Institut.« Ich bleibe stehen und wende mich ihm wieder zu. »Natürlich nicht sie. Sondern ihr Klon.«

Er sieht mich aufmerksam an. Ich weiß nicht, wie ich das, was jetzt kommt, schonungsvoller ausdrücken soll.

»Der Klon hatte keine Augen mehr. Die Frau im Olympus besitzt sie jetzt.«

Phillip schaut mich erschrocken an. Ich nicke, um meine Worte zu bekräftigen.

Was dann passiert, damit habe ich nicht gerechnet. Phillip ballt die Hände zu Fäusten. »Das ist genau der Grund, warum meine Mutter vom Klon-Programm nichts mehr hält.«

»Was?«

»Tut mir leid, Elektra, aber dein Vater geht da viel zu weit. So war das alles nicht geplant.«

»Nicht geplant? Wie meinst du das?«

Er verschränkt die Arme vor der Brust. »Nicht in diesem Ausmaß jedenfalls. Tut mir leid, dir das so direkt sagen zu müssen. Aber dein Vater ist skrupellos. Er hat meine Mutter früher bei einem ihrer Projekte unterstützt. Sie wollte sogar ins Klon-Programm mit einsteigen. Aber … sie war nicht damit einverstanden, in welche Richtung dein Vater und sein Onkel das Projekt steuern wollten, und hat in buchstäblich letzter Sekunde die Notbremse gezogen.«

»Warum heiratest du mich dann?«

»Wir heiraten nicht, Elektra. Wir werden uns verloben. Vielleicht.«

Sein *Vielleicht* klingelt in meinen Ohren.

Als er bemerkt, wie geschockt ich bin, legt er mir die Hand auf die Schulter. »Komm.« Er deutet zu einer Steinbank in der Nähe. »Setzen wir uns einen Augenblick.«

Wie hat dieser Abend nur so schnell eine solch unerwartete Wendung nehmen können? Ich habe die Chance, mir ein Treffen mit Kelsey zu verdienen, und stattdessen bin ich drauf und dran, die ganze Verbindung mit den von Halmens zu sabotieren. Und ironischerweise spricht Phillip dabei aus, was ich selbst denke. Meine Knie sind ganz weich, als wir uns nebeneinandersetzen.

»Warum willst du diese Verbindung mit mir?«, fragt er geradeheraus.

Gegen meinen Willen merke ich, wie ein glucksendes Lachen in meinem Bauch aufsteigt und sich durch meine Kehle den Weg in die Freiheit bahnt. Gleichzeitig würde ich am liebsten in Tränen ausbrechen. Das ist Irrsinn.

»Ich wollte diese Verbindung gar nicht. Aber was ich will, spielt keine Rolle.«

»So sollte das aber nicht sein.«

»Ich weiß das. Aber so ist das eben. Was ich will, hat noch nie eine Rolle gespielt.«

»Und was willst du, Elektra Hamilton?«

Ich blicke ihn mit ernster Miene an. »Vor allem will ich nicht Elektra Hamilton sein.«

Ich mache eine Pause, um meine Worte auf ihn wirken zu lassen. »Aber ich bin, wer ich bin, und dadurch habe ich die Chance, Dinge zu verändern.«

»Was für Dinge?«

»Lass es mich so ausdrücken: Ich bin nicht mit allem einverstanden, was mein Vater und mein Großonkel vorhaben. Und sie werden die Firma nicht ewig leiten.«

»Dein Bruder …«

»Mein Bruder steht auf meiner Seite.«

Das ist ein Schuss ins Blaue. Hektor und ich mögen uns verbrüdert haben, aber ich weiß eigentlich nicht, was er wirklich denkt.

Phillip mustert mich lange. »Elektra Hamilton. Ich sage es noch einmal: Du bist überhaupt nicht so, wie ich mir dich vorgestellt habe.«

»Ich nehme das als Kompliment.«

Er lacht. »So war es auch gemeint. Nehme ich an.« Dann wird er wieder ernst. »Aber dein Vater ist jung. Er wird die Firma noch lange leiten. Und die Investoren …«

Ich zucke mit den Schultern. »Kommt Zeit, kommt Rat.«

»Aber in dieser Zeit können sie sehr viel bewirken. Sobald mein Vater im Amt ist, wird er dafür sorgen, dass der *Prolongation Clause* abgenickt wird.«

»Was meinst du?«

Phillip runzelt die Stirn. »Du weißt nichts davon?«

»Ehrlich gesagt nicht.«

Womit ich mich auf sehr dünnes Eis wage. Ich bete, dass mir meine Scharade nicht jeden Moment um die Ohren fliegt.

Die anderen Theaterbesucher ziehen sich bereits ins Gebäude zurück. Die Pause ist fast um. Phillip schaut zum Olymp hinüber. »Vielleicht solltest du deinen Vater danach fragen.«

Er will aufstehen, aber ich halte ihn am Arm fest. »Bitte. Wenn mir mein Vater bisher nichts davon erzählt hat, wird er es jetzt auch nicht tun.«

Phillip blickt mich ungläubig an. »Aber die ganze Vereinbarung baut doch darauf? Warum glaubst du sonst, dass wir uns verloben sollen?«

Ich zucke mit den Schultern. »Wir finanzieren den Wahlkampf deines Vaters. Er unterstützt im Gegenzug von seiner politischen Position aus die Interessen unserer Firma. Was mich angeht? Ich mache das, was man mir sagt.«

»Also gut –«, Phillip setzt sich wieder. »Der *Prolongation Clause* sieht vor, dass zum Klonen ein kostengünstigeres Verfahren eingesetzt werden darf. Massenproduktion sozusagen, damit sich wirklich jeder einen Klon leisten kann. Der ›Ausschuss‹, der dabei entsteht, darf vernichtet werden.«

Mir wird schlecht.

Aber Phillip ist noch nicht fertig. »Außerdem regelt das Gesetz, dass Klone nicht an ihrem zwanzigsten Geburtstag in die Freiheit entlassen werden, sondern später.«

Das darf nicht wahr sein!

»Wie viel später?«

Kapitel 28

Zehn Jahre. Um diese Zeitspanne will Hamilton Corp. das Eigentumsverhältnis von Klonen verlängern. Dreißig Jahre wären wir dann. Aubrey, Vanessa, all die anderen aus meinem Jahrgang: Sie fühlen sich kurz vor dem Ziel und sollen zehn weitere Jahre Gefangene bleiben? Das wird für sie die Hölle. Nicht nur, weil man sie weiter ins Institut pfercht. Ich meine, welche Möglichkeiten haben sie denn, wenn man sie mit dreißig Standardjahren in die richtige Welt entlässt? Wo finden sie dann noch eine Ausbildungsstelle? Was bedeutet Freiheit ihnen dann überhaupt noch?

Und für was das alles? Bereits jetzt besitzen die Superreichen unsere Blutstammzellen und können damit kurz vor dem Ende unserer »Dienstzeit« einen neuen Klon produzieren. In irgendeinem anderen Institut lebt vermutlich schon ein zweijähriger Elektra-Klon. Charge Nr. 2066-VII.

Mir ist speiübel. Phillip streichelt mir sanft über den Rücken. Inzwischen sind wir allein draußen.

»Du hast es wirklich nicht gewusst.« Er klingt überrascht. Ungläubig. Klar, ist es ja auch. Hat Elektra davon gewusst, die echte? Weiß Hektor vom Prolongation Clause?

Wieder brennen Tränen in meinen Augen.

Hilflos schauen wir einander an.

»Warum hast du eingewilligt, dich mit mir zu verloben?«, frage ich schließlich.

Er zögert. »Weil nicht alle Pläne meines Vaters furchtbar sind.« Aber ich spüre, dass mehr dahintersteckt. Ich lasse ihm Zeit, halte sein Schweigen aus. Endlich fährt er fort: »Außerdem haben er und ich einen Deal geschlossen.«

»Was für einen Deal?«

Er schnaubt. »Mein Leben lang hat er mich für seine Zwecke eingespannt. Ich kann dir gar nicht sagen, wie sehr mir dieser Politikzirkus zuwider ist. Vor allem, weil mein Vater für mich in meiner Kindheit nie da war. Aber er braucht die Unterstützung deiner Familie. Also hat er mir versprochen: Wenn ich mich mit dir verlobe, lässt er mich danach in Ruhe. Ich kann gehen, wohin ich will, studieren, was ich will. Ich kann aus dem Rampenlicht verschwinden.«

Es ist totaler Unsinn, dass mir das einen Stich versetzt. Aber es ist so. Was er tut, ist nichts im Vergleich zu dem, wofür ich mich einspannen lasse. Ich bin das Werkzeug, mit dem Priamos seinen unmenschlichen Plan verfolgt. Und im Gegensatz zu Phillip weiß ich ganz genau, wessen Leben hier auf dem Spiel stehen.

»Komm«, bittet Phillip. »Gehen wir ein paar Schritte. Das Stück hat inzwischen vermutlich wieder angefangen. Ich nehme nicht an, dass du es noch zu Ende schauen willst?«

Ich denke an die blond gelockte Titania, an die lauschige Waldlichtung aus mit fluoreszierenden Farben bemaltem Holz und schüttle den Kopf. Nicht heute. Noch vor einer halben Stunde habe ich geglaubt, den Schauspielern bis zum Ende der Zeit zusehen zu können. Jetzt lässt mich ihr Zauber kalt. Die Realität hat mich eingeholt.

Ich wage den Sprung ins kalte Wasser. »Glaubst du, du kannst deine Mutter dazu bringen, nächsten Samstag zu uns zu kommen?«

Er runzelt die Stirn. »Wenn du so gegen die Pläne deines Vaters bist, warum willst du dann, dass meine Mutter kommt?«

Die Wahrheit kann ich ihm nicht sagen. Dass ich Kelsey unbedingt wiedersehen muss. Selbst wenn ich das Gefühl habe, ihr nicht in die Augen blicken zu können. Nicht mit dem Wissen, dass sie und unsere Freunde noch ewig im Institut bleiben müssen. Aber ich brauche sie. Es mag selbstsüchtig sein, aber ich sehne mich danach, in ihre Arme zu flüchten, damit ich für ein paar Stunden wieder ich selbst sein kann. Denn langsam vergesse ich, wer das überhaupt ist.

»Das … kann ich dir nicht sagen.«

Phillip lacht kurz, hart. Ich spüre förmlich, wie er sich von mir zurückzieht, auch wenn er sich physisch nicht bewegt.

»Noch nicht«, verbessere ich schnell. »Es … Meine Eltern haben mir etwas versprochen, das mir sehr wichtig ist. Ich kann es nicht näher erklären, Phillip. Es tut mir leid.«

Zu meiner wachsenden Beunruhigung verschränkt er die Arme. Seine Kieferknochen treten scharf hervor, als er die Zähne zusammenbeißt.

Ich blicke ihn traurig an. »Du weißt nicht, ob du mir trauen kannst.«

Er lässt sich Zeit mit seiner Antwort.

»Schon gut«, unterbreche ich ihn. »Ich bin mir auch noch nicht sicher, ob ich dir traue.«

Wir blicken uns an. Diese Augen. Seine wundervollen, dunkelblauen Augen, in denen man sich zu verlieren droht.

Aus einem Impuls heraus strecke ich ihm die Hand entgegen. Wenn ich ehrlich bin, habe ich Angst davor, dass er diese Geste ignoriert. Aber das tut er nicht. Auch Phillip streckt die Hand aus, und als sich seine Finger mit meinen verschränken, schöpfe ich neue Hoffnung.

Wir schleichen uns nicht zurück in die Vorstellung. Stattdessen laufen wir kreuz und quer durch die Stadt. Es fühlt sich unkompliziert an, vertraut. Ich bin versucht, mir in den Arm zu kneifen, um zu prüfen, dass ich nicht träume. Wie kommt es, dass ich mit ihm, den ich vor zwei Tagen noch nie gesehen habe, so gerne zusammen bin? Trotz der Tatsache, dass ich ihm eine einzige Lügengeschichte auftische?

Als Phillip mir über seinen Elastoscreen ein Magnetaxi ruft, wird mir klar, dass es schlimmere Schicksale gibt, als sich mit ihm zu verloben. Nicht nur, weil er ein liebenswerter Kerl zu sein scheint, sondern auch, weil er mir vielleicht helfen kann. Es ist schon ironisch, denke ich bei mir, als ich im Magnetaxi sitze und ihm zum Abschied aus dem Fenster zuwinke. Die Hamiltons wollen, dass ich mich mit Phillip verlobe, um ihre Ziele durchsetzen zu können. Genau damit geben sie mir aber die Macht, für meine eigenen Ziele zu kämpfen – und ihre Pläne zu durchkreuzen.

Freitag, 14. Mai 2083

»Polina von Halmen hat angerufen«, verkündet Priamos am nächsten Morgen beim Frühstück in selbstgefälligem Ton. »Sie hat die Einladung angenommen.«

Ich lege Toast und Buttermesser zur Seite, schließe die Augen und genieße das warme Glücksgefühl, das meinen ganzen Körper durchströmt. *Danke, Phillip.*

Die gute Nachricht lässt mich sogar ertragen, dass Priamos sich hinter mich stellt und mir gönnerhaft die Hände auf die Schultern legt. »Kompliment. Ich hoffe, du hast für heute Nachmittag noch keine Pläne gemacht. Um 15:00 Uhr fährt dich nämlich ein Wagen zu einem Treffen mit deiner … *Freundin*.«

Auch Hektor hat bereits von meinem Erfolg erfahren. Er sitzt auf dem Boden der Galerie, als ich nach oben komme, den Rücken gegen das Geländer der Balustrade gelehnt.

»Du hast deinen Zukünftigen ja ziemlich schnell um den Finger gewickelt. Wie hast du das geschafft?«

Er blickt noch nicht einmal in meine Richtung. Vor ihm flirrt das Holo eines Anzugs in schillerndem Silber in der Luft. Ich schnappe mir ein Kissen von der Couch und setze mich neben ihn.

»Was um Himmels willen ist das?«

Jetzt wendet er mir doch den Kopf zu. Er grinst breit und zeigt mir dabei alle Zähne. »Mein Outfit für deine Verlobungsfeier. Was hältst du davon?«

Ebenso geschockt wie fasziniert betrachte ich den Anzug. Die Knöpfe auf dem silbernen Stoff sind mitternachtsblau.

»Das ist …« Mir fehlen die Worte.

»Absolut bombastisch, ich weiß.«

»Ähm. Also …«

»Du hast recht. Die Knöpfe gehen gar nicht.« Hektor schnappt sich seinen Elastoscreen und tippt darauf herum. Die mitternachtsblauen Knöpfe färben sich pink.

»Besser, oder?«

»Ist das dein Ernst?«

»Schon bestellt!« Er hält mir das Display seines Elastoscreens vors Gesicht und drückt vor meinen Augen den Kauf-Button. »Jetzt brauche ich nur noch Schuhe in der gleichen Farbe wie die Knöpfe, oder was meinst du?«

»Lass es mich so sagen: Du wirst nicht *mein* Outfit aussuchen.«

Hektor deaktiviert den Elastoscreen und das Anzug-Holo erlischt. Mitleidig schaut er mich an. »Dafür ist es ohnehin zu spät. Das haben Mutter und Elektra bereits vor Wochen erledigt.«

Fast bin ich versucht, ihm mitzuteilen, dass das angesichts seiner modischen Geschmacksverirrung sicher immer noch besser ist, als ihm da freie Hand zu lassen. Aber es ist noch zu früh am Morgen, um etwas Nettes über Sabine zu sagen. Also wechsle ich das Thema. »Warum hast du mir nichts vom Prolongation Clause erzählt?«, frage ich vorwurfsvoll, die Stimme gesenkt.

Hektor reißt erschrocken die Augen auf und lässt dann den Kopf sinken. Es versetzt mir einen Stich, ich schnappe nach Luft und muss die Hände zu Fäusten ballen, um nichts Unüberlegtes zu sagen.

»Er hat dir davon erzählt.«

»Ja«, zische ich wütend zurück. »Warum hast *du* es nicht?«

Hektor wirkt verlegen. »Du warst noch nicht so weit.«

»Bitte was?!«

»Oder von mir aus war ich noch nicht so weit.«

»Was auch immer das bedeuten soll.« Ich muss mich anstrengen, meine Stimme ruhig zu halten.

»Das bedeutet, dass wir uns gerade erst kennengelernt haben.«

»Ich dachte, du bist mein Freund. Idiotischer Gedanke, ich weiß.« Ich will aufstehen, aber er greift nach meiner Hand, hält sie fest.

»Ich bin dein Freund.«

»Welche Geheimnisse hast du dann noch vor mir?«

Hektor lässt mich los und schaut mich direkt an.

»Keine«, sagt er nach einer Weile.

Seine Augen wirken offen und ehrlich. Aber für meinen Geschmack hat er mit seiner Antwort eine Spur zu lange gewartet.

Der Tag will nicht schnell genug vergehen. Sabine ist mit Nestor in der Stadt. Priamos hat sich in seinem Arbeitszimmer verschanzt und Hektor – von Hektor brauche ich gerade Abstand. Als Phaedre fragt, ob wir uns in der Stadt treffen wollen, bin ich aus purer Verzweiflung bereits fast versucht, zuzusagen. Aber dann wäre die Gefahr viel zu groß, meine Verabredung mit Kelsey zu verpassen. Also rede ich mich mit Vorbereitungen für die Verlobungsfeier heraus und vertröste sie aufs Wochenende. Sie ist nicht begeistert, schluckt aber meine Erklärung.

Wie immer, wenn mir alles zu viel wird, gehe ich laufen. Der Prolongation Clause, die Organisation against Clones, der Abend mit Phillip und das anstehende Treffen mit Kelsey – mir geht so viel durch den Kopf, dass ich fast vergesse, dass ich möglicherweise auch noch vor Elektras Mörder auf der Hut sein sollte. Da er es aber nicht noch einmal probiert hat, bin ich vielleicht sogar schon außer Gefahr.

Phillip geht mir nicht aus dem Kopf. Bis auf das kleine Intermezzo gestern in der Theaterpause war die Zeit, die wir bisher miteinander verbracht haben, wirklich toll. Aber wird er sich tatsächlich mit mir verloben? Was für ein Spiel spielt er wirklich? Geht es ihm nur um den Deal mit seinem Vater? Warum haben Elektra und er sich in Wahrheit auf diesen bescheuerten Plan eingelassen?

Ging es ihr wie mir? Hat sie sich gefragt, ob sich ihr durch Phillips Unterstützung neue Möglichkeiten bieten könnten? Natürlich wäre es für sie ein Risiko gewesen, alles auf eine Karte zu setzen – aber im Ernst: Was hatte Elektra schon zu verlieren? Vermutlich hat sie von Reisen um die Welt geträumt, weit weg von ihren Eltern und der Firma. Meine Ambitionen sind da etwas politischer. Und die Frage ist auch nicht, ob es ihr gelungen wäre, ihn um den Finger zu wickeln. Sondern ob ich ihn davon überzeugen kann, mir zu helfen.

Und um das Ganze noch komplizierter zu machen, hatte ich gestern Abend das Gefühl, er würde mich aufrichtig mögen. Ist es falsch, mir das zu wünschen? Ist es naiv zu glauben, er könnte – trotz aller arrangierten Umstände – anfangen, etwas für mich zu empfinden?

Und warum ist mir das überhaupt wichtig? Es ist ja nicht so, als würde ich für ihn … Als würde ich für ihn: was?

Ich kenne Phillip von Halmen kaum. Wie viel von der Faszination, die er auf mich ausübt, rührt von der Tatsache her, dass er meinen schlafenden Prinzen ähnelt? Einer meiner schlafenden Prinzen ist?

Ich laufe immer weiter, den Blick stur auf den Boden gerichtet, und merke erst, dass ich bei den Stallungen bin, als ich sie fast erreicht habe.

Ich drossle langsam mein Lauftempo und wische mir den Schweiß aus der Stirn. Außer mir ist niemand zu sehen, aber aus dem Stall höre ich jemanden ein Lied pfeifen. Julian?

Sabine ist in der Stadt, Priamos beschäftigt und Torrence bin ich vorhin beim Tulpenbeet begegnet. Es ist die perfekte Gelegenheit, wenigstens eins meiner Probleme in den Griff zu bekommen.

»He«, sage ich, als ich in das Dämmerlicht der Sattelkammer trete, wo Julian gerade sitzt und Zaumzeug einfettet. Sofort unterbricht er sein Pfeifen. Seine Stirn bewölkt sich.

»Ach, Prinzessin Elektra bequemt sich doch noch zu mir«, sagt er dann spitz und konzentriert sich wieder auf die Arbeit.

Verlegen trete ich auf der Stelle. »Hast du kurz Zeit?«

»Dein Ernst?!« Wütend springt er von der Holzbank auf und wirft das Zaumzeug zu Boden. »Was für eine Scheiße ziehst du hier ab, Ela, kannst du mir das sagen?«

Das fängt ja gut an.

»Ich …«

Noch während ich nach den richtigen Worten suche, kommt er zu mir. »Ich, ich, ich … das ist alles, was dich interessiert, nicht wahr? Immer geht es nur um dich!«

»Kannst du dich bitte etwas beruhigen?«

Julian klaubt das Zaumzeug wieder vom Boden auf. »Ich dachte, du wolltest dich melden?«

Verlegen zucke ich mit den Schultern. »Jetzt bin ich ja da.«

»Und ich habe zu arbeiten. Anders als gewisse Leute bin ich auf meinen Job nämlich angewiesen.«

»Bitte. Es dauert auch nicht lange. Ich muss nur kurz mit dir reden.«

»Willst du dich bei mir entschuldigen? Schon wieder?«

Mein Hals scheint wie zugeschnürt. Trotzdem presse ich die Worte heraus: »Nein. Ich will Schluss machen.«

Da. Ich habe es gesagt. Sofort fühle ich mich leichter ums Herz.

Julian hingegen steht da wie vom Donner gerührt. Hat er damit so gar nicht gerechnet?

»Es tut mir leid. Du weißt, Phillip von Halmen … wir beide. Das funktioniert einfach nicht.«

Das Zaumzeug, das er gerade erst aufgehoben hat, gleitet ihm aus der Hand und fällt scheppernd ins Stroh.

»Das ist nicht dein Ernst.« Er klingt leise, schwach.

»Doch, es ist mein Ernst, Julian. Es tut mir leid.«

»Es tut dir leid?«

Ich nicke. Würde ich ihn besser kennen, ginge ich vielleicht einen Schritt auf ihn zu. Er sieht so geschockt aus, am liebsten würde ich ihn tröstend in den Arm nehmen. Aber ich bin die letzte Person, die das tun sollte.

»Es ist besser so. Ich werde mich in ein paar Wochen verloben. Und du hast Natascha.«

Er blinzelt, dann beginnt er stoßweise zu lachen. Als würde er erst jetzt begreifen, was ich ihm mitzuteilen versuche. »Ela …«, beginnt er.

Aber ich schüttle den Kopf. Mir ist bewusst, dass er mein Original vermutlich auf eine Weise gekannt hat wie niemand sonst. Dass er Dinge über sie weiß, die mir weiterhelfen könnten. Dass es wichtig ist, mich mit ihm gutzustellen, um davon zu erfahren. Aber ich kann nicht mehr. Ich will nur noch weg.

Ich kann mich nicht durch dieses Netz aus Intrigen und politischen Schachzügen manövrieren, nicht mit einer Affäre an der Backe, in die ich mich gar nicht stürzen will. Und auch wenn es meine anderen Schwierigkeiten nicht löst, ist es zumindest ein Problem, das ich beseitigen kann.

»Es ist vorbei«, sage ich bestimmt und drehe mich um. Ich lasse Julian einfach stehen und verlasse die Sattelkammer. Julian folgt mir nicht. Erst, als ich den Stall fast verlassen habe, erwacht er aus seiner Starre.

»Schlampe!«, schreit er mir hinterher. Es ist ihm völlig egal, wer außer mir ihn noch hört. »Du miese, billige Schlampe!«

Seine Worte lassen mich zusammenzucken. Er meint nicht mich, sage ich mir, während ich zu rennen beginne. Trotzdem läuft es mir eiskalt den Rücken herunter. War es ein Fehler, mit ihm Schluss zu machen?

Kapitel 29

Bevor mich am frühen Nachmittag das bestellte Magnetaxi abholt, schärft mir Priamos noch einmal ein, was ich bei meinem Treffen mit Kelsey alles beachten muss. Ich bin froh, als die Sicherheitsleute das Tor zum Grundstück hinter mir schließen und ich ins Taxi steige.

Endlich fällt auch das schlechte Gewissen wegen Julian von mir ab. Stattdessen steigt die Vorfreude darauf, Kelsey wiederzusehen. Ja, ich muss sie belügen. Wenn ich ihr die Wahrheit erzählte und die Hamiltons davon erfahren … Aus einem Impuls heraus deaktiviere ich meine ILs und fische sie mir aus den Augen. Es ist besser, kein Risiko einzugehen.

Das Magnetaxi hält direkt vor dem Bürogebäude von Hamilton Corp. Dr. Schreiber wartet in der Eingangshalle bereits auf mich. Es ist Freitagnachmittag und deshalb nicht viel los. Die Angestellten, die sich im Gebäude befinden, mustern mich allerdings neugierig.

Diesmal fahren wir nicht in den Keller, sondern nach oben. Die Nummern an der Anzeige im Aufzug klettern immer schneller in die Höhe: vierter Stock, sechster Stock, zehnter, fünfzehnter. Im dreiundzwanzigsten halten wir.

Dr. Schreiber, der die Fahrt über geschwiegen hat, verfällt in Small Talk, während er mich durch weiß gestrichene Gänge dirigiert. Ich antworte einsilbig.

Hier sieht es so aus, wie ich mir Krankenhäuser immer vorgestellt habe. Ein paarmal begegnen wir auf den Fluren Medics, sie alle tragen weiße Kittel wie Ärzte oder Pfleger. Eine der Frauen, der wir begegnen, lächelt uns freundlich an. Ein Roboter, der ein weißes Arztköfferchen trägt, folgt ihr.

Priamos überlässt nichts dem Zufall. Kelsey muss glauben, ich befände mich in einem richtigen Krankenzimmer.

»Was ist das hier?«, frage ich Dr. Schreiber.

»Die Privatklinik für die Angestellten des Unternehmens.« Er lächelt mich strahlend an. »Die Firma kümmert sich gut um ihre Belegschaft.«

Das kann ich mir vorstellen.

Das Zimmer, in das er mich führt, ist großartig. Kein Vergleich zu der kleinen Kammer, in der ich im Keller untergebracht war. Es wirkt riesig, an der Wand hängt ein gewaltiger Elastoscreen, direkt daneben steht ein runder Tisch mit vier gepolsterten Stühlen. Ein abgetrenntes WC oder gar ein Badezimmer sehe ich allerdings nicht. Es handelt sich beim Krankenzimmer um einen Eckraum, dessen Außenwände komplett verglast sind und die einen atemberaubenden Blick auf die Stadt bieten. Das nächste Hochhaus ist ein ganzes Stück entfernt.

»Von außen verspiegelt«, erklärt Dr. Schreiber, der meinem Blick gefolgt ist. »Falls du dich um deine Privatsphäre sorgst.«

Im Zimmer gibt es zwei Krankenbetten. Beide sind leer. Eins ist in der Mitte des Raums positioniert, das andere drängt sich direkt an die Flurwand. Daneben ist ein Tropf für Infusionen. Ein sorgfältig zusammengelegter Trainingsanzug liegt auf den Laken.

»Das wäre dann wohl mein Bett?«

»Richtig.«

Ich blicke auf meinen Elastoscreen. Noch zwanzig Minuten bis zum vereinbarten Treffen.

»Dann werde ich mich mal umziehen. Wo kann ich meine Kleider hinlegen?«

Dr. Schreiber deutet auf die Kommode zwischen den beiden Betten.

»Gut.«

Weil er keine Anstalten macht, sich zu bewegen, füge ich hinzu: »Lassen Sie mich jetzt bitte allein?«

»Ich muss dir noch einen Zugang legen.«

Ich hebe die Augenbraue, blicke zum Tropf und schüttle den Kopf. »Sicher nicht.«

Dr. Schreiber verschränkt die Arme. »Ich habe meine Anweisungen. Mr. Hamilton will, dass alles echt wirkt. Keine Angst, wir schließen keine Infusion an.«

Einen Augenblick lang mustere ich ihn kalt. Fast bin ich versucht, mit ihm zu streiten, aber ich bin mir nur allzu deutlich bewusst, dass sie die Oberhand haben. Sie entscheiden, ob ich Kelsey sehen darf oder nicht. Also nicke ich.

»Ich brauche nur fünf Minuten.«

Dr. Schreiber grinst überlegen. Er weiß, dass er gewonnen hat. Am liebsten würde ich ihm den zufriedenen Ausdruck aus dem Gesicht schlagen. Stattdessen schüttle ich nur stumm den Kopf, als er mich fragt, ob er die Wandverglasung eintrüben soll.

Nachdem ich mich umgezogen habe, ins Bett gekrochen bin und mir die Infusionsnadel gelegt wurde, ist immer noch Zeit. Dr. Schreiber hat mich dem Himmel sei Dank allein gelassen. Er wartet im Erdgeschoss auf meine Schwester. Ich hingegen überprüfe noch einmal, dass meine ILs sicher verwahrt sind, und versuche dann, mich mit dem Elastoscreen abzulenken. Auch ihn werde ich ausschalten, sobald Kelsey eintrifft.

Als ich mich bei seeYa einlogge, stelle ich erfreut fest, dass Phillip mir geschrieben hat.

Kann verstehen, warum du ein Herz für kleine Waisenmädchen hast.

Ein Lächeln stiehlt sich auf mein Gesicht. *Du liest Anne?*

Ich habe ihm gestern auf unserem Spaziergang von meinem Lieblingsbuch erzählt.

Vorhin Kapitel Zehn beendet. Ich weiß, man fragt normalerweise mindestens drei Tage vorher, aber hast du heute schon etwas vor?

Mein Blick fliegt zur Tür. Zwei Stunden hat mir Priamos mit Kelsey zugestanden, mehr nicht. Der Gedanke, den Abend anschließend mit der »Familie« zu verbringen oder mich in Elektras Zimmer zu verbarrikadieren, wirkt nicht gerade verlockend. Außerdem sollten die Hamiltons froh sein, wenn ich jede Gelegenheit wahrnehme, Zeit mit Phillip zu verbringen.

Bin gerade in der Stadt, schreibe ich deshalb. *Habe einen Termin bis 17 Uhr.*

Sehr schön, antwortet Phillip. *Wo soll ich dich dann abholen?*

Was hast du vor?

Vertrauen aufbauen.

Es kribbelt in meinem Bauch, als ich ihm schreibe, er könne mich um 17:30 Uhr vor Hamilton Corp. abholen. Auf meine Bemerkung, dass ich in legeren Klamotten unterwegs bin, schreibt er mir, ich solle mir keine Gedanken machen, er würde sich um alles kümmern.

Da klopft es an die Tür. Panisch drücke ich den Deaktivierungsknopf für den Elastoscreen und stopfe ihn zum Behälter mit meinen ILs in die Hosentasche.

Als Kelsey den Kopf ins Zimmer steckt, benötige ich meine ganze Disziplin, um nicht sofort aus dem Bett zu springen, zu ihr zu rennen und sie fest in die Arme zu schließen. Wie sehr habe ich sie vermisst.

Ihre Augen weiten sich, als sie mich sieht, und sie eilt zu mir. Wir klammern uns aneinander. Als sie ihre Wange an meine drückt, spüre ich Tränen auf der Haut – ich weiß nicht, ob es ihre sind oder meine.

»Ich komme zwischendurch noch mal vorbei, um nachzusehen, ob Sie etwas brauchen«, lässt uns Dr. Schreiber wissen. Er stellt zwei Wasserflaschen auf den Tisch, dann verlässt er den Raum und schließt hinter sich die Tür. Wir beachten ihn gar nicht.

»Ich hab gedacht, dir wäre etwas passiert!«

Kelseys Stimme klingt gedämpft, sie hat ihr Gesicht in meiner Schulter vergraben.

Mir ist auch etwas passiert, denke ich, während ich ihr sanft über die Schultern streichle, wieder und wieder.

»Als mich Mrs. Myles in ihr Büro gebeten hat, dachte ich …«

»Schhhhhh …«, unterbreche ich Kelsey. »Mir geht es gut. Den Umständen entsprechend.«

Wir lösen uns voneinander, die Gesichter nass und verquollen, und ich bin dankbar für das Taschentuch, das Kelsey mir anbietet.

Als wir uns wieder gefasst haben, rücke ich etwas zur Seite, damit sich Kelsey zu mir auf das Bett setzen kann. Wir fassen uns an den Händen und halten uns fest. Ich möchte sie nie wieder loslassen.

»Was ist überhaupt los?«, fragt sie.

Ich blicke ihr ins Gesicht, das noch schmaler wirkt als sonst. Ihre Augen liegen tief in den Höhlen. Sie hat schon wieder abgenommen.

»Mir geht es gut«, versichere ich ihr und es ist nur eine halbe Lüge. Dann tische ich ihr auf, was mir Priamos eingebläut hat. Dass Elektra Hamilton einen Reitunfall hatte; dass dabei ihre Niere verletzt wurde – die Niere, die Kelsey ihr gespendet hat; dass sie deshalb – schon wieder – eine neue benötigte.

Dass die Transplantation gut verlief und sie bereits wieder nach Hause durfte. Dass ich sie natürlich nicht gesehen habe.

Dass meine Wunde sich entzündet hat und leider nur langsam verheilt. »Mach dir keine Sorgen. Die Ärzte sagen, ich bin bereits auf dem Weg der Besserung.«

Es fühlt sich schrecklich an, meine eigene Schwester anzulügen, aber es geht um ihre Sicherheit. Es geht um uns. Wenn ich mich an die Spielregeln halte, das hat Priamos versprochen, stehen die Chancen nicht schlecht, dass ich Kelsey wiedersehen darf. Mir ist klar, dass er sie als Druckmittel benutzt. Deshalb hat Direktorin Myles wohl doch davon abgesehen, Kelsey mitzuteilen, ich sei bei der OP verstorben. Aber dass ich es weiß, ändert nichts daran, dass es funktioniert. Wenn es um Kelsey geht, haben sie mich in der Hand.

Es ist nicht leicht, sie zu beruhigen. Meine Schwester macht sich Sorgen. Sie ist allerdings auch überrascht über das luxuriöse Zimmer, das man mir gegeben hat. Sie bewundert den gewaltigen Elastoscreen an der Wand und den atemberaubenden Ausblick über die Stadt.

»Ich selbst war in einem kleinen Raum ohne Fenster«, erinnert sie sich. Ich ahne bereits, wo man sie operiert hat. Ob die Transplantation damals von Dr. Schreiber durchgeführt wurde?

»Was ist mit deinen Haaren passiert?«, fragt sie dann verwundert.

»Ich habe eine Medic gebeten, sie mir zu schneiden«, behaupte ich und bin erleichtert, dass sie nicht nachfragt warum.

Am Vormittag verging die Zeit quälend langsam, jetzt scheint sie zu fliegen. Da ich Kelsey nicht verraten kann, was wirklich geschehen ist, erzähle ich ihr von *Der Goldglanz unserer Gefühle*, dem Roman, den mir Miranda Stone geschenkt hat. Kelsey erzählt mir von der Schule. Viel scheine ich nicht verpasst zu haben.

»Es ist schrecklich ohne dich.« Sie drückt meine Hand. Dann senkt sie den Blick, fast so, als könne sie mir nicht in die Augen sehen.

»Was hast du?«, frage ich misstrauisch.

Als Kelsey mich wieder ansieht, wirkt sie noch blasser, aber ihre Augen leuchten. Ja, wenn ich es nicht besser wüsste, würde ich sogar behaupten, sie strahlen.

»Es ist etwas passiert«, flüstert sie, so leise, dass ich es beinahe nicht höre. Als hätte *sie* Sorge, von jemandem belauscht zu werden. »Etwas Gutes.«

»Spann mich nicht auf die Folter.«

Verlegen zupft Kelsey am Saum ihres Oberteils herum. »Ich ... Wir sind uns nähergekommen.«

Mein Magen zieht sich zusammen. »Von wem sprichst du?«, frage ich vorsichtig, aber eigentlich will ich die Antwort gar nicht hören.

»Na, von wem wohl?« Kelsey lacht. »Von Aubrey natürlich.«

Natürlich meint sie ihn. Ich spüre, wie das Lächeln auf meinem Gesicht gefriert. Kelsey hingegen bemerkt das nicht. Sie plappert aufgedreht weiter. »Er hat sich um mich gekümmert, nachdem sie dich abgeholt haben. Gleich nach dem Abendessen, als er davon erfahren hat, ist er zu mir gekommen. Er hat sich echt Mühe gegeben, mich abzulenken. Du glaubst ja gar nicht, wie viel er reden kann, wenn er will. Und dann – irgendwann ist es passiert. Ich war so verzweifelt, weil ich geglaubt habe, dich zu verlieren. Mir ist bewusst geworden, dass man manchmal etwas wagen muss und Dinge nicht auf die lange Bank schieben darf. Also habe ich ihn geküsst. Und er hat mich zurückgeküsst, Isabel. Er ist ein Schatz. Wirklich! Aber du kennst ihn ja.«

Er ist dein biologischer Bruder. Ich kann an nichts anderes denken. Aber mir sind die Hände gebunden. Wie kann ich ihr sagen, dass ich weiß, was ich weiß? Kurz überlege ich, ob ich eine Lüge zusammenspinnen könnte. Dass ich gesehen hätte, wie Hektor und seine Eltern Elektra aus dem Krankenhaus abgeholt hätten. Aber vorhin habe ich Kelsey noch erzählt, ich hätte unser Original überhaupt nicht gesehen.

»Du hast ihn geküsst«, wiederhole ich stattdessen tonlos.

Kelsey ist so aufgedreht, dass sie nicht bemerkt, dass mit mir etwas nicht stimmt.

Die nächste Frage fällt mir nicht leicht. »Habt ihr miteinander geschlafen?«

Sie blickt mich an, als habe sie sich verhört. »Das hast du jetzt nicht wirklich gefragt.«

»Hast du mit ihm geschlafen?!«

Kelsey rückt von mir ab. »Das ist geschmacklos.«

Ich greife wieder nach ihrer Hand. »Bitte, Kelsey, ich muss es wissen.«

»Warum?« Sie reißt die Augen auf. »Bist *du* in ihn verliebt?«

Schnell schüttle ich den Kopf. »Nein, das ist es nicht. Beantworte einfach meine Frage, okay? Vertrau mir bitte.«

Kelseys Gesicht ist knallrot. Sie zögert, aber dann gibt sie nach. »Nein, wenn du es so genau wissen willst: Wir haben nicht miteinander geschlafen. Ich kann nicht glauben, dass du mich das tatsächlich fragst!«

»Gut«, murmle ich nur.

»Gut? Ernsthaft, Isabel?«

Sie steht auf. Ich fühle mich fürchterlich, bin aber auch unendlich erleichtert. Während ich mir überlege, wie ich ihr beibringen soll, dass sie mit Aubrey auch in Zukunft keinen Sex haben darf, fährt sie zu mir herum und stampft mit dem Fuß auf. »Und ich habe ehrlich gedacht, du freust dich für mich.«

Jetzt bin ich es, die rot wird.

»Natürlich freu ich mich für dich. Es ist bloß …«

»Was?!«

Nervös blicke ich zur Tür, dann zum Elastoscreen an der Wand. Was ist, wenn mir die Hamiltons nicht erlauben, Kelsey wiederzusehen? Was, wenn Aubrey und sie …

»Ich muss verrückt sein«, murmle ich, als ich die Decke zurückschlage und aus dem Bett steige.

Kelseys Ärger scheint sofort verflogen. »Was machst du da? Du sollst dich doch schonen!«

Ich lege einen Finger auf meine Lippen, schleiche zu ihr hinüber und ziehe sie hinter mir her bis zur Tür in der Außenwand, auf den vermutlich schmalsten Balkon der Welt. Er besteht ebenfalls aus Glas und Kelsey und ich können gerade so darauf stehen. Dummerweise kann man von außen tatsächlich nicht ins Zimmer gucken, wie ich gerade feststelle. Ich muss also beten, dass Dr. Schreiber uns nicht erwischt. Wenn, dann kann ich immer noch behaupten, einfach das Bedürfnis nach Frischluft gehabt zu haben. Wichtig ist nur, dass ich nicht weiß, ob man uns im Zimmer abhören kann, und bei dem, was ich Kelsey zu sagen habe, muss ich auf Nummer sicher gehen.

Der Wind pfeift um den Turm und weht uns die Haare ins Gesicht.

»Isabel«, Kelsey muss laut sprechen, damit ich sie verstehe. »Du machst mir Angst. Was ist los?«

Ich lege meine Hände auf ihre Schultern und blicke sie ernst an. »Was ich dir jetzt sage, darfst du niemandem sonst verraten, hast du mich verstanden? Du darfst dir noch nicht mal anmerken lassen, dass du irgendetwas von dem weißt, was ich dir gleich sage.«

Sie kneift die Augen zusammen, nickt aber.

Ich lächle sie zuversichtlich an. Wo soll ich anfangen? Mit Aubrey? Oder mit mir?

»Ich weiß nicht, wie viel Zeit ich habe, dir alles zu erklären. Hör mir einfach zu. Fragen beantworte ich später – falls wir noch dazu kommen, in Ordnung?«

Wieder nickt sie.

»Du darfst mit Aubrey nicht schlafen. Nicht, weil ich in ihn verliebt wäre, das bin ich nicht. Auch nicht, weil ich es dir nicht gönne. Sondern weil er genetisch gesehen unser Bruder ist.«

»Was?«

»Keine Fragen, nicht jetzt.«

Sie ignoriert mich. »Bist du dir sicher?«

Ich nicke ungeduldig. »Hundertprozentig. Ich weiß es, weil ich Aubreys Original kennengelernt habe: Hektor Hamilton.«

Kelsey beginnt zu schwanken und trotz der hohen Glasbrüstung bin ich froh, dass meine Hände auf ihren Schultern ihr Halt geben.

»Nein«, flüstert sie. Ich kann sie nicht hören, denn der Wind reißt ihr die Worte vom Mund. Aber ich muss keine Hellseherin sein, um zu wissen, was in ihr vorgeht.

Nach einem Augenblick fängt sie sich und spricht wieder lauter: »Wir haben Fotos von Hektor Hamilton gesehen. Er sieht Aubrey überhaupt nicht ähnlich!«

Ach ja, die Bilder in den Webfeeds. Ich habe sie schon fast vergessen. Auch mich haben sie jahrelang getäuscht. Und ich begreife, dass mir meine Schwester nur glauben wird, wenn ich ihr alles erzähle. Die ganze Wahrheit.

Kapitel 30

Wir haben mehr Glück als Verstand. Niemand erwischt uns, während wir im dreiundzwanzigsten Stock auf einem Mini-Balkon stehen und ich ihr all das anvertraue, was mir zugestoßen ist, seit mich Direktorin Myles vor knapp einer Woche in ihr Büro gerufen hat. Kelsey unterbricht mich nicht. Sie stellt keine Frage. Sie sagt gar nichts mehr. Als ich den Elastoscreen von »Elektra Hamilton« aus meiner Hosentasche hole und ihn ihr zeige, fängt sie an zu weinen.

Während ich sie tröste, so gut ich vermag, ist mir nur allzu bewusst, dass uns die Zeit durch die Finger rinnt. Wieder muss ich stark für uns beide sein.

Zumindest werden wir nicht erwischt. Ich schließe gerade die Tür zum Balkon, als Dr. Schreiber wieder ins Zimmer kommt. Überrascht blickt er erst mich an, dann Kelseys verheultes Gesicht.

»Wir haben etwas frische Luft gebraucht«, sage ich kalt, um ihm gar nicht erst die Gelegenheit zu geben, Fragen zu stellen.

Nachdem er gegangen ist, legen wir uns nebeneinander in mein Krankenhausbett. Dicht aneinandergekuschelt, so wie wir es früher immer gemacht haben. Ich nehme Kelsey in die Arme und streichle ihr übers Haar, während sie leise vor sich hin weint. Mir ist auch zum Heulen zumute.

»Wann kommst du zurück?«, fragt sie traurig.

»Ich weiß es nicht.« *Vermutlich nie mehr.* »Falls ich länger hierbleiben muss – vielleicht kannst du mich dann wieder besuchen?«

»Das wäre ... schön.«

Ich traue mich weder, im Zimmer offen mit Kelsey zu sprechen, noch, erneut mit ihr auf den Balkon hinauszugehen. Die Minuten ticken dahin.

»Was soll ich denn Aubrey sagen?«

»Nichts«, sage ich erst. Dann füge ich hinzu. »Dass du ihn nicht liebst.«

So sehr ist mir das Lügen schon in Fleisch und Blut übergegangen, dass ich keinen besseren Rat für sie weiß. Erbärmlich.

Kelsey widerspricht mir nicht. »Ich will nicht gehen«, sagt sie stattdessen.

»Ich weiß.«

»Ich will, dass du mit mir zurückkommst.«

»Ich weiß.«

»Ich will, dass wieder alles so ist, wie es früher war.«

Überrascht stelle ich fest, dass das etwas ist, was ich mir nicht mehr wünsche. Ich will nicht zurück ins Institut. Mag sein, dass die Hamiltons mich erpressen, mich zu Dingen zwingen, die ich nicht wirklich will, aber auch wenn ich in diesem Spiel nur ein Bauer bin, so habe ich dennoch das Gefühl, mehr als ein Gegenstand zu sein. In einer gewissen Weise besitze ich Macht. Mehr Macht als Klon Nr. 2066-VI-003.

Der Abschied fällt uns schwer. Beide wissen wir nicht, wann wir uns wiedersehen. Dr. Schreiber hingegen hat nichts Besseres zu tun, als sich ungeduldig zu räuspern, während meine Schwester und ich uns aneinanderdrücken.

»Trau niemandem«, raune ich ihr ins Ohr, so leise, dass ich schon Angst habe, sie würde mich nicht verstehen. »Lass dir nichts anmerken. Bitte.«

Aber Kelsey drückt meine Schulter fest und schmiegt ihre Wange an meine. Meine schöne, kluge Schwester.

»Komm bald wieder heim«, sagt sie laut, als sie sich von mir löst. Ihre Stimme klingt rau vom Weinen. »Alle vermissen dich und drücken die Daumen, dass du schnell wieder gesund bist.«

Ich nicke und lächle sie dankbar an.

»Können wir dann?« Dr. Schreiber klingt genervt. Obwohl er es wie eine Frage formuliert, ist es keine. Das begreift Kelsey genauso gut wie ich. Sie nickt, durchquert den Raum und geht mit ihm hinaus. Er hat mir zuvor versichert, Kelsey sicher nach unten zu bringen und dann noch einmal nach mir zu schauen.

Völlig erschöpft sinke ich in das Kissen zurück. Mein Gesicht ist nass und klebrig vom vielen Weinen. Phillip wird begeistert sein, wenn er mich nachher abholt.

Als Dr. Schreiber zurückkommt, bin ich bereits umgezogen und habe sowohl Priamos als auch Hektor mitgeteilt, dass ich nicht zum Abendbrot zu Hause sein, sondern mich noch mit Phillip treffen werde. Es ist Viertel nach fünf. Meinen Elastoscreen schalte ich aus, nachdem ich die Nachrichten abgeschickt habe, die ILs aktiviere ich gar nicht erst. Ich bin immer noch aufgewühlt von der Begegnung mit Kelsey und heilfroh, mich in den nächsten paar Stunden nicht den Hamiltons stellen zu müssen.

»Gibt es hier ein Badezimmer, in dem ich mich frisch machen kann?«, frage ich.

Das gibt es, und so kann ich die schlimmsten Spuren meiner Heulattacke beseitigen, ehe ich vor Hamilton Corp. auf dem Bürgersteig auf meinen zukünftigen Verlobten warte.

Phillip bekommt Extrapunkte dafür, dass er mich nicht warten lässt. Pünktlich auf die Minute hält er mit einem Magnetaxi vor der Eingangstür.

»Was haben wir vor?«, frage ich ihn, kaum, dass ich eingestiegen bin.

»Vertrauen aufbauen.«

Wir fahren in einen Bezirk der Stadt, in dem ich noch nicht war. Die Straßen sind hier wesentlich enger und bestehen aus Kopfsteinpflaster. Viele Leute laufen darauf, sodass das Magnetaxi nur im Schritttempo vorankommt. Im Geäst der schlanken Bäume rechts und links am Straßenrand hängen Glaskuben, in denen elektrische Lichter leuchten wie gefangene Glühwürmchen. Die Leute sitzen auf einfachen Bänken und Tischen vor winzigen Restaurants auf dem Bürgersteig, essen, trinken und lachen.

Am liebsten würde ich mit Phillip aussteigen, mich von der Menge treiben lassen und mir alles genau ansehen. Aber ich bleibe geduldig. Vor einem verhältnismäßig niedrigen Gebäude halten wir endlich an. Es hat nicht mehr als zehn Stockwerke, wirkt aber doppelt so breit wie die anderen Wolkenkratzer in seiner direkten Nachbarschaft.

»Cheekha Dar?«, spreche ich neugierig den Namen aus, der in riesigen roten Buchstaben über dem Eingang gepinselt ist. Das sagt mir etwas. Ich komme nur nicht darauf, warum.

Erst, als wir aussteigen, bemerke ich, dass Phillip eine große Tasche bei sich trägt. Als wir das Gebäude betreten, begreife ich auch warum. Das Cheekha Dar ist ein Sportstudio, genauer gesagt eine Kletterhalle. Jetzt fällt mir auch wieder ein, woher ich den Namen kenne. Ist Cheekha Dar nicht ein Berg im ehemaligen Irak?

»Du willst mit mir klettern?«

»Man hat mir den Tipp gegeben, dass das unglaublich gut zum Vertrauensaufbau ist.« Er schwenkt die Tasche vor meiner Nase. »Sportsachen für dich habe ich dabei.«

»Woher?«

»Von meiner Großmutter.«

Mir fällt alles aus dem Gesicht. Ich hoffe doch sehr, ich hab mich verhört. Als Phillip zu lachen beginnt, begreife ich, dass er mich auf den Arm genommen hat.

»Sehr komisch, Herr von Halmen.«

»Ich hab sie vorhin gekauft.«

Das glaube ich sofort. Ebenso wie für die Hamiltons spielt für ihn Geld keine Rolle.

Die Sportbekleidung, die Phillip für mich ausgesucht hat, ist von einem so dunklen Blau, dass es fast schon ins Schwarze übergeht. Er hat ein gutes Auge. Und er denkt mit. Sogar ein Sport-BH ist in der Tasche. Der sitzt ebenso wie der Kletteranzug perfekt. Das liegt an den Nanofäden, die in den Stoff eingesponnen sind und dafür sorgen, dass sich der Anzug der Figur des Trägers optimal anpasst.

Bevor ich die Umkleide verlasse, werfe ich einen skeptischen Blick in den Spiegel. Viel überlässt dieses Outfit nicht der Fantasie.

Die Halle ist der Wahnsinn. Die Kletterwand wirkt wie aus Fels gehauen. Durchsichtige Wände teilen die Fläche in kleinere Abschnitte. Mir stockt der Atem, als ich sehe, dass in einer davon eine Gletscher-Wand aus Eis und Schnee liegt.

»Keine Angst.« Phillip stößt mich mit dem Ellenbogen an. »Wir klettern in deutlich milderem Klima.«

Er leiht für uns beide Kletterschuhe und Ausrüstung und kommt mit einem muskulösen Kerl zurück, der nur ein paar Jahre älter als wir sein kann: Nick, unser Trainer, der uns alles zeigen und uns auf unserer Tour begleiten wird.

»Ist das gefährlich?«, frage ich, mehr aus Neugier als aus Furcht. Ich bin noch nie geklettert, aber es sieht spannend aus.

Nick schüttelt den Kopf. »Nicht, wenn ihr genau das macht, was ich euch sage.«

Ich presse genervt die Lippen aufeinander. Zu oft habe ich diesen Satz in den letzten Tagen bereits zu hören bekommen.

»Ihr seid durch Seile gesichert.«

»Wie hoch geht es?«

»Achtundzwanzig Meter. Wir sind hier die höchste Kletterhalle der Stadt.« Er deutet nach oben. »Dort könnt ihr euch dann entspannen, etwas essen und trinken, sogar duschen.«

»Ernsthaft? Klettert jemand mit einem vollen Bauch wieder nach unten?«

»Es gibt einen Aufzug.«

Phillip stößt mich neckisch mit dem Ellenbogen an. »Aber den werden wir nicht benutzen, nicht wahr?«

Die beiden warten nicht auf meine Zustimmung. Nick beginnt, uns die Ausrüstung zu zeigen und uns zu erklären, was alles beachtet werden muss. Dann führt er uns in eine Parzelle. Die Wand hat hier im Vergleich zu den anderen Abschnitten nur eine leichte Steigung: vielleicht 45 oder 50 Grad. Dafür zieht sich der Weg nach oben entsprechend. Als wir so weit sind, mit dem Klettern zu beginnen, drückt Nick auf seinem Work&Play-Bracelet herum. Zuerst färben sich die durchsichtigen Scheiben, die unsere Wände bilden, schwarz. Dann geht das Licht aus.

Die Umgebung um uns herum beginnt zu leuchten. In der nachtschwarzen Dunkelheit erblühen Sterne, weiß und rot, grün und blau, und zu unserer Rechten rauscht auf einmal ein Wasserfall in die Tiefe, der aus Milch zu bestehen scheint.

»Willkommen im Weltall«, höre ich Phillips Stimme dicht neben meinem Ohr.

»Was?«, frage ich verwirrt. Ich habe es noch immer nicht recht kapiert. »Hier klettern wir?«

Gerade will ich ihn darauf hinweisen, dass ich in dieser Umgebung viel zu wenig sehe, als gedämpftes Licht den Raum flutet. Die Kletterwand vor uns schält sich aus der Dunkelheit. Sie scheint nun grau und voller Krater. Ich blicke an mir herunter und sehe, dass mein Kletteranzug leuchtet wie in Schwarzlicht. Phillips auch.

»Das ist …«
»Wahnsinn?«
»Wahnsinnig schön!«

Im Dämmerlicht sehe ich, wie Phillip lächelt. »Es gefällt dir?! Dann warte, bis wir oben sind!«

Aneinandergeseilt und gesichert beginnen wir mit dem Aufstieg.

Es kommt mir vor, als würden wir auf der Oberfläche des Mondes klettern. Je näher wir dem Gipfel kommen, desto anstrengender wird es. Mein Herz schlägt schneller, als ich meine Finger und Füße in die farbig markierten Stellen kralle, um mich nach oben zu ziehen. Gleich zu Beginn unserer Tour bin ich einmal gestolpert. Das war gut, denn dadurch habe ich sofort festgestellt, dass die Seile funktionieren. Phillip war gleich bei mir und hat mich an der Hand gepackt. Angst vor einem Sturz habe ich nicht, aber der Schweiß rinnt in Strömen. Ich mag mir gar nicht ausmalen, wie ich mich fühlen würde, wenn ich nicht jeden Tag laufen ginge.

Die Umgebung, durch die wir uns bewegen, ist wunderschön. Es kommt mir vor, als wären Nick, Phillip und ich ganz allein im Cheekha Dar. Wenn ich mich umdrehe, sehe ich hinter mir nur die Nacht und ein Meer von Sternen, das sich bewegt. Sterne, die im Dunkeln aufleuchten und wieder verblassen. Während einer kurzen Verschnaufpause beobachten wir eine Gruppe glühender Kometen, die ganz dicht an uns vorbeirauscht.

Oben angekommen, bin ich verdammt stolz auf mich. Ich bin tropfnass, außer Atem und mir ziemlich sicher, dass ich morgen furchtbaren Muskelkater haben werde. Nick lässt uns allein und Phillip und ich setzen uns nebeneinander an den Rand der Kletterwand und machen eine Weile lang nichts, außer zu atmen und in das künstliche Universum unter uns hinabzublicken.

Es ist wunderschön, aber selbst seine magische Atmosphäre hilft mir nicht dabei, die Gedanken an Kelsey wegzudrängen, die jetzt meinen Kopf wieder fluten, wo ich mich nicht mehr aufs Klettern konzentrieren muss. Ich wünschte, sie könnte das sehen. Ich wünschte, sie wäre bei mir. Als ich spüre, dass mir wieder Tränen in die Augen zu steigen drohen, wende ich mich schnell an Phillip.

»Ich dachte, du magst nichts, was nicht echt ist? Und trotzdem führst du mich erst ins *Atlantis* aus und dann das hier.«

Phillip wischt sich mit einem Handtuch den Schweiß von der Stirn. Mit ein klein wenig hämischer Schadenfreude stelle ich fest, dass der Aufstieg für ihn noch anstrengender war als für mich. Sein Kopf ist tomatenrot. Das lenkt mich tatsächlich etwas von meinen Ängsten und meinen Sorgen um Kelsey ab.

»Das ist eine andere Art von echt.«

»Eine andere Art von echt? Soso …« Fast gegen meinen Willen muss ich lächeln. Ja, Ablenkung ist genau das, was ich gerade brauche.

»Geht's?«, fragt er, als er wieder normal atmen kann.

Ich lache. »Das musst du nicht mich fragen. Du hast so ausgesehen, als ob wir dich in ein Sauerstoffzelt legen müssten.«

Er stimmt in mein Lachen mit ein, nimmt mir die Stichelei nicht übel. Das gefällt mir.

»Dann bist du jetzt bereit für Runde zwei? Nein, keine Angst, nicht noch mehr Klettern.«

Erleichtert atme ich auf.

Phillip fischt einen Elastoscreen aus seinem hautengen Sportanzug und spielt darauf herum. Das Gipfelplateau des

Mondkraters, auf dem wir sitzen, verwandelt sich in eine blühende Blumenwiese. Das Plateau scheint sich auf einmal kilometerweit in den Raum hinter uns zu erstrecken. Obwohl ich weiß, dass das alles eine künstliche Täuschung ist, steigt mir der Geruch von Sommerblumen in die Nase.

Unter einem Kirschbaum, der weiße Blüten trägt, steht ein kleiner Tisch mit zwei Holzstühlen; darauf Gläser und ein großer Krug mit etwas, das wie selbst gemachte Limonade aussieht. Mit offenem Mund folge ich Phillip dorthin. Stühle und Limonade sind echt! Längst habe ich in der Ferne das weiß gestrichene Farmhaus entdeckt, das mit grünen Schindeln gedeckt ist.

»Phillip, ist das …?«

Er strahlt mich an. »Willkommen auf Green Gables.«

Die Tour durch den Weltraum gehört zum Standardprogramm des Cheekah Dar. Bei unserem Ausflug auf den Weidegrund von Green Gables handelt es sich aber um einen Individualauftrag, den Phillip erst heute Mittag hat programmieren lassen. Ich traue mich nicht zu fragen, wie viel das Ganze gekostet hat. Vielleicht sollte ich sauer auf ihn sein, dass er sein Geld für solch eine Frivolität aus dem Fenster wirft. Aber ich bin einfach viel zu begeistert. Wir sitzen eine ganze Stunde im Schatten des Kirschbaums, ehe uns Nick wieder abholt.

Wir nehmen den Aufzug nach unten. Nach dem Duschen und Umziehen (natürlich getrennt) begleitet mich Phillip zum nächsten Magnetaxi-Stand. Es ist fast zehn Uhr. Ich verzichte darauf, meinen Elastoscreen einzuschalten, weil ich keinen Nerv auf vorwurfsvolle Messages habe – egal von wem.

Während wir auf eine Reihe Magnetaxis zulaufen, wird mir bewusst, dass ich in den letzten Stunden überhaupt nicht an Kelsey gedacht habe. Kurz meldet sich deshalb mein schlechtes Gewissen. Aber dann bemerke ich, dass ich auch nicht an die

Hamiltons gedacht habe; und auch nicht an die bevorstehende Verlobung. Phillip hat recht behalten. Das Klettern hat geholfen, das Vertrauen zwischen uns aufzubauen. Der Anblick seines Hinterns war dabei ein Extra-Bonus.

Bevor ich ins Magnetaxi steige, drückt mich Phillip zum Abschied eng an sich. Fester als er das bisher gemacht hat. Es fühlt sich gut an. Echt. Ich drücke mich auch an ihn und merke, wie mein Herz schneller zu schlagen beginnt. Wir lösen uns nur langsam voneinander. Unsere Hände liegen auf den Unterarmen des jeweils anderen. Als wollten wir uns noch nicht trennen. Ich hebe den Kopf und wir blicken uns an. Phillip lächelt. In seinen Augen scheint eine Frage zu stehen, die ich zunächst nicht verstehe. Ich begreife erst, als er sich zu mir beugt und seine Lippen näher und näher kommen. Er will mich küssen, und ich will das auch.

Trotzdem scheue ich zurück. Blut schießt mir ins Gesicht.

»Alles in Ordnung?«

Genau das weiß ich nicht! Ich weiß nicht, ob er *mich* küssen will oder Elektra. Dann schimpfe ich mich selbst einen Dummkopf. Natürlich will er mich küssen. Elektra kennt er ja gar nicht.

Bevor ich es mir anders überlegen kann, stelle ich mich auf die Zehenspitzen und umarme ihn. Unsere Lippen berühren sich. Nur kurz. Aber das genügt, um ein wohliges, aufregendes Prickeln in meinem ganzen Körper zu spüren.

»Ich freue mich auf unser nächstes Treffen«, sage ich atemlos und trete einen Schritt von ihm weg. Ehe es zu mehr kommen kann, steige ich ins Magnetaxi.

Mein Herz galoppiert immer noch, als das Fahrzeug bereits in die nächste Straße einbiegt und Phillip längst verschwunden ist.

Kapitel 31

Auf dem ganzen Nachhauseweg grinse ich in mich hinein. Es ist albern, aber ich muss mich beherrschen, nicht glucksend loszulachen. Es macht mir nicht einmal etwas aus, den Elastoscreen wieder zu aktivieren und meine Nachrichten zu checken. Wut-Messages von Priamos und Sabine bleiben aus.

Hektor hat geschrieben. Er fragt, wo ich bin und wann ich nach Hause komme, aber seine Message ignoriere ich. Noch bin ich mir unsicher, ob ich sauer auf ihn sein sollte. Und dafür bin ich zu gut gelaunt.

Stattdessen fange ich an, mit Phaedre zu messagen.

Sie hat mir das Bild von einem Kleid geschickt und fragt, ob sie sich das für meine Verlobung kaufen soll. Es ist tief ausgeschnitten. Darin wird sie garantiert nicht jünger wirken, als sie ist. Im Gegenteil, ich kann mir vorstellen, dass sie atemberaubend darin aussehen wird. Das schreibe ich ihr auch.

Vielleicht hat sie doch keinen so schlechten Kleidergeschmack wie vermutet. Vielleicht sollte ich sie mein Verlobungskleid aussuchen lassen. Soll Sabine doch toben.

Du hast wirklich nichts dagegen?, fragt sie unsicher.

Den Männern werden die Köpfe aus den Augen fallen, wenn sie uns sehen, verspreche ich ihr, und denke dabei an Phillip. Ich muss über mich selbst schmunzeln, als ich feststelle, dass es mir tatsächlich nicht egal ist, ob er mich schön findet.

Meine Laune sinkt schlagartig, als ich das Haus betrete, und Priamos mich mit finsterer Miene erwartet.

»Lexi!«, kräht eine Kinderstimme. Sabine steht oben auf der Galerie und hält Nestor im Arm. Er strampelt, aber sie lässt ihn nicht los. Den Blick, den sie mir zuwirft, ehe sie sich wortlos umdreht und geht, kann ich nicht deuten. Auf Nestors Proteste achtet sie nicht. Ich sollte mir nichts dabei denken, aber mein Nacken beginnt zu prickeln. Mir schwant nichts Gutes.

»Was ist …«, beginne ich, aber Priamos unterbricht mich.

»In mein Arbeitszimmer. Sofort.«

Er weiß es, schießt es mir durch den Kopf. *Er weiß, dass ich Kelsey alles verraten habe.*

Mir wird schlecht.

Diesmal geht Priamos nicht zu seinem Schreibtisch. Er deutet auf die Couch.

»Setz dich.«

»Ich …«

»Setz dich!«

Jetzt wünschte ich, Hektor wäre hier. Aber der war nirgends zu sehen. *Er kann es nicht wissen. Wir waren auf dem Balkon. Wir waren vorsichtig.*

Priamos schnappt sich einen Stuhl und setzt sich direkt vor mich. Er stützt seine Unterarme auf den Oberschenkeln ab und faltet die Hände.

»Ich muss dir eine traurige Mitteilung machen«, beginnt er ernst. Seine Miene ist starr wie Stein. Im Foyer dachte ich, er sei wütend auf mich, aber ich glaube, da habe ich mich geirrt. Er klingt nicht wütend. Er klingt … emotionslos.

»Es kam zu einem Unfall.«

Mein Herz verkrampft sich. »Was für ein Unfall?«

»Der Wagen kam von der Straße ab.«

Vor sechzig Jahren zählten Verkehrsunfälle noch zu einer der häufigsten Todesursachen, erinnere ich mich an eine Lektion aus dem Unterricht. *Seit der Einführung der Magnetaxen ist die Unfallrate beinahe auf null gesunken.*

Aber Priamos Hamilton besitzt keine Magnetaxen. Er besitzt ein Automobil. Stand der Wagen in der Auffahrt, als ich vorhin nach Hause gekommen bin?

»Ist mit Kelsey alles in Ordnung?« Erst jetzt, wo ich zu sprechen beginne, merke ich, dass mein ganzer Körper zittert.

Das Schweigen zwischen uns dehnt sich aus, wird unerträglich. Ich höre auf zu atmen. Dann seufzt Priamos und etwas wie Mitleid stiehlt sich in seine stoische Miene. »Es tut mir sehr leid, Isabel.« Als er mich bei meinem richtigen Namen anspricht, weiß ich, was folgen wird.

»Nein«, flüstere ich und stehe von der Couch auf.

Aber Priamos fährt unerbittlich fort: »Kelsey ist bei dem Unfall gestorben.«

»Nein.« Ich beginne im Zimmer auf und ab zu laufen, immer schneller und schneller. »Nein«, wiederhole ich. »Nein. Nein. Nein. Nein!«

Plötzlich spüre ich Priamos' schraubstockfesten Griff an meinen Oberarmen. »Du musst dich beruhigen.«

Entgeistert blicke ich ihm ins Gesicht. Aber durch meine Tränen sehe ich ihn nur verschwommen. Wann habe ich zu weinen begonnen?

Ich soll mich beruhigen? Mich beruhigen?! Meine Schwester ist tot und er verlangt allen Ernstes …? Ich versuche, mich aus seinem Griff loszureißen, aber es geht nicht. Er ist zu stark. Ich merke, wie sämtliche Kraft meine Beine verlässt und ich zusammenbreche. Priamos hält mich weiter fest.

Er muss sich irren, geht es mir durch den Kopf, während er mich langsam zurück zur Couch führt. Ich stolpere mehr, als dass ich gehe. *Oder er lügt. Sie ist nicht tot.* Sie kann nicht tot sein. Das ist völlig absurd. Eine Welt ohne Kelsey, das ist … es ist unmöglich.

Aber als mich Priamos in das weiche Leder drückt und mir seine Hand auf die Schultern legt, begreife ich, dass es wahr sein muss. Begreife ich, dass die Welt aufgehört hat, sich zu drehen. Dass oben jetzt unten ist und unten oben und einfach nichts mehr einen Sinn ergibt. Ich werde aus meiner Umgebung heraus in ein schwarzes Loch gesaugt und da ist nichts als Schmerz.

Ich lege meinen Kopf in den Nacken und fange an zu schreien.

»Isabel!«

Priamos' Stimme dringt durch die Schwärze, aber ich verstehe nicht, was er sagt. Und es ist mir egal. Nichts ist mehr wichtig. Nicht ohne Kelsey. Im Inneren meines Herzens haben sich winzige Glassplitter materialisiert und ich beginne zu verbluten. Jeder Atemzug tut weh. Es tut so weh! Kelsey.

Meine Wange brennt plötzlich. Erst da begreife ich, dass mir Priamos eine Ohrfeige verpasst hat.

»… dich endlich!«, fährt er mich an.

Ich blinzle verwirrt. Wie meint er das? Meine Schwester ist tot und er will, dass ich mich beruhige?

Wie soll das funktionieren?

In welcher kranken Welt glaubt er, dass das möglich ist? Vielleicht bin ich aus seinen Genen entstanden. Aber ich bin keine Hamilton. Ich bin niemand, der den Tod eines geliebten Menschen mit einem Schulterzucken abtun kann.

»Na endlich«, höre ich Priamos sagen, als die Tür auffliegt und Hektor hereingestürzt kommt.

»Oh Gott«, sagt der.

»Sie will sich nicht beruhigen.«

Ich! Hasse! Dich!

Ich glaube nicht, dass ich das laut ausgesprochen habe, aber Priamos zuckt zusammen.

Ich glaube dir nicht. Kelsey kann nicht tot sein.

Hektor schiebt seinen Vater zur Seite und geht vor der Couch in die Hocke.

Zur gleichen Zeit, in der ich nach vorne sacke, schlingt Hektor seine Arme um mich und drückt mich an sich. Hält mich fest.

»Sie dreht durch.«

»Was hast du erwartet?« Das ist Hektor. »Sie hat gerade ihre Schwester verloren.«

Sanft streicht er mir über das Haar. Irgendwo in diesem Nebel aus Schmerz und Schwärze fällt mir ein, dass ich eigentlich wütend auf ihn bin. Ich will mich von ihm lösen, aber das lässt er nicht zu. Er hält mich fest. Fest. Fest. Er sagt nicht, ich soll mich zusammenreißen. Er sagt nicht, ich soll still sein.

»Sorg dafür, dass sie sich beruhigt. Die Angestellten dürfen sie so nicht sehen.«

Eine Tür öffnet und schließt sich.

Endlich bekomme ich wieder Luft. Aber die Tränen hören nicht auf zu fließen. Mir ist egal, was Priamos von mir hält. Mir ist egal, was um mich herum geschieht. Alles ist mir egal, ohne Kelsey. Soll diese ganze Familie doch zur Hölle fahren. Priamos, Sabine … selbst Hektor.

Hektor, der mich in seinen Armen hält.

Hektor, der mich weinen lässt.

Irgendwann, in einem anderen Leben, bringt Hektor mich dazu, von der Couch aufzustehen und begleitet mich in mein Zimmer. Es ist mitten in der Nacht und niemand sieht uns. Er setzt mich auf mein Bett, hilft mir in meinen Pyjama und steckt mich unter die Decke. Wir sagen beide kein Wort. Als er fertig ist, schaltet er das Licht aus. Mir macht es nichts aus, meine Welt ist ohnehin in Dunkelheit versunken.

Kapitel 32

Der Schmerz hört nicht auf, außer wenn ich schlafe. Also schlafe ich.

Kapitel 33

Irgendwann

Ich weiß nicht, ob es Nacht ist oder Tag, es ist mir egal. Mein Elastoscreen summt, also schalte ich ihn aus. Jemand bringt mir Suppe, aber ich ignoriere sie. Und schlafe noch mehr. Priamos kommt ins Zimmer, aber Hektor schickt ihn weg. Die beiden diskutieren miteinander; ich will nicht wissen, was sie reden. Ich drehe mich um und ziehe mir die Bettdecke über den Kopf. Meine Welt liegt ohnehin in Trümmern. Nichts, was Priamos Hamilton zu mir sagen würde, kann daran etwas ändern. Irgendwann gelingt es Hektor, mir ein paar Schlucke Wasser aufzunötigen. Dann schlafe ich weiter. Hektor verlässt nicht meine Seite.

Aus Tag wird Nacht und aus Nacht wird Tag, aber nichts ändert sich. Mein Herz blutet weiter.

»Du musst etwas essen«, versucht es Hektor am nächsten Morgen. Er trägt eine Schüssel Müsli auf einem Tablett und eine Tasse Kaffee. Vom Geruch wird mir schlecht. Ich zeige ihm die kalte Schulter. Keine Ahnung, wie lange ich dieses Bett nicht mehr verlassen habe – außer um auf Toilette zu gehen. Beim Gang ins Bad habe ich den Blick in den Spiegel gemieden.
 »Bitte, Isabel.«
 Obwohl mich Hektor mit meinem richtigen Namen anredet, ignoriere ich ihn. Zu spät, denke ich. *Es ist zu spät.*

Irgendwann esse ich doch. Mein Magen knurrt wie ein hungriger Bär und ich schlinge das Müsli in mich. Es fühlt sich wie Verrat an.

Weil ich die Vorhänge zugezogen habe, weiß ich nicht, wie spät es ist, als Priamos und Sabine ins Zimmer kommen. Hektor ist nicht mehr da. Wann ist er gegangen? Ich mache mir nicht die Mühe, zur Digitalanzeige in meinem Bettgestell zu blicken. Es interessiert mich nicht, wie viel Uhr es ist. Genauso wenig wie es mich interessiert, was die Hamiltons von mir wollen. Nicht mehr. Sollen sie mich doch ausschlachten, meine Organe verkaufen. Vielleicht ist dann der Schmerz vorbei.

»Es ist genug, Mädchen.« Priamos tritt ans Bett und schlägt entschlossen meine Decke zurück. Ich bin schon versucht, ihn wütend anzufauchen, aber das wäre unbedeutend und sinnlos.

Er rümpft die Nase. »Die Luft hier drin ist furchtbar.«

Falls er erwartet, dass Sabine für ihn zur Balkontür eilt, um sie aufzureißen, enttäuscht auch sie ihn. Sie setzt sich zu mir auf den Bettrand und faltet die Hände im Schoß.

Früher hätte ich die Kraft gehabt, sie deshalb wütend anzufahren. Jetzt ist es mir egal. Ich schließe die Augen, bereit, das, was nun folgt, über mich ergehen zu lassen. Teilen sie mir endlich mit, dass sie keine Verwendung mehr für mich haben? Gut. Ihr Plan war ohnehin scheiße. Phillip und ich, … Phillip. Der Gedanke an ihn löst ein leichtes Ziehen in meiner Brust aus, das sich vom stechenden Schmerz der letzten Tage etwas unterscheidet. Ich presse die Lippen zusammen und schiebe das Gefühl beiseite. Es ist respektlos, über einen Jungen nachzudenken, während Kelsey … während sie …

»Es wird Zeit, dass du aufstehst«, sagt Sabine. Sie klingt leiser als sonst. Irgendwie weicher.

»Es wird Zeit, dass sie zur Vernunft kommt!« Priamos' Stimme klingt drohend.

»Lass mich das machen.«

Stille. Schon glaube ich, sie werden endlich gehen, als ich spüre, wie ich zugedeckt werde.

»Ich frage dich nicht, wie es dir geht.« Das ist Sabine. »Es muss schlimm sein, sie verloren zu haben. Ich weiß. Du wünschst dir vielleicht, mit ihr zu tauschen oder wenigstens bei ihr zu sein. Aber das bist du nicht.«

Ich wünschte, sie würde diese Dinge nicht sagen. Ich wünschte, ich könnte ihr ins Gesicht spucken, könnte ihr sagen, dass sie nicht die geringste Ahnung hat, wie es mir geht. Aber das hat sie, nicht wahr? Ich habe Kelsey verloren. Und sie Elektra.

»Das Leben geht weiter. Ob du es willst oder nicht.«

Ich will es nicht.

Ich will, dass es aufhört. Dass alles aufhört.

Die Hamiltons schweigen eine Weile. Hoffen sie, dass ich etwas sage? Irgendeine Regung zeige? Da können sie lange warten. Ich habe nicht viel besessen in diesem Leben, und sie haben mir selbst das wenige genommen, das ich hatte. Sie haben mir alles genommen. Alles. Glauben sie wirklich, ich bin dazu bereit, noch irgendetwas für sie zu tun?

Als hätte er meine Gedanken erraten, ergreift Priamos nun das Wort. »Ich verstehe, dass du trauerst. Ich verstehe das wirklich. Wir haben viel von dir verlangt. Du sollst eine Hamilton spielen und so leid es mir tut, wir haben keine Zeit, dir das alles langsam beizubringen. Du musst es auf die harte Tour lernen.«

Auf die harte Tour lernen? Ist Kelseys Tod nichts weiter für ihn als ein falscher Zug in seinem bescheuerten Spiel? Jetzt spüre ich doch, wie etwas das Gefühl der Leere in mir verdrängt. Zorn. Es ist nur ein kleines Flämmchen. Aber es genügt, dass ich mich aufrichte.

»Von was sprichst du überhaupt?« Meine Stimme klingt rau und matt, aber trotzdem tropft sie vor Gift. »Wenn das hier ein Spiel ist, dann haben wir beide verloren.«

Ich sehe, wie er die Stirn in Falten legt, nach Worten sucht. Der große Priamos Hamilton, nie verlegen um eine schlagfertige Antwort. Jetzt wirkt er verwirrt. Das Zorn-Flämmchen lodert heller.

»Anders gesagt, damit selbst du es verstehst: Ich spiele nicht mehr mit.«

Sabine neben mir senkt den Kopf. Diesmal ist es Priamos, der die Lippen aufeinanderpresst. Gefasst streicht er seine Krawatte glatt, dann verschränkt er die Arme vor der Brust. »Das glaube ich kaum.«

Ich schnaube.

»Ich gebe dir noch diese Nacht. Heul dich in den Schlaf, schreib traurige Gedichte oder von mir aus verfluche mich. Aber morgen früh bewegst du deinen Hintern aus diesem Bett. Du steigst unter die Dusche, ziehst dich an und verlässt dieses Zimmer. Wenn es sein muss, versteckst du deine verheulten Augen hinter einer dunklen Sonnenbrille, aber du setzt gefälligst ein Lächeln auf und dann meldest du dich endlich bei Phillip von Halmen.«

»Ich …«

»Ich bin noch nicht fertig. Du meldest dich bei Phillip und entschuldigst dich dafür, dass du ihn bisher nicht zurückgerufen hast. Weil es dir wegen deiner Grippe zu schlecht ging. Das haben wir den anderen erzählt. Dass du mit einer ansteckenden Grippe flachliegst. Nicht ideal, aber es erfüllt seinen Zweck. Morgen Abend findet die Geburtstagsfeier deiner *Mutter* statt, und da wird Elektra Hamilton wieder ihr strahlendes Sieger-Lächeln zur Schau tragen. Verstanden?«

Morgen Abend? Dann sind drei oder vier Tage vergangen, seit Kelsey …

»Und damit wir uns klar verstehen, Klon Nr. 2066-VI-003, ich erwarte, dass du deinen Teil der Abmachung einhältst. Du wirst meine glückliche Tochter spielen. Du wirst dich mit Phillip von Halmen verloben. Du wirst das tun, was diese Familie von dir verlangt. Wenn du dir nach der Hochzeit die Augen aus dem Kopf heulst, ist mir das egal.«

»Priamos …«, beginnt Sabine, aber ich lasse sie nicht aussprechen. Ich will nicht, dass *sie* mich verteidigt.

»Hast du nicht zugehört? Ich spiele nicht mehr mit.«

»Oh doch, das wirst du. Andernfalls …«

Plötzlich und unerwartet lodert der Zorn hoch in mir auf. »Andernfalls was? Wirst du meine Nieren verkaufen? Meine Hornhaut? Mein Herz? Dann schlachte mich doch aus. Es ist. Mir. Egal!«

»Hast du da nicht etwas vergessen? Du bist nicht der einzige Klon, über den ich Verfügungsgewalt habe.«

Aubrey, denke ich. Ihm gehört auch Aubrey.

Priamos lächelt kalt. »Ich mag nicht der Eigentümer der Klone in den Hamilton-Instituten sein, aber ich bin ihr Besitzer. Was, wenn ich plötzlich feststellen würde, dass mit einer bestimmten Charge etwas nicht stimmt? Sagen wir mit deinem Jahrgang? Wie heißen deine Freunde noch mal? Ich bin sicher, Medea kann mir das mitteilen.«

»Dein Mann ist ein Monster.« Der Hass auf Priamos und die Bitterkeit, die ich empfinde, klingen in jedem Wort mit, das ich an Sabine richte. Er ist gegangen. Sie ist zurückgeblieben. Weshalb auch immer. Wir wissen alle, dass ich verloren habe.

»Ja.« Sabine seufzt tief. »Ich vermute, aus deiner Perspektive betrachtet ist er das.«

Ich lasse ihre Worte an mir abprallen, hülle mich wieder in Schweigen und ziehe mich in mich selbst zurück. Sabine fährt unbeirrt fort. »Es gibt nicht viele, die den Mut haben, ihm Paroli zu bieten. Elektra hat sich dauernd mit ihm gestritten.« Sie lacht leise, als sei das ein Witz oder eine lieb gewonnene Erinnerung. »Sie sind sich ständig an die Gurgel gegangen.«

Beinahe hätte ich den Mund geöffnet, um Sabine zu fragen, worum es bei diesen Streitereien ging. Gerade noch rechtzeitig presse ich meine Lippen fest aufeinander. Elektra kann mir gestohlen bleiben. Sabines Blick verliert sich in der Ferne, als sie weiterspricht. »Er störte sich ständig an irgendetwas an ihr. Entweder sie trug ihre Kleider zu kurz oder sie feierte zu ausgelassen. Sie ging auf die falschen Partys, verkehrte mit den falschen Leuten … Du hättest ihn mal sehen sollen, als sie zum ersten Mal Phaedre hier angeschleppt hat.«

Sabine steht auf und greift nach einer der Bananen, die jemand – vermutlich Hektor – auf den Teetisch gelegt hat. Als sie zurückkommt, um sie mir in die Hand zu drücken, schüttle ich stumm den Kopf. Sie zuckt mit den Schultern und legt die Frucht auf mein Nachtschränkchen.

»Niemand war begeistert, als Elektra und Phaedre sich miteinander anfreundeten, weißt du. Helena – Phaedres Mutter – und Kadmos sprechen seit Jahren kein Wort mehr miteinander. Ich kann nur vermuten, dass sie ebenso wenig begeistert davon war, dass die Mädchen sich kennengelernt haben, wie wir. Aber Phaedre kann nichts dafür, dass ihre Mutter ein faules Ei ist, und so hat es nicht wirklich einen Grund dafür gegeben, den beiden den Umgang zu verbieten. Und Elektra hätte sich ohnehin nichts verbieten lassen.« Sabine lächelt traurig. »Sie war so verdammt stark. Darin seid ihr euch ähnlich.«

Ich will das nicht hören. Aber Sabine macht einfach weiter. »Priamos hat immer wieder versucht, einen Keil zwischen die beiden zu treiben. Erfolglos.«

»Warum?«, höre ich mich selbst fragen.

Sie zuckt mit den Schultern. »Er hat Angst, sie könnte ein paarmal zu oft Kadmos über den Weg laufen. Priamos ist nur Kadmos' Neffe. Helena war seine Tochter und Phaedre ist Kadmos' Enkelin. Er hat Angst, dass sie ihm eines Tages seine Position in der Firma streitig macht.«

Ich denke an die erdbeerblonde Phaedre mit dem kecken Lächeln, an ihre flattrige Art und ihre Begeisterung für Schmuck und Jungs. Die Vorstellung, dass ausgerechnet sie eines Tages Hamilton Corp. leiten könnte, erscheint mir weit hergeholt. Ebenso weit hergeholt wie die Vorstellung, dass ich mich in Kürze mit dem Sohn eines Senators verlobe.

»Wie dem auch sei. Priamos konnte toben, wie er wollte, Elektra traf sich weiterhin mit Phaedre. Es hat ihn in den Wahnsinn getrieben, sie nicht unter Kontrolle zu haben.«

Widerwillig empfinde ich so etwas wie Bewunderung für mein Original. Es gehört einiges dazu, Priamos Hamilton die Stirn zu bieten.

»Natürlich habe ich mich auch mit ihr gestritten. Oft sogar.« Jetzt blickt mir Sabine direkt in die Augen. »Sie war doch mein kleines Mädchen.«

Sie hebt den Arm und streicht mir mit den Fingern sanft eine Strähne hinter das Ohr, genau so, wie ich es bei Kelsey oft mache. Gemacht habe.

Wir blicken uns an. Ich weiß nicht, was in ihrem Kopf vor sich geht. Ich weiß noch nicht einmal, was ich selbst gerade denken soll.

Sabine räuspert sich und steht auf. »Du solltest etwas essen«, sagt sie, während sie sich ihren Rock glatt streicht. Jetzt weicht sie meinem Blick aus. »Und du solltest machen, was Priamos sagt. Er scherzt nicht, das hast du, glaube ich, inzwischen begriffen.«

Es dämmert bereits, als es an der Tür klopft und eine helle Kinderstimme ruft: »Lexi? Bist du da?«

Nestor.

Er wartet nicht auf meine Antwort, sondern öffnet die Tür. Gemeinsam mit Hektor kommt er ins Zimmer. Nestor trägt in seinen Kinderhändchen ein Tablett, das viel zu groß für ihn ist.

Eine Schüssel steht darauf, deren Inhalt verführerisch duftet. Und ein Stück Torte.

»Hallo, du«, krächze ich, als Nestor am Bett ankommt. Er schaut mich so hoffnungsvoll an, dass ich nicht anders kann, als eine sitzende Position einzunehmen, ihm das Tablett abzunehmen und es auf meinen Beinen abzustellen. Nestor klettert neben mich und blickt mich erwartungsvoll an.

»Dein Magen knurrt so laut, du hast sicher Bärenhunger.«

Ich werfe Hektor, der sich gerade auf dem Stuhl neben dem Bett niederlässt, einen wütenden Blick zu. Er spielt mit unfairen Tricks und er weiß es. Schüchtern grinst er mich an. Aber mir ist nicht nach Lachen zumute, also wende ich mich wieder Nestor zu.

»Ein bisschen.«

»Ich hab dir Suppe gebracht.«

»Danke.«

»Und Kuchen.«

»Das ist lieb von dir.«

»Der Kuchen ist von Margot. Sie sagt, sie ist böse mit dir, wenn du ihn nicht ganz aufisst. Sie hat ihn extra für dich gebacken. Aber ich habe vorhin auch schon ein Stück davon abbekommen. Du magst doch Schokoladentorte?«

»Nestor«, mahnt Hektor. »Wenn du weiterhin so auf sie einredest, kommt sie nie zum Essen. Du weißt doch noch, was ich dir gerade gesagt habe.«

Der Geruch der Suppe hat mir bereits das Wasser im Mund zusammenlaufen lassen, und ich kann nicht mehr an mich halten. Ich schnappe mir den Löffel und koste. Es ist eine Nudelsuppe mit Hühnchenfleisch.

»Warum bist du so traurig?«

»Nestor!«

»Schon gut«, sage ich. Nestor klingt besorgt. Und egal, wie es mir geht, ich will nicht, dass er sich Sorgen um mich macht.

»Jemand, der mir sehr wichtig ist, hatte einen bösen Unfall.«

Nestor nickt ernst. »Ist er gestorben?«

In meinen Augen brennen schon wieder Tränen. Hektor setzt sich zu uns aufs Bett, dorthin, wo vor ein paar Stunden noch seine Mutter saß, und blickt mich fragend an. *Soll ich übernehmen?*, heißt wohl sein Blick. Ich schüttle den Kopf.

»Es war ein Mädchen«, erzähle ich dann. »Kelsey.«

Nestor senkt den Kopf. Auch er wirkt ganz niedergeschlagen.

»Ist sie gestorben? Wie Lexi?«, fragt er dann, und mir rutscht das Herz in die Hose. Beinahe stoße ich das Tablett von meinen Beinen, aber ich kann es gerade noch rechtzeitig, mit zitternden Händen, greifen.

Auch Hektor neben mir ist zur Salzsäule erstarrt.

»Was?«, frage ich schwach.

»Ist sie gestorben?«

Erleichterung durchflutet mich. Schon bin ich bereit, mir einzureden, ich hätte mich verhört, aber Hektors verunsicherte Tonlage belehrt mich eines Besseren. »Nestor«, beginnt er leise. »Was hast du gerade gesagt?«

»Schon gut«, beruhigt uns Nestor. »Ich weiß doch, dass sie nicht Lexi ist.« Er schmiegt sich an mich. »Ich hab dich trotzdem lieb.«

Mein Herz beginnt zu rasen. Fieberhaft überlege ich, was ich antworten soll. Hektor neben mir ist kalkweiß geworden. Er kann ebenso wenig glauben, was er da hört, wie ich. Er kann es noch weniger glauben. Denn mir dämmert gerade, dass ich akzeptieren muss, dass Elektras jüngster Bruder mich durchschaut hat.

Vorsichtig stelle ich das Tablett auf dem Boden ab, dann nehme ich Nestor in den Arm.

»Woher weißt du, dass ich nicht Lexi bin?«

Er zuckt mit den Schultern. »Du riechst anders«, sagt er schlicht. »Und Mama weint die ganze Zeit. Und Papa streitet nicht mehr so viel mit dir.«

Ausgerechnet Nestor bekommt so viel mehr mit als wir anderen. Sabine weint die ganze Zeit? Ich weiß, dass sie um Elektra trauert. Aber ich habe sie noch nie beim Weinen erwischt.

»Du kennst viel bessere Geschichten als Lexi«, fährt Nestor unbeeindruckt fort. »Aber ich vermisse sie trotzdem. Ganz doll.«

»Ich vermisse sie auch«, gesteht Hektor und klettert ebenfalls aufs Bett. Er nimmt Nestor in den Arm – und wirft mir einen ratlosen Blick zu. Ich zucke mit den Schultern.

»Hast du mit Mama über Lexi geredet?«

Nestor schüttelt den Kopf.

»Mit sonst jemandem?«

»Nein. Nur mit euch.«

»Gut«, lobt Hektor. »Du darfst mit Mama und Papa darüber reden, aber sonst mit niemandem, versprochen? Auch nicht mit Margot und auch nicht mit Torrence oder sonst jemandem.«

Nestor blickt uns aus großen Augen an. »Warum nicht?«

Es ist ein Spiel, liegt mir bereits auf der Zunge, weil ich hoffe, dass ihn das beruhigt. Aber die Worte bleiben mir in der Kehle stecken. Das hier ist kein Spiel. War es nie. Zwei Mädchen sind gestorben.

»Weil es gefährlich ist«, sage ich deshalb. »Sehr gefährlich.«

Nestor beißt sich auf die Lippe. Hektor schaut mich unsicher an.

Ich atme tief durch. »Ich will dir keine Angst machen, Nestor. Und du musst auch keine Angst haben, dir passiert nichts. Aber ich muss aufpassen, ganz arg aufpassen, dass niemand mitbekommt, dass ich nicht Lexi bin. Damit mir nichts passiert. Versprichst du mir das?«

Nestor nickt ernst.

»Du siehst so aus wie sie. Heißt du auch Lexi?«

Ich öffne den Mund und klappe ihn wieder zu. Nestor ist ein liebes Kind und ein kluges noch dazu. Ich mag ihn gern. Aber ihm meinen wirklichen Namen verraten? Was ist, wenn er sich verplappert? Ich hoffe, dass Hektor mir nicht böse ist für das, was ich zu sagen im Begriff bin. »Du kannst Ela zu mir sagen, wenn du magst.«

Tatsächlich versteift sich Hektor neben mir. Aber nur für einen Moment. Dann legt er seine Hand auf meine und drückt sie kurz.

»Ela gefällt mir«, sagt Nestor ernst. »Isst du auch so gern Schokokuchen?«

Trotz all dem Schrecklichen, das in den letzten Tagen passiert ist, trotz des Tränenmeers in mir, finde ich ein kleines Lächeln. »Ja. Sehr.«

Nestor strahlt mich an. »Bist du auch meine Schwester?«

Die Luft scheint schlagartig elektrisch aufgeladen. Das ist eine Frage, der ich mich nicht gewappnet fühle. Aber endlich hat Hektor seine Stimme wiedergefunden.

»Ja«, sagt er und drückt meine Hand noch einmal fest. »Ja, das ist sie.«

Kapitel 34

Später verlässt Hektor nur kurz das Zimmer, um Nestor zu Sabine zu bringen. Bereits Minuten danach ist er wieder zurück, kriecht zu mir ins Bett und legt seinen Arm um meine Schulter. Der süßlich-herbe Geruch, den er immer verströmt, steigt mir in die Nase. Ich hingegen rieche vermutlich wie ein verwesendes Tier, aber Hektor sagt dazu nichts. Er sagt überhaupt nichts. Er hält mich einfach weiter im Arm. Wenn ich die Augen schließe, kann ich mir vorstellen, es sei Kelsey, die mich streichelt. Ich beginne wieder zu weinen.

Irgendwann schaltet Hektor eine Serie an. Sie spielt in Wales, zu einer Zeit, in der das Land noch zu Großbritannien gehört hat, und es scheint praktisch nichts von Bedeutung darin zu passieren. Es ist genau das Richtige. Manchmal schließe ich die Augen und lausche den Gesprächen der Figuren, dann wieder lasse ich die bewegten Bilder an mir vorbeirauschen, ohne wirklich auf das zu achten, was geschieht.

Und eine unerträgliche Situation wird langsam erträglicher. Vielleicht habe ich aber auch einfach keine Kraft mehr, in dieser starken Intensität zu trauern. Nach der dritten Episode befiehlt Hektor dem Elastoscreen, auf Stand-by zu gehen, und wir starren auf den dunklen Bildschirm.

»Willst du reden?«, fragt er.

»Nein. Ja. Ich weiß es nicht.«

»Okay«, sagt Hektor und wir schweigen wieder eine Weile.

»Ich kann nicht glauben, dass sie tot ist«, gebe ich schließlich zu.

»Wie war sie? Was war sie für ein Mensch?«

Er hält mich fest, während ich von Kelsey erzähle, von ihrer ruhigen Art, ihren Hoffnungen und Träumen. Ihrer Schwärmerei für Aubrey. Das ist ein seltsames Thema, aber Hektor weiß nicht, wer Aubrey ist, und deshalb kann ich ihm davon ohne schlechtes Gewissen erzählen. Ich erzähle ihm von den Spielen, die wir als Kinder gespielt haben, und davon, wie ich immer in ihr Bett gekrochen bin, um sie zu trösten oder ihr die Angst zu nehmen, wenn sie einen Albtraum hatte. Als ich ihm von dem Blauwal erzähle, ihrem verunglückten Holzschnitzprojekt, stelle ich überrascht fest, dass ich noch lachen kann.

Sofort meldet sich mein schlechtes Gewissen. Wie kann ich lachen, wenn Kelsey das nie mehr tun wird?

Ich rücke ein bisschen von Hektor ab. Was jetzt kommt, wird möglicherweise unangenehm.

»Ich glaube nicht, dass es ein Unfall war.«

Dass Hektor mir nicht sofort widerspricht, bestärkt mich in meiner Vermutung. »Du glaubst das auch nicht, oder?«

Hektor schlingt die Arme um sich. »Ich halte es für möglich, dass … Wir wissen, dass ein Mörder hinter Elektra her war.«

»Du glaubst, sie haben Kelsey für Elektra gehalten?« Dieser Gedanke ist mir noch gar nicht gekommen.

»Was sonst? Du sagtest doch gerade …«

Was er sagt, könnte im Bereich des Möglichen liegen. Aber irgendwie glaube ich das nicht. Kelsey hat, soweit ich weiß, Hamilton Corp. durch die Tiefgarage verlassen, ich hingegen bin prominent durch den Hauptausgang spaziert. Wieso sollte ein Mörder sie für mich halten? Beziehungsweise für Elektra.

»Ich glaube, dein Vater hatte damit zu tun.« Meine Stimme klingt fest, obwohl ich vor seiner Reaktion Angst habe.

»Was willst du damit sagen?«

»Dass dein Vater über Leichen geht, um seine Ziele zu erreichen.«

So. Jetzt ist es heraus.

»Bullshit!« Hektor klingt aufgebracht. Aber er steht nicht auf. Er rückt nicht von mir ab. Er denkt über meine Worte nach. Das ist meine Chance. Ich erzähle ihm vom Krankenhaus. Ich gebe zu, dass ich Kelsey auf dem Balkon alles erzählt habe. Und auch, was mich dazu bewogen hat. Je länger ich spreche, desto stärker fange ich an zu zittern. Denn plötzlich begreife ich, dass – wenn meine Vermutung stimmt – nicht Priamos und die Hamilton Corporation Kelsey umgebracht haben, sondern ich. Ich habe mich nicht an die eine unumstößliche Regel gehalten: Erzähle niemandem die Wahrheit.

»Das glaube ich nicht«, sagt Hektor, als ich geendet habe. Ich weiß nicht, ob er damit meine Geschichte meint oder meine Vermutung, sein Vater habe mit dem Mord an Kelsey etwas zu tun.

»Ich schon«, antworte ich deshalb.

Würde er mir wirklich nicht glauben, stünde er dann nicht auf und würde gehen? Würde er nicht toben, mich anbrüllen, mich eine Lügnerin nennen? Eine Verrückte?

Hektor bleibt. »Es gibt einen Klon von mir?«

Unter der Decke suche ich nach seiner Hand. Er lässt zu, dass ich meine Finger mit seinen verschränke. »Das musst du doch gewusst haben.«

Ob ich ihm von Aubrey erzählen soll? Davon, was für ein netter Kerl er ist? Dass er genau der Typ Junge ist, den ich mir für meine Schwester gewünscht habe – was im Licht der jüngsten Erkenntnisse schrecklich falsch klingt. In was für einer absurden Welt leben wir überhaupt? Wenn man uns im Institut nicht wie Lebendware behandelt hätte, wäre das nie passiert. Dann hätte sich Kelsey nie in Aubrey verliebt. Weil sie gewusst hätte, dass er ihr Bruder ist. Haben unsere Lehrer gewusst … Mir wird schlecht. Man überwacht uns auf Schritt und Tritt. Unmöglich, dass ihnen entgangen ist, wie sehr Kelsey für Aubrey schwärmt. Jeder konnte das sehen! Und trotzdem haben sie …

»Sie müssen es gewusst haben«, flüstere ich entsetzt. »Direktorin Myles, Mr. Langton und die anderen. Sie müssen gewusst haben, dass Kelsey und Aubrey genetisch miteinander verwandt sind. Und sie haben nichts getan! Was, wenn sie beide …«

Hektor neben mir schluckt. »Ich muss dir etwas sagen.«

Er dreht sich zu mir um, zieht die Knie unter den Körper und schaut mich eindringlich an. Im Zimmer leuchtet nur eine Nachttischlampe.

»Ich wünschte, ich wäre nicht derjenige, der …«, beginnt er und bricht ab.

»Hektor!«

Er schließt die Lider, schluckt. Dann schiebt er den Kiefer vor, atmet tief ein und öffnet erneut die Augen. Sein Blick heftet sich an meinen. Eigentlich will ich gar nicht hören, was er zu sagen hat. Wieder beginne ich zu zittern.

»Du kannst nicht schwanger werden«, sagt er. Einfach so. Ich begreife nicht ganz, was er damit meint. Schwanger? Ich?

»Du …« Er räuspert sich. »Klone können keine Kinder bekommen.«

»Was?«

»Man hat euch genetisch modifiziert. Damit ihr keinen Nachwuchs bekommen könnt.«

Das Zimmer um mich herum beginnt sich zu drehen.

»Ich bekomme meine Periode«, sage ich, als würde das alles erklären.

Hektor lässt den Kopf sinken. »Es tut mir leid. Die Firma war der Ansicht, dass es die Dinge verkomplizieren könnte, wenn Klone dazu in der Lage wären … Was wäre mit dem Nachwuchs? Wem würde der …«

»Gehören?! Willst du das damit sagen?« Meine Stimme klingt schrill. Als sei ich furchtbar wütend. Dabei fühle ich … nichts.

»Ja.«

Jemand lacht. Natürlich war die Firma dieser Ansicht. Natürlich will die Firma nicht, dass wir Kinder bekommen können. Das Gelächter wird schriller. Erst jetzt merke ich, dass es von mir kommt.

»Isabel.«

Hektor streckt die Arme aus, aber ich zucke zurück.

»Bitte …«

Ich schüttle den Kopf. Atemlos schnappe ich nach Luft. »Dein Vater leitet eine Firma, die so etwas tut, und du hältst es nicht für möglich, dass er Kelsey umgebracht hat?«

Die letzten Stunden war er so stark. Jetzt wirkt er klein und hilflos. Er antwortet mir nicht. Mein großer Bruder, obwohl er jünger ist als ich und ich nicht mit ihm aufgewachsen bin. Aber wenn er mein Bruder ist, ist Priamos mein Vater. Und Sabine meine Mutter. In biologischer Hinsicht zumindest. Und das ist etwas, das ich nie akzeptieren werde.

Im ersten Moment möchte ich Hektor anschreien, er soll endlich aufstehen und gehen, mich in Ruhe lassen. Sich zum Rest dieser verkorksten Gemeinschaft gesellen, die er Familie nennt. Aber dann merke ich, dass ich das gar nicht will. Dass ich nicht auf Hektor wütend bin, nicht wirklich. Er ist nicht Priamos. Wenn ich mir herausnehme, dass ich zwar aus dessen kranken Genen gezeugt worden bin, aber nichts mit ihm zu tun habe, muss ich auch anerkennen, dass für Hektor das Gleiche gilt. Ja, er war nicht immer ehrlich zu mir. Vielleicht verrät er mir auch jetzt noch nicht alles. Aber ihm vertraue ich mehr als jedem sonst hier in dieser vermaledeiten Welt.

Keine Geheimnisse mehr.

Mittwoch, 19. Mai 2083

Am nächsten Vormittag bitte ich Sabine zu mir.

»Danke, dass du gekommen bist«, sage ich zu ihr, als sie mein Zimmer betritt und die Tür hinter sich schließt.

Ich bin frisch geduscht, umgezogen und sitze an Elektras Schreibtisch.

»Ihr habt gewonnen.«

Sabine zieht die Luft tief durch die Nase ein. »Gut.«

Ich kann ihre Emotionen nicht deuten. Ist sie erleichtert? Enttäuscht? Egal. »Unter einer Bedingung.« Sabine hebt die Augenbraue, aber davon lasse ich mich nicht einschüchtern. »Priamos gibt mir sein Wort, dass niemandem im Institut etwas geschieht. Er wird sie nicht mehr als Druckmittel gegen mich ins Feld führen. Nie mehr.«

»Ich bin mir sicher, dass er dir dieses Versprechen gern geben wird. Ob er sich allerdings daran hält …«

»Ich will eine Rückversicherung.«

Das bringt Sabine aus dem Konzept. »Eine Rückversicherung?«

»Eine Firma wie die Hamilton Corporation hat mehr als genug Dreck am Stecken. Sucht euch etwas aus. Etwas, das wehtun wird, wenn die Öffentlichkeit davon erfährt.«

»Ich weiß nicht, wovon du …«

»Ich bin nicht naiv, Sabine. Und ich bin nicht dumm.«

Sie verzieht die Lippen zu einem spöttischen Lächeln und verschränkt die Arme. »Ich bin beeindruckt. Ich wusste gar nicht, dass du *auch* eine Spielerin bist.« Sie starrt mich durchdringend an, aber ich halte ihrem Blick stand. »Bist du dir sicher, dass du dich da nicht übernimmst?«

Ich zucke die Achseln. »Was habe ich schon zu verlieren?«

»Es gibt immer etwas, das man noch verlieren kann. Hast du diese Lektion trotz allem nicht gelernt?«

Ohne auf ihre Frage einzugehen, wende ich mich von ihr ab und konzentriere mich wieder darauf, Elektras Handschrift zu üben.

»Das wäre alles, Sabine. Sagt mir Bescheid, wenn ihr euch entschieden habt.«

Priamos geht auf meinen Deal ein. Eine Stunde später bringt er mir einen Elastoscreen, der nicht größer ist als mein Daumennagel.

»Hier«, achtlos wirft er ihn auf das Büttenpapier.

Ich lasse mich nicht provozieren, nehme ihn an mich und stehe auf. »Was ist das?«

»Das, was du verlangt hast. Die Rückversicherung.«

»Das ging schnell.«

»Hamiltons sind effizient.«

»Das habe ich gemerkt. Der Zugangscode?«

»Elektras Geburtsdatum.«

Ich nicke, gehe an ihm vorbei und aktiviere den Elastoscreen. Ein digitaler Ordner mit Dutzenden Dokumenten ist darauf. Briefe, Fotos. Eine Weile scrolle ich mich durch die Daten.

»Versicherungsbetrug?«, frage ich.

Priamos nickt. »Ein Wort davon zu irgendjemandem und im Institut kommt es zu einem tragischen Unfall, den wirklich niemand vorhersehen konnte.«

Hast du Kelsey umgebracht? Das würde ich ihn so gern fragen. Aber ich habe Angst vor seiner Antwort. Dabei traue ich Priamos inzwischen alles zu. Sogar, Elektra auf dem Gewissen zu haben. Es ist eine Sache, mich auf einen Deal mit einem skrupellosen Unternehmer einzulassen, aber eine ganz andere, mit einem Mörder zu verhandeln. *Oh Himmel, ich hoffe, er war es nicht.*

Stattdessen halte ich den winzigen Elastoscreen zwischen Daumen und Zeigefinger in die Höhe.

»Danke für dein Vertrauen«, spotte ich.

»Darf ich also davon ausgehen, dass du wieder mit mir kooperierst?«

Er sagt *mit mir*, nicht *mit uns*. Was für ein arroganter Bastard. Wie gern würde ich ihn hängen lassen. Aber in den letzten Stunden ist mir bewusst geworden, dass ich das nicht tun kann.

»Ja.«

»Gut. Gerade noch rechtzeitig.«

Medea Myles hatte recht. *Denk doch nur nach, was du alles tun könntest ...* Das hat sie zu mir gesagt, damals, kurz nachdem die Hamiltons mir ihr Angebot unterbreiteten. Ich habe sie damals nur nicht richtig verstanden. Ich bin kein Bauer, ich habe echte Macht. Ich muss das Spiel nur geschickter spielen als er. Klingt unmöglich, ich weiß. Aber wenn ich es nicht versuche, wird sich nie etwas ändern. Nicht für Aubrey, nicht für mich. Für niemanden von uns.

Kapitel 35

Nachdem Priamos gegangen ist, kopiere ich die Daten von dem winzigen Elastoscreen auf meinen größeren. Anschließend vernichte ich die Papiere mit meinen handschriftlichen Übungen. Dann klemme ich mich hinter das TalkOnly.

Phaedre ist zwar erleichtert, dass ich mich von meiner *Grippe* erholt habe, aber auch ein bisschen sauer, weil ich sämtliche Kommunikationsversuche ihrerseits ignoriert habe. Dennoch verspricht sie, mir zur Geburtstagsfeier von Sabine zwei Speicherchips mitzubringen. Das ist der eine Grund, warum ich sie zum Abendessen eingeladen habe; der andere ist, weil ich weiß, dass ich Priamos damit ärgere. So oder so, durch die Einladung zur Feier bessert sich Phaedres Laune schlagartig.

Danach melde ich mich bei Phillip.

Alles blitzt und blinkt. Margot, Natascha und sogar Torrence haben Stunden damit verbracht, das Anwesen zum Strahlen zu bringen. Es würde mich nicht wundern, wenn Sabine Julian angewiesen hat, selbst die Ställe auf Hochglanz zu polieren. Allerdings verspüre ich wenig Lust, das herauszufinden. Nachdem wir so unschön auseinandergegangen sind, bin ich froh, Julian dieser Tage nicht über den Weg zu laufen. Bevor ich nach unten gehe, betrachte ich mich lange im Spiegel. Ich trage dasselbe Kleid wie beim Abendessen mit Kadmos. Wie damals Hektor drücke ich auf den Silberknopf im Saum und lasse es die Farbe wechseln, immer wieder. Grün. Rot. Ocker. Seine Farbe wechselt schließlich von fliederfarben über dunkelblau zu schwarz.

Du bist Elektra wie aus dem Gesicht geschnitten, hat Hektor damals gesagt, *aber im Gegensatz zu ihr steht dir schwarz überhaupt nicht.* Durch das Schwarz bekomme ich zu viele Ecken und Kanten.

Ich lasse den Knopf los und betrachte mich weiter im Spiegel. Mit Kelsey ist alles Weiche in mir gestorben. Wenn ich das hier überstehen will, muss ich hart werden.

Also bleibt das Kleid schwarz.

Zur Begrüßung der Gäste versammeln wir uns in der Eingangshalle. Nur Sabine und Nestor fehlen. Natascha und Margot stehen bei uns. Beide tragen Silbertabletts mit gefüllten Champagnerkelchen. Dabei erwarten wir nur eine kleine Gruppe an Gästen.

Kadmos trifft als Erster ein. Er trägt einen anthrazitfarbenen Anzug, der erschreckend gut mit meinem Outfit harmoniert. Kurz nach ihm erscheint Phaedre. Wenn Priamos deshalb überrascht ist, lässt er sich nichts anmerken.

»Lexi hat mich eingeladen«, verkündet sie mit einem falschen Lächeln, als sie ihm die Hand reicht.

Er tut ihre Erklärung einfach mit einem Schulterzucken ab. »Schön, dass du da bist.«

Wahrscheinlich will er vor Kadmos keine Szene machen.

Phaedre schnappt sich zwei Champagnerflöten von Margot und kommt zu mir. Als sie mir eine in die Hand drücken will, schüttle ich den Kopf. Ich habe in meinem ganzen Leben kaum Alkohol getrunken und etwas sagt mir, dass es keine gute Idee wäre, an diesem Abend mit dieser Gewohnheit zu brechen. Vor allem nicht, nachdem ich in den vergangenen Tagen kaum etwas zu mir genommen habe. Die dunklen Ringe unter meinen

Augen verdeckt ein Concealer, Hektor sei Dank. Meinen Körper kann ich aber nicht so leicht betrügen. Phaedre zieht zwar die Augenbrauen hoch, lässt meinen stummen Widerspruch jedoch unkommentiert und drückt das Glas stattdessen Hektor in die Hand.

»Schickes Outfit«, raunt mir Phaedre zu, als sie sich neben mich stellt.

»Danke«, antworte ich, aber ehe ich ihr auch ein Kompliment machen kann, klingelt es schon wieder an der Tür. Die von Halmens treffen ein.

Phillips Vater sieht aus wie auf den Fotos. Mit seinem teuren Anzug, den grauen Schläfen und der gebräunten Haut passt er gut in den Club der Millionäre, dem auch Kadmos und Priamos angehören. Gleich und Gleich gesellt sich gern. Polina von Halmen überrascht mich. Auf den Bildern, die ich von ihr kenne, trägt sie modische Kostüme, schlichten Schmuck und die kinnlangen Haare zu einer Dauerwelle frisiert, der man sofort ansieht, dass hier kein billiger Pfuscher am Werk war. Die Frau, die mit Phillip und Frederic von Halmen den Raum betritt, wirkt … anders. Selbstbewusst und forsch kommt sie Priamos und mir mit Lederriemchensandalen und einem kanariengelben Sommerkleid entgegen, die Haare hält ein Batiktuch aus dem Gesicht.

»Priamos.« Sie haucht ihm rechts und links einen Kuss auf die Wangen. »Danke für die Einladung.«

»Schön, dass du es doch noch einrichten konntest, Polina.«

Sie lacht. »Was tut man nicht alles für seine Kinder.«

Dann wendet sie sich mir zu und mustert mich eindringlich. Sie hat Phillips Augen, blau und dennoch warm. Vielleicht ist das der Grund, weshalb ich mich sofort entspanne, als sie mir die Hand schüttelt.

»Elektra«, sagt sie. »Schön, dich wiederzusehen. Es ist lange her.«

»Ich freue mich auch«, sage ich verlegen und hoffe, sie will keine Details von früher durchkauen.

»Deine Mutter mag heute Geburtstag feiern, aber ich bin eigentlich nur wegen dir hier.« Sie greift ebenfalls nach einem Champagner. »Phillip hat mir einiges erzählt, was mich wirklich neugierig auf dich gemacht hat.«

»So …« Verlegen deute ich neben mich. »Darf ich Ihnen meine Cousine Phaedre vorstellen. Ich glaube, Sie haben sich noch nicht getroffen.« Schnell schicke ich ein Stoßgebet zum Himmel und hoffe, dass das auch zutrifft. »Und natürlich meinen Bruder Hektor.«

»Oh, bitte, sagt Du zu mir.« Sie wirft Phillip einen nachdenklichen Blick zu. »Wie man so hört, gehören wir ja bald zur gleichen Familie.«

Phillip schiebt sich an seiner Mutter vorbei und nimmt mich in den Arm.

»Du siehst toll aus. Geht es dir wieder gut?«

Ich kann nur kurz nicken, dann ist auch sein Vater bei mir, während sich Polina und Phillip mit Phaedre und Hektor unterhalten – ich hatte noch nicht einmal Zeit, meinem künftigen Verlobten meinen Bruder vorzustellen!

»Elektra!« Frederics Stimme donnert, als habe er vor, in unserer Eingangshalle eine politische Rede anzustimmen.

»Mr. von Halmen.« Das ist also der Mann, den Priamos dazu auserkoren hat, die Klongesetze noch zu verschärfen. Es fällt mir schwer, mir ein Lächeln ins Gesicht zu zwingen. Ich glaube, er kauft es mir nicht ganz ab.

»Du bist gewachsen, seit ich dich das letzte Mal gesehen habe.« Er lacht dröhnend, als sei das der beste Witz aller Zeiten. Er ist mir von Anfang an unsympathisch.

»Das ist mehr als zehn Jahre her, Frederic«, mischt sich Kadmos ins Gespräch ein. »Damals ist unsere Lexi gerade erst eingeschult worden.«

Unsere Lexi. Es wäre sicher unangebracht, mich direkt hier vor ihm zu übergeben. Um Zeit zu gewinnen, gehe ich zu Natascha und greife nach einem Glas Apfelsaft, das ebenfalls auf dem Silbertablett steht.

Es tut gut, etwas Kaltes zu trinken. Erst jetzt bemerke ich, wie erhitzt ich bin.

Während sich Phillip mit Hektor unterhält, gesellen sich Polina und Frederic wieder zu Kadmos und Priamos. Phaedre hingegen kommt zu mir.

»Du hast recht«, raunt sie mir zu. »Dein Prinz ist tatsächlich irgendwie sexy. Er sollte öfter Anzug tragen.«

Ich mag Phillip lieber in seiner legeren Jeans und mit seiner Nerdbrille, aber das binde ich Phaedre nicht auf die Nase.

»Was sagt denn dein Loverboy zu alldem?«

Ich trinke meinen Apfelsaft aus und schnappe mir ein neues Glas. »Gar nichts mehr. Mit dem habe ich Schluss gemacht.«

Phaedre lässt beinahe ihr Glas fallen. »Wa…«

»Nicht hier!«, unterbreche ich sie. »Erzähl ich dir später.« Dann greife ich nach ihrer Hand und ziehe sie hinüber zu Phillip und Hektor.

Um Punkt acht betritt Sabine die Galerie. Die Gespräche verstummen und wir blicken zu ihr nach oben, wo sie in einem cremefarbenen Kostüm und mit zurückgegelten Haaren an der Brüstung erscheint und – ich kann es nicht anders sagen – huldvoll zu uns herunterlächelt. Ich verdrehe die Augen. Was für ein Auftritt. An ihrer Seite steht Nestor. Er trägt eine Miniaturausgabe des Anzugs von Hektor und Priamos – statt einer Krawatte allerdings eine Fliege. Erst tut er mir leid, aber dann sehe ich, dass er gar nicht so unglücklich aussieht. Stolz hält er seine Mama an der Hand, und augenblicklich habe ich ein schlechtes Gewissen. Sabine mag ja oberflächlich sein – aber sie ist keine schlechte Mutter.

»Schön, dass ihr alle kommen konntet.« Sie bedenkt uns mit einem strahlenden Lächeln. Dann betritt sie mit Nestor die Treppe. Kaum hat ihr Fuß die erste Stufe berührt, flammt diese purpurfarben auf. Überrascht hebe ich die Augenbraue. Der Marmor leuchtet von innen heraus. Als wäre er aus Milchglas, hinter dem man eine Lichtquelle angeknipst hat.

»Wow«, höre ich Phaedre hinter mir sagen.

Sabine und Nestor betreten die nächste Stufe, die orangefarben zu leuchten beginnt. Die dritte strahlt in kräftigem Apfelgrün, die nächste sonnengelb.

»Kann das eure Treppe schon immer?«, fragt Phaedre. Ich zucke nur mit den Schultern.

»Du kennst doch meine Mutter.«

Auch wenn der Auftritt von Sabine völlig übertrieben ist, muss ich zugeben, ein klein wenig beeindruckt zu sein. Außerdem ist es eine echte Freude, den über das ganze Gesicht glücklich grinsenden Nestor dabei zu beobachten, wie er neben seiner Mutter die Treppe hinuntersteigt.

Als die beiden auf halber Höhe den Marmor in einem kräftigen Türkis aufleuchten lassen, klingelt es an der Haustür. Für den Bruchteil einer Sekunde versteinert Sabines Miene. Dann hat sie sich wieder im Griff. Sie bleibt lächelnd stehen und bedeutet Natascha mit einem Kopfnicken, die Tür zu öffnen.

Herein schneien Miranda Stone und ein älterer Mann, den ich für ihren Ehemann halte. Er ist mindestens zehn Jahre älter als sie, aber wow, er sieht gut aus. Wie ein Filmschauspieler in den besten Jahren – vielleicht ist er das auch.

Miranda trägt ihre wilden Locken zu einem strengen Knoten zusammengesteckt. An ihren Händen und um ihren Hals glitzert Goldschmuck und ihr bodenlanges Kleid wirkt, als gehöre es auf den roten Teppich und nicht auf eine kleine Geburtstagsfeier. Es ist kurz nach acht und ich frage mich unwillkürlich, ob Miranda mit Absicht ihrer Schwester den großen Auftritt gestohlen hat.

»Entschuldigt, dass wir zu spät kommen. Ich hatte mein Geschenk zu Hause vergessen«, flötet sie zuckersüß. Sie wirkt kein bisschen so, als ob es ihr leidtäte. »Bitte, lasst euch nicht stören. Sabine, du siehst fantastisch aus.«

Sie kann sagen, was sie will, Sabines Moment ist zerstört. Ohne sich etwas anmerken zu lassen, geht die die restlichen Stufen hinunter und begrüßt ihre Gäste. Ihre Umarmung mit Miranda fällt so herzlich aus, dass ich ihnen beiden direkt abkaufen würde, sie könnten sich leiden, wenn ich es nicht besser wüsste.

Polina mustert peinlich berührt die Blumengestecke auf den Sideboards, während die Männer sich um Mirandas Begleitung scharen.

»Schön, dass es dir wieder besser geht«, sagt Miranda zu mir, nachdem sie die anderen begrüßt hat. »Ich würde dich ja umarmen, aber deine Mutter hat erwähnt, du hättest die Grippe gehabt, und ich kann es mir gerade nicht leisten, krank zu werden.«

»Schon in Ordnung.« Ich lege ohnehin keinen Wert darauf, Miranda zu umarmen.

»Phillip«, sagt die mit ernstem Ton und wendet sich dann sofort Hektor und Phaedre zu.

Richtig. Die beiden kennen sich. Das Einzige, was mich noch mehr wundert als die Tatsache, dass Sabine ihre Schwester eingeladen hat, ist der Umstand, dass Miranda tatsächlich gekommen ist.

»Hat dir mein Geschenk gefallen, Liebes?«, fragt sie mich, nachdem sie Phaedre ein Kompliment für ihr Outfit gemacht hat. Die sonnt sich in Miranda Stones Aufmerksamkeit.

»Danke, ja.«

»Hast du es schon gelesen?«

»Ich habe angefangen.«

»Gefällt es dir?«

Miranda hat ein Pokerface. Ich versuche in ihrer Miene zu lesen, aber ich kann das unverbindliche Lächeln nicht deuten. Noch immer frage ich mich, ob sie mir mit *Der Goldglanz unserer Gefühle* etwas Bestimmtes sagen will.

»Ein Buch?«, mischt sich jetzt ausgerechnet auch noch Phillip ein.

»Ja«, sage ich ausweichend.

»Eine Tristan & Isolde-Adaption«, lässt Miranda ihn wissen.

»Interessant!« Zumindest bei Phillip habe ich den Eindruck, dass er ehrlich meint, was er sagt. Miranda lässt ihn aber gewaltig auflaufen.

»Ich glaube, dir würde es nicht gefallen. Es geht um Ehebruch. Obwohl, wenn ich darüber nachdenke, ist es vielleicht genau nach deinem Geschmack.«

Ich verschlucke mich fast an meinem Apfelsaft, Phillip blickt betreten zu Boden und Hektor verdreht die Augen. Phaedre beobachtet uns mit offenem Mund und kann kaum glauben, was sie da hört. Ich auch nicht. Miranda hat Nerven … Andererseits *hat* Phillip ihre Tochter abserviert.

Ehe die Situation noch unangenehmer werden kann, hebt Miranda ihr Glas. »Entschuldigt mich bitte, meine Lieben. Ich brauche Nachschub.«

Ihr Champagnerkelch ist noch fast voll, aber niemand widerspricht. Ich bin erleichtert, als sie sich umdreht und zu Sabine und Polina hinübergeht – vielleicht, um dort weiter Gift zu spritzen. Sie macht sich noch nicht einmal die Mühe, bei Margot oder Natascha anzuhalten und wenigstens so zu tun, als bräuchte sie ein neues Glas.

So turbulent, wie der Abend begonnen hat, geht er dem Himmel sei Dank nicht weiter. Das Essen verläuft relativ friedlich.

Ich sitze zwischen Phillip und Phaedre. Die beiden nehmen mich so sehr in Beschlag, dass ich den restlichen Konversationen am Esstisch nicht folgen kann.

»Deine Mutter scheint nett zu sein«, sage ich zu Phillip.

Er lächelt mich an und erwidert: »Das ist sie.« Er erspart uns beiden die Peinlichkeit, etwas in der Art wie »deine auch« zu sagen.

Phaedre fühlt Phillip ziemlich aufs Zahnfleisch, und so erfahre ich, dass er neben einem Loft in der Stadt auch eine kleine Einzimmerwohnung in Alt-Paris besitzt – und dass sie davon träumt, einmal den Louvre zu besuchen.

Der arme Hektor konzentriert sich hingegen auf Nestor, damit Kadmos und Priamos keine Chance haben, ihn ins Gespräch zu verwickeln.

So leid es mir für Phillip tut: Als sich mir nach der Nachspeise die Gelegenheit bietet, mit Phaedre kurz den Tisch zu verlassen, verdrücken wir uns in mein Zimmer. Sie hat die Speichermedien mitgebracht.

»Was willst du damit?«, fragt sie neugierig.

»Ein paar Daten sichern, bevor ich mich mit Phillip verlobe«, lüge ich. »Phillip muss nicht alles von mir wissen.«

»Ich hätte nicht gedacht, dass du das wirklich durchziehst.«

Ich schlüpfe kurz aus den Schuhen und lasse mich aufs Bett fallen. Wer Pumps erfunden hat, gehört in die Hölle. Ich trage bereits die niedrigsten, die ich in Elektras Kleiderschrank gefunden habe, und trotzdem hatte ich den ganzen Abend Angst, in ihnen umzuknicken.

Während ich meine Füße massiere, zwinkere ich Phaedre zu. »Du hast es doch selbst gesagt. Er ist eine Wucht.«

»Mit einer Wohnung in Alt-Paris.«

»Mit einer Wohnung in Alt-Paris. Und nicht halb so langweilig, wie wir befürchtet haben.«

»Und Julian?«

»Es hat einfach nicht gepasst.«

Phaedre lacht kurz auf. »Und das merkst du jetzt? Nach über einem Jahr? Ach komm, Lexi. Ist das nicht ein bisschen …«

»Wir müssen zurück zu den anderen«, unterbreche ich sie und schlüpfe wieder in die Schuhe. Sie wirft mir einen verletzten Blick zu, aber darauf kann ich keine Rücksicht nehmen. Unterhaltungen wie diese sind immer noch dünnes Eis für mich.

Widerspruchslos folgt mir Phaedre nach unten. Aber ich bilde mir ein, ihren fragenden Blick im Nacken zu spüren. Wann wird sie merken, dass mit ihrer besten Freundin etwas nicht in Ordnung ist?

Nachdem Hektor Nestor ins Bett gebracht hat, schlägt er Phaedre, Phillip und mir vor, in den Garten zu gehen. Priamos und Kadmos werfen mir einen beunruhigten Blick zu.

»Wir verlassen das Grundstück nicht.«

Das sollte sie davon abhalten, sich irgendeine windige Ausrede auszudenken, unseren Spaziergang doch noch zu verhindern.

Hektor verwickelt Phaedre in ein Gespräch und gibt so Phillip und mir die Gelegenheit, ruhig miteinander zu sprechen. Er ist erstaunlicherweise nicht sauer, weil ich mich in den vergangenen Tagen nicht gemeldet habe. Jedenfalls behauptet er das.

»Nachdem mir dein Vater geschrieben hat, was los ist, habe ich mir wegen deiner Funkstille keine Sorgen gemacht.« Er zwinkert mir zu. »Na ja, allenfalls ein bisschen. Ich dachte schon, du hättest einen anderen.«

Ich zucke zusammen, weil Elektra ja tatsächlich einen anderen hat. Hatte, nehme ich an. Aber das ist egal.

»Ich habe mich die letzten Tage die ganze Zeit in den Laken gewälzt«, wage ich einen faden Scherz, bereue es aber sofort.

Nicht wegen Phillip, sondern weil mir der Gedanke an die letzten Tage – und an Kelsey – einen Stich versetzt.

»Aber jetzt geht es dir wieder gut?«

»Geht schon.«

Er schaut mich fragend an.

»Keine Angst. Ansteckend bin ich nicht mehr.«

Eine Weile gehen wir schweigend nebeneinander her und hören Phaedre und Hektor beim Kabbeln zu. Der warme Wind trägt den Duft des Flieders zu uns und plötzlich fühle ich, wie sich Phillips Finger mit meinen verflechten.

»Ich weiß, wir kennen uns noch nicht lange. Aber ich habe dich in den letzten Tagen echt vermisst.«

Mein Puls beschleunigt sich.

»Bald werden wir uns verloben.« Er macht eine Pause. »Wenn du das willst.«

Ich lächle gequält. »Die Einladungen wurden bereits vor Wochen verschickt. Das Hotel ist reserviert. Als hätten wir eine Wahl.«

Phillip bleibt stehen und greift auch nach meiner anderen Hand. Die Dämmerung malt Schatten auf sein Gesicht.

»Mir ist es egal, ob die Einladungskarten bereits verschickt wurden. Mir ist egal, ob unsere Eltern toben werden. Wenn du mich nicht heiraten willst …«

»Jetzt sprechen wir doch vom Heiraten?« Ich könnte mich ohrfeigen, dass ich das frage, aber das ist der erste Gedanke, der mir durch den Kopf geschossen ist.

Phillip lächelt. »Wir kennen uns noch nicht gut, das stimmt. Aber ich habe inzwischen gemerkt, dass du jemand bist, den ich unbedingt besser kennenlernen möchte. In den ich mich vielleicht sogar eines Tages verlieben könnte. Ich – nein, lass mich ausreden – ich weiß, dass unser Arrangement aus anderen Gründen getroffen wurde. Es gibt genügend Paare, die Zweckehen eingegangen sind und nebeneinanderher leben, und das funktioniert wunderbar. Es ist nur, halte mich für einen Träumer, aber bei dir habe ich das Gefühl, dass unsere Verbindung mehr sein könnte als das.«

Mein Hals fühlt sich ganz trocken an und im ersten Moment weiß ich nicht, was ich sagen soll. Weil Phillip Dinge ausspricht, von denen ich heimlich träume. Die letzten Wochen waren die schrecklichsten meines Lebens. Und bei dem Leben, das ich im Institut geführt habe, will das etwas heißen. Das Einzige, was mich aufrecht gehalten hat, waren neben meiner Sorge um Kelsey Phillip und Hektor. Weil ich das Gefühl habe, dass zwischen diesen beiden und mir etwas Echtes entsteht. Aber das ist, zumindest in Phillips Fall, Unsinn. Nichts hier kann echt sein, solange er mich für Elektra hält.

Trotzdem sage ich: »Ich halte es auch für möglich.« Mein Herz flattert in meiner Brust wie ein verängstigter Schmetterling. »Dass ich mich in dich verlieben könnte.«

Phillip strahlt mich an.

Wieder stelle ich mich auf die Zehenspitzen und drücke meine Lippen auf die seinen. Sie prickeln noch vom Champagner, den er getrunken hat. Oder vielleicht bilde ich es mir auch nur ein, weil mein ganzer Körper plötzlich unter Strom steht. Unsere Lippen teilen sich und ich spüre den Flügelschlag seiner Zunge warm in meinem Mund.

»Wir gehen schon mal rein, ihr Turteltauben.« Phaedre holt uns ruckartig zurück in die Wirklichkeit. Phillip und ich fahren auseinander und ich spüre, wie ich rot werde.

Hektor grinst mich amüsiert an. »Lasst euch Zeit.« Er wackelt mit den Augenbrauen, ehe er mit Phaedre an uns vorbeigeht, um wieder ins Haus zu verschwinden.

Als sie um die Ecke gebogen sind, blicken Phillip und ich uns einen Moment verlegen an, dann beginnen wir beide zu grinsen. Ich spüre, dass die Steinhaut, die ich mir zulegen wollte, Sprünge bekommt. Wenn ich bei ihm bin, will ich sie nicht tragen. Dann will ich nicht *nichts* fühlen.

»Wenn sie sich ohnehin das Maul über uns zerreißen«, sage ich, obwohl ich weiß, dass die beiden das nicht tun werden, »können wir wenigstens dafür sorgen, dass es sich lohnt.«

Phillip zieht mich fest in seine Arme und küsst mich. Für einen endlosen Augenblick lang gibt es nichts auf der Welt außer uns beide, die Sterne und den Mond.

Kapitel 36

Sind Sekunden, Minuten oder Stunden vergangen, als wir uns wieder voneinander lösen? Da noch niemand nach uns sucht, kann unser Kuss eigentlich nicht lange gedauert haben, aber ... Kelsey! Mit einem Mal fällt mir wieder ein, dass meine Schwester tot ist, und das wunderbare Gefühl, das mich eben noch durchströmt hat, verweht im Nachtwind.

»He?« Besorgt hebt Phillip mein Kinn an.

»Alles gut«, lüge ich und versuche verzweifelt, die Tränen zu ignorieren, die in meinen Augen brennen.

»Was ist los?«

Ich schüttle den Kopf.

»Willst du dich nicht mit mir verloben?«

»Doch. Es ist nur ...«

»Was?«

Jetzt laufen mir doch ein paar Tränen über die Wangen.

»Ich war glücklich gerade.« Ich klinge, als ginge es mir deshalb hundsmiserabel. Phillip ist verwirrt. Verunsichert lacht er.

»Und du bist nicht gerne glücklich?«

»Ich fürchte, ich habe keine Übung darin.«

Phillip legt den Arm um meine Schultern und schaut mich aufmerksam an. Er lässt zu, dass ich das Tempo bestimme, wartet geduldig ab, dass ich zwei Mal zum Sprechen ansetze – und mich jedes Mal zurückhalte, ehe ich etwas Dummes sagen kann. Etwas Gefährliches.

Etwas Dummes und Gefährliches hat Kelsey das Leben gekostet.

»Du vertraust mir immer noch nicht«, murmelt Phillip traurig. Weil ich merke, dass er meine Hand loslassen möchte, greife ich fester zu.

»Das ist es nicht. Ich …« Ich habe genug von den Lügen. Und solange ich mich hinter Lügen verstecke, werden die Hamiltons Macht über mich haben. Bevor ich es mir anders überlegen kann, frage ich: »Hast du morgen Zeit? Können wir uns in der Stadt treffen?«

Ich würde ihm so gerne sagen, worum es geht, aber ich traue mich nicht. Nicht hier.

Phillip runzelt die Stirn, überlegt offenbar, was er antworten soll, also schiebe ich hinterher: »Vertraust du mir?«

»Ja.«

»Dann stell jetzt keine Fragen. Triff mich morgen.«

Das gefällt ihm nicht, das merke ich. Er versteift sich etwas, seine Stirn legt sich in Falten, er denkt nach. Dann nickt er. »Ja. Ja, ist gut. Ich würde dir ohnehin gern meine Wohnung zeigen.«

»Danke, Phillip.« Ich küsse ihn wieder. Ich kann spüren, dass er im ersten Moment zurückweichen will, aber als unsere Lippen sich berühren, gibt er nach und wird ganz weich. Der Kuss dauert an und unsere Zungenbewegungen werden forscher, fordernder. Ich schließe die Augen und lege all meine Hoffnung in diesen Kuss. *Vertrau mir*, will ich ihm sagen. *Bitte, vertrau mir.*

Ich weiß nicht, ob er das wirklich tut. Aber als wir zurück ins Haus laufen, hält er immer noch meine Hand.

Es knistert, als ich in dieser Nacht endlich die Beine unter die Bettdecke stecke. Etwas kratzt an meinem Oberschenkel. Erschrocken fahre ich zusammen und schlage das Laken zurück.

Ein kleiner Papierfetzen liegt da. Groß daran sind nur die Buchstaben, die in dunkler Farbe darauf geschrieben sind.

FÜHL DICH NICHT ZU SICHER.

Der Schreck fährt mir in alle Glieder. Die Drohung, denn etwas anderes kann diese Botschaft nicht sein, ist in schnörkellosen Großbuchstaben geschrieben. Unmöglich zu sagen, von wem sie stammt. Hektisch blicke ich mich im Zimmer um, aber ich bin allein. Glaube ich. Eine Sekunde lang zögere ich, dann nehme ich all meinen Mut zusammen, springe aus dem Bett und renne los, als wäre der Teufel hinter mir her.

Ich warte Hektors Antwort gar nicht ab, bevor ich in sein Zimmer stürze. Er sitzt im Bett und zieht ruckartig die Decke hoch, als er mich sieht.

»Was ist los?!«, fragt er alarmiert.

»Das hier lag in meinem Zimmer.«

Ich strecke ihm den Zettel entgegen und nach kurzem Zögern nimmt er ihn, liest ihn, legt die Stirn in Falten.

»*Fühl dich nicht zu sicher?*«

Meine Zähne klappern aufeinander und mir ist eiskalt.

»Jemand hat herausgefunden, dass ich nicht Elektra bin. Es könnte sogar der Mörder sein.«

Dass Hektor mir nicht widerspricht, macht die Sache nur noch wirklicher.

»Kennst du die Schrift?«

»Nein.« Er schlägt die Decke zurück und steht auf. »Ich meine, das könnte jeder geschrieben haben.«

»Mir ist schlecht.«

Er nimmt mich in den Arm. »Beruhig dich erst mal. Vielleicht ist es nur ein dummer Scherz.«

»Ein dummer Scherz?« Entgeistert starre ich ihn an. »Also wenn der von dir ist, dann finde ich das nicht sehr komisch.«

»Natürlich nicht.«

»Jemand war in meinem Zimmer. Vielleicht ist er noch dort!«

»Unsinn«, widerspricht er mir. Und ich weiß auch warum. Wenn der Mörder noch dort gewesen wäre, als ich ins Zimmer gekommen bin, wäre ich jetzt nicht hier. Ich wäre tot.

Ich gehe in die Hocke und wippe langsam vor und zurück.

»Ich halte das nicht mehr aus. Ich habe Angst.«

Hektor kniet sich neben mich. »Ich weiß.«

Es dauert ewig, bis ich mich beruhigt habe. Hektor hat angeboten, mir einen Tee zu holen, aber ich will nicht allein sein. Also ist er geblieben und hat aus seiner Schreibtischschublade eine angebrochene Tafel Schokolade hervorgekramt. Keine Ahnung, wie ich es fertigbringe, mich in dieser Situation mit Süßigkeiten vollzustopfen, aber es tut mir gut. Es beruhigt mich. Zumindest etwas.

»Wir müssen mit meinen Eltern sprechen«, hat Hektor vorgeschlagen. Aber diesen Zahn habe ich ihm ziemlich schnell gezogen. Ich will nicht mit Priamos über den Zettel sprechen. Was ist, wenn die Drohung von ihm stammt? Wenn er so auf meinen Erpressungsversuch reagiert. Falls das so ist, soll er nicht wissen, dass ich Angst habe.

»Und was ist, wenn der Zettel von Phillip stammt?«, spricht Hektor einen unangenehmen Gedanken aus, der mir auch durch den Kopf geistert ist.

»Aus welchem Grund sollte er mir drohen wollen? Wenn er sich nicht mit mir verloben will, braucht er sich einfach nicht mit mir zu verloben.«

»Nicht, wenn er nicht die Allianz zwischen unseren Vätern aufs Spiel setzen will.«

»Ich glaube, zwischen uns entwickelt sich gerade etwas.« Bei diesen Worten werde ich rot. »Warum sollte er mir das vorspielen? Man erwartet von uns, dass wir uns auch ohne Gefühle miteinander verloben.«

»Gefühle? Aha.« Hektor schiebt sich noch ein Stück Schokolade in den Mund. »Aber vielleicht tut er nur so, damit der Verdacht erst gar nicht auf ihn fällt.«

»Er war noch nicht mal im Land, als deine Schwester ermordet wurde.«

Es tut weh, ihn mit dem Tod von Elektra zu konfrontieren, aber ich habe keine Zeit, um den heißen Brei herumzureden. Jetzt nicht mehr.

Die traurige Wahrheit ist nämlich: Ich habe keine Ahnung, wer mir auf den Fersen ist. Es könnte jeder sein. Hektor hat recht. Auch Phillip.

Gedanklich gehe ich den Abend durch und stelle fest, dass jeder die Gelegenheit gehabt haben muss, den Zettel in meinem Zimmer zu verstauen. Miranda, Phaedre, Priamos, Sabine, Hektor, Phillips Eltern – auch Phillip. Jeder war an einem Punkt an diesem Abend allein im Haus unterwegs. Die einen auf der Toilette, die anderen, um sich die Beine zu vertreten.

Das Einzige, was mir sicher erscheint, ist die Tatsache, dass derjenige heute mit mir auf dem Grundstück war, im gleichen Haus. Höchstwahrscheinlich hat er sogar mit mir zu Abend gegessen.

»Ich könnte es auch gewesen sein«, sagt Hektor schließlich.

Auch dieser Gedanke ist mir bereits gekommen. Ich rechne nicht damit, aber wenn ich ehrlich bin, dann nur, weil ich ihn mag. Und weil er kein Motiv hat. Zumindest soweit ich weiß.

»Und? Warst du es?«

Er knackt mit den Fingerknöcheln. »Nein. Aber warum solltest du mir vertrauen?«

»Weil du der Einzige bist in dieser dysfunktionalen Familie, dem ich vertrauen möchte. Außer Nestor natürlich. Und nur, um das festzuhalten: Der ist unschuldig. Dafür sind die Buchstaben nicht krakelig genug.«

Natürlich könnte ich Hektor bitten, mir eine Schriftprobe von sich zu geben. Aber niemand wäre so dumm, sich so einfach zu verraten.

Nur Kadmos schließe ich ernsthaft aus allen Überlegungen aus. Selbst wenn er seine Großnichte beseitigt hat, weil sie in seinem verrückten Verlobungsplan keine Rolle spielen wollte, gewinnt er nichts, wenn er mich umbringt. Ich spiele sein Spielchen schließlich mit. Er braucht mich.

Andererseits könnte die Drohung, die ich heute im Bett gefunden habe, auch eine Warnung sein.

Aber Warnung oder Drohung: Allein fühle ich mich in meinem Zimmer nicht mehr sicher. Ich komme mir vor wie ein Kleinkind, als ich zu Hektor sage: »Kann ich heute Nacht bei dir schlafen?«

Donnerstag, 20. Mai 2083

Als ich in dem kleinen Hinterhofcafé ankomme, das Phillip als Treffpunkt vorgeschlagen hat, ist er noch nicht da. Nervös beobachte ich die Menschen um mich herum, die ihre Getränke genießen und Kuchen essen. Versetzt Phillip mich? Habe ich mich in ihm getäuscht?

Ehe meine Gedanken zu düster werden, biegt er um die Ecke. Er begrüßt mich mit einem Lächeln und einem Kuss und sofort spüre ich die verräterischen Schmetterlinge wieder in meinem Bauch. Das wird nicht leicht. Aber es muss sein. Viele Möglichkeiten bieten sich mir nicht. Und Phillip auf meine Seite zu ziehen, ist die einzige, bei der ich auch nur ansatzweise die Chance sehe, nicht nur mein, sondern auch das Leben meiner Freunde zu retten. Zu verlieren habe ich nicht mehr viel. Das, was ich allerdings für Vanessa, Manuel und die anderen erreichen kann, ist das Risiko wert.

Während wir Kaffee trinken, greift Phillip über dem Tisch nach meiner Hand und fragt mich, was ich mit ihm besprechen möchte. Aber die anderen Gäste sind zu zahlreich. Hier traue ich mich nicht, ihm reinen Wein einzuschenken. Er versteht das. Dafür schließe ich ihn gleich noch mehr ins Herz.

Phillips Loft liegt nur zwei Querstraßen vom Café entfernt. Wir betreten ein Hochhaus und fahren mit dem Aufzug hinauf in den dreißigsten Stock. Phillip hält seinen Elastoscreen an ein Kästchen an der Wand, es piept und die Tür schwingt nach innen auf.

»Nach Ihnen, Miss Hamilton.«

Mir war schon klar, dass es sich bei seiner Wohnung nicht um ein spartanisch eingerichtetes Studentenzimmerchen handeln würde, aber mit dem, was mich erwartet, habe ich nicht gerechnet. Das Loft ist riesig. Licht fällt durch große Fenster in die Freifläche und lässt das Parkett glänzen. Vor der Küchenzeile im hinteren Bereich steht ein Tisch, an dem locker zwölf Leute Platz haben. Die Stühle sind aus dem gleichen Holz gefertigt und mit Samt bezogen.

Unter den Fenstern auf der rechten Seite befindet sich eine lichtgraue Couchlandschaft. Palmen in hohen Blumenkübeln stehen um sie herum und erwecken den Eindruck einer Oase. Farbenprächtige Bilder hängen an den Wänden. Ich habe keine Ahnung, was sie darstellen sollen, aber sie gefallen mir. Sie verleihen der ansonsten sehr hell eingerichteten Wohnung einen fröhlichen Charme.

Neben der großen Freifläche gibt es noch ein Schlaf-, ein Bade- und ein Gästezimmer. Der Hammer ist allerdings ein schmaler Raum, dessen eine Wand komplett verglast ist. Und hinter der sich ein riesiges Süßwasseraquarium befindet! Sand und Muscheln bedecken den Grund. Dutzende von Fischen – manche so klein wie mein Fingernagel, andere so groß wie mein Unterarm – schwimmen durch einen Wald aus Unterwasserpflanzen. Es ist wie im *Atlantis* – aber diesmal ist alles echt!

»Das ist unglaublich!«

Phillip stellt sich hinter mich und legt mir die Hände auf die Schultern. »Gefällt es dir?«

Ich nicke. »Das ist verrückt! Wie groß ist das?«

In diesem Zimmer gibt es keine Fenster. Das Licht ist gedimmt, und das Glas vor uns spiegelt unsere Umrisse.

»Wir können sogar darin tauchen«, sagt Phillip. Ich zweifle keinen Augenblick daran, dass er die Wahrheit sagt. »Man steigt über das Stockwerk über uns hinein.«

»Warst du deshalb mit mir im *Atlantis*? Liebst du das Meer so sehr?«

Phillip massiert mir die Schultern. »Du nicht?«

»Ich weiß nicht. Es wirkt wie eine andere Welt, eine Zauberwelt.«

»Still und wunderbar.«

Wir setzen uns auf die Couch, die an der gegenüberliegenden Wand steht.

»Ich habe gehofft, dass es dir gefällt.«

»Das tut es! Ich habe so etwas noch nie gesehen.«

Ich kann den Blick nicht von dem Wunderwerk vor uns abwenden. Eine kleine Gruppe goldener Fische zieht an der Front des Glases vorbei. Die Beine angezogen sitzen wir auf der Couch, Phillip hat die Arme um mich geschlungen. Ich lehne mich an ihn, atme seinen Duft ein und lasse mich von dem schummrigen Licht und der unwirklichen Atmosphäre davontragen.

»Also?«, fragt Phillip nach einer Weile. Er gibt sich Mühe, unbeschwert zu klingen. »Was wolltest du mit mir besprechen?«

Ich habe den ganzen Tag überlegt, wie ich anfangen soll, und noch immer keine Idee.

»Versprichst du mir, dass du das, was ich dir jetzt erzähle, niemandem sonst verraten wirst? Nicht einmal deinem Vater?«

»So ernst?«

Ich nicke.

»Elektra, ich … Ich weiß nicht, wie ich dir dieses Versprechen geben soll, ohne eine Idee zu haben, worum …«

Er stockt und ich lehne meinen Kopf zurück an seine Schulter. »Du hast gesagt, du vertraust mir.«

»Ja, aber …«

»Nichts aber. Das ist der Moment, an dem du dich entscheiden musst. Entweder du vertraust mir oder nicht.«

Phillip denkt eine Weile darüber nach. Dann lehnt er sich nach hinten, nimmt seine Brille ab und kneift sich mit Daumen und Zeigefinger in die Nasenwurzel. Ich kann seine Bewegungen in der spiegelnden Oberfläche des Aquariums erkennen und hoffe, es ist ein gutes Zeichen, dass er so lange überlegt.

»Das ist verrückt«, sagt er schließlich.

»Ich weiß.«

Phillip zieht mich enger an sich. »Also gut. Dein Geheimnis ist bei mir sicher. Solange du keinen Mord begangen hast.«

Es soll ein Scherz sein. Aber es ist das Falscheste, was er sagen kann. Ich versteife mich kurz, wage mich dann aber trotzdem weiter vor. »Ich nicht.«

»Bitte?«

Ich hole tief Luft. »*Ich* habe keinen Mord begangen.«

Phillip lässt mich los. »Elektra, ich …«

»Ich bin nicht Elektra.«

»Bitte?!«

»Das ist die Wahrheit. Ich bin nicht Elektra. Mein Name ist Isabel. Aber meine offizielle Bezeichnung lautet Klon Nr. 2066-VI-003.«

Ich kann nicht glauben, dass ich das gerade getan habe.

Phillip rückt von mir ab und mir sinkt mein Herz in die Hose.

»Ich verstehe nicht …«

Er entfernt sich noch weiter von mir, rutscht nach vorne und beginnt, mich zu mustern, als könne er in meinem Gesicht erkennen, ob ich Elektra bin oder nicht. Als würde er hoffen, ein Zeichen dafür zu finden, dass ich ihn anlüge.

Ich will nach seiner Hand greifen, aber er weicht zurück.

»Phillip …«

Habe ich ihn bereits verloren?

»Du bist *was?*«

»Bitte denk daran, was du mir versprochen hast.«

Er blickt mich an, als sei ich geistesgestört.

Er hatte keine Ahnung.

»Phillip …?«

Er schwankt und ich greife reflexartig nach vorne, um ihn an der Schulter abzustützen. Diesmal weicht er mir nicht aus. Besorgt warte ich ab, bis er sich wieder im Griff zu haben scheint. Ich muss etwas sagen, aber mein Kopf ist leer.

»Du bist ein Klon?«

Ich nicke.

Er lacht keuchend auf. »Das ist … absurd.«

»Es ist die Wahrheit.«

»Wissen die Hamiltons …?«

Ich nicke. »Es ist ihr Plan.«

»Ihr Plan?!«

Das wird anstrengender als gedacht. Weil ich nicht weiß, wie ich es ihm schonungsvoll beibringen soll, versuche ich es gar nicht erst.

Ich beginne mit Elektras Ermordung; erzähle ihm, dass wir keine Ahnung haben, wer dahintersteckt. Dass derjenige möglicherweise nun mich bedroht. Dass die Hamiltons ins Institut gekommen sind, um mir ihren Vorschlag zu unterbreiten. Ich erzähle ihm, warum sie mich gefragt haben und nicht Kelsey. Wer Kelsey ist. Dass Kelsey tot ist. Dass ich Angst habe und mich verloren fühle. Dass alles hier eine einzige Lüge ist. Außer meinen Gefühlen für ihn.

Phillip schweigt lange, nachdem ich geendet habe, und wie so oft in all den Tagen davor habe ich wieder Angst. Aber diesmal fürchte ich mich nicht vor einem gesichtslosen Mörder oder davor aufzufliegen, sondern davor, dass ich von ihm zu viel erwarte. Dass das, was ich ihm erzählt habe, zu *viel* ist. Dass er, im Gegensatz zu mir, nicht bereit dazu ist, ein Leben auf einer Lüge aufzubauen.

Falls ich ihn falsch eingeschätzt habe, werden die nächsten Stunden kritisch. Wenn Priamos davon erfährt … Werden die Hamiltons dann auch Phillip zum Schweigen bringen? Oder mich? Oder uns beide? In welche Lage habe ich Phillip nur gebracht? Wie bin ich nur darauf gekommen, er könnte ertragen, was ich ihm gerade gesagt habe? Wenn ich selbst beinahe daran zerbreche?

Wenn er nur nicht so lange schweigen würde.

Als er endlich den Mund aufmacht, fragt er etwas, womit ich so überhaupt nicht gerechnet habe. »Wie geht es dir?«

»Mir?«

»Ja, dir.«

Ich senke den Kopf, weil ich ihm plötzlich nicht mehr in die Augen schauen kann. »Ich weiß es nicht. Ich … die meiste Zeit über habe ich Angst. Oder ich bin wütend.« Als ich den Kopf hebe und in seine Augen blicke, die mich offen und neugierig mustern, regt sich ein kleiner Funke Hoffnung. Mein Herz schlägt schneller, als er die Hand ausstreckt und sie auf mein Knie legt.

»Isabel. Der Name gefällt mir.«

Kapitel 37

Zwei Sätze gehen mir wieder und wieder durch den Kopf, als ich im Magnetaxi nach Hause sitze.

»Du musst nicht bei mir bleiben.« Das habe ich gesagt.

Und Phillip, etwas später: »Ich habe mich in dich verliebt, nicht in Elektra.«

Mein Geständnis hat uns beide durchgerüttelt. Ich weiß nicht, wie lange es gedauert hat, bis ich aufgehört habe zu zittern. Aber irgendwann ist zu mir durchgedrungen, dass Phillip tatsächlich nicht vorhat, die Verlobung abzusagen. Er will bei mir bleiben. Weil er *mich* liebt. Mich.

Der Verlust von Kelsey schmerzt. Aber die Welt ist plötzlich nicht mehr nur noch grau. Es könnte sein, dass es eine Zukunft für mich und die anderen Klone gibt, die nicht ausschließlich schrecklich ist. Zumindest, wenn ich den Hamiltons rechtzeitig entkomme, denn was Phillip mir erzählt hat, ist schlimmer als alles, was ich mir bisher vorgestellt habe.

»Ich muss dir auch etwas verraten«, hat er gesagt. »Dein Großonkel und dein ... Priamos: Sie haben einen Plan. Er wird dir nicht gefallen.«

Augenblicklich versteifte ich mich. »Was für einen Plan?«

»Ich dachte, du wüsstest davon. Elektra hat vermutlich davon gewusst.« Er seufzte tief. »Ich weiß gar nicht, wie ich dir das sagen soll.«

»Mach einfach.« Mir war kalt. Eigentlich hatte ich angenommen, es könnte nichts mehr geben, was die Macht hätte, mich zu erschrecken, aber bei Phillips Worten griff die Angst mit ihrer kalten Faust erneut nach meinem Herz.

»Das Klonprojekt. Es soll in die zweite Phase gehen.«

»Der Prolongation Clause. Du hast mir davon erzählt.«

Aber das war es nicht, wovon Phillip sprach. »Es ist viel schlimmer. Es geschieht noch im Geheimen. Deine Familie arbeitet daran, Bewusstsein und Erinnerungen einer Person von einem Körper in einen anderen zu transferieren.«

»Das ist unmöglich.«

»Ich wünschte, das wäre so. Aber dein Va… Priamos hat meinem Vater versichert, dass er kurz vor dem Durchbruch steht. Er glaubt, schon in einem Jahr ist er so weit. Dafür braucht er allerdings die Forschungsunterlagen meiner Mutter.«

»Aber … das würde bedeuten …«

»Wenn Elektra ein Jahr später umgebracht worden wäre, würde ich jetzt vermutlich nicht mit *dir* hier sitzen. Sondern mit ihr. Mit ihrem Geist in deinem Körper.«

Ich befreite mich aus seinem Griff und stand auf, zu unruhig zum Sitzen.

»Und deine Familie macht dabei mit?«

»Meine Mutter war dagegen. Sie hat sogar gedroht, die OaC zu informieren.«

»Und jetzt ist sie das nicht mehr?«

Er ließ den Kopf hängen.

»Ich habe eine Cousine. Morgan. Es geht ihr sehr schlecht.«

Ich begriff nicht, was das mit uns zu tun haben sollte, bis Phillip es mir erklärte. »Weißt du, was das Bruckner-Seeberg-Syndrom ist?«

Ich schüttelte den Kopf.

Phillip war nicht überrascht. »Es ist eine Erbkrankheit. Nur sehr wenige Menschen erkranken daran. Deshalb interessiert sich die Medizin nicht sonderlich dafür. Als Kind wäre ich beinahe daran gestorben. Bei Morgan ist es vor einem halben Jahr ausgebrochen. Die Ärzte geben ihr nicht mehr viel Zeit. Sie ist schon jetzt zu schwach, um zu unserer Verlobungsfeier zu kommen.«

Während Phillip erzählte, kämpfte ich mit meiner Verblüffung. Wie konnte es sein, dass ich Stunde um Stunde im Netz über Phillip und seine Familie recherchiert und doch so wichtige Dinge übersehen hatte?

»Das ist schrecklich«, sagte ich, als er geendet hatte. »Das tut mir sehr leid. Wirklich.«

»Meine Mutter ist davon überzeugt, dass Hamilton Corp. ein Heilmittel kennt – oder zumindest alles Notwendige besitzt, um eines zu entwickeln.«

»Das macht keinen Sinn. *Du* hast überlebt. Und wenn es ein Heilmittel gäbe, wäre es doch sicher auf dem Markt. Oder?«

Noch während ich das fragte, wurde mir bewusst, dass ich mir dessen nicht sicher sein konnte.

»Meine Mutter hat schon einmal mit Priamos verhandelt. Ich weiß nicht, was sie ihm damals gegeben hat, aber es hat mir das Leben gerettet.«

Unwillkürlich musste ich an die schlafenden Prinzen in ihren Plastiksärgen denken. Ein Schauer lief mir über den Rücken.

»Jetzt braucht sie wieder seine Hilfe.«

Ich nickte. »Und Priamos die ihre, wenn er mit seinem Vorhaben Fortschritte machen will. *Deshalb* hat sie in unseren Eheschließungsvertrag eingewilligt!«

Ich konnte es kaum glauben. Wie konnte diese ganze verworrene Affäre schlimmer und schlimmer werden?

»Ich verspreche dir, dass ich alles tun werde, um dir zu helfen, Hamilton Corp. aufzuhalten.«

Eine grimmige Entschlossenheit erwachte in mir. »Ich will sie nicht nur aufhalten. Ich will sie zerstören.«

Vielleicht erschreckte ich Phillip mit diesen Worten. Aber meine Hand ließ er nicht los.

Als ich nach Hause komme, bin ich mental völlig erschöpft. Ich bin froh, allein in der Villa zu sein. Margot ist mit Natascha zu einer der Skyfarmen gefahren. Sabine, Nestor und Hektor sind in der Stadt. Das hat mir Letzterer per seeYa geschrieben. Priamos wähne ich in seinem Büro. Bis er mich im Durchgang zum Wohnzimmer überrascht. Dort komme ich vorbei, nachdem ich mir in der Küche ein Glas Wasser geholt habe.

»Da bist du ja«, sagt er gefährlich leise und ich zucke so stark zusammen, dass Wasser über den Rand meines Glases schwappt.

»Du hast mich erschreckt …«, beginne ich, aber da packt er mich bereits. Er presst seine Finger in die weiche Haut meines Unterarms und reißt mich so grob mit sich, dass ich über meine eigenen Füße stolpere. Wieder verschütte ich Wasser. Alles geht so schnell, dass ich keine Zeit für mehr als einen überraschten Aufschrei habe.

Im Wohnzimmer stößt er mich Richtung Couch. Ich stolpere über den kleinen Wohnzimmertisch, lasse das Glas fallen, und lande rücklings in den Polstern.

»Du bist so unglaublich dämlich! Wieso setzt du alles aufs Spiel?«

So wütend habe ich ihn noch nie erlebt. Seine Züge sind zu einer Grimasse verzerrt. Endlich zeigt er sein wahres Gesicht.

»Was glaubst du, was jetzt passiert?«, herrscht er mich an. »Hast du dir wirklich eingebildet, Phillip von Halmen ist ein Märchenheld? So blöd kannst du doch gar nicht sein.«

»Ich …«

»Bete zu Gott, dass er weiter mitspielt …«

»Sonst was?!«

Meine aufmüpfige Frage bringt ihn aus der Fassung. Ich stütze mich mit den Unterarmen im weichen Polster ab und schiebe mich in eine aufrechte Haltung. Aufstehen werde ich nicht – meine Knie zittern zu sehr und ich werde Priamos nicht zeigen, dass ich mich vor ihm fürchte –, aber immerhin sitzen will ich, wenn er seinen Zorn auf mich niederregnen lässt.

»*Er* hat mich nicht angelogen.«

Priamos ballt die Hände zu Fäusten. Man braucht nicht viel Fantasie, um zu begreifen, wie gern er mich jetzt schlagen würde. Aber das kann er nicht. Nach Kelseys Tod hat er keine Spielerin mehr auf der Ersatzbank. Also kann er es sich nicht leisten, seinem kostbaren Porzellanpüppchen einen Kratzer zuzufügen.

»Das glaubst du? Was weißt du schon über ihn? Wie lange kennt ihr euch? Ein paar Tage? Oh bitte. Meine Gene stecken in dir. So einfältig kannst du also gar nicht sein.«

»Wenn du glaubst, du könntest Zweifel in mir säen, streng dich nicht weiter an.«

»Er hat früher gegen die OaC demonstriert, wusstest du das? *Gegen* die OaC.«

Das versetzt mir tatsächlich einen Stich. »Diese Geschichte will ich mir nicht von dir anhören, sondern von ihm. Von dir weiß ich immerhin sicher, dass du mich belogen hast. Von Anfang an.«

»Ich habe dich nicht belogen, ich habe dir nur nicht immer die volle Wahrheit gesagt.«

»Und das ist etwas anderes?«

Wie ein Berg ragt er vor mir auf. Feuer brennt in seinen Augen. »Natürlich ist es das. Ich habe dir nichts vorgemacht. Ich habe dir erzählt, dass es gefährlich werden könnte.«

»Erst, als ich bereits hier war.«

Darauf geht er nicht ein. »Ich habe dir versprochen, dass du ein Leben in Luxus führen wirst, wenn du dich an unseren Plan hältst. Du hast Phillips Wohnung gesehen. Ist sie nicht großartig?«

Mein Blick fällt auf meinen Oberarm, auf die Stelle, in die man mir den Tracker verpflanzt hat. Sabine hat behauptet, damit könne man mich orten, aber nicht abhören.

»Woher weißt du eigentlich, was ich Phillip erzählt habe?«

Priamos ignoriert meine Frage. »Du hast Zugriff auf Bildung«, wettert er weiter, »wirst offiziell zum Teil von nicht nur einer, sondern zwei mächtigen Familien. Und alles, was du dafür tun müsstest, wäre, dich an ein paar einfache Regeln zu halten.«

»Ein paar Regeln?« Ich muss mich bemühen, ihn nicht anzuschreien. »Ich weiß nicht, warum du dir das einbildest, aber so viel besser ist eure Welt gar nicht im Vergleich zu meiner. Im Institut mag mein Alltag sehr beschränkt gewesen sein. Aber immerhin hatte ich dort echte Freunde, und ich musste nicht die ganze Zeit eine Maske tragen und vorgeben, jemand zu sein, der ich nicht bin.«

Nur, dass das Institut auf gewisse Weise auch Priamos Hamiltons Welt ist. Ich war die ganze Zeit sein Geschöpf.

»Mach die Augen auf, Mädchen! Die Welt ist eine Schlangengrube. Aber mit mir an deiner Seite hast du bessere Chancen, darin zu überleben.«

Mach die Augen auf …

Die ILs! Ich habe sie deaktiviert. Aber ich trage sie. Ich trug sie auch auf dem Balkon bei mir, in dem Moment, an dem ich Kelsey alles gestanden habe.

Mit zitternden Fingern greife ich in meine Hosentasche und fische ihr Etui hervor. Priamos' Augen weiten sich, als er es sieht. Das ist alles an Bestätigung, was ich brauche.

Ich lasse das Etui zu Boden fallen.

Eine Unendlichkeit lang mustern wir uns schweigend.

Die Welt ist eine Schlangengrube.

Du hättest dich nur an ein paar einfache Regeln halten müssen. Ich meine es ernst. Kein Wort zu irgendjemandem.

»Der Autounfall …«, stammle ich, während sich meine Gedanken überschlagen und sich Gewissheit kalt durch meine Gedärme frisst. »Kelsey.« Ich halte mir den schmerzenden Bauch, während ich von der Couch aufstehe und langsam auf ihn zugehe. »Dein Spiel. Deine Regeln. Es war kein Unfall, richtig?«

Priamos bräuchte nicht zu antworten. Ich kenne die Wahrheit ohnehin. Kannte sie die ganze Zeit. Aber ich will es hören. Ich will, dass er es ausspricht. Ich will, dass er zugibt, was er getan hat.

»Hab ich recht?!«

Ich wünschte, ich könnte behaupten, ihn aus der Fassung gebracht zu haben, aber natürlich ist das nicht der Fall. Nichts und niemand bringt Priamos Hamilton aus der Fassung. Er ist ein Eisklotz, der sich noch nicht einmal um den Tod seiner Tochter schert.

»Es waren einfache Regeln«, sagt er kühl. »Ich hatte mich verständlich ausgedrückt, oder nicht?«

Wenn ich geglaubt habe, es würde mir Genugtuung verschaffen, sein Geständnis zu hören, belehrt er mich eines Besseren.

»Du sprichst Leuten wie mir das Recht ab, Menschen zu sein. Aber wer sich unmenschlich verhält, das bist du.«

»Ihr alle wäret gar nicht am Leben ohne mich.«

Ich blinzle die Tränen weg, die sich in meinen Wimpern verfangen haben. »Und das gibt dir das Recht, uns dieses Leben auch wieder zu nehmen?«

Seine Miene bleibt unbewegt. Falls er Gewissensbisse hat, lässt er sich diese nicht anmerken. Die traurige Wahrheit ist wohl, dass er an seine eigene verdrehte Logik sogar glaubt.

Ich weiß nicht, ob es weitergeht und wie es weitergeht. Ich weiß nur, dass ich Priamos Hamiltons Anblick jetzt nicht ertragen kann. Auch wenn er Kelsey nicht mit eigenen Händen umgebracht haben sollte. Der Mann ist ihr Mörder.

»Du widerst mich an«, flüstere ich, als ich an ihm vorbeigehe, auf die Tür zu. Innerlich bin ich darauf gefasst, dass er erneut nach mir greift. Aber er hält mich nicht auf.

»Das Spiel ist noch nicht vorbei.«

Ich bleibe stehen, aber ich drehe mich nicht zu ihm um. »Ist es das nicht?« Ich greife nach der Türklinke, und wieder lässt mich Priamos' Stimme innehalten.

»Du glaubst jetzt vielleicht, wenn du mit Phillip erst mal verlobt bist, …«

Ich lasse ihn nicht aussprechen.

»Du bist ein Mörder, Priamos. Du bist ein verdammter, kaltblütiger Mörder. Und eines Tages wirst du dafür zahlen.« Ich blicke über die Schulter zu ihm zurück. »Hast du auch Elektra umgebracht?«

Was für eine Genugtuung es ist, ihn kalkweiß werden zu sehen. »Wie kannst du es wagen?«

»Wie ich es wagen kann?!« Ich beginne laut zu lachen, aber es ist kein fröhliches Lachen. Aus ihm klingt der ganze Hass, den ich für ihn empfinde.

»Pass auf, was du sagst«, warnt er mich. »Denk an deine Freunde. Deine Mitschüler im Institut.«

Es ist keine leere Drohung, das weiß ich. Und ich sollte mir um Aubrey, Vanessa und die anderen Sorgen machen, aber ich kann nur daran denken, dass dieser Mann mir Kelsey genommen hat.

Mein Schweigen reizt ihn offenbar mehr als alles, was ich hätte sagen können. Zum ersten Mal erlebe ich, wie er die Fassung verliert. »Du bist niemand«, schleudert er mir entgegen. »Du bist nichts ohne mich! Aber mit mir, da kannst du jemand sein.«

»Ja.« Ich öffne die Tür. Inzwischen ist es mir völlig egal, ob mich jemand hört oder nicht. »Jemand, der ich nicht bin.«

»Und wer bist du schon? Du kannst *Elektra Hamilton* sein!«
»Elektra Hamilton ist tot.«
Und damit lasse ich ihn stehen. Ich weiß selbst noch nicht, was das alles bedeutet. Ich weiß nur, dass ich keine Sekunde mehr länger seine Anwesenheit ertrage.

Ich lebe mit einem Mörder unter einem Dach, schießt es mir durch den Kopf, als ich durch den Flur in die Eingangshalle gehe. Am liebsten würde ich ein Magnetaxi bestellen und zu Phillip flüchten, dieses Haus – diesen Albtraum – hinter mir lassen. Und vielleicht sollte ich das tun. Priamos hat meine Schwester ermordet und mich zu seiner Marionette gemacht.

Ich wünschte, Hektor wäre hier. Ich sollte ihm eine seeYa schicken und ihn fragen, wann er nach Hause kommt. Warum musste er ausgerechnet heute mit Sabine in die Stadt fahren?

Auf meinem Weg nach oben übersehe ich eine Treppenstufe und stürze. Es schmerzt, aber es ist nicht der Aufprall, der mir die Tränen in die Augen treibt.

Als ich mich wieder aufrapple, zucke ich zusammen. Julian steht auf der Galerie. Er hilft mir nicht auf. Seine Haut wirkt blass und er mustert mich mit ausdruckslosem Gesicht.

»Julian!«, entfährt es mir. Nicht sehr geistreich. *Was machst du hier?*, will ich ihn eigentlich fragen. *Warum bist du nicht im Stall? Warum begreifst du nicht, dass ich nichts von dir will, außer dass du mich in Ruhe lässt.* Die Erinnerung an das Wort, das er mir bei unserer letzten Begegnung hinterhergebrüllt hat, lässt mich frösteln.

Ich werfe einen Blick die Treppe hinunter. Es ist eine Zwickmühle: weder will ich mich allein mit Julian unterhalten, noch habe ich Lust, vor ihm ins Erdgeschoss zu flüchten, wo niemand außer Priamos auf mich wartet.

Es ist nur Julian. Ich sollte keine Angst vor ihm haben, aber diese stoische Ruhe, mit der er mich mustert, sein unverwandter Blick … die Nackenhaare stellen sich mir auf.

»Du hast mich erschreckt«, sage ich, und gehe doch zwei Schritt nach vorne. Wenn ich in mein Zimmer will, muss ich an ihm vorbei. Dorthin kann er mir nicht folgen.

»Du bist nicht *sie*.« Er spricht so leise, dass ich zunächst denke, ich habe mich verhört. Vielleicht wünsche ich mir das auch nur.

Ich öffne den Mund und mache ihn wieder zu.

Er lacht, nur einmal kurz, und es klingt ganz und gar nicht fröhlich. »Ich wusste, dass mit dir etwas nicht stimmt, aber ich hätte nicht geglaubt … Ich wäre nie darauf gekommen, dass du …«

»Still!«, zische ich und blicke ins Erdgeschoss hinunter. Aber Priamos ist offenbar im Wohnzimmer geblieben, dem Himmel sei Dank.

»Du bist nicht Elektra.«

Ich falte meine Handflächen wie zum Gebet, gehe zu ihm und blicke ihn beschwörend an. »Bitte sei still, Julian.«

»Du hast es selbst gesagt. Gerade eben.« Er redet wie im Schock. »Deshalb hast du dich so seltsam verhalten. Du warst gar nicht du. Du hättest mich niemals so fallen lassen. Nicht noch einmal.«

Verzweifelt überlege ich, was ich tun soll. Aber bei seinen nächsten Worten verwandelt sich mein Blut in Eiswasser.

»Oh Gott, ich habe sie wirklich getötet.«

Julian hat die Augen weit aufgerissen. Der Rand um seine Pupillen ist weiß, seine Unterlippe zittert, als er – und ich – langsam begreifen.

Julian ist Elektras Mörder.

»Ich wollte das nicht.« Sein Kopf zuckt unkontrolliert. Dann richtet er einen flehenden Blick auf mich. »Ich wollte das nicht.« Er greift nach vorne, nach meinen Händen. »Bitte, du musst mir glauben.«

Ich muss meine ganze Kraft aufbieten, um mich nicht von ihm loszureißen. »Ich glaube dir«, antworte ich leise. Ich bin mir nicht einmal sicher, ob es eine Lüge ist.

»Ich habe sie geliebt.«

»Du hast sie geliebt.«

Soll ich nach Priamos rufen? Ist er schnell genug, um mich vor Julian zu retten? Hat der eine Waffe bei sich?

»Und sie hat mich geliebt.«

»Das hat sie.« Widersprich ihm nicht, geht es mir durch den Kopf. Ich darf ihm nicht widersprechen.

»Ich wollte das nicht. Ich habe sie geliebt. Oh mein Gott, sie ist tot.«

»Was ist passiert?« Die Frage ist heraus, ehe ich mich zurückhalten kann.

Julian geht nicht darauf ein. »Als du aus dem Krankenhaus zurückgekommen bist, war ich so erleichtert. Ich dachte, ich hätte mich geirrt. Ich dachte, sie hätten ihr helfen können. Sie sei gar nicht tot. Und als du dich nicht an den Unfall erinnern konntest, dachte ich, das ist es! Wir haben eine zweite Chance. Begreifst du?«

Ich begreife nicht. Er sinkt in sich zusammen. »Sie wollte mit mir fliehen.« Julian starrt durch das Geländer hinunter zur Eingangstür, als würde er erwarten, dass sie sich jeden Moment öffnet und Elektra hereinstolziert. Wenn ich jetzt losrenne, kann ich in meinem Zimmer sein und mich verbarrikadieren, bevor er mich einholt. Ich bin mir fast sicher. Fast. Aber meine Füße scheinen am Boden festgewachsen. Ich blicke auf Julians Hinterkopf und will nicht begreifen, dass ein Mörder auch so aussehen kann. Warum?

»Sie hat es mir versprochen.« Julian dreht sich nicht um, er spricht nicht zu mir, als er beginnt, seine Beichte abzulegen. »Wir haben uns so sehr geliebt. Natürlich wusste ich, dass die Hamiltons nicht begeistert sein würden, wenn wir ihnen von uns erzählen würden, aber mit der Zeit wäre uns sicher etwas eingefallen. Elektra fällt immer etwas ein. Sie … über den Einfall, diesen Schnösel zu heiraten, hat sie gelacht. Sie hat mir geschworen, sie würde sich nie auf einen von Halmen einlassen.«

Sie kannte Phillip gar nicht. Aber es würde nichts bringen, ihn darauf hinzuweisen.

»Aber dann hat sie ihr Versprechen gebrochen!« Jetzt klingt Julian bitter. Die Knöchel seiner Finger, mit denen er das Galeriegeländer gepackt hat, treten stark hervor. Einen Augenblick lang noch blickt er in die Ferne, dann dreht er sich zu mir um. Mein Herz beginnt schneller zu schlagen. »Sie wollte mit mir fliehen! Ich habe Wochen damit zugebracht, alles zu planen. Und dann teilt sie mir zwei Tage vorher mit, dass sie es sich anders überlegt hat.«

Er lacht auf, ungläubig, als könne er immer noch nicht begreifen, was sie damals dazu bewogen hat.

»Vor eurer Flucht?« Ich will zurückweichen. Aber wenn ich mich bewege, bewegt sich vielleicht auch Julian, und ich will, dass er schön dortbleibt, wo er ist. Warum taucht Priamos eigentlich nie dann auf, wenn man ihn braucht?

»Sie hat es sich anders überlegt! Sie wolle doch das Politikersöhnchen heiraten, diesen Lackaffen! Kannst du dir das vorstellen? Elektra und der?!«

Ich schüttle den Kopf.

»Ich wollte mit ihr glücklich werden. Ich hätte sie glücklich gemacht!«

Du hast sie umgebracht, denke ich. Aber ich sage es nicht.

Julian scheint sich wieder zu fangen. Seine Stimmung wechselt so schnell, dass mir vom bloßen Zuschauen schwindelig wird.

»Erzähl mir, was passiert ist.«

Er nickt. »Wir haben uns auf der Weide getroffen, wie immer. Ich hatte einen Picknickkorb dabei. Einen verdammten Picknickkorb. Und sie sagte mir, dass sie nicht mit mir fortgehen kann, sondern dass sie diesen Loser heiraten wird.«

»Und dann?« Ich krampfe die Hände zusammen, damit er nicht bemerkt, wie sehr ich zittere, und ich hoffe, meine Stimme klingt ruhig genug, um ihn nicht nervös zu machen. Aber Julian achtet kaum auf mich.

»Es war ein Unfall. Ich wollte mit ihr sprechen, wollte sie davon überzeugen, wie irrational sie sich verhält. Er hätte sie niemals glücklich gemacht. Aber sie wollte nicht reden. Sie wollte gehen. Ich konnte sie doch nicht gehen lassen.«

Er blickt mich an, als suche er meine Zustimmung, aber ich kann nicht nicken und meine Worte bleiben mir im Hals stecken.

»Sie wollte aufs Pferd steigen. Ich hab sie am Bein gepackt, aber sie wollte mich abschütteln. Ich hab sie heruntergezogen.« Er hebt eine Hand an seine Wange. »Sie hat mir eine Ohrfeige verpasst. Sie hat nicht begriffen, dass ich ihr nur helfen will. Wir haben begonnen, miteinander zu diskutieren. Da ist sie gemein geworden.«

Er kommt auf mich zu, und ich kann nicht schnell genug zurückweichen. Mit beiden Händen packt er meine Oberarme und hält mich fest.

»Elektra …«, flüstert er. Sein Blick wird trüb und verschwimmt.

Ich schlucke und weiß nicht, ob es besser ist, ihm zu widersprechen oder ihn glauben zu lassen, dass ich seine tote Geliebte bin. Ehe ich mich entschieden habe, schüttelt er den Kopf und schaut mich wieder mit klarem Blick an. Aber meine Oberarme lässt er nicht los.

»Sie hat ihre Krallen ausgefahren. Hat mich geschlagen. Mich! Ich wollte doch nur ihr Bestes. Ich wollte sie doch nur zur Vernunft bringen. Aber sie hat schreckliche Dinge gesagt. Dass ich ein Idiot bin. Ein leichtgläubiger, mittelloser Narr und dass jemand wie sie sich nie auf jemanden wie mich einlassen würde. Nicht wirklich.«

Ich versuche, mich aus Julians Griff zu befreien, aber er lässt mich nicht los.

»Irgendwann lag sie unter mir. Aber sie hat nicht aufgehört, weißt du. Sie hat weiter diese scheußlichen Sachen gesagt. Dass ich nichts wert bin, ein Träumer, nett für ein bisschen Spaß zwischendurch, aber nicht für mehr. Sie hat einfach nicht aufgehört. Und plötzlich war der Stein in meiner Hand und ich hab ihr gesagt, sie soll still sein, aber sie hat einfach nicht auf mich gehört. Sie hat einfach nicht aufgehört!«

In seinen Augen schwimmen Tränen. Ich habe das Gefühl, er verliert den Verstand. Meine Glieder gehorchen mir nicht. Ich habe solche Angst. Ich bin eine Salzsäule.

»Ich wollte doch nur, dass sie endlich still ist und mir zuhört. Also habe ich den Stein genommen …«

»Priamos!«

Kapitel 38

»Priamos!« Der Schrei löst sich aus meiner Kehle und bricht den Bann. Endlich kann ich mich wieder regen. Ich versuche, mich von Julian loszureißen, und tatsächlich schüttle ich ihn ab.

»Ich wollte nur, dass sie still ist, damit ich mit ihr reden kann!« Julian brüllt jetzt. Er greift wieder nach mir, aber ich weiche ihm aus. »Verstehst du?!«

»Priamos!«

Dass ich ausgerechnet nach dem Mörder meiner Schwester rufe, damit er mich rettet …

Ich fahre herum, um davonzurennen, aber Julian erwischt mich am Ärmel. Stoff reißt.

»Es war ein Unfall!«

»Hilfe!!«

Ich renne weiter. Julian packt mich an der Schulter, wirbelt mich zu sich herum.

Jetzt bin ich es, die ihm eine schallende Ohrfeige verpasst. Jetzt bin ich es, der die Tränen über die Wangen laufen.

Das Geräusch rennender Schritte dringt zu mir, aber ich bin in Julians Bann, ich kann mich nicht umdrehen.

»Elektra …«, flüstert Julian. In seinen Augen leuchtet der Schmerz, dann flackert der Wahnsinn wieder in ihm auf. »Du Schlampe!«

Er stürzt sich auf mich, aber ich weiche ihm aus. Ich gehe einen Schritt zur Seite und beobachte ungläubig, wie der

Schwung Julian weiterträgt, zur Treppe. Er verliert den Boden unter den Füßen. In einem Moment ist er noch da, auf Augenhöhe, dann stürzt er nach unten, die Stufen hinunter, weiter und immer weiter, schneller und immer schneller. Nur einmal keucht er erschrocken auf, dann ein Geräusch, das mich an lebloses Fleisch erinnert, das zu Boden fällt. Ich presse meine Hand auf den Mund, als ich sehe, wie Julian sich überschlägt, während er ungebremst bis hinunter in die Eingangshalle rollt. Direkt vor die Füße von Priamos.

Dort bleibt er liegen. Alles, was zu hören ist, sind sein schweres Keuchen und Stöhnen.

Priamos blickt von unten zu mir hinauf.

»Er war es.« Fest schlinge ich meine Arme um mich und wiege mich vor und zurück. Noch immer laufen mir Tränen über das Gesicht. »Er hat Elektra umgebracht.«

Priamos fackelt nicht lange.

Er beugt sich nach unten. Ungläubig beobachte ich ihn dabei, wie er eine Hand auf Julians Schädel legt und mit der anderen sein Kinn packt. Ohne einen Augenblick zu zögern reißt er dessen Kopf herum. Das Knacken ist kaum zu hören, aber Julians Körper wird sofort schlaff. Kaltblütig hat Priamos Hamilton dem Mörder seiner Tochter das Genick gebrochen.

Die nächsten Tage fühle ich mich wie betäubt.

Was Priamos mit Julians Leiche gemacht hat, will ich gar nicht wissen. Ich weiß ja noch nicht einmal, was passiert ist, nachdem ich losgeschrien habe. In einem Moment habe ich auf Julians reglosen Körper geblickt, im nächsten Moment lag ich zitternd im Bett.

Priamos gehe ich seither aus dem Weg.

Natürlich bestand er darauf, dass ich ihm erzähle, was Julian mir vor seinem Sturz gestanden hat. Noch am gleichen Abend musste ich ihm haarklein alles berichten.

»Jetzt ist der Bastard tot«, hat er anschließend gesagt. »Und du bist sicher.«

Aber ich fühle mich nicht sicher. Nicht in seiner Nähe.

Natascha hat ständig verheulte Augen. Priamos hat ihr erzählt, Julian habe gekündigt und sei sofort auf und davon.

Julian war ein Arschloch. Aber Natascha tut mir leid. Ich würde ihr gern sagen, wer er wirklich war, damit sie sich besser fühlt. Aber das kann ich nicht. Ich kann nur hoffen, dass sie Priamos glaubt und irgendwann nach vorne blickt.

Außer mir und Priamos wissen nur Sabine und Hektor, was tatsächlich geschehen ist. Und vermutlich Kadmos, aber dem bin ich seit Sabines Geburtstagsfeier nicht mehr begegnet.

Als habe der Tod von Elektras Mörder die Eiswand zwischen uns zum Tauen gebracht, fangen Sabine und ich an, uns aneinander zu gewöhnen. Ich verbringe in den Tagen nach dem Vorfall mit Julian mehr Zeit mit ihr als in den beiden Wochen zuvor zusammengerechnet. Vielleicht liegt das daran, dass ihr Julians Geständnis eine Art inneren Frieden bringt. Jedenfalls verhält sie sich nicht mehr so stachelig, und ich bin bereit, anzuerkennen, dass wir beide furchtbare Verluste erfahren haben.

»Die Welt ist schrecklich«, habe ich zu ihr gesagt, als sie eines Morgens in mein Zimmer kam, um nach mir zu sehen.

Sie wirkte traurig und müde und hat mir nicht widersprochen. Stattdessen hat sie sich an mein Bett gesetzt und mir stumm Gesellschaft geleistet. Unsere Unterhaltungen fühlten sich immer wie Schlagabtäusche an. Vielleicht hätten wir früher versuchen sollen, miteinander zu schweigen.

»Hilf mir, ein Kleid für deine Verlobungsfeier auszusuchen«, sagte sie irgendwann, und ich war selbst davon überrascht, dass ich dieses Friedensangebot annahm.

Hektor hat nicht so ruhig auf Julians Geständnis reagiert. »Ich wünschte, er wäre nicht tot.« Seine Stimme klang wie gezacktes Metall. »Dann könnte ich ihn selbst umbringen.«

Tag um Tag gehen ineinander über und ich fühle mich wie in Watte gepackt. Mein ganzes Leben als Elektra Hamilton erscheint mir surreal. Auch wenn ich damit Hektor verletze, verbringe ich so wenig Zeit wie möglich im Herrenhaus. Ich ertrage es nicht, Priamos um mich zu haben. Wann immer ich kann, flüchte ich zu Phillip. Einmal übernachte ich sogar in seiner Wohnung. Was soll die falsche Scham? In ein paar Tagen verloben wir uns ohnehin, und dann werde ich meine Koffer packen, zu ihm ziehen und nicht mehr zurückblicken.

Seine Nähe tut mir gut. So absurd mir die Vorstellung noch erschienen wäre, als ich mich von Priamos zu dieser ganzen Scharade überreden ließ – ich kann unsere Verlobung kaum erwarten. Zurück ins Institut kann ich nicht mehr, nicht ohne Kelsey. Mir bleibt nur der Schritt nach vorne, in eine Welt, in der ich eine Möglichkeit finden möchte, für Klone wie mich zu kämpfen. Phillip dabei an meiner Seite zu haben, wird vieles leichter machen. Und ich mag ihn wirklich, vielleicht bin ich sogar verliebt. Mein Herz klopft schneller, wenn ich ihn sehe. Ich vermisse ihn, selbst wenn wir nur ein paar Stunden voneinander getrennt sind. Dann trage ich einen seiner Pullis, weil sein Duft mich glücklich macht. Und ich kann nicht aufhören, ihn zu küssen. Ihn zu küssen ist das schönste Gefühl der Welt. Na gut, ich gebe zu: Ich habe mich Hals über Kopf in ihn verliebt.

Phillip hat seine Mutter nach den schlafenden Prinzen gefragt, denn natürlich habe ich ihm auch von ihnen erzählt. Ich war nicht überrascht, dass sie das Produkt wissenschaftlicher Experimente sind. Experimente, die sowohl mit dem Klonprojekt als auch mit Polinas Forschungsarbeiten zu tun haben. Nach der Verlobung wollen wir mit ihr und Priamos darüber sprechen. Ich habe den Verdacht, dass noch mehr dahintersteckt als das, was wir herausgefunden haben, aber das ist eine Sorge für später.

Ich brauche Zeit zum Heilen. Wir brauchen Zeit für uns.

Ich liebe die Stunden, in denen ich an Phillips Seite gekuschelt die Fische in dem riesigen Aquarium dabei beobachte, wie sie durch geheimnisvolle Tangwelten schwimmen. Er erzählt mir von seiner Kindheit und ich ihm von meiner Zeit im Institut. Er erzählt mir von seinen Träumen und ich ihm von meinen Ängsten. Er erzählt mir von der Organisation against Clones und ich ihm von den Hoffnungen, die ich an unsere gemeinsame Zukunft knüpfe. In den Momenten, in denen ich nicht an Kelsey denke, fühle ich mich sogar fast glücklich. Sie sind das schlechte Gewissen wert, das sich einstellt, sobald ich begreife, dass ich kurz damit aufgehört habe, um sie zu trauern.

Priamos Hamilton wird dafür bezahlen, was er ihr angetan hat. Das schwöre ich.

Freitag, 28. Mai 2083

Unsere Verlobungsfeier findet im Seymour Palace statt. Natürlich handelt es sich dabei nicht um einen richtigen Palast, sondern um ein Hotel im Stadtkern. Mit seinen dreiundneunzig Stockwerken ist es das höchste Gebäude im Umkreis. Es liegt nur wenige Meter vom Fluss entfernt und ist komplett verglast. Wenn nachts die Lichter angehen, strahlt es wie ein Diamant. Wir werden in der vierundsechzigsten Etage feiern, sowohl auf einer der unzähligen Dachterrassen als auch in einem Saal, dessen prächtige Kronleuchter sich auf rosafarbenem Marmorfußboden spiegeln.

Sabine nimmt mich einen Tag vor der Verlobung mit dorthin, als sie mit unseren Partyplanern die Location begutachtet und noch einmal alles bespricht. Wenn ich davon ausgegangen bin, bei der Planung meiner eigenen Verlobung ein Mitspracherecht zu haben, werde ich schnell eines Besseren belehrt. Aber das kümmert mich nicht. Es werden rund dreihundert

Gäste erwartet – ich bin davon vermutlich bisher erst einer Handvoll begegnet. Tja, selbst jetzt, wo Phillip alles von mir weiß und kein Mörder mehr hinter mir her ist, wird dieser Abend für mich ein ziemlicher Spießrutenlauf.

Während Sabine sich über die Live-Kapelle, das Essen und die Dekoration unterhält, gehe ich auf die Dachterrasse und lasse den Blick über den Fluss und die Stadt gleiten. Sie breitet sich fächerförmig viele Kilometer weit aus, aber wir befinden uns so weit oben, dass ich über ihre Grenzen hinwegsehen kann, bis hinüber zum Gürtel aus Grün, wo auch die Gewächshäuser stehen. Ich schreite am Geländer der Terrasse entlang, die auf einem Vorsprung gebaut ist – der Seymour Palace verjüngt sich in mehreren Sprüngen nach oben hin. Im Westen sehe ich winzig klein als schwarzen Fleck einen Gebäudekomplex, bei dem es sich um das Hamilton-Institut handeln könnte. Ich war bisher fest entschlossen, meine Freunde bald wiederzusehen. Jetzt, in ein pfirsichfarbenes Sommerkleid gehüllt, das vermutlich mehr gekostet hat als die Standard-Monatsmiete für ein Außenbezirks-Apartment, frage ich mich, ob ich mir da nicht selbst etwas vormache. Ich *will* die Dinge verändern. Ich *will* mich in der Anti-Klon-Bewegung starkmachen, meine künftige soziale Stellung als Schwiegertochter eines vermutlich bald sehr bedeutenden Politikers ausnutzen, um die Dinge für uns zu verbessern. Um die Institute aufzulösen und die Forschung zu schließen. Aber das zu erreichen wird Jahre dauern. Wie viel Verständnis wird Vanessa für mich haben, wenn ich ihr berichte, wie ich lebe und was ich tue? Und wie würde Priamos reagieren, wenn ich mich mit ihnen träfe? Könnte ich sie beschützen? Nach dem, was mit Kelsey geschehen ist?

Bevor ich irgendetwas unternehmen kann, muss Priamos unschädlich gemacht werden. Das hat oberste Priorität.

Bin ich eine Heuchlerin, weil ich Kleider trage, die er für mich aussucht und bezahlt? Bin ich eine Verräterin, weil ich meine Freunde ignoriere? Die immer noch jeden Tag ausgeweidet werden könnten? Weil ich die Unverfrorenheit besitze, trotz all des Leids, das ihnen widerfährt, trotz Kelseys Tod, glücklich zu sein, wenn ich an Phillip denke?

Ich blicke auf den akkurat gestutzten Rasen, den man auf der Dachterrasse angesät hat, auf die weißen Pumps an meinen Füßen und denke an die Aschenbahn, auf der ich bis vor ein paar Wochen jeden Morgen gelaufen bin – in schmutzigen Sneakers.

Ich bin weit gekommen. Für einen Klon.

Kapitel 39

Samstag, 29. Mai 2083

Die Nacht vor unserer Verlobung habe ich bei Phillip verbracht. Zum Hotel fahre ich jedoch mit Phaedre und Hektor.

Wir haben ein Magnetaxi genommen. Nichts und niemand bringt mich dazu, mit Priamos ins gleiche Automobil zu steigen. Heute Abend mache ich noch einmal gute Miene zum bösen Spiel. Danach will ich ihn erst wiedersehen, wenn ich genug gegen ihn in der Hand habe, um ihn ans Messer zu liefern.

Hektor und Phaedre habe ich darauf eingeschworen, mich während der Party keine Sekunde aus den Augen zu lassen. Wir erwarten Dutzende von Elektras Freundinnen – und ich bin zu weit gekommen, um im letzten Augenblick enttarnt zu werden. Nur auf meine IntelliLenses will ich mich nicht verlassen. Phaedre weiß natürlich nicht, warum ich in diesem Punkt so beharrlich bin, aber Hektor hat mir versichert, sich nicht ablenken zu lassen. Das war allerdings, bevor er angefangen hat, mit einer der Kellnerinnen zu flirten. Als ich ihm mit dem Ellenbogen leicht in die Seite stoße, sieht er mich an wie ein Unschuldslamm. »Was denn? Nur weil du dir heute einen Ring anstecken lässt, darf ich keinen Spaß mehr haben?«

Phillip selbst habe ich seit über einer Stunde nicht mehr gesehen. Man sollte meinen, bei unserer eigenen Verlobung hätten wir Zeit, gemeinsam zu feiern. Nach der Begrüßung der Gäste wurde er vom Gedränge in die eine, ich in die andere Richtung gespült. Die Ankunft einer über das ganze Gesicht grinsenden jungen Frau lenkt mich ab – eine von Elektras unzähligen Bekannten, von denen ich heute schon so viele kennengelernt habe, dass mir von den Namen bereits der Kopf schwirrt.

»Das Buffet ist fantastisch!«, schwärmt die Blonde, Tabitha, wie mir Hektor zuraunt. »So mutig von euch, sich gegen ein traditionelles Abendessen zu entscheiden. Fingerfood im Seymour Palace, du bist immer für eine Überraschung gut.«

Bei solchen Sätzen weiß ich nie, ob mir mein Gegenüber ein Kompliment macht oder eine versteckte Beleidigung serviert. Deshalb begnüge ich mich mit einem strahlenden Lächeln und einem »Danke«.

Ich selbst bin vom Buffet begeistert. Lange Tische, die man im hinteren Drittel des Raums aufgestellt hat, biegen sich unter der Last ausgewählter Köstlichkeiten: Garnelenspieße in Knoblauch, eingelegtes Gemüse, gefüllte Teigtaschen, unterschiedliche Fleischspeisen, dazu Soßen, die mit orientalischen Gewürzen und Kakaobohnen aus der Karibik verfeinert sind. Zwischen diesen Gerichten stehen wie Torten aufgeschichtete Käseplatten, mit grünen Weintrauben garniert, Terrinen mit Lachssuppe und vielerlei Nachspeisen in kleinen Gläschen. Beim Anblick des rosafarbenen Rindercarpaccios ist mir das Wasser im Mund zusammengelaufen. Da Elektra in den letzten Monaten jedoch überall die überzeugte Fleischverächterin gegeben hat, halte ich mich tapfer an die vegetarischen Gerichte. Viel kann ich ohnehin nicht essen, dazu bin ich zu nervös.

»Ich finde das Buffet auch eine herrliche Idee. So ist es doch gleich viel geselliger«, versichert Phaedre der Blonden.

Damit hat sie recht. Ein traditionelles Abendessen hätte allerdings den Vorteil gehabt, dass ich neben Phillip sitzen und vermutlich all diese Drei-Minuten-Unterhaltungen umgehen könnte. So kommt es mir vor, als arbeitete ich mich in Speeddates durch Elektras Bekanntenkreis.

Phaedre ist noch nicht fertig: »Die Gäste mischen sich viel besser untereinander. Und wo wir gerade davon reden. Entschuldige uns bitte, Tabitha. Dort hinten sehe ich Miranda Stone, und Lexi hat ihre Tante noch gar nicht begrüßt, richtig?«

Richtig. Ich war sogar davon ausgegangen, dass sie gar nicht zur Feier auftauchen würde. Es ist eine Sache, der eigenen Schwester zum Geburtstag aufzuwarten, aber eine ganz andere, die Verlobung einer Nichte mit dem Exfreund der eigenen Tochter zu feiern. Trotzdem bin ich froh, das Gespräch mit Tabitha zu beenden. Hektor bleibt hinter Phaedre und mir zurück. Vielleicht, um den Schein zu wahren, vielleicht auch, um Tabitha davon abzuhalten, sich an unsere Fersen zu heften.

Auf dem Weg zu Miranda steht plötzlich jemand vor mir, mit dem ich überhaupt nicht gerechnet habe: Direktorin Myles.

Ich bin wie vom Donner gerührt. Statt eines ihrer strengen dunklen Kostüme trägt sie ein locker fallendes Sommerkleid. Ich traue meinen Augen nicht.

»Schön, dich zu sehen«, begrüßt sie mich.

Phaedre blickt neugierig zwischen ihr und mir hin und her, aber ich weiß nicht, was ich sagen soll.

»Ich sehe, dir geht es gut.« Direktorin Myles schüttelt mir die Hand. Ihre Finger sind warm und irgendwie klebrig. Ist sie nervös?

»Was machen Sie denn hier?«, frage ich, ehe ich mich zurückhalten kann. Erst dann fällt mir wieder ein, dass Medea Myles mit den Hamiltons verwandt ist – auch wenn Phaedre sie nicht zu kennen scheint. Aber dass Priamos und Sabine die Nerven haben, ausgerechnet sie zu dieser Feier einzuladen!

»Als würde ich mir das entgehen lassen.« Sie streichelt mich an der Schulter. »Bist du aufgeregt? Das kann ich mir vorstellen. Man verlobt sich ja schließlich nur einmal. Hoffentlich jedenfalls.«

Keine von uns lacht über ihren halbherzigen Witz. Ich bekomme keinen Ton hervor.

Verlegen schauen wir uns an, und diesmal rettet mich auch Phaedre nicht. Schließlich zuckt Medea Myles mit den Schultern. »Wir sehen uns bestimmt später noch. Genieß den Abend. Ich bin sicher, alles wird ganz wundervoll. Wirklich, das wünsche ich dir von Herzen.«

Noch einmal schüttelt sie mir die Hand.

Ich klappe den Mund auf und wieder zu. *Kelsey ist tot*, das würde ich gern zu ihr sagen. Aber das kann ich nicht. Ich blicke zu Phaedre, die mich prompt bei Direktorin Myles entschuldigt. Dann schieben wir uns weiter durch die Menge, während ich unauffällig versuche, mir Direktorin Myles' klebrigen Schweiß mit einem Taschentuch von den Handflächen zu wischen.

»Liebes«, begrüßt mich Miranda mit einem strahlenden Lächeln.

»Tante Mira. Schön, dass du es geschafft hast.« Ich bin noch ein bisschen benommen, nach meiner Begegnung mit Direktorin Myles.

Miranda begrüßt Phaedre, dann mustert sie mich von oben bis unten. »Du siehst zauberhaft aus, wie eine Meerjungfrau! Du solltest öfter Hellgrün tragen. Woher hast du das Kleid?«

Und damit eröffnet sie den Small Talk über Mode, den dem Himmel sei Dank Phaedre für mich bestreitet. Sie bewundert Mirandas türkisfarbenen Schal und die goldgefassten Ohrringe. Die beiden sind so begeistert bei der Sache, dass sie gar nicht merken, dass ich zu ihrer Unterhaltung nichts beitrage.

Hektor taucht nach ein paar Minuten gemeinsam mit Sabine auf. Wir lassen die Schwestern beieinanderstehen und ziehen weiter.

Als ich noch einmal einen Blick zurückwerfe, legt mir Hektor die Hand auf die Schulter. »Entspann dich. Sie werden sich schon nicht vor aller Augen an die Kehlen gehen.«

Er prostet mir mit einem Cocktail zu, der so pink leuchtet wie seine Frisur. Sabine hat beinahe einen Anfall bekommen, als er mit den frisch gefärbten Haaren zu Hause aufgetaucht ist. Ihr ist es weder gelungen, ihn dazu zu bewegen, sie noch einmal umzufärben, noch dazu, nicht den silbernen Anzug zu tragen, den er sich extra für heute bestellt hat.

»Wo hast du *den* schon wieder her?« Ich deute auf sein Getränk.

»Von Sebastian.«

»Sebastian?«, fragt Phaedre überrascht.

»Der nette junge Mann hinter der Bar. Mit dem breiten Oberkörper. Ein wahrer Schatz!« Er zwinkert und Phaedre grinst anzüglich.

»*Nett* ist nicht das Wort, das ich verwendet hätte.«

Ich verschränke die Arme. »Du weißt schon, dass *Sebastian* dir keinen ausgegeben hat, weil de facto ohnehin alles wir bezahlen.«

»Mach dich locker. In einer viertel Stunde darfst du mit deinem Märchenprinzen das Tanzparkett eröffnen.«

»Und wie soll mich das bitte schön locker machen?«

So unkonventionell die Party im Seymour Palace auch ist. Den ersten Tanz, einen Walzer, müssen Phillip und ich ganz klassisch allein bestreiten. Sowohl mit ihm als auch mit Hektor habe ich in den letzten Tagen ständig geübt. Ich hoffe, ich bringe die Nummer passabel über die Bühne, ohne mich zu blamieren.

»Trink einen Schluck.« Hektor streckt mir sein Glas entgegen. Vorsichtig nippe ich an der rosafarbenen Flüssigkeit.

»Verdammt, ist der stark!«

»Ja, nicht? Ich sag doch, Sebastian ist ein Schatz.«

Ich verziehe das Gesicht und gebe ihm den Cocktail zurück. »Kannst du allein trinken.« Mein Mund fühlt sich an, als hätte ich mit Mundwasser gegurgelt.

»Ich hole uns Champagner«, bietet Phaedre an. Ehe ich erklären kann, dass Alkohol für mich ohnehin keine gute Idee ist, taucht sie in der Menge unter.

Während wir auf sie warten, halte ich nach Phillip Ausschau. »Ich wusste gar nicht, dass Margot und Natascha auch eingeladen sind«, sage ich, als mein Blick auf die beiden fällt, die gemeinsam an einem Tisch sitzen und Nachtisch löffeln. Vermutlich kennen sie hier noch weniger Leute als ich. Sie müssen sich total verloren vorkommen.

»Torrence war auch eingeladen, aber du kennst ihn ja«, sagt Hektor. »Er ist nicht der Typ für solche Feiern.«

Gerade, als ich zu den beiden hinübergehen will, steht Phillip vor mir.

»Da bist du ja.« Seine Augen strahlen glücklich und unweigerlich muss auch ich lächeln. Er beugt sich zu mir, haucht mir einen Kuss auf die Wange und murmelt: »Ich hab dich vermisst.«

»Ich dich auch«, flüstere ich zurück und greife nach seiner Hand.

Phillip wendet sich Hektor zu. »Cooles Outfit.«

Hektor grinst ihn zufrieden an.

»Was ist das denn für ein Teufelszeug?«, fragt Phillip, als er den Cocktail in Hektors Hand entdeckt. Er will danach greifen, aber Hektor hält das Glas außer Reichweite.

»Ah, ah, ah … meins. Es reicht schon, dass du mir die Schwester klaust. Meinen Alkohol teile ich nicht mit dir. Trink du ruhig deinen Wein weiter.«

Phillip zuckt mit den Schultern und hebt sein eigenes Glas an die Lippen, in dem eine dunkelrote Flüssigkeit hin- und herschwappt.

»Willst du?«, fragt er mich, nachdem er getrunken hat.

»Danke, nein. Phaedre ist gleich mit Champagner zurück, und ich bin ohnehin schon nervös. Da sollte ich nicht wild durcheinandertrinken. Abgesehen davon habe ich gerade von Hektors Cocktail probiert. Glaub mir: Du willst gar nichts davon.«

»Ach, du durftest kosten?«, fragt Phillip gespielt entrüstet, während Hektor das Kinn hebt.

»Der ist eben nur etwas für *echte* Kerle.«

»In ein paar Minuten geht es los.« Phillip deutet auf die Band, die gerade ihre Plätze einnimmt und mit den Instrumenten hantiert. »Sollen wir schon mal nach vorne?«

Ich nicke und merke, wie mir die Knie weich werden. In diesem Moment kommt Phaedre zurück. Ein Totschlag-Cocktail wie der von Hektor ist sicher heute keine gute Idee, aber ein Schlückchen Champagner, zum Mutantrinken, könnte hilfreich sein.

»Danke«, sage ich deshalb atemlos und stoße mit Phaedre an.

»Es geht los!«, drängt Hektor und ich nehme noch schnell zwei große Schlucke, ehe ich das Glas wieder Phaedre in die Hand drücke und mich von Phillip in den vorderen Bereich des Saals ziehen lasse, zur Tanzfläche. Seine Hand fühlt sich warm und sicher an. Ich habe das Gefühl, durch den Tunnel, den die Menschen für uns bilden, einer Zukunft entgegenzulaufen, die endlich sonnig zu werden verspricht.

Vorher müssen wir jedoch noch eine Rede von Priamos überstehen. Als Brautvater lässt er es sich nicht nehmen, »seine Tochter in die Obhut eines anderen Mannes zu übergeben.« In dieser einen Behauptung stecken so viele unterschiedliche Lügen, dass ich mich wirklich anstrengen muss, nicht das Gesicht zu verziehen.

Gequält lächle ich der Menge zu, die mit Argusaugen jede meiner Bewegungen beobachtet. So kommt es mir jedenfalls vor. Nicht alle Anwesenden sind begeistert davon, dass die Tochter von Priamos Hamilton sich mit dem Sohn von Frederic von Halmen verlobt. Sabine sitzt an einem der Tische direkt am Rand des Tanzbereichs. Nestor, fein herausgeputzt, strahlt mich begeistert an. Vielleicht, wenn ich mich auf ihn konzentriere, kann ich das Geschwafel »meines Vaters« ausblenden.

»… unser Sonnenschein … blabla … zu einer verantwortungsvollen jungen Frau … blabla … uns immer Freude gemacht … bla … vielleicht nicht immer einer Meinung gewesen, aber trotzdem waren wir immer eine Familie …«

Ja klar! Es folgt noch mehr Blabla. Priamos freut sich besonders, dass ich mit Phillip einen so charmanten Mann gefunden habe, mit dem ich mein künftiges Leben verbringen möchte. Natürlich erwähnt er mit keinem Wort, dass er ihn ausgesucht hat.

Als er endlich fertig ist, krönt er seine Ansprache mit einer Geste, die ebenso falsch und einstudiert ist wie seine Rede. Er nimmt meine Hand und reicht sie Phillip. Vermutlich wurde das zum letzten Mal im Mittelalter gemacht. Aber natürlich lächle ich weiter. Selbst dann noch, als ich schon befürchte, Kadmos wolle auch noch etwas sagen.

Wenigstens Frederic von Halmen hält sich zurück. Stattdessen ergreift Phillip das Wort. Er legt seinen Arm um meine Schulter und drückt mich kurz.

Mit einem gewinnenden Lächeln richtet er sich an unsere Gäste: »Wir wollten uns bei euch bedanken. Dafür, dass ihr alle gekommen seid, um mit uns zu feiern. Für mich, und ich hoffe auch für meine zukünftige Frau, ist das ein ganz besonderer Tag.«

Ich schmiege mich an ihn, so glücklich bin ich darüber, dass er mich seine »zukünftige Frau« nennt, nicht »Elektra«.

»Diese Verlobung wirkt fast etwas überhastet.« Hier und da ertönt Gelächter; aus der Richtung unserer Familien klingt es nervös. Aber Phillip lässt sich nicht beirren. »In den vergangenen Wochen haben diese bezaubernde Frau und ich viele wunderbare Stunden miteinander verbracht. Dafür sind wir sehr dankbar. Denn wir mögen zwar noch jung sein, aber wir wissen beide, dass das Leben kurz ist. Die meisten von euch haben sicher mitbekommen, dass Elektra vor ein paar Wochen einen schlimmen Unfall hatte.«

Kadmos fällt beinahe sein Weinglas aus der Hand. Sabine runzelt die Stirn und Priamos ist im Begriff, von dem Platz, auf den er sich gerade erst gesetzt hat, wieder aufzustehen. Erst als Phillip fortfährt, beruhigen sich alle wieder.

»Wir haben beschlossen, unsere Zukunft nicht weiter auf die lange Bank zu schieben. Unser Alter sehen wir eher als Vorteil. Wenn uns das Schicksal gewogen ist, bedeutet das nämlich, dass wir einfach noch mehr Zeit miteinander haben werden.«

Der kleine Moment des Schreckens für die Hamiltons bereitet mir eine gewisse Genugtuung. Jetzt fällt es mir nicht mehr so schwer, strahlend zu lächeln.

Phillip spricht weiter. Er ist in diesen Kreisen aufgewachsen. Er weiß, was er sagen muss – und auch wenn seine Worte vielleicht nicht ganz so elegant und wendig klingen wie die von Priamos, so kommen sie von Herzen.

Er bedankt sich bei jenen Gästen, die von weit hergereist sind, und verspricht ihnen, dass wir bald versuchen werden, sie in ihrer Heimat zu besuchen.

In meinem Sichtfeld blinkt ein winziges rotes Messagesymbol auf. Meine ILs melden mir eine eingegangene Nachricht. Ich runzle kurz die Stirn und senke schnell den Kopf, damit niemand meine Verwirrung bemerkt. Ich habe die Linsen nur eingesetzt, um im Notfall schnell nach Informationen suchen zu können, wenn ich mich mit einem unserer Gäste unterhalte. Sie stehen auf Standby und eigentlich dürfte ich überhaupt keine Messages empfangen. Aber das rote Symbol leuchtet aggressiv. Es ist eine mit hoher Dringlichkeitsstufe gesendete Nachricht. Solche werden sogar dann angezeigt, wenn die Linsen eigentlich ausgeschaltet sind.

Das nächste Messagesymbol taucht auf.

Und noch eines.

Was ist da los? Was soll ich tun? Um Zeit zu gewinnen, streiche ich den Stoff meines Prinzessinnenkleides glatt, das aus hellgrüner und cremefarbener Seide besteht.

Noch ein Symbol taucht auf, inzwischen sind es vier; dann fünf. Verdammt. Ich kann doch jetzt nicht …

Die Leute beginnen zu applaudieren. Phillip ist mit seiner Rede zu Ende. Offenbar hat er sich bei Sabine bedankt, denn die steht auf, drückt Priamos Nestor in die Arme und kommt zu uns herüber, um ihren künftigen Schwiegersohn in die Arme zu schließen. Ich bin bereits drauf und dran, die verdammten Messages zu öffnen, als sich Sabine auch mir zuwendet und mich fest an sich drückt.

»Au!«, entschlüpft es mir, weil ich einen brennenden Schmerz verspüre.

Sabine weicht zurück und blickt mich fragend an. »Alles in Ordnung?«

Der Schmerz verschwindet. Ich schüttle den Kopf und taste den Bereich oberhalb meines linken Jochbeins ab, der gerade kurz gebrannt hat.

»Etwas hat mich gestochen.«

Sabine mustert erst mich, dann greift sie sich an ihr Jacket – sie trägt einen raffiniert geschnittenen Hosenanzug – und wird rot.

»Entschuldige, bitte«, flüstert sie und deutet auf die silberne Brosche, deren Verschluss sich offenbar gelöst hat.

»Schon gut.« Weitere Messages poppen im IL-Interface auf. »Ich hab mich ohnehin mehr erschrocken, als dass es wirklich wehgetan hat.«

Sabine sagt etwas, aber ich höre ihr nicht zu. Ich habe nämlich den Fehler gemacht, drei Mal schnell zu blinzeln und damit die erste Message geöffnet.

Ich schwanke, und Sabine greift nach vorne, um mich zu stützen. Ich ignoriere sie. Die Message, die ich erhalten habe …

Ich öffne die zweite Message. Die dritte. Die vierte.

Sie sind alle gleich.

Jede besteht aus einem Bild, einer Todesanzeige.

Meiner Todesanzeige!

Da ist mein Gesicht mit geschlossenen Augen, als würde ich schlafen. *Sie ist viel zu früh von uns gegangen*, steht darüber. *Ruhe in Frieden. Du wirst uns fehlen.*

In fett gedruckter Schrift blinken auch zwei Daten auf: Ein Geburtsdatum, das nicht meines ist, sondern das von Elektra. Und das des Todestages. Es ist der 29. Mai 2083, das Datum von heute.

Kapitel 40

Mir wird gleichzeitig heiß und kalt. Soll das ein Scherz sein?!

»Ist alles okay?« Sabines Stimme.

Nein, nichts ist okay! Das möchte ich ihr entgegenschleudern, aber ich reiße mich gerade noch zusammen. Alles, was ich zustande bringe, ist ein stummes Nicken.

Schnell taste ich nach Phillips Hand, um ihn auf mich aufmerksam zu machen. Ich muss ihm mitteilen, dass etwas nicht stimmt. Dass jemand … In diesem Moment verschwinden die Messages. Alle. Sie verlöschen einfach, als seien sie nie dagewesen.

Ich schließe die Augen für drei Sekunden, um die ILs zu rebooten, aber die Inbox bleibt leer.

Habe ich mir das gerade eben eingebildet?

Kalter Schweiß bricht mir aus.

»Elektra?«, fragt Sabine verunsichert und auch Phillip wendet sich mir zu. Panisch blicke ich mich im Saal um, aber Julian ist nirgends zu sehen. Natürlich nicht. Julian ist tot. Er ist doch tot, oder?

Die Band beginnt zu spielen, die ersten Walzertakte erklingen. Es ist Zeit für unseren Eröffnungstanz. Phillip zieht mich mitten auf die Tanzfläche. Er legt eine Hand auf mein Schulterblatt, mit der anderen greift er die Finger meiner Rechten. Dann führt er mich in die erste Drehung.

Ich kann jetzt nicht tanzen!

Mein Herz klopft wie verrückt, ich packe den Oberarm von Phillip etwas zu fest, aber dem Himmel sei Dank finden meine Füße von selbst den Takt.

»Was ist los?«, raunt mir Phillip zu.

Ich weiß nicht, was ich zu ihm sagen soll. Ich weiß nicht, was los ist.

»Ahs« und »Ohs« schallen von der Menge zu uns herüber, in deren Mitte wir uns umeinanderdrehen. Ich zwinge ein Lächeln auf mein Gesicht.

»Mir ist schlecht«, flüstere ich zurück, und erst als ich es ausspreche, merke ich, dass das stimmt. Mir geht es nicht gut. Von Sekunde zu Sekunde wird mir übler.

Phillip zieht mich in eine weitere Drehung. »Gleich vorbei«, versucht er mich aufzumuntern.

Kalter Schweiß bildet sich auf meiner Stirn. Mein Kopf beginnt zu schmerzen. Es stimmt wirklich etwas nicht! Während ich durch die Schrittfolge des Walzers stolpere, nur aufrecht gehalten von Phillips festem Griff, frage ich mich, was ich jetzt tun soll. Wenn ein Mörder hinter mir her ist: Wann wird er zuschlagen? Wird er mich hier im Ballsaal vor aller Augen erschießen?

Aber wer …

Direktorin Myles und ihre seltsam klebrigen Hände fallen mir ein. Und Natascha, die hier auf dem Fest ist. Ich habe nicht mit ihr gerechnet. Vielleicht hat sie herausgefunden, was mit Julian wirklich passiert ist. Aber nicht ich habe ihn umgebracht, sondern Priamos!

Während Phillip und ich uns umeinanderschrauben, geht mir wieder alles durch den Kopf, was in den letzten Wochen geschehen ist. Phillip schaut mir in die Augen, aber ich halte seinem Blick nicht stand. Ich senke den Kopf. Auf dem blank polierten Marmorboden tanzt unser Spiegelbild mit uns. Mein Kleid wogt um mich herum wie Meerschaum. Rund um die

Wände des Saals drängen sich unsere Gäste, aber die meisten von ihnen sind Fremde für mich. Manche von ihnen mögen sich für uns freuen, andere jedoch erdolchen uns mit eifersüchtigen Blicken. Und einer von ihnen ist ein Mörder. Einen verrückten Moment lang frage ich mich, ob es gar Phillip ist, dessen Arme sich so sicher und stark anfühlen.

Gleich vorbei, hat er gerade gesagt. Was, wenn er damit nicht nur den Tanz gemeint hat? Seine Eltern haben ihm von Kindesbeinen an beigebracht, eine Rolle zu spielen. Was, wenn er auch mit mir gespielt hat?

Was hat er vor dem Olympus gesagt? Er kann gar nicht ausdrücken, wie sehr ihm der »Politikzirkus« zuwider ist. Und dass er nie vorhatte, mich zu heiraten, sondern einen Deal mit seinem Vater geschlossen hat. Wie war das? *Wenn ich mich mit dir verlobe, lässt er mich danach in Ruhe. Ich kann gehen, wohin ich will, studieren, was ich will. Ich kann aus dem Rampenlicht verschwinden.*

In den letzten Tagen habe ich wirklich geglaubt, er wolle mit mir verschwinden. Was, wenn er das nie vorhatte?! Wenn *ich* »verschwinden« muss, damit er sich zurückziehen kann. Wer würde es ihm verübeln, aus der Stadt zu fliehen und die Öffentlichkeit künftig zu meiden, nachdem er zusehen musste, wie seine Verlobte vor aller Augen ermordet wurde?

Hört dieser Albtraum wirklich nie auf?

Wird die Angst erst zu Ende sein, wenn ich blutend auf dem Boden liege?

Ich beiße die Zähne zusammen, entschlossen, meine Feinde – wer immer sie sind – nicht gewinnen zu lassen. Phillip führt mich sicher durch unseren Tanz. Es ist Unsinn, ihn zu verdächtigen. Er ist mein Retter, nicht mein Untergang, da bin ich mir sicher. Ich kann ihm vertrauen.

Die letzten Töne des Walzers verklingen und ich stehe noch aufrecht. Niemand hat auf mich geschossen.

Unter dem Applaus der Menge führt mich Phillip an den Rand der Tanzfläche.

»Jetzt seid ihr dran!«, ruft er und viele Gäste lassen sich das nicht zweimal sagen.

»Was ist los?«, fragt er, als wir vor dem Tisch der Hamiltons und seiner Eltern stehen bleiben.

»Mir geht es nicht gut. Mir ist schlecht.«

Jemand reicht mir ein Glas Wasser. Hektor. Er und Phaedre sind ebenfalls an den Tisch gekommen.

»Alles in Ordnung, Lexi?« Nestor schaut mich aus großen Augen an.

Ich zwinge mich, ihn anzulächeln. »Alles gut.«

Schnell trinke ich ein paar Schluck Wasser, danach atme ich tief ein und aus.

Mein Magen revoltiert.

»Ich glaube, ich muss mich übergeben!«

Phillip und Hektor schauen mich verwundert an, Polina von Halmen runzelt die Stirn. Sabine steht auf und streichelt mir vorsichtig den Arm. »Soll ich mitkommen?«

Mein Blick fällt auf die Brosche, an der ich mich vorhin gestochen habe.

»Musst du nicht«, sage ich schwach.

»Ich komme mit«, schaltet sich Phaedre ein und stellt ihr Champagnerglas ab.

Ich nicke. Am liebsten würde ich Hektor oder Phillip bitten, mich zu begleiten, aber wie sähe das aus?

Sabine lässt sich allerdings nicht abschütteln. »Pass du auf Nestor auf«, sagt sie zu Priamos. Dann schließt sie sich Phaedre und mir an.

Auf unserem Weg durch den Saal versuchen ständig Leute uns aufzuhalten. Die Gäste möchten mir gratulieren, mich begrüßen, in Gespräche verwickeln. Auf sehr charmante, aber konsequente Art macht Sabine allen klar, dass jetzt nicht der richtige Zeitpunkt ist. »Wir sind gleich wieder zurück. Dann können wir uns gern unterhalten.«

Jetzt bin ich für ihre Anwesenheit sogar dankbar.

Die Toiletten befinden sich in einem Zwischengeschoss. Erleichtert stelle ich fest, dass wir allein sind, als wir in die Räumlichkeiten stolpern. Na ja, ich bin die Einzige, die stolpert. Mir ist wirklich nicht gut, und mittlerweile bin ich mir sicher, dass das nicht nur von der Aufregung kommt.

Hinter den dunklen Eingangstüren des Damen-WCs befindet sich ein großer, weiß gekachelter Vorraum. In einer Ecke steht eine hohe Zimmerpflanze, deren Blätter sich kräftig vom hellen Hintergrund abheben. Ansonsten wird der Raum dominiert von einem mehrere Meter langen Waschbecken, über dem ein riesiger Spiegel hängt. Gästehandtücher aus Stoff, so weiß wie der Marmor, stehen neben bronzenen Seifenspendern.

Ich habe keinen Blick für den verschwenderischen Prunk, sondern stürze sofort auf das Waschbecken zu und stütze mich auf der kalten Steinarmatur ab. Ein Blick in den Spiegel bestätigt meine Befürchtungen: Meine Haut ist leichenblass, fast so weiß wie der Marmor, meine Lippen sind trocken und rissig, aber auf meiner Stirn glänzen Schweißperlen. Wenn ich kein Make-up tragen würde, lägen unter meinen Augen sicher dunkle Ringe. Im Spiegel sehe ich Sabine und Phaedre in mein Sichtfeld treten, die sich ratlos angucken.

»Was ist los?«

»Hast du etwas Falsches gegessen?«

»Sie hat kaum etwas gegessen.«

Ich schließe die Augen, versuche, mich einen Moment zu sammeln, aber mein Magen krampft sich zusammen, als wolle er das wenige, das in ihm ist, ausspeien.

Ich höre mich würgen.

»Lexi!« Phaedre klingt alarmiert.

Ehe ein weiterer Würgereflex mich zusammenkrampfen lässt, stoße ich hervor: »Ich glaube, ich wurde vergiftet.«

»Was?!«

Anders als Phaedre schweigt Sabine. Ich beobachte ihre Reaktion genau im Spiegel. So reglos wie sie dasteht, könnte sie auch eine Statue sein.

»Ich muss …« Wieder hebt es mich, ich würge, aber die Galle steigt mir nur die Kehle hoch, ich spucke nichts aus.

»Sie braucht einen Arzt!« Phaedre wird langsam panisch.

Sabine wirkt wie betäubt. Dann geht sie auf mich zu, packt mich an der Schulter und dreht mich zu sich. Erst jetzt sehe ich, dass sie die Augen weit aufgerissen hat.

»Du musst es loswerden!«, drängt sie. »Übergib dich! Wenn du vergiftet wurdest, muss das Zeug raus. Jetzt!«

Das Blut rauscht in meinen Ohren. Ich spüre, wie die Kraft meine Beine verlässt.

»Ich kann nicht«, gestehe ich kläglich.

»Oh Gott«, stammelt Phaedre.

»Du musst!«, bescheidet Sabine. Sie packt mich am Unterarm und zieht mich hinüber in eine der Kabinen. »Steck dir den Finger in den Hals!«

Wenn sie mich vergiftet hätte, würde sie mir doch nicht raten, meinen Mageninhalt loszuwerden, nicht wahr?

Dann fällt mir ein, dass wir im Unterricht gelernt haben, dass es ätzende Substanzen gibt, die beim Erbrechen mehr Schaden anrichten, als wenn sie im Bauch verbleiben, bis ein Team von Medics diesen auspumpen kann. Wieder krampft sich mein Magen zusammen und Tränen schießen mir in die Augen. Viel Zeit bleibt mir nicht, mich zu entscheiden. Die Vorstellung, mir einen Finger so tief in den Rachen zu stecken, dass ich erbreche, ist mir zuwider. Aber habe ich eine Wahl? Sabine hält mich mit festem Griff, während ich mich über die Toilettenschüssel beuge. Meine Hand, die ich zum Gesicht hebe, zittert.

Widerwillig öffne ich den Mund und führe den Finger langsam hinein.

»Hol Dr. Schreiber!«, ruft Sabine Phaedre über die Schulter zu.

»Wen?«

»Dr. Schreiber!«

Die Kuppe meines Zeigefingers streicht über meine Zunge und obwohl ich würgen muss, kann ich immer noch nicht brechen. Entschlossen stecke ich meinen Finger tiefer in den Rachen.

»Ich weiß nicht, wer das ist«, höre ich Phaedre heulen.

Sabine knurrt frustriert und lässt mich los. Ich schwanke, kann mich aber mit der linken Hand an der Wand der Kabine abstützen. Ein Hustenreiz überkommt mich und ich muss die Hand zurückziehen.

»Komm her!«, sagt Sabine und zuerst glaube ich, sie meint mich, aber sie spricht mit Phaedre. »Pass auf sie auf. Ich hole Hilfe.«

Ich höre Sabines klappernde Schritte, während ich mich tiefer über die Toilettenschüssel beuge und mir nicht nur den Zeige-, sondern auch den Mittelfinger in den Hals schiebe. Rotz läuft mir aus der Nase, Tränen schießen mir in die Augen. Ich sehe sicher aus wie ein Häufchen Elend, aber ehrlich, es ist mir scheißegal. Ich will dieses Zeug nur loswerden. Ich will, dass dieser schreckliche Schwindel aufhört. Der Boden schwankt immer stärker.

»Lexi …«, höre ich Phaedre noch sagen, und dann spüre ich endlich, wie mein Mageninhalt nach oben schießt, eine brennende Spur in meinem Hals hinterlässt und sich in einem Schwall gallentrüber Flüssigkeit in die Toilette ergießt. Er bespritzt die Klobrille, die Kabinenwände und mein Seidenkleid. Es ist mir egal. Ich schließe die Augen und bewege die Finger weiter in meiner Kehle.

Wieder kommt es mir hoch. In stoßweisem Strahl erbreche ich alles, was in mir ist.

Meine Kehle brennt wie Feuer, die trübe Flüssigkeit riecht säuerlich, aber mit jedem Schwall, den ich loswerde, spüre ich, wie mir der Kopf etwas klarer wird und sich das enge Band, das meinen Brustkorb einschnürt, lockert.

Ich – es tut mir leid, ich kann es nicht anders ausdrücken – kotze mir die Seele aus dem Leib.

Vermutlich dauert das alles nur ein paar Sekunden, aber es fühlt sich an wie Stunden. Als wirklich keine Flüssigkeit mehr kommt, lasse ich die Arme baumeln und richte mich auf. Ich bin wackelig auf den Beinen, mir ist immer noch schlecht und ich habe hämmernde Kopfschmerzen, aber mein Blick ist wieder etwas klarer.

Ich sehe furchtbar aus und rieche noch schlimmer. Es sollte mir vermutlich peinlich sein, aber Himmel, das ist mir so was von egal, als ich aus der Kabine wanke, auf Phaedre zu. Die blickt mir aus weit aufgerissenen Augen entgegen. Sie hat eines der weißen Handtücher in der Hand, die am Waschbecken liegen, und reicht es mir.

»Lexi …«, sagt sie nur. Sonst nichts. Vermutlich, weil eine Frage nach meinem Befinden sich total erübrigt. Sie wirft einen Blick über die Schulter zur Eingangstür, dann schaut sie wieder mich an. »Der Arzt kommt sicher gleich.«

Ich nicke erschöpft und versuche mit fahrigen Bewegungen, mich mit dem Handtuch so gut wie möglich zu säubern. Bereits nachdem ich mein Gesicht damit abgewischt habe, ist es total eingesaut. Phaedre reicht mir ein zweites.

»Wie geht es dir?«

»Beschissen.«

Nachdem ich meine Hände am weichen Frottee abgewischt habe, lasse ich den Stoff achtlos zu Boden fallen und lehne mich gegen die Wand. Ich kann mich kaum aufrecht halten.

»Magst du etwas trinken?«

Für die Hotelgäste stehen rechts und links vom Spiegel Glasflaschen mit Mineralwasser irgendeiner Luxusmarke bereit. Eigentlich habe ich keinen Durst, aber die Vorstellung, mir den Mund ausspülen zu können, lässt mich nicken. Ich bin so darauf konzentriert, einen gleichmäßigen Atemrhythmus wiederzufinden, dass ich erst gar nicht kapiere, dass Phaedre nicht nach einer dieser Wasserflaschen greift, sondern in ihrer Handtasche kramt. Sie holt die kleine Flasche Apfelsaft heraus, von der wir bereits auf der Fahrt hierher getrunken haben.

Ich will mir die Flasche, die sie mir reicht, schon an die Lippen führen, als mir auffällt, dass Phaedres Augen beinahe ebenso fiebrig glänzen wie meine.

Kapitel 41

Gespannt beobachtet Phaedre mich, wartet darauf, dass ich trinke. Der Boden bricht mir unter den Füßen weg.

Vielleicht hat sie einfach nicht darauf geachtet, dass hier überall Wasserflaschen stehen. Vielleicht denkt sie auch, dass Apfelsaft mir besser dabei helfen wird, den Geschmack des Erbrochenen loszuwerden. Aber mein Instinkt warnt mich, dass es daran nicht liegt.

Phaedre beobachtet mich gespannt. Zu gespannt.

Das ist Unsinn, fährt es mir durch den Kopf. *Das kann nicht sein.*

Ich lasse die Flasche sinken und blicke sie an.

Phaedre runzelt die Stirn. »Was ist?« Sie sieht harmlos aus, aber ihre Halsschlagader pocht nervös.

Die Flasche fällt mir aus den Fingern.

»Ich glaube, ich gehe Dr. Schreiber entgegen.« Schwankend mache ich mich auf den Weg zur Tür.

Phaedre bückt sich flink, hebt die Plastikflasche auf und greift nach meinem Arm.

Ich weiß, dass ich zu schwach bin, ihre Hand abzuschütteln, aber ich versuche es trotzdem.

Sie hält mir ihre Flasche entgegen, in der noch ein letzter Rest Apfelsaft schwimmt. »Trink erst mal einen Schluck.«

Hat sie überhaupt vom Apfelsaft getrunken, auf der Fahrt hierher? Oder war das nur ich?

Phaedre ist Elektras beste Freundin.

Weiß sie, dass ich nicht Elektra bin? Und wenn ja, wie lange weiß sie es schon?

Ich werfe einen Blick zur Tür und frage mich, wie lange es noch dauern kann, bis Sabine mit Dr. Schreiber endlich zurückkommt. Falls die nicht auch mit Phaedre unter einer Decke stecken.

Weil ich keine Chance habe, an ihr vorbeizukommen, weiche ich vor ihr zurück. Sie folgt mir unerbittlich, den Apfelsaft in der Hand. Der Blick in ihren Augen ist stahlhart geworden.

Plötzlich stoße ich mit meinem Hintern gegen ein Hindernis. Phaedre keilt mich zwischen sich und dem Waschbecken ein.

»Trink!«, sagt sie noch einmal, und diesmal klingt es weder besorgt, noch freundlich. Es ist ein Befehl.

Wie zuvor kralle ich mich mit meinen Händen am Marmorwaschbecken fest. Auf keinen Fall will ich nach der Flasche greifen.

»Warum?«, frage ich, einerseits, um Zeit zu schinden, andererseits, weil ich das wirklich nicht habe kommen sehen. War ich zu dumm? Zu naiv? Wie konnte ich Phaedre übersehen? Und wieso hat dann Julian zugegeben, Elektra umgebracht zu haben?

»Mach schon«, blafft sie mich an.

»Hast du mir die Todesanzeige geschickt?«

Phaedre grinst süffisant. »Ich weiß, das wäre eigentlich nicht notwendig gewesen, aber als mir die Idee einmal gekommen war, fand ich sie zu gut, um sie wieder in den Wind zu schießen.«

»Du bist meine Freundin.«

Sie greift nach vorne und streichelt mir die Wange. »Das bin ich auch, Sweetheart. Und deshalb habe ich mich für ein Mittel entschieden, das schnell wirkt.« Sie wackelt mit dem Kopf.

»Oder zumindest hätte es das, wenn du nicht alles wieder ausgekotzt hättest. Also wirklich!«

Sie stellt die Flasche neben mir ab und holt aus ihrer Tasche ein kleines Röhrchen, das zur Hälfte mit einer durchsichtigen Flüssigkeit gefüllt ist.

»Und, gib es ruhig zu, so schlecht hat es doch gar nicht geschmeckt, oder? Du hast es nicht mal bemerkt. Weder im Apfelsaft noch vorhin im Champagner. Da waren freilich auch nur jeweils ein paar Tropfen drin.«

»Was ist das?«

»Nichts, worüber du dir jetzt noch deinen Kopf zerbrechen musst.« Sie hält mir das Röhrchen entgegen. »Trink.«

Ich presse die Lippen zusammen und schüttle den Kopf.

Phaedre seufzt. »Ach, bitte, Lexi, sei doch nicht immer so stur. Du trinkst das Zeug sowieso, freiwillig oder nicht. Du bist viel zu schwach, um dich noch zu wehren.«

Mein Blick fliegt zur Tür und sie lacht.

»So schnell sind die nicht. Außerdem habe ich abgeschlossen.«

Jetzt lache ich trostlos auf. »Und du glaubst, ihnen fällt nicht auf, dass von innen abgeschlossen wurde.«

Sie zuckt mit den Schultern. »Wenn das mit den von Halmens klappen soll, braucht mein Großvater mich. Wenn er sich gleich für mich entschieden hätte statt für dich, wäre das alles nicht notwendig gewesen.«

Ich schnappe nach Luft, und sie entkorkt das Röhrchen und packt mein Kinn.

Mir bleiben nur Sekunden. Mit Sicherheit werde ich nicht freiwillig dieses Teufelszeug schlucken. Meine Knie fühlen sich noch immer an wie Wackelpudding, aber die Todesangst, die ich gerade verspüre, pumpt Adrenalin durch meine Adern. Ehe mir selbst klar wird, was ich tue, lehne ich meinen Oberkörper zurück und greife nach hinten, während Phaedre das Röhrchen hebt. Meine Finger tasten über die marmorne Platte, bis sie das kühle, kalte Glas der Wasserflasche spüren. Ich schüttle den Kopf und kämpfe gegen Phaedres Griff, die kurzerhand in mein Haar gegriffen hat und fest daran reißt.

»Au!«

Brutal zerrt sie meinen Kopf in den Nacken und droht mir die Kehle zu überdehnen.

Der Schmerz gibt mir Kraft. Meine Finger schließen sich um den schlanken Hals der Wasserflasche. Ohne darüber nachzudenken, was alles schiefgehen kann, reiße ich die Glasflasche in die Höhe und schmettere sie, so fest ich kann, gegen Phaedres Schläfe.

Sie hat noch nicht einmal mehr Zeit für einen Schrei. Alles, was man hört, ist ein dumpfer Schlag und ein Keuchen, als entweiche Luft aus einem Ballon. Phaedre lässt mich los und stürzt wie ein nasser Sack in sich zusammen. Ihre Augen sind geschlossen. Ich weiß nicht, ob sie tot ist oder nur ohnmächtig. Ich traue mich nicht, nachzuschauen.

Ich umklammere die Flasche, als hinge mein Leben davon ab. Mein Leben hängt davon ab! Sie ist beim Aufprall nicht zerbrochen, dem Himmel sei Dank.

Mir ist schon wieder schwindlig. Ohne Phaedres reglose Gestalt auf dem Boden aus den Augen zu lassen, versuche ich, meinen Atem zu beruhigen. Die Flasche lasse ich nicht los.

Das Röhrchen, dessen Inhalt sie mir aufzwingen wollte, liegt nur wenige Handbreit neben ihr. Ich muss hier weg. Falls Phaedre nur ohnmächtig ist, kann sie jeden Moment aufwachen. Diesmal war das Überraschungsmoment auf meiner Seite. Aber auch wenn es mir wie durch ein Wunder gelungen sein sollte, das ganze Gift auszukotzen, schaffe ich es sicher kein zweites Mal, sie zu übertölpeln. Dazu bin ich viel zu schwach. Und sie viel zu entschlossen. So gut es geht, ignoriere ich meine hämmernden Kopfschmerzen und schiebe mich am Waschbecken entlang bis zur Wand, um an Phaedres reglosem Körper vorbei zur Tür zu laufen. Keinesfalls steige ich über sie.

Bilde ich es mir nur ein oder regt sie sich? Mit zwei Schritten, mehr stolpernd als rennend, eile ich zur Tür und will sie aufreißen.

Sie ist verschlossen.

Fieberhaft blicke ich mich nach einem Schlüssel um. Aber die Tür hat noch nicht mal ein Schloss. Da ist nur ein kleines graues Kästchen neben der Tür, das rot leuchtet.

Verdammt.

Phaedre stöhnt und panisch werfe ich einen Blick nach hinten. In diesem Moment höre ich, wie von draußen jemand an der Tür rüttelt.

»Elektra?!! Phaedre?! Alles in Ordnung?«

Sabine!

Ich hämmere an die Tür. »Ich bin hier drin!«

Hinter mir stöhnt Phaedre erneut.

»Was …«, höre ich eine dunkle Stimme. Dr. Schreiber.

»Ich brauche Hilfe!« Ich flüstere, weil ich Phaedre nicht wecken will, frage mich aber gleichzeitig, ob mich Sabine und Dr. Schreiber so überhaupt hören. Obwohl ich Angst davor habe, die Augen zu schließen, senke ich die Lider und aktiviere meine ILs. So schnell wie möglich logge ich mich bei seeYa ein.

»Hilfe! Phaedre will mich umbringen. In Damentoilette. Schnell!«

Diese Botschaft schicke ich an so viele Leute wie möglich: Hektor, Phillip, Sabine, selbst an Priamos.

Als ich das Interface weggeblinzelt habe, sehe ich, dass Phaedre tatsächlich wieder wach ist. Sie liegt noch immer auf dem Boden und hält sich stöhnend den Kopf. Sie wacht auf!

»Verdammt!«, höre ich es von draußen. Ist das Phillip?!

Die Tür in meinem Rücken erbebt.

»Geh zur Seite!«, brüllt jemand. Ja, ich glaube, es ist Phillip!

Phaedre blinzelt, richtet sich etwas auf und blickt zur Tür. Als sie mich dort stehen sieht, werden ihre Augen schmal.

Oh nein!

Meine Handfläche ist glitschnass und ich verkrampfe meine Finger um den rutschigen Flaschenhals. Noch ist sie nicht auf den Beinen. Soll ich ihr die Flasche noch einmal auf den Kopf schlagen?

Wird mich das retten?

Wird sie das töten?

Wird Phillip schnell genug sein?

Wieder erbebt die Tür in meinem Rücken und ich trete zur Seite.

»Bleib, wo du bist!«, flüstere ich drohend und hebe die Flasche. Mein Arm zittert wie Espenlaub, ich kann meine Angst nicht verbergen.

Phaedres Lippen verziehen sich zu einem fiesen Lächeln. Sie tastet den Boden nach dem Röhrchen ab, findet es, aber es ist leer.

Wieder erbebt die Tür. Diesmal ist deutlich ein Knirschen zu hören, aber das Holz gibt nicht nach.

»Macht schon!«, höre ich Sabine rufen. Es ist seltsam, Angst in ihrer Stimme ausmachen zu können.

»Du gewinnst wohl immer?« Phaedre lässt das Röhrchen fallen und reibt sich die Schläfe, während sie mich mit schief gelegtem Kopf mustert.

»Warum?« Das ist alles, was ich hervorbringe.

Phaedre seufzt, während meine Retter die Tür von draußen bearbeiten. »Ich bin deine Freundin, Lexi. Aber jetzt wäre auch ich mal an der Reihe gewesen.«

»Was?«

Sie blickt mich wütend an. »Tu nicht so. Du weißt genau, was ich meine. Du wolltest ihn sowieso nicht. Warum hat er sich dann nicht mit mir verloben können?«

»Mit dir?!«

»Ich bin ebenfalls eine Hamilton, auch wenn ihr das alle gern vergesst.«

Mit einem lauten Krachen bricht das Schloss und die Tür fliegt nach innen auf. Hektor und Phillip stolpern, vom eigenen Schwung getragen, gemeinsam in den Raum. Erleichtert schluchze ich auf und lasse die Flasche endlich zu Boden fallen.

Während Sabine mit Dr. Schreiber im Schlepptau hinter den beiden hereinstürzt und Hektor ungläubig zwischen mir und Phaedre hin- und herschaut, stürmt Phillip sofort zu mir und reißt mich in seine Arme.

Es ist vorbei! Dem Himmel sei Dank. Ich fange an zu weinen, und schäme mich meiner Tränen nicht. Sie bedeuten, dass ich noch am Leben bin.

Nur Augenblicke, nachdem Phillip und Hektor die Tür eingerannt haben, sind auch Priamos und Kadmos bei uns angekommen. Ich hätte mir denken können, dass Menschen wie sie nie ihre Messenger aus den Augen lassen. Ich will mich nicht beschweren.

Kadmos und Priamos kümmern sich um Phaedre, während Sabine, Phillip und Hektor mich auf eine Couch in der Nische unter der Treppe bringen.

»Pass auf, ich bin voller Kotze«, warne ich Hektor im glitzernden Silberanzug, als er seine Arme um mich legen will.

Er drückt mich eng an sich. »Sei nicht albern. Und mach mir nie wieder solche Angst.« Dann, so leise, dass nur ich es höre, fügt er hinzu: »Ich will nicht noch eine Schwester verlieren.«

Das berührt mich so sehr, dass ich wieder zu heulen anfange. Phillip kniet vor mir und hält meine Hände fest. Er kann nicht begreifen, was gerade passiert ist. Wie auch. Ich begreife es ja selbst nicht. Phaedre?!

Aber ich kann jetzt nicht darüber sprechen. Dafür ist später Zeit.

»Kann ich ihr etwas zu trinken geben?«, fragt Sabine Dr. Schreiber. Der gibt offenbar grünes Licht, denn Sabine drückt mir eine Wasserflasche in der Hand.

»Trink. Du bist völlig dehydriert.«

Es ist eine der teuren Glasflaschen aus der Toilette, und ich hoffe, es ist nicht die, mit der ich mich gegen Phaedre verteidigt habe. Als sich Sabine abwendet, blitzt ihre Silberbrosche im Licht der Leuchter.

Ich habe wirklich geglaubt, sie wolle mich umbringen. Es wird lange dauern, bis Sabine und ich halbwegs normal miteinander umgehen können. Überrascht stelle ich fest, dass ich mir genau das wünsche.

Aber darüber, ebenso wie über alles andere, kann ich jetzt nicht nachdenken.

»Was ist mit den Gästen?«, frage ich schwach. »Mit der Feier?«

Hektor drückt meine Schulter und Phillip haucht mir einen Kuss auf meine Fingerknöchel.

»Mach dir darüber keine Sorgen. Unsere Eltern kümmern sich darum. Alles, was jetzt zählt, bist du.«

(Fünf Wochen später)

Epilog 1

Freitag, 2. Juli 2083

Alles, was jetzt zählt, bin ich.

Fünf Wochen sind seit der Party und Phaedres Mordversuch an mir vergangen und ich kann noch immer nicht begreifen, was diese Worte bedeuten. Mein ganzes Leben habe ich in dem Bewusstsein verbracht, nichts zu zählen, »nur« ein Klon zu sein. Jetzt, an der Seite von Phillip und mit der Hilfe von Hektor, lerne ich, was es bedeutet, ein Mensch zu sein.

In all den Jahren im Institut habe ich stumm rebelliert gegen die ungerechte Behandlung. Aber ich habe nie begriffen, wie es wirklich ist, zu leben.

Gleich nach meiner Entlassung aus dem Krankenhaus – denn natürlich hat mich Dr. Schreiber genau dorthin bringen lassen – bin ich zu Phillip gezogen. Manchmal frage ich mich, ob wir das Ganze überstürzen. Ob wir zu jung sind, um zu wissen, was wir wirklich wollen. Aber mein Leben lang hatte ich immer Leute um mich, und ehrlich gesagt ängstigt mich die Vorstellung, ganz allein auf mich gestellt zu sein. Phillip lässt mir den Freiraum, den ich brauche. Gemeinsam erforschen wir, wer ich wirklich bin. Er nennt mich nicht mehr Elektra.

Mit der Hochzeit wollen wir es nicht überstürzen. Wir haben alle Zeit der Welt. Ich weiß noch immer nicht, was ich mit meinem Leben anstellen will. Zunächst wollen wir reisen. Phillip will mir die Welt zeigen und ich, die ich mein ganzes Leben im Radius weniger Quadratmeilen verbracht habe, kann es kaum erwarten aufzubrechen.

Zuerst aber müssen wir den Ausgang von Phaedres Gerichtsverhandlung abwarten. Sie ist gerade erst achtzehn geworden und niemand wagt vorauszusagen, wie sich die Richter entscheiden werden.

Sie hat alles gestanden.

Julian und sie haben gemeinsame Sache gemacht.

Es ist etwas unangenehm für alle Beteiligten, dass vor Gericht Elektras Affäre mit dem Stallmeister ans Tageslicht kommt, aber ich bin sicher, dass die Hamiltons auch diesen Skandal zu ihrem Vorteil ausschlachten werden.

Phaedre hat gestanden, dass sie eifersüchtig auf Elektra war. Dass sie ihr das Leben im Luxus neidete, das doch auch ihr, der Enkelin von Kadmos Hamilton, von Rechts wegen zustehen sollte. Dass sie als Verlobte von Phillip von Halmen in Betracht gezogen hätte werden müssen. Dass ich, Elektra, die ganze Zeit ohnehin kein Interesse daran gehabt hätte, für die Familie zu heiraten. Vermutlich hat niemand daran geglaubt, die Verlobung von Phillip von Halmen und Elektra Hamilton sei eine Liebesverbindung, aber dennoch verursachen ihre Äußerung bei der Presse einen kleinen Sturm der Entrüstung.

Phaedre hat Julian dabei geholfen, einen Plan auszuarbeiten, der es Elektra und ihm hätte ermöglichen sollen, irgendwo außerhalb der Neuen Union eine glückliche Zukunft aufzubauen. Dann, wenn ihre Cousine verschwunden wäre, hätte sie den Platz an der Seite ihrer Familie – und an Phillips Seite – einnehmen können. Damit niemand hätte behaupten können, sie habe mit Elektras Verschwinden zu tun, sollte deren Abtauchen zu einer Zeit geschehen, als Phaedre in Griechenland war.

Aber irgendetwas ging schief.

Erst verunglückte Elektra – und wollte plötzlich nichts mehr von Julian wissen –, und dann sei Julian spurlos verschwunden.

Deshalb hat sie beschlossen, die Sache in die eigenen Hände zu nehmen. Sie habe sich Gift besorgt und einen Angestellten des Seymour Palace bestochen, um an den Code für den Schließmechanismus der Hoteltüren zu kommen. Ich kann kaum glauben, wie kaltblütig sie bei allem vorgegangen ist, während sie mir doch die ganze Zeit vorgespielt hat, meine Freundin zu sein. Inzwischen zweifle ich nicht daran, dass auch der Zettel mit der Drohung, den ich in Elektras Bett gefunden habe, von ihr stammt.

Niemand weiß, wo Julian ist, und die Polizei sucht nach ihm, tappt aber im Dunkeln. Vielleicht habe ich Glück und sie nehmen mir meine Rache an Priamos ab. Sei es drum.

Sowohl mit Priamos als auch mit Kadmos habe ich den Kontakt abgebrochen. Wir sehen uns nur im Gericht und seltsamerweise lassen sie mich in Ruhe. Vielleicht glauben sie, mit der Zeit würde ich zur Besinnung kommen. Damit, meine Freunde im Institut umzubringen, hat Priamos nicht mehr gedroht. Vielleicht fürchtet er, dass ich vor Gericht mit meiner Seite der Geschichte herausplatze. Mit der ganzen Wahrheit.

Da bräuchte er keine Angst zu haben, das habe ich nicht vor.

Ich vermisse Vanessa, Aubrey, Manuel und die anderen aus dem Institut, aber ich weiß auch, dass ich nicht dorthin zurückkehren kann. Jetzt noch nicht. Priamos hat noch zu viel Macht. Allerdings bin ich wild entschlossen, das zu ändern. An einem Treffen der OaC hier in der Stadt habe ich bereits teilgenommen. Wenn ich das Leben meiner Freunde ändern will, muss ich behutsam vorgehen. Momentan halten sie mich für tot und meine Erfolgsaussichten sind größer, wenn das erst mal so bleibt. Ich frage mich allerdings, was sie denken, wenn sie Bilder von mir, »Elektra Hamilton«, in Zeitschriften sehen. Erinnern sie sich dann an Kelsey oder mich?

Kelsey.

Sie fehlt mir so sehr. Sie wird mir immer fehlen.

Vielleicht bringe ich es deshalb auch nicht über mich, das Institut zu besuchen. Obwohl ich an Medea Myles viele Fragen habe.

Auch ins Haus der Hamiltons bin ich nicht mehr zurückgekehrt. Von Natascha und Margot habe ich mich per Videochat verabschiedet. Hektor vermisse ich aus meiner Zeit in den wenigen Wochen bei den Hamiltons als Einzigen.

Und Nestor vielleicht, aber der kommt mich ab und an mit Hektor oder Sabine besuchen. Vom riesigen Aquarium in Phillips Wohnzimmer ist er begeistert.

Es ist seltsam, dass Sabine und ich Frieden miteinander geschlossen haben. Zunächst glaubte ich, es handele sich nur um einen Waffenstillstand. Aber wir haben begonnen, uns miteinander zu unterhalten, von Frau zu Frau, wenn auch nicht von Mutter zu Tochter. Ich weiß nicht, wohin diese neue Kameradschaft führen wird – sie ist immer noch mit Priamos Hamilton verheiratet und soweit ich das beurteilen kann, denkt sie nicht daran, ihn zu verlassen. Immerhin lehne ich sie nicht mehr kategorisch ab. Sie erzählt mir von Elektra und ich erzähle ihr von Kelsey. An einem Nachmittag, als Hektor und Phillip Nestor den Zoo zeigten, haben wir zusammen geweint.

Der Schmerz und die Angst verschwinden nur dann vollständig, wenn ich in Phillips Armen liege. Dann sind die Erinnerungen an früher nicht mehr als das: Erinnerungen. Manche quälend, manche schön. Wenn sie mich zu überwältigen drohen, lässt mich Phillip in seinen Armen weinen oder er küsst mich auf die Stirn. Oder er erzählt mir von *seinen* Erinnerungen und so lernen wir uns Tag für Tag besser kennen. Und Nacht für Nacht.

Am wunderbarsten sind die Momente, in denen wir gemeinsam neue Erinnerungen erschaffen.

Epilog 2

Es ist schon fast Mitternacht, als Priamos Hamilton seinen Elastoscreen an den elektronischen Schlüsselkasten hält und sich so Einlass in den verschlossenen Bereich des Firmenkomplexes verschafft. Niemand ist mehr im Gebäude und seine Schritte hallen laut im weiß gestrichenen Flur.

Der Raum, den er schließlich betritt, ist ebenso weiß wie der Rest des wissenschaftlichen Flügels von Hamilton Corp. Zwei Krankenbetten stehen darin, umgeben von jeder Menge medizinischer und technischer Geräte.

An einer Art Pult mit vielen blinkenden Lichtern und Drehknöpfen steht Dr. Schreiber in seinem Arztkittel.

»Was gibt es, Oliver?« Priamos' Stimme hallt in dem Raum wider, in dem sonst nur das Piepen und Pfeifen elektronischer Geräte zu hören ist.

Er bleibt zwischen den beiden Betten stehen.

In einem davon liegt ein Mädchen reglos unter den dünnen Laken. Sie hat langes schwarzes Haar, dunkle Ringe unter den geschlossenen Augen und wirkt viel zu schmal. Ihre Haut ist so farblos wie das Bettzeug. Elektroden sind an ihrer Stirn angebracht und ein halbes Dutzend Schläuche steckt in ihrem Mund, in ihren Nasenlöchern, in ihren Armen.

Im anderen Bettgestell liegt keine Matratze und auch kein Bettzeug. Ein runder Plastiktank ist darin aufgebahrt, gefüllt mit einer grünlich schimmernden Flüssigkeit.

Der Körper eines Mädchens schwimmt darin. Auch aus seinem Mund ragt ein Schlauch.

Die beiden Mädchen könnten Schwestern sein. In gewisser Weise sind sie es auch.

»Haben Polinas Forschungsergebnisse weitergeholfen?«

Priamos legt die Hand auf den Tank. Die Oberfläche fühlt sich warm an. Es ist seltsam für ihn, seine Tochter so zu sehen. Elektra, nackt und reglos in der grünen Flüssigkeit, bewusstlos, aber nicht tot.

Ebenso wenig wie Klon Nr. 2066-VI-002.

Oliver Schreiber räuspert sich nervös.

»Ich kann nichts garantieren, Priamos«, sagt er. »Aber die Messwerte … die bisherigen Ergebnisse sind vielversprechend. Die Chancen stehen bei über siebzig Prozent, dass die Geist-zu-Geist-Transplantation gelingt. Dein Einverständnis vorausgesetzt, können wir noch heute Nacht versuchen, deine Tochter zurück ins Leben zu holen.«

ENDE

Stammbaum
der Familien Hamilton und Stone

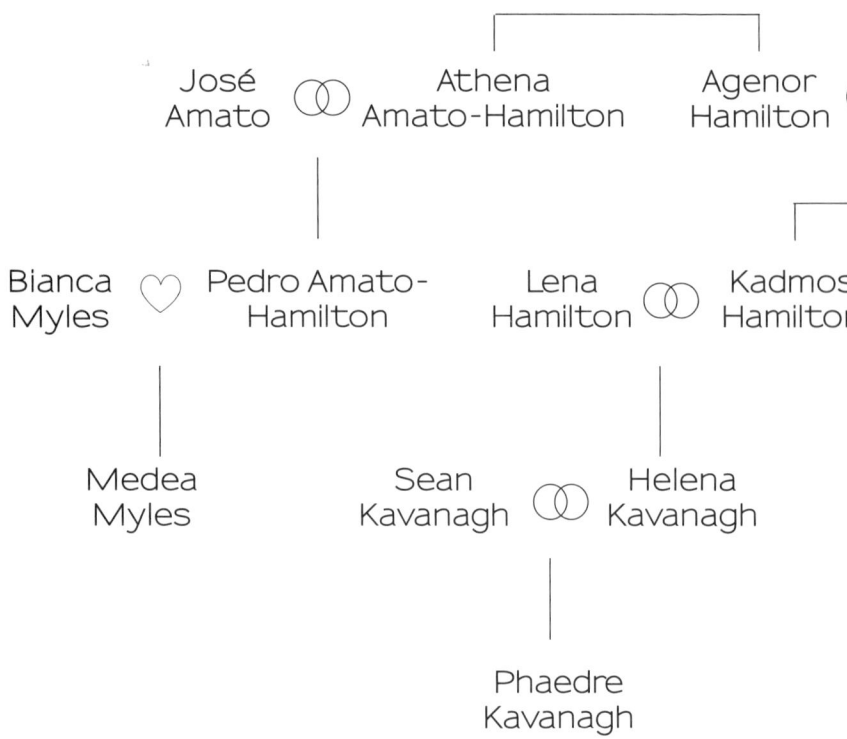

⚭ = verheiratet
♡ = nicht verheiratet

nina
milton

idoros ⊗ Emilia   William ⊗ Constance
milton   Hamilton   Stone   Stone

Priamos ⊗ Sabine   Miranda ⊗ Alexander
Hamilton   Hamilton   Stone   Stone*

lektra   Hektor   Nestor   Rosalind   Juliet
amilton   Hamilton   Hamilton   Stone   Stone
  /   /
sabel   Aubrey
  /
Kelsey

*hat aufgrund der
 Berühmtheit seiner
 Frau deren Namen
 angenommen

Nachwort

Beim Schreiben von *Becoming Elektra* war es mir ein Bedürfnis, eine potenzielle Zukunft zu skizzieren, die nicht ganz so düster ist wie die, die wir aus Dystopien kennen. Nichts gegen Dystopien, ich lese sie selbst gern und glaube, wir können aus ihnen lernen. Aber dieses Buch ist keine Dystopie und trotz aller ernsthaft bedrohlicher Dinge, die bereits heute auf der Welt geschehen, brauche ich Hoffnung. Das Klon-Programm und alles, was damit zusammenhängt, ist schrecklich. Die Neue Union, in der meine Figuren leben, ist nicht perfekt und schon gar nicht fehlerfrei. Aber sie hat auch gute Seiten.

Im Vordergrund dieses Manuskripts standen für mich von Anfang an trotz der ethischen Fragen, mit denen sie sich beschäftigen, Isabel und die anderen Figuren und ihre persönliche Reise im Mai 2083. Der Epilog deutet an, dass vor ihnen weitere Schwierigkeiten liegen. Aber ich bin zuversichtlich, dass sie die Stärke besitzen, sich dem zu stellen, was auf sie zukommt.

Weil die Frage sicher aufkommt – tatsächlich ist sie mir bereits im Vorfeld gestellt worden: *Becoming Elektra* ist ein Einzelband. Eine Fortsetzung war und ist nicht geplant und ich weiß nicht, ob und wann ich in diese Welt noch einmal zurückkehren werde.

Es erfüllt mich mit großer Dankbarkeit, dass ich diese Geschichte erzählen durfte. Deshalb möchte ich kurz Danke sagen: Jenen, die das Buch bei seiner Entstehung begleitet und mitgeformt haben von der ersten Idee bis zum gedruckten Exemplar. Und jenen, die Isabels Geschichte gerade erst entdecken, sich auf sie einlassen und dabei helfen, sie weiter in die Welt hinauszutragen. Egal, ob ihr FreundInnen, Familie, MitarbeiterInnen des Verlags, AutorenkollegInnen, MentorInnen, BuchhändlerInnen, RezensentInnen, Coverdesigner oder LeserInnen seid (es darf auch mehrfach angekreuzt werden): Vielen lieben Dank für eure Unterstützung!

Christian Handel, April 2019

Rebecca Andel
Feder & Klinge

416 Seiten
Hardcover mit Schutzumschlag
ISBN 978-3-7641-7084-4

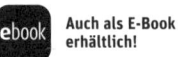 Auch als E-Book erhältlich!

Die Feder ist mächtiger als das Schwert

Raban kann sich an nichts erinnern. Nicht einmal an seinen eigenen Namen. Dort, wo er sich befindet, nennt man ihn »Nummer 023«. Ariane findet Zuflucht in ihrem Schreiben. Doch was sie sich für ihren Romanhelden ausgedacht hat, ist düster. Dennoch fühlt sie zu »Nummer 023«, der eigentlich Raban heißt, eine tiefe Verbindung.
Dann stehen sich Raban und Ariane eines Tages plötzlich gegenüber. Und nicht nur, dass Ariane schon seit längerem heimlich in Raban verliebt ist, das eigentlich Unmögliche scheint wahr zu sein: Ihre beiden Welten sind wie bei einem Möbiusband untrennbar miteinander verwoben.

www.ueberreuter.de
Folgt uns bei Facebook & Instagram